WARRIORS

貓戰士

外傳之VIII

棘星的風暴

Bramblestar's Storm

艾琳・杭特(Erin Hunter) 著
高子梅 譯

晨星出版

特別感謝凱特・卡里

藤池：深藍色眼睛，銀白相間的虎斑母貓。
所指導的見習生，雪掌（毛髮蓬鬆的白色公貓）

獅焰：琥珀色眼睛，金色虎斑公貓。

鴿翅：藍色眼睛，淺灰色母貓。

玫瑰瓣：深奶油色母貓。

罌粟霜：玳瑁色母貓。
所指導的見習生，百合掌（玳瑁色和白色相間的母貓）

薔光：淺藍色眼睛，暗棕色母貓，後腿癱瘓。

花落：玳瑁色和白色相間的母貓。

蜂紋：帶有黑色條紋的淺灰色公貓。
所指導的見習生，籽掌（金棕色母貓）

櫻桃落：薑黃色母貓。

錢鼠鬚：棕色和奶油色相間的公貓。

貓后　（正在懷孕或照顧幼貓的母貓）

黛西：來自馬場的白色長毛母貓。

長老　（以前是戰士、貓后，現在已經退休）

波弟：肥胖的虎斑貓，口鼻灰色，以前是獨行貓。

各族成員

雷族 *thunderclan*

族長　棘星：琥珀色眼睛，暗棕色的虎斑公貓。

副手　松鼠飛：綠色眼睛，深薑黃色的母貓。

巫醫　松鴉羽：藍色盲眼，灰色虎斑公貓。

葉池：琥珀色眼睛，淺棕色虎斑母貓。

戰士　（公貓，以及沒有子女的母貓）

灰紋：長毛灰色公貓。

塵皮：黑棕色虎斑公貓。

沙暴：淡薑黃色母貓。

蕨毛：金棕色虎斑公貓。

雲尾：長毛白色公貓

亮心：帶著薑黃色斑點的白色母貓。

蜜妮：藍色眼睛，灰色條紋的虎斑母貓。

刺爪：金棕色的虎斑公貓。

蛛足：琥珀色眼睛，四肢修長，下腹棕色的黑色公貓。

所指導的見習生，琥珀掌（淺薑黃色的母貓）

樺落：淺棕色虎斑公貓。

白翅：綠色眼睛，白色母貓。

所指導的見習生，露掌（毛色灰白相間的公貓）

莓鼻：乳白色公貓。

鼠鬚：毛色灰白相間的公貓。

煤心：灰色虎斑母貓。

風族 *windclan*

族長　**一星**：棕色虎斑公貓。

副手　**兔躍**：棕白相間公貓。
所指導的見習生，微掌（黑色公貓，胸前有白色一搓白毛）

巫醫　**隼翔**：雜色的灰色公貓。

戰士　**鴉羽**：暗灰色公貓。
所指導的見習生，羽掌（灰色虎斑母貓）

夜雲：黑色母貓。
所指導的見習生，呼掌（暗灰色公貓）

金雀尾：藍色眼睛，毛色很淺的灰白色公貓。

鼬毛：有白色腳爪的薑黃色公貓。

葉尾：琥珀色眼睛，暗色琥珀公貓。
所指導的見習生，燕麥掌（淺棕色虎斑公貓）

燼足：有兩隻暗色腳爪的灰色公貓。

石楠尾：藍色眼睛，淺棕色虎斑母貓。

風皮：琥珀色眼睛，黑色公貓。

荊豆皮：毛色灰白相間的母貓。

伏足：薑黃色公貓。

雲雀翅：淺棕色虎斑母貓。

貓后　**莎草鬚**：淺棕色虎斑母貓。

長老　**鬚鼻**：肥淺棕色公貓。

白尾：嬌小的白色母貓。

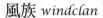

影族 *shadowclan*

族長　**黑星**：體型很大的白色公貓，有一隻深黑色的前腳。

副手　**花楸爪**：薑黃色公貓。

巫醫　**小雲**：體型很小的虎斑公貓。

戰士　**鴉霜**：黑白相間的公貓。

褐皮：綠色眼睛，玳瑁色母貓。
所指導的見習生，草掌（淺棕色虎斑母貓）

鴞爪：淺棕色虎斑公貓。

焦毛：暗灰色公貓。

虎心：暗棕色虎斑公貓。

雪貂爪：黑灰相間的公貓。
所指導的見習生，釘掌（暗棕色公貓）

松鼻：黑色母貓。

鼬毛：玳瑁色和白色相間的母貓。

撲尾：棕色虎斑公貓。

貓后　**雪鳥**：純白色母貓。

曦皮：奶油色母貓。

長老　**蛇尾**：有一根虎斑條紋尾巴的暗棕色公貓。

白水：瞎了一隻眼睛的長毛白色母貓。

鼠疤：棕色公貓，後背有一條很長的疤。

橡毛：矮小的虎斑公貓。

煙足：黑色公貓。

扭毛：長毛雜亂的虎斑母貓。

藤尾：黑白褐三色母貓。

族外的貓 *cats outside clans*

小灰：住在馬場穀倉裡的貓，身材壯碩的灰白色公貓。

香菜：玳瑁色與白色相間的母貓，和小灰住在一起。

河族 *riverclan*

族長 **霧星**：藍色眼睛，灰色母貓。

副手 **蘆葦鬚**：黑色公貓。
所指導的見習生，蜥蜴掌（淺棕色公貓）

巫醫 **蛾翅**：有斑點的金色母貓。
柳光：灰色虎斑母貓。

戰士 **薄荷毛**：淺灰色虎斑公貓。
鯉尾：暗灰色母貓。
錦葵鼻：淺棕色虎斑公貓。
所指導的見習生，黑文掌（黑白相間的母貓）
草皮：淺棕色公貓。
塵毛：棕色虎斑母貓。
苔皮：藍色眼睛，玳瑁色母貓。
所指導的見習生，鱸掌（毛色灰白相間的母貓）
閃皮：銀色母貓。
湖心：灰色虎斑母貓。
鷺翅：暗灰色與黑色相間的公貓。

貓后 **冰翅**：藍色眼睛，白色母貓。
花瓣毛：毛色灰白相間的母貓。

長老 **撲足**：薑黃色和白色相間的公貓。
卵石足：雜灰色公貓。
急尾：淺棕色虎斑公貓。

被遺棄的兩腳獸窩
月池
舊雷族小徑
雷族營地
天空橡樹
風族營地
斷半橋
兩腳獸地盤
馬兒地盤
轟雷路
雷族
河族
影族
風族
星族

綠葉
兩腳獸地盤
兩腳獸窩
兩腳獸小徑
空地
兩腳獸小徑
影族營地
半橋
小轟雷路
綠葉
兩腳獸地盤
湖
半橋
小河
小島
河族營地

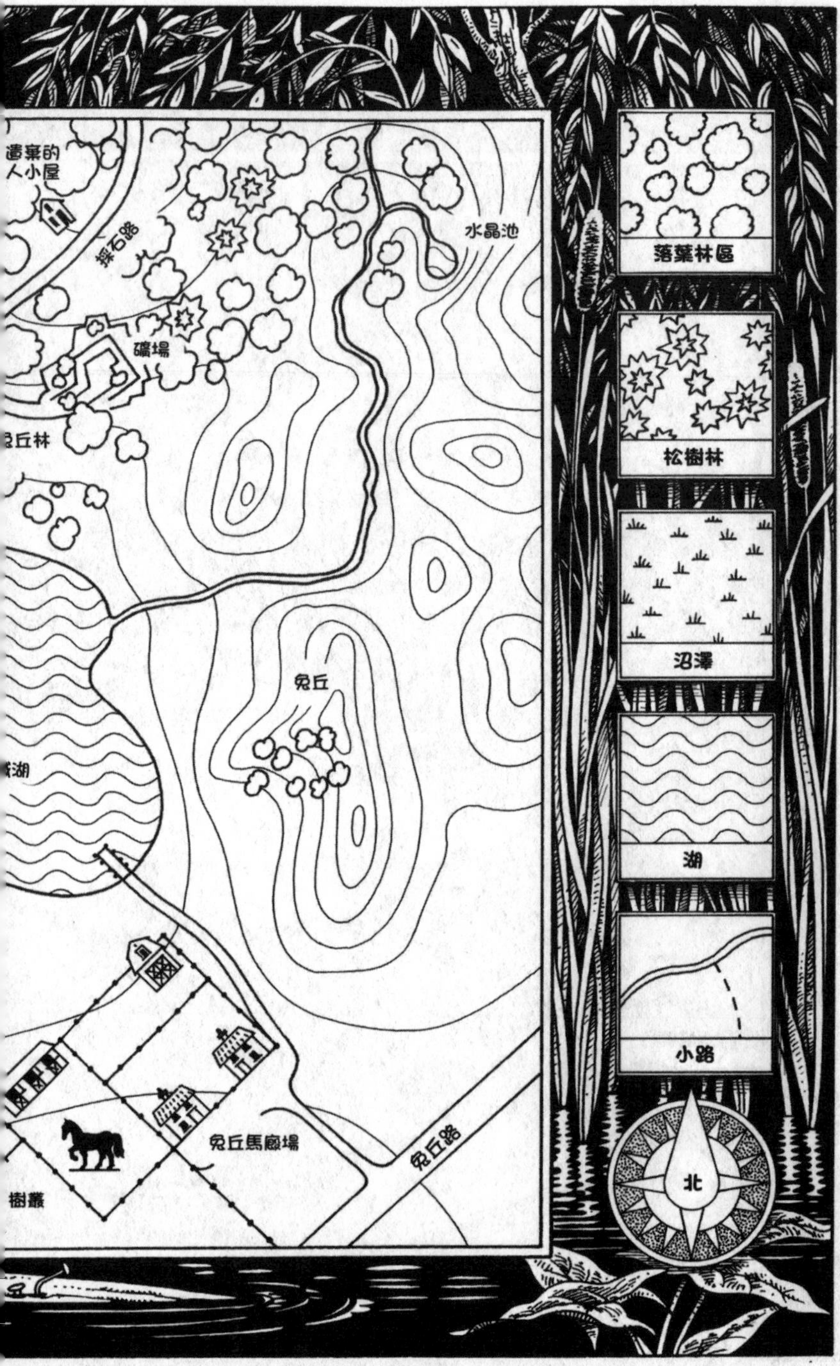

遺棄的
人小屋
採石路
礦場
丘林
水晶池
兔丘
湖
兔丘馬廄場
兔丘路
樹叢
落葉林區
松樹林
沼澤
湖
小路
北

觀兔露營區
聖域農場
塞德勒森林區
小松路
小松乘船中心
小松島
艾柏河
穗特喬奇路

序章

火星徒步穿過林子下方的長草叢，深吸一口獵物的溫熱氣味。陽光從枝椏間斜射而入，火焰色的毛髮上盡是斑駁光影。他停下腳步，每個氣味都很誘人，他不確定自己該追蹤哪一個。最後他選擇了附近橡樹上的那隻松鼠，牠就躲在他頭上的樹枝間。

他心想，**我已經很久沒試著爬樹了**，他記得他曾教過族貓如何攀高狩獵。獅焰起初很討厭爬樹，火星喵嗚一笑，想起站在樹下的金毛戰士勉強抬起腳爪擱在樹幹上。獅焰畢竟不像煤心，自煤心學會爬樹後，便好像隨時準備睡在鳥巢上。

火星跳上樹，爪子戳進粗糙的樹皮裡。他瞄見松鼠藏身在最外緣的樹枝上。他跳了過去，很得意自己的後腿依然有力，平衡感也還不錯。松鼠躲開，在樹枝間逃竄，愈跳愈高。火星蹲低身子正準備追上去，突然聽見下面有聲音在喚他。

「火星！火星！」

他停下動作，松鼠消失在濃密的葉叢裡，四周樹葉跟著窸窣作響。火星懊惱地嘶叫一聲，隨即轉身爬下樹幹，回到地面。

雷族前任族長藍星正在樹下等他，藍灰色毛髮在陽光下閃閃發亮。她喵聲說：「火星，不好意思打擾你了。」那雙眼睛閃爍著黠光。「你還是寶刀未老。看來你在上面蠻享受的……不過還是把樹上的狩獵機會讓給別隻貓兒，先陪我去散個步。」她同時朝林子深處點頭示意。

火星朝她走去。溫煦的陽光曬在身上，感覺舒坦。星族真是懂貓兒喜歡什麼，他心想，不過我還是懷念自己的老家和族貓，而且總覺得我在他們最需要我的時候棄他們而去。

「雷族已經過了好一陣子的苦日子，對吧？」藍星彷彿看透他的心思，一語道破。「在歷經大戰役後，又碰上綠咳症大流行，他們的創傷恐怕更難撫平了。」

火星遲疑著沒回答，他硬是壓下悲憤的情緒。那場仗害我們受創不淺，根本無力再對抗綠咳症。

他深吸口氣，長嘆一聲。「他們的損失慘重，承受了不少痛苦，不過還好有葉池和松鴉羽在，那場流行病最後總算是退燒了。」他強迫讓自己的語氣聽起來樂觀。「亮心和雲尾的小貓已經當上見習生。棘星也是位稱職的族長。雷族會熬過去的。」

藍星點點頭，「這是當然的。棘星有位好導師啊。你去過他的夢裡了嗎？」

「我不需要去，我對他有信心。」那股熟悉的悲憤感又回來了，火星於是嘶聲說道：「我不應該突然撒手離開我的族貓，我應該再多陪他們幾個季節。」

「你能拯救他們脫離綠咳症嗎？能更快地治癒他們的傷勢嗎？」藍星將尾巴擱在他肩上。「你已經為雷族奉獻了九條命，他們還有什麼好求的？」

他們低頭經過蜷曲的蕨葉叢，緩步穿過一大片綠油油的草地，四周長滿銀色的白樺樹。

藍星喵聲道：「這個禿葉季讓所有部族都不好過，影族的長老數量比戰士還多，風族最好的狩獵者在大戰役裡折損無幾。對這裡的貓兒來說，眼睜睜地看著族貓受苦，這種感覺並不好受。」她停下腳步，幫忙撥開擋在火星前方的一根荊棘。「但絕處總會逢生，尤其在星族。」

火星喵聲道：「我知道，我只是不懂我到底離雷族有多遙遠。我……我一直以為斑葉會在這裡迎接我。」他想到那隻漂亮的玳瑁色母貓，她是前任的雷族巫醫，為了凡間的族貓們上場作戰，以至於失去了她在星族的靈體。他永遠忘不了那雙閃著悲傷的琥珀色眼睛。

「斑葉已經不復存在。」藍星同意他的話，語調有點激動。「不過總有一天，沙暴會來這裡陪你。」

總有一天……火星一想到他的伴侶貓，就又是一陣心痛。**我還要等她等多久？**

火星在一棵空心的樹底下幫自己整理出一個溫暖的臥鋪。沒跟其他貓兒一起睡在營地裡，感覺有點怪，不過如果他仔細聆聽，仍會聽見星族戰士們藏身在蕨葉叢裡，在他四周安頓下來的喵嗚聲。他閉上眼睛，希望能夢見自己回到雷族。

結果好像才剛睡著，肩膀就被一隻腳爪扒醒。火星抬頭眨眨眼睛。

「起床了，火星。」不知道是誰在說話。

他面前站著一隻貓……一隻肌肉結實的白斑灰色公貓。

火星大聲說道：「雲星！」

天族前任族長垂首致意。「火星，好久不見。」

火星爬起身來，甩掉身上的青苔。他最後一次見到雲星，已經是好幾個季節以前的事了，那時白色公貓帶著他從森林往上游走去，幫忙重建他那失落的部族。等到天族的新任族長葉星收到她的九條命後，火星與雲星便從此道別。火星從沒想到會再次見到他。

他問道：「你在這裡做什麼？你行走的那片天空離這裡好遠。」

雲星回答他：「他們允許我來拜訪你，我們必須談一談。來吧。」

他走在火星前面，朝通往林子邊緣的草坡往下走。前方有一池水，盈盈月光映照在銀色水面上。

「我想再次謝謝你，謝謝你能夠體諒，何以重建天族如此重要，」雲星喵聲道，同時停在水邊，藍色目光落在火星身上。「有時候一個部族要存活下去，得有幫手才行。」

火星點點頭，喃喃說道：「我們最近的確學到了這一課，只是以前不懂。」大戰役的陰影再度蒙上心頭，還有血腥味和垂死貓兒的哀嚎聲。

雲星喵聲道：「我看見你那場可怕的戰役了，那是我生平第一次慶幸自己曾帶領部族去尋找新的家園，所以我們才能躲過黑暗森林的報復。」

「那不是報復，是屠殺。」火星感覺背上的毛全豎了起來。「我眼睜睜看著我的族貓慘死。為了救他們，我犧牲掉最後一條命……但還是不夠。」

雲星輕聲指出：「你們贏了這場仗。你沒有白白犧牲。」他沿著池子緩步而行，小心地踩著水邊的植物。

火星跟上他，毛髮輕輕刷拂。「你應該不是為了謝謝我幫助葉星，或為了說明你對大戰役的看法，而大老遠地跑這一趟吧，雲星，到底什麼事？天族出了什麼事嗎？」

雲星停下腳步、坐下來，目光越過水池。突然他抬起後腳，以前爪劃破肉墊，鮮血頓時汩汩流出，滴進水裡，在銀色水面擴散成猩紅色的雲彩。

雲星的激烈反應令火星皺眉。他瞠目結舌地站在那裡，瞪著水面漫開的鮮血。

「我帶來一個訊息，勞你傳話給棘星。」雲星喵聲道，兩眼仍盯著水面。

「是預言嗎？」火星問道。**我的第一個預言！我是名符其實的星族貓了！**

「是的，聽清楚了，火星，當水血相會，血將升起。」

火星眨眨眼睛，就這樣？「什麼意思？」

「我們不需要知道它的意思，」雲星告訴他的同時轉過身來，眼睛猶如兩顆小月亮般深印進火星的眼裡。「棘星會自己找到答案。」

「我要等到什麼時候，才能把這訊息告訴棘星？」火星忍不住向這隻老貓詢問更多問題。**所有星族貓給的預言都這麼鼠腦袋嗎？**

雲星回答：「時候到了，你自然會知道。」

你可以再鼠腦袋一點嗎？火星不悅地想道，不過他還是保持語調的沉穩。「這是不是表示，我的部族會遇到更大的麻煩？」

雲星喵聲說道：「部族貓的一生向來在風雨中飄搖，我們的天職……星族貓的天職……就是不管發生什麼事，都要守護著他們。」他的目光柔和。「火星，我很抱歉，我知道這不是你想聽到的答案。但是我保證，這個訊息最終一定可以幫助棘星。這一點你一定要相信我。」

火星嘆口氣。「我當然相信你。只是雷族已經受了這麼多苦，難道給他們多一點的喘息時間，這樣的要求很過份嗎？」

第一章

棘星站在山谷入口附近，深吸一口氣。黎明的天空帶著淺淺的乳白色，林間仍有薄霧縈繞，但空氣裡充斥著萬物生長的新鮮氣味，宣告新生命的到來。每根枝椏都冒出了新芽，枯槁的蕨叢裡有新生的蕨葉正慢慢展開。

這是個漫長又殘酷的禿葉季，棘星心想，**大雪的降臨更是雪上加霜，我們本來就沒剩幾個戰士可以出外狩獵，後來又遇上綠咳症，更是禍不單行……**他甩甩身子。雷族已經熬過這苦不堪言又悲痛難耐的禿葉季，天氣就要回暖了。「自大戰役過後，我們辛苦煎熬了六個月，」他大聲喵道，「如今我們要重建實力，誰也摧毀不了雷族。」

「說得好！」

莓鼻的聲音害棘星嚇了一跳。他沒注意到乳白色戰士正從他後方的荊棘垂簾裡鑽出來。

「莓鼻，你嚇了我一大跳！」

莓鼻回答：「棘星，有什麼事能嚇得了

你，我帶了一支邊界巡邏隊。要不要加入我們？」

他話語剛落，蜜妮和玫瑰瓣也從多刺的圍籬裡鑽出來，後面緊跟著新見習生琥珀掌，她的導師蛛足殿後壓隊。

琥珀掌朝莓鼻跳過去。「我們今天要去哪裡？」她吱吱喳喳地問道。「風族還是影族？如果我們抓到他們越界，要怎麼處理？要跟他們打架嗎？我學到一招很厲害哦！」

莓鼻看起來有點招架不住。結果回答她的是蛛足：「琥珀掌，別再像麻雀一樣吱吱喳喳的，豎起耳朵聽，也許還能學到點東西。」

他的語氣並不嚴厲，但很嚴肅。棘星很高興看到琥珀掌並不害怕她的導師。「好啊，蛛足，可是……」她喵聲道。

莓鼻打斷她。「我們要去巡邏風族邊界，我不認為會遇到什麼麻煩。」他大步往山下走，朝著湖邊而去。

棘星等到其他隊員都經過後，才跟在後面。他注意到他們都很瘦，肋骨清晰可見。可是耳朵都機靈地抽動著，後腿雖然細瘦，但移動時肌肉依然強而有力。雷族還沒被打垮。

琥珀掌輕快地在林子裡繞來跑去，蛛足伸長黑色腳爪攔住她。

他出聲警告：「再這樣下去，你還沒巡邏到一半就累垮了。而且要是真的有貓兒越界，聽到你的聲響早就開溜了，我們根本抓不到。」

「對不起，蛛足。」琥珀掌貼平耳朵說道。

蛛足告訴她：「我倒是想看看你的步伐可以多輕盈，就假裝你在追蹤一隻老鼠吧。」

棘星看著薑黃色小貓往前潛行，每一步都踩得很輕，幾乎沒有驚擾到地上任何的草葉。

「不錯哦，繼續保持下去。」蛛足評論道。

這話從蛛足嘴裡說出來，可是很大的讚賞。琥珀掌自豪地挺起胸膛。

讓他們兩個當師徒，的確是明智的決定，棘星心想，事實上，目前的三位見習生都表現得不錯。他們是他當上族長以來，首批親自提拔的見習生。當時他在挑選導師時，著實傷了不少腦筋。如今露掌的導師是白翅，她的姊姊雪掌則受教於藤池，他們都是雲尾和亮心的孩子。他們在成長過程中曾受了很多的苦和很多的傷痛，棘星心想，**只希望他們可以平安順利地完成見習生訓練，雷族再也不必在死亡邊緣掙扎**。

當巡邏隊抵達湖邊林子時，棘星瞄見葉池正在一棵老樺樹底下。她張嘴咬下一株提早開花的款冬，黃色花苞像小太陽一樣閃閃發亮。她一看見巡邏隊便搖尾招呼。

「看來你很忙。」棘星走向她。

「的確很忙。」葉池把款冬全集中在一處。「松鴉羽要我趕在太陽曬乾露水之前，把這些藥草收集齊全。」

「嗨，葉池！」蜜妮跳過來找他們。「我只是想告訴你，薔光的復健運動幫忙清掉了胸腔裡不少的痰，我本來還擔心她沒辦法熬過綠咳症。」

棘星感到欣慰。蜜妮常擔心她女兒薔光，這一點大家都能理解，自從薔光被倒下來的樹壓傷後，後腿便失去功能。這次的綠咳症奪走了蟾蜍步、冰雲和榛尾的性命，很難相信薔光反倒熬了過來。

葉池抽動耳朵。「蜜妮，你應該謝的是松鴉羽。他一直都在想辦法幫助薔光。我收集這些款冬，也是為了要跟百里香和貓薄荷混合，好讓薔光服用，改善她的呼吸功能。」

「我們還有貓薄荷嗎？」蜜妮問道。

「哦，有啊，松鴉羽種在兩腳獸舊巢穴裡的貓薄荷，又長出一些新的，等我把這些藥草拿回營地後，就會去摘。」

葉池拾起那坨藥草，穿過林子而去。棘星看著她走遠，難以形容自己有多開心，能看到她又回來當巫醫。

莓鼻領著巡邏隊走向風族邊界，他們先在水邊停留一會兒，那裡是河湖的交會處，再沿著河道往上爬。才走了不到兩、三隻狐狸身的距離，便看見太陽高掛在高地上方，草原沐浴在金色陽光下。棘星停下來伸展前腿，很感恩在歷經了這麼多個月的寒冽天候之後，現在總算回暖了。

貓兒們繼續往上爬，這時有風從河對岸吹來，帶來了風族的強烈氣味。

莓鼻皺起鼻子咕噥道：「那味道很新鮮。玫瑰瓣，你們最好也邊走邊留下氣味記號。我們不希望風族以為，我們並不在意邊界。」

琥珀掌尖聲問道：「我想留下氣味記號！可以嗎？拜託。」

蛛足詢問莓鼻：「她可以嗎？反正她早晚都得學。」

「我知道怎麼做！」琥珀掌蹦蹦跳跳地跑到河邊。「我看過……」但話沒說完，她就突然驚叫一聲，腳踩空、身子滑了下去，消失不見，還引得水花四濺。

「琥珀掌！」蛛足放聲大叫。

大家趕緊跑向見習生失足落水的河邊，棘星不確定這裡的水會不會深到足以淹死她。蛛足跳進水流湍急的河裡。棘星在岸邊低下身子，看見黑色戰士正從水裡頂高琥珀掌，讓她爬上突出水面的岩石。河水拉扯著她的尾巴，她不停地咳出水來。

「好冷哦！」她大口喘氣。

「你真夠白癡了。」蛛足跟在她後面爬上來，不過棘星注意到他還是用鼻尖輕觸她耳朵，試圖安慰她。「來吧，爬上我的肩膀，棘星會幫忙拉你上去。」

琥珀掌還沒來得及爬上去，棘星便瞄到河對岸的灌木叢裡有動靜。一支風族巡邏隊走進空地，為首的是鼬毛。

風族戰士質問道：「這是怎麼回事？你們為什麼在我們的河裡面？」

「這又不是你們的河，」蛛足嘶聲道，同時蹲低身子讓琥珀掌爬上他的肩膀。「我們又沒越過邊界。」

鼬毛吼道，薑黃色毛髮豎得筆直。「最好是沒有。誰都知道雷族對邊界很有意見。」

攀在蛛足背上的琥珀掌搖搖晃晃的，棘星低下身子，張嘴咬住她的頸背，一把將她拖上河岸，結果他還沒來不及回答鼬毛，玫瑰瓣便從他旁邊飛竄出去，躍過河面，與風族戰士對峙。她大聲說道：「你好大膽！你倒說說看，雷族什麼時候侵入你們的領地？」

鼬毛伸出爪子，他的隊員葉尾和夜雲也跳上前來，發出憤怒的嘶聲，團團圍住玫瑰瓣。夜雲猛地伸爪，劃向玫瑰瓣的耳朵。

兩個乳臭未乾的風族見習生瞪大眼睛在旁邊跳來跳去，彷彿準備隨時加入戰局。

「侵入我們的領地？你現在不就侵入了嗎？」夜雲挑釁地說道，然後彈彈尾巴。「滾回河的那一頭。」

「她說得沒錯。」棘星喵聲道，同時走到岸邊。這場架根本沒必要打。「玫瑰瓣，快回來。」

玫瑰瓣躍過河面，回到對岸，停在棘星面前，垂下頭，耳朵的傷口有血汩汩流出。「對不起，」她咕噥道。「我太衝動了，可是是他們先挑釁的。」

「誰挑釁的不重要，」棘星喵聲道，然後朝颮毛和其他風族貓兒喊道：「不好意思，我們的見習生掉進河裡，蛛足只是幫忙她爬上來。」

颮毛哼了一聲。「叫她以後看清楚，是踩在誰的地盤上。」

棘星可以理解風族貓何以如此敏感。**我們或許曾聯手對抗過黑暗森林……但終究是四個部族，不是一個，還是得尊重邊界。**

還好颮毛不再堅持，他朝其他隊員揮揮尾巴，要他們後退一步，然後吼道：「這種事以後不准再發生，別以為可以隨自己高興就躍過河岸。」

「她已經道歉了！」莓鼻朝他啐道。

「風族的獵物還夠嗎？」棘星問道，同時瞪了莓鼻一眼，這時蛛足已從河裡爬出來，甩動身子，冰冷的水珠灑向他的隊友。

颮毛冷淡回答：「不勞你費心，兔子多到抓都抓不完了。你們雷族呢？」

「哦，現在已經沒那麼冷了，獵物會慢慢回來的，」棘星語氣樂觀地告訴他，但多少有點言不由衷，隨即又追問道：「我們正在等天氣變暖。一星好嗎？還有莎草鬚呢？這兩個月，我都沒在大集會上看到她。」

葉尾回答道：「一星很好，莎草鬚懷了燼足的小貓，正在育兒室裡待產。」

「恭喜，」棘星喵聲道，他是真心道賀。「那就這樣吧，我們走囉。」

他轉身走向其他隊員。蜜妮還在幫琥珀掌清理溼淋淋的毛髮，莓鼻站在玫瑰瓣旁邊，舔著她那隻被劃傷的耳朵。在棘星的示意下，莓鼻停下動作，再度帶隊往上游前進。

「再會了！」棘星朝風族巡邏隊喊道。

琥珀掌回頭調侃：「你們這些傢伙應該跳進河裡游一游，冷靜一下！脾氣才不會那麼壞。」

蛛足趕緊跳到她身邊，用不帶爪的腳掌拍打她的耳朵，輕聲罵道：「鼠腦袋！你沒淹死，已經算運氣好了。」

隊伍才剛甩開風族貓，莓鼻便回頭走到棘星旁邊，喵聲道：「玫瑰瓣看起來沒什麼大礙，我本來還在擔心，風族貓可能傷了她。」

棘星不解地望了他一眼。**我有聽錯嗎？**他心裡納悶，莓鼻不是罌粟霜的伴侶貓嗎？

「我們損失了太多母貓，」莓鼻繼續說道。「大戰役害我們失去了冬青葉、栗尾和蕨雲，而綠咳症又奪走了冰雲和榛尾。現在是新葉季了，熬過來的母貓們到現在都還沒懷孕。」

棘星知道這話不假。他覺得自己沒想到這一點，實在是有愧職守。不過他也很訝異，莓鼻竟然會這麼語重心長地告訴他這件事。也許他終於長大了。他以前向來很惹人厭……

莓鼻直言道：「我們得想辦法解決這問題，不然我們可能從此積弱不振，剛剛我們不是才聽說，風族就要有小貓誕生了嗎？我們得盡快從大戰役的創傷中走出來，讓雷族再度強大，但要是貓口不夠，怎麼可能辦得到？」

第二章

棘星將身子擠進荊棘垂簾，鑽進營地，其他隊員緊跟在後。太陽曬進了山谷，在地上投下長長的陰影。崖壁上的樹木輕聲地窸窣作響，微風輕掃地面的塵土。

棘星至今仍看得到，黑暗森林戰士蜂擁進入營地時所留下的痕跡：育兒室牆上枯槁的刺藤，仍纏著新鮮的刺藤鬚，長老窩外牆的榛木叢斷的斷、倒的倒。他只要閉上眼睛，那些血淋淋的打鬥畫面便立刻襲捲而來，活貓與死貓纏鬥不休，黑暗森林的貓兒滿懷怨恨地一擁而上，只想復仇、奪取權力。為了擊退那群貓，四大部族的貓兒耗盡所有力氣……星族貓何嘗不是如此。棘星甩甩身子，試圖找回先前的樂觀心態。至少現在窩穴全都修補好了，從大戰役裡挺過來的貓兒，傷勢也都痊癒了。

不過看不見的傷痕更難治療。

那場仗打完後，松鴉羽把一根剝了皮的木棍放在擎天架下方的崖壁旁，然後用爪子在木棍上刻出記號，每一道都代表黑暗森林奪走的一條生命。

他的解釋是：「這是要時刻提醒我們，懷念這些犧牲者。」

此刻白翅就站在那根木頭前面，她的見習生露掌站在一旁，籽掌和百合掌也跟著他們的導師蜂紋和罌粟霜站在旁邊看。

「你能記住所有名字嗎？」白翅問她的見習生。

露掌瞇起眼睛，然後開口道：「我想我可以。這位是鼠毛……」同時撫摸第一個爪痕。「她雖是長老，但也上場奮勇殺敵！這位是冬青葉，她曾離開我們一段時間，後來黑暗森林入侵時，她又及時趕回來幫助我們。而這位是狐躍，他後來傷重不治……」

棘星點點頭，露掌繼續細數這些名字。這是他先前的規定，他要求所有見習生在受訓期間就必須牢記這份名單，如此一來，只要雷族還存在，不管經歷多少個季節，這些犧牲者將永遠不會被遺忘。

露掌繼續說道：「這是蕨雲，她被碎星殺害，她是為了保護育兒室的小貓才犧牲了性命。而這是栗尾，她為了照顧小貓而負傷，卻隱忍不說，結果就在我們以為打了勝仗的時候，突然身亡。她是最偉大的貓兒。」

「那最上頭那條最大的爪痕呢？」白翅追問道。「你知道那是誰嗎？」

露掌回答道：「那是族長火星，他是全森林最優秀的貓，但為了救我們，犧牲了最後一條命。」

棘星一陣感傷。**不知道他是不是正在天上看著我們？希望他能認同我的這個作法。**

「我也很想念火星。」

棘星轉身看見松鴉羽來到他旁邊，巫醫的藍色眼睛緊緊盯著他，很難相信他其實是瞎的。「你不是不再能讀我的心思了嗎？」棘星驚訝地說道。

松鴉羽承認道：「是不能啊，我早就失去這種異能了。」語氣有點感傷。「不過也不難猜出你正在想火星啊。因為我聽見露掌正用爪子摸著火星那條爪痕，還說出他的名字，然後你就嘆了口氣。」他輕靠在棘星身上，隨即站直身子。「我相信天上的火星正看著我們。」

「他有到你的夢裡？」棘星問道。

松鴉羽搖搖頭。「沒有，不過這也算是好兆頭。星族之前給我的凶兆已經夠多了，九輩子都解決不完。」說完後他輕快地點個頭，快步離開，去找葉池。後者正在巫醫窩外整理款冬花和剛摘回來的貓薄荷。

「來吧，雪掌，」藤池朝她的見習生喊道。「該去練戰技了！」

「我們也可以去嗎？」露掌趁他姊姊蹦蹦跳跳地跑來找導師時，這樣懇求道。

「當然可以。」白翅喵聲道。

「還有我！」琥珀掌穿過營地跑來，在她的哥哥姊姊旁煞住腳步。

和雲尾、櫻桃落站在新鮮獵物堆旁的蛛足喊道：「不行，你不能去！你今天早上才參加過黎明巡邏隊，現在得去休息。」

琥珀掌的尾巴垂了下來，哀號道：「可是我不去的話，就學不到他們學的東西了。我的進度會落後，到時就當不成戰士了。」

蛛足朝她走來，用尾巴輕彈她耳朵。「鼠腦袋，你絕對當得了戰士。我保證等你休息夠了，我就會教你他們待會兒要學的東西。」

「好吧。」琥珀掌懊惱地瞥了她哥哥姊姊及他們導師的背影一眼，他們正要離開山谷。

「那我們呢？」百合掌同時與籽掌互看一眼，表情失望。「我們為什麼沒有戰技訓練？」

「因為我們要去狩獵，」罌粟霜俐落回答。「來吧，蜂紋知道有個地方最適合抓老鼠。」

籽掌興奮地跳了起來，大聲喊道：「太棒了！百合掌，我敢打賭我抓的老鼠一定比你多。」

「我抓的老鼠會多到足以餵飽整個部族！」他姊姊反駁道。

琥珀掌看見他們都走了，嘴裡咕噥道：「不公平，為什麼我什麼事也不能做？」

蛛足回答道：「讓我來回答你好了，因為你已經參加過黎明巡邏隊，現在輪到你休息。但在你去休息之前，你可以先拿點新鮮的青苔到波弟的窩裡去。」

琥珀掌眼睛一亮。「好啊，搞不好他會跟我說故事！」說完隨即跑開，鑽進垂簾裡。

「我真懷疑自己以前精力有這麼充沛嗎？」棘星看著年輕的貓從眼前消失，不禁大聲說。

沙暴從育兒室探出頭來告訴他：「你現在精力還是很充沛啊！」然後走進空地，推著青苔球。「看見小貓們這麼活潑，就讓我覺得部族充滿了希望。」她突然打住，眼神中有愁雲。棘星納悶著，她是不是想到了她死去的伴侶火星，遺憾他不能在這裡親眼看著這群見習生長大。這時她又抬頭大聲說：「黛西和我正在清掃育兒室，」同時用單腳戳戳那顆青苔球。「現在可能還沒有小貓，不過相信再過不久，就會有年輕的母貓懷孕了。」

「但願如此，」棘星回答道，同時想起稍早前與莓鼻的談話。真的但願如此。然後又說：「應該還有別的貓兒可以幫黛西忙吧？」他心想沙暴真的不需要這樣忙裡忙外，搞得一身都是灰塵和青苔屑。

沙暴的綠色眼睛閃過一絲笑意，於是嘲弄道：「你是打算把我趕進長老窩嗎？」「你已經服務部族夠久了，」棘星回答道。「為什麼不享享清福，改讓他們來服侍你？」沙暴不屑地抽抽鬍鬚。「我的體力還好得很呢。」說完又回去育兒室幫黛西處理一大坨又乾又脆的舊青苔。

棘星看著這兩隻母貓好一會兒後才轉身離開。他的副族長松鼠飛正在長老窩旁與灰紋一起籌組狩獵隊。灰紋曾經擔任副族長，他跟沙暴一樣是這個部族裡資格最老的貓兒之一。

「我們得讓狩獵隊早點出門狩獵，」灰紋向松鼠飛解釋。「因為白天會很熱，最好別在日正當中的時候追捕獵物。」

松鼠飛點點頭說：「反正到時獵物也都躲進洞裡了。我已經派出一隻狩獵隊。」然後又繼續說道：「不過我想再多派一支。亮心可以當隊長。」她環顧四周。「嘿，亮心。」

黃白相間的母貓，從戰士窩前的樹枝裡鑽出來。「什麼事？」

松鼠飛告訴她：「我要你來帶領一支隊伍。但只在一個地方活動，天氣太熱了就回來。」

亮心垂下頭。「有特別指定什麼地方嗎？」她問道。

松鼠飛提議道：「你可以試試影族邊界。蜜妮昨天在那裡看到一窩松鼠。」

亮心喵聲道：「這主意不錯，誰要跟我去？」

「蜜妮一定要去，只有她知道松鼠窩在哪裡。除她之外，其他隊員就由你自己挑吧。」

「我立刻去辦。」亮心蹦蹦跳跳地去戰士窩叫蜜妮，又找了鴿翅、鼠鬚後，隨即鑽出荊棘叢，出發前往狩獵。

他們離開後不久，垂簾入口突然窸窣抖動，琥珀掌嘴裡叼著一大坨青苔出現。她蹣跚地走向長老窩，但棘星注意到青苔還滴著水，布滿塵土的空地上留下滴滴答答的深色水痕。

松鼠飛上前攔下見習生，不讓她走進長老窩。「你不能把那個拿進去，」她嚴厲地告訴琥珀掌。「青苔太濕了，會弄濕所有臥鋪，到時波弟要是因為濕氣太重而腿痛，就別怪他賞你兩爪。」

波弟聽到自己的名字，立刻從榛木叢裡低身出來。「我的腿和我的耳朵都靈光得很。」他哼了一聲。

「那你的毛呢？」琥珀掌放下青苔問道。

棘星忍住笑。波弟的虎斑毛就像剛從荊棘叢裡倒著爬出來一樣，糾結成塊就算了，還豎得亂七八糟，活像一個月沒有梳理。

「是怎樣？說話啊！」波弟抱怨道。「你幹嘛抿著嘴？這陣子你們這些小子老愛抿著嘴。」他不悅地說道。

松鼠飛解釋道：「我剛剛在跟琥珀掌解釋，不能把溼青苔送進你的窩裡。」

「什麼？」波弟戳戳那坨青苔，然後問琥珀掌：「你確定這青苔不是送來給我解渴的？」見習生垂頭喪氣。「我只是好心想幫忙。」

「年輕人，你當然想幫忙。」波弟用尾巴戳戳琥珀掌的腰側。「來吧，我跟你一起把這青苔攤平在長老窩外面，等一下曬曬太陽就乾了。趁著等它乾的時間，我來跟你說一個我以前殺掉一窩老鼠的故事。」

「好耶！」琥珀掌興奮地跳起來，趕緊將濕青苔攤平。

空地的另一頭，沙暴正朝營地外走去，邊走邊推著前面一大坨的舊臥鋪。棘星見狀也鑽進育兒室，幫忙黛西清出另一坨。

「你有聽說誰懷孕了嗎？」他滿懷希望地問道。

黛西搖搖頭。「沒有，不過我相信這間育兒室很快就會派上用場，因為新葉季到了。」她停下來，隨即又說道：「你過來看看。」

她帶著棘星走出育兒室，尾巴指著獅焰和煤心……兩隻貓兒正在陽光下互相舔著彼此。「那一位應該快要有好消息了。」黛西喵聲道，同時朝煤心抽動耳朵。

棘星精神一振，他記得獅焰還小時，他在育兒室外面陪他玩打架遊戲，教他怎麼突襲。儘管後來發生了很多事，但即便我不是三隻小貓的親生父親，我也一樣愛他們。

獅焰抬眼望見棘星正看著他，於是跟煤心說了幾句話，便起身一跛一跛地穿過空地來找族長。

「你有事找我嗎？」他問道。

棘星喵聲道：「沒有，不過既然你都來了，也許你可以告訴我最近好嗎？我們是不是馬上快要有小貓了？」心照不宣地推推他。

「我的星族啊！」獅焰尷尬地舔舔胸前的毛。「別給我壓力，好嗎？」

棘星追問：「你確定你沒問題？」語氣顯得焦急，同時瞄了一眼獅焰肩上的抓傷。他連那隻前腳也有點跛。

獅焰嘆口氣。「我很好。葉池和松鴉羽已經幫我檢查過了，也給了我酸模葉減緩肉墊的疼痛。我只是不太習慣自己竟然會受傷的這件事。我不過是被一根討厭的荊棘絆倒而已！」

「真倒楣，」棘星喵聲道。「以後走路得小心點囉。」

「我們的敵人以後會看輕我的！」獅焰咕噥道，一跛一跛地走回他的伴侶貓那裡，在她旁邊坐下來。

入口的動靜吸引了棘星的注意，原來是第一支狩獵隊回來了。為首的塵皮嘴裡叼著一隻松鼠，後面跟著蕨毛、花落和罌粟霜，全都帶了獵物回來。棘星讚許地看著他們把獵物放進新鮮獵物堆裡。

他注意到塵皮把松鼠放進獵物堆時，看起來很疲累。這隻棕色虎斑貓的伴侶貓蕨雲在大戰役中喪命，他到現在都還走不出喪偶的陰影。松鼠飛告訴過他，塵皮在戰士窩的臥鋪裡常睡得很不安穩，甚至哭醒，夢裡的他似乎想救蕨雲擺脫碎星的利爪，但每次都眼睜睜地看著她死去。

一個多月前，棘星曾建議塵皮考慮退休，到長老窩頤養天年。

「你叫我做什麼都好，就是別叫我退休，」塵皮吼道。「你就讓我繼續忙下去，我需要靠工作來轉移我的注意力，不然我會一直陷在那可怕的回憶裡。」

「有一天你會在星族裡見到蕨雲。」棘星喵聲道，試圖安慰這位老戰士。

塵皮搖搖頭，聲音顫抖地說道：「有時候我真懷疑這一切是不是真的。我偷偷保留了她臥鋪裡的一些青苔，但現在我連她的味道都快聞不到了。」

棘星不知道自己能幫他什麼，只能照他的要求，讓他繼續有工作可以忙。

棘星穿過空地，想去稱許一下塵皮狩獵隊的成果豐碩，卻在這時聽見垂簾另一頭不知誰在喊他。他趕緊轉身，看見亮心穿過荊棘衝了進來，其他隊員緊跟在後。

「影族！」她上氣不接下氣，好不容易煞住腳步。

「冷靜一點，」棘星喵聲道。「到底發生什麼事？」

「他們發動攻擊了嗎？」蕨毛喊道，其他族貓也都圍了過來，好奇地不停抽動鬍鬚。

亮心喘氣道：「沒有，不過情況也好不到哪去。我們在邊界這邊聞到影族的味道。」

「這已經不是第一次了。」蜜妮甩著尾巴說道。

「他們是為了找松鼠窩嗎？」獅焰問道。

貓兒們七嘴八舌，只有鴿翅不出聲，看起來有點悶悶不樂。棘星有些同情她。以前她不用離開山谷，便能靠異能看到影族的動靜、聽見他們的對話、知道他們為什麼越過邊界，但如今異能不再，他想喪失異能的她一定覺得自己又瞎又聾吧。

蜂紋緩步走向鴿翅，口鼻抵住她的肩膀。「你還好吧？」他低聲道。

鴿翅偎近他。「沒事啦。」同時嘆口氣。

棘星抬起尾巴示意大家安靜。「亮心，到底在哪裡……」他正要開口。

「我們應該現在就反擊！」鼠鬚打斷道，憤怒得毛髮全豎了起來。「那些垃圾貓沒有權利進入我們的領地。」

一時之間，棘星不免懷疑，鼠鬚曾經是黑暗森林裡的學徒之一，雖然他已經重回部族懷抱，但也未免太積極地想攻擊鄰居了吧。難道他是想試試看從黑暗森林那裡學來的戰技？棘星揮開這念頭。鼠鬚很年輕，小夥子的性情都是這麼急。

「不准攻擊任何部族。」他警告道。

「這話怎麼不對風族說？」玫瑰瓣咕噥道，同時彈彈早上才被夜雲抓傷的那隻耳朵。

蜜妮問道：「所以我們要怎麼對付影族？」

莓鼻喵聲道：「我們不會讓影族為所欲為，對吧？」他的語調聽起來跟鼠鬚一樣好戰。

「當然不行。」棘星回答道。「我會去拜訪黑星，問清楚為什麼越過邊界。」

「你在開什麼玩笑？」鼠鬚瞪大眼睛，語調比先前更憤憤不平。「他們有錯在先，你卻要給他們機會辯解？」

「鼠腦袋！」鼠鬚的姊姊櫻桃落用力推他一把，害他差點跌倒。「棘星不是這意思，他只是要去告訴黑星，他知道他們幹了什麼勾當。」

棘星很感激這隻薑黃色母貓對他的信任。**我的族貓應該要相信我可以保護他們。但要是他們知道我有多懷疑自己的能力的話，他們會怎麼想呢？**

第三章

「松鼠飛，我希望你跟我一起去，」棘星喵聲道。「還有你們，蕨毛和煤心。」他小心挑選，刻意不找曾在黑暗森林受過訓的貓兒，免得被影族見縫插針。大戰役害各部族都嚐到了被族貓背叛的滋味，雖然他們起義歸來後重新宣示對部族的效忠，但很可能會成為敵營挑釁的藉口。

被棘星指名的貓兒們都朝他走來。煤心先親了親獅焰的鼻子才過去。

「路上小心。」金色虎斑貓低聲說道。

棘星帶隊走進森林。此刻已快要日正當中，空氣溫暖，一絲風也沒有，萬物在溫暖的陽光下靜止不動。但棘星太擔心影族越界的動機，以致於完全無法欣賞眼前的處處生機。

「我想我們應該在影族邊界加派巡邏隊，」松鼠飛與他們並肩穿過林子時這樣提議道。「而且要更常到那附近狩獵，讓影族知道我們雷族沒瞎也沒聾。」

「這提議不錯。」棘星附和道。

他們快步穿過廢棄的兩腳獸巢穴時，棘星瞄到葉池正在照料，禿葉季前她和松鴉羽共同栽植的藥草。深色土壤裡已經冒出小小的綠芽。葉池把鼻子埋進貓薄荷裡，完全沒有發現隊伍的到來。

「看到葉池再度在族裡找到屬於自己的位置，我很欣慰。」松鼠飛溫柔地瞥了她妹妹一眼，低聲說道。「我知道當她決定離開巫醫一職時，確實有點迷失了方向。」

棘星喵聲道：「能有她在，是我們的福氣。」他小心地不去評論火星當年的決定，後者在松鴉羽、獅焰和冬青葉的身世之謎解開時，便毅然地將葉池送進戰士窩。但葉池打破了巫醫的戒律，這是不爭的事實，棘星慶幸當年這決定不是由他來做。

棘星不免想到，有些貓兒的生活因為大戰役而起了驟變。他刻意慢下腳步，走到蕨毛旁邊，不讓其他母貓聽見他們的談話。

「你最近還好嗎？」棘星問道。他全身發燙、覺得尷尬，不過他相信如果火星還在，一定也會親切地探問族貓們在這場巨變後的身心狀況。「新葉季來了，栗尾卻不在你身邊，我知道這對你來說不容易。」不知道為什麼，最近只要天氣陰一點、風冷一點，貓兒和獵物就會待在窩裡不想出來，彷彿這樣就比較能夠承受得住那種悲痛。

蕨毛點點頭，眼裡盡是傷痛。「一想到她本來可以活下來，我就好難過。要是戰役一結束，她立刻讓松鴉羽幫她治療……但她卻堅持先照顧好我們的小貓，結果一切都太遲了。」

「她是偉大的戰士，也是稱職的母親。」棘星喵聲道。「我們會永遠懷念她。」

「這裡的任何草木都會讓我觸景傷情，」蕨毛語調鎮定地告訴他。「我知道她在天上看著我和她的小貓。有一天我們會再相見。」他暫時打住，然後又小聲說：「為了再見她一面，要我等多久我都願意。」

棘星點點頭，感傷得說不出話來。他快步走到前面，留給蕨毛一點思念和獨處的空間。

就在他們快走到邊界時，棘星聞到了影族的臭味。「的確在我們領地這邊。」他甩著尾巴說道。「黑星是怎麼回事？」

「天知道？」松鼠飛沮喪地嘆了口氣。「森林裡的貓，怎麼有這麼多麻煩事呢？」棘星看見她那雙炯炯有神的綠眼睛。不管有多少麻煩事，為了保護族貓，她一定會當仁不讓地站出來。身為族長的他何其有幸能有一位這麼盡責的副族長？

在離邊界最後幾條狐狸身長的這段距離裡，充斥著影族貓的味道，而且幾乎掩蓋了雷族的氣味記號。

「別走散。」當隊伍穿過開闊的野地時，棘星出聲警告道。這裡是綠葉季時，兩腳獸會來搭建毛皮窩的地方，以前影族長期占據此地，直到後來那場枯毛戰死沙場的戰役結束後才撤出。「如果我們看見影族巡邏隊，千萬記住，我們來這裡的目的是談話，不是打架。」

「你的意思是，我們就任由他們把我們打得皮開肉綻嗎？」蕨毛問道，語氣聽起來冷酷兇狠，彷彿暫時拋開了對栗尾的思念。

「我的意思是，必要的話，可以自衛，但不要主動挑釁。」棘星回答道。

蕨毛哼了一聲。棘星繼續帶隊穿過邊界，進入影族領地。

眼前不再是雷族領地上，光禿禿、剛冒新芽的林子，而是影族陰暗的松樹林，這裡難得有陽光灑入。隊員們輕輕踩踏在鋪滿厚厚針葉的林地上。棘星發現，地上針葉被翻攪的痕跡四處可見，底層泥土曝露在外。一坨坨的泥塊，像忘了被帶走的獵物屍塊般隨處散落。

「這裡曾經是大戰役的戰場，」煤心低聲道，同時用耳朵指著傷痕累累的林地。「不知道這片森林何時才能恢復原貌？」

「總有一天會的，」松鼠飛回答道，語氣堅定樂觀。「我們必須這樣相信。」

這裡的矮樹叢比雷族領地稀少，棘星覺得每一步都踩得膽顫心驚。他不停地四處張望，擔心隨時都可能被影族察覺，焦慮著該如何避開影族的突襲。

但棘星終究還是措手不及，一支影族巡邏隊靜悄悄地快步繞過附近荊棘叢，與雷族戰士狹路相逢，立刻煞住腳步，發出吼聲。

棘星的姊姊褐皮為首，驚怒之下，全身毛髮豎得筆直。「你們在這裡做什麼？」她質問道，怒瞪著她弟弟，爪子劃著地上的松針。

「我們想見黑星。」棘星平和地回答。「不是來找麻煩的。」

「把他們趕走！」一隻年輕的棕色虎斑貓興奮地跳上跳下。「他們不可以越界。」

「草掌，族長之間是可以互訪的。」褐皮喵聲道。「你不要遇到什麼事都張牙舞爪的。」見習生一臉失望、後退一步，站在褐皮後面瞪著棘星，爪子抵著深色土壤。

褐皮小心翼翼地看著棘星。「我們會護送你們到我們的營地，」她喵聲道。「免得遇到任何不必要的麻煩。」

「好的。」棘星告訴她。

雷族隊員挨近彼此，跟著褐皮穿過林子。影族巡邏隊裡的另外兩名成員鴞爪和焦毛走在雷族貓兩側。草掌輕聲嘶吼地走在最後面。

棘星注意到，林地上有多處地表被翻攪的痕跡，其中一塊甚至是整株荊棘都被踏平，彷彿戰場上的貓兒曾全無視尖銳的刺，在裡頭翻滾。看來在大戰役裡，影族領地受創的程度比雷族嚴重。

影族營地藏身在一座坑裡，四周圍著叢生的荊棘和低矮的松樹枝。前面帶路的褐皮快步穿過荊棘叢，沿著狹窄的通道前進，棘星經過通道時，感覺刺藤不斷刮著他的身體兩側。

雷族隊伍從通道裡出來時，黑星正站在空地中央，副族長花楸爪站在他旁邊，四周的影族貓愈聚愈多。巫醫小雲一臉憂色地站在空地另一頭。棘星驚見黑星身形憔悴。不過話說回來，黑星的年紀比灰紋和塵皮還大，再加上剛帶領他的部族挺過此生最可怕的戰役，所以也難怪如今的他看起來如此蒼老憔悴。

「我發現雷族巡邏隊穿過我們的領地，」褐皮解釋道。「棘星說他要找你談。」

「好啊，我就在這裡。」黑星的語調溫和。「有何貴幹？」

「你好，黑星。」棘星垂頭向老貓致意。「我來的目的是請教，為何我的族貓會在雷族邊界裡，聞到影族貓的氣味。」

「什麼？」黑星瞪大眼睛，不過棘星懷疑他是裝的。「棘星，你的族貓一定是在做夢。影族貓不會越過你們的邊界。」

「你的意思是，我們不知道影族貓的味道是什麼？」松鼠飛甩著尾巴反問。

「我自己也去聞過，」棘星喵聲道。「那氣味是在邊界很裡面的地方，就在兩腳獸搭建毛皮帳的空地那頭。」

「那麼也許你應該加強雷族的氣味記號，」黑星覷了花楸爪一眼，同時反駁道。「要是你覺得標示邊界很麻煩，那就難怪我們會不小心多走了幾步路。」

「多走幾步路？」松鼠飛不以為然地啐道。

棘星抬起尾巴制止她。他感覺得到自己的毛髮已經豎了起來，他很想撲向黑星，用爪子扒掉他臉上的冷笑。但如果火星還在，他絕對不會這麼衝動，他提醒自己，他會知道接下來該怎麼說才不會引起衝突。

「我們知道你們做了什麼，」他開口道。「只是我們不懂理由是什麼。究竟是什麼原因……」

這時瘦骨嶙峋的老棕貓鼠疤上前一步打斷他。「你憑什麼在這裡質疑我們的族長？」他吼道。「滾回你的領地去。」

棘星發出憤怒的嘶吼，惱怒著影族長老竟敢喝令他。松鼠飛伸出爪子，棘星聽到背後的蕨毛和煤心也發出低吼聲。

「鼠疤曾經和黑暗森林有一腿。」松鼠飛在他耳邊提醒。

「別忘了，我們已經決定再給那些貓兒一個機會證明他們的忠心。」棘星低聲回她，強迫身上的毛髮平順下來。

這時花楸爪用肩膀頂頂鼠疤，要他回到貓群裡。「夠了，」副族長厲聲說道，然後又對棘星說：「也許我們雙方都該加強那條邊界的氣味記號，這樣就不會有貓兒誤闖邊界了。」

棘星心想，要他們徹底承認，恐怕得兵戎相見，於是心不甘情不願地點個頭。「很好，」他喵聲道。「不過也請你們記住：從現在起，雷族一定會小心看守邊界。」

「影族也是。」黑星回應道。「你們該走了。褐皮，送他們回雷族領地。」

「謝了，我們不需要你們護送。」棘星告訴他。

「對，我們不需要。」松鼠飛附和道，聲音大到讓所有貓兒都聽見。「你們以為我們喜歡待在這麼臭的地方嗎？」

「夠了，」棘星嘶聲喝止，隨即他昂首闊步地轉身離開營地。他聽見身後的影族貓都在齜牙低吼，於是深吸口氣，壓下脾氣、收起爪子，讓毛髮平順下來。

但就在他和族貓們往邊界走去時，突然聽見後面傳來腳步聲。他伸爪霍地轉身，驚見追在後面的竟是小雲。

「你好，棘星，」小雲氣喘吁吁地停在隊伍旁邊。「葉池和松鴉羽近來好嗎？」

「他們很好。」松鼠飛代答。「他們合作無間，而且……」

「松鼠飛，別說了。」棘星打斷。「我們得走了，營地裡還有很多工作。」

「我只是……」松鼠飛正要辯白，看見棘星的眼色，連忙打住。「對不起，小雲。」隨即轉身跟上棘星和隊友。

小雲一臉失望地看著他們離開。

「你剛剛為什麼要那樣？」松鼠飛快步跟上棘星，開口質問道。「巫醫本來就不參與部族間的糾紛，小雲只是誠懇問候而已。」

「是沒錯，不過我們不是巫醫。」棘星指正道。他心裡其實有部分是認同松鼠飛的說法，但自從大戰役過後，謹守戰士守則、保持各族間的距離開始變得刻不容緩。我們必須證明我們可以靠自己的力量挺過來。太友善、太熱情，對我們的敵人來說都是在示弱。

「也許我們終究得兵戎相見，好好教訓一下影族，讓他們不敢再越界，」他繼續說道，「所以這時候不適合跟他們的巫醫多說些什麼。」

「我們現在根本不可能再開戰！」松鼠飛駁斥道。

棘星停下腳步，迎向她的目光。「恐怕避免不了。黑暗森林入侵時，影族或許曾是我們的盟友，但只要那些貓踏進我們的領地、偷吃我們的獵物，就是我們的敵人。大戰役結束了，但這不表示四大部族從此就能和平共處。」

第四章

等到棘星和隊員回到山谷，已經是日正當中，對新葉季來說，這天氣熱得有點早。棘星穿過荊棘垂簾，看見剛從黎明巡邏回來的族貓們都在曬太陽、互舔毛髮。

貓兒們一看到他們回來，立刻跳起來。

「怎麼樣？」罌粟霜喊道。

「那些垃圾貓又有什麼藉口？」刺爪問。

「大戰役後，他們那邊的情況怎麼樣？」雲尾追問道。

棘星沒有回答，逕自走到空地中央，這時族貓們已經都圍了上來。「他們的領地仍顯得殘破。」他先回答雲尾的問題。「不過他們的營地看起來已經恢復正常。」

「我們看到的影族貓都瘦巴巴的，」蕨毛插嘴道。「我猜他們的獵物不太夠。」

「太好了。」蛛足喵聲道，雲尾則得意地甩甩尾巴。

棘星聽見族貓們這種幸災樂禍的心態，覺

得有點不安。

「那越界的事呢？」鼠鬚質問道。「黑星怎麼辯解？」

「影族貓堅稱他們是不小心跨過邊界，」棘星告訴他。「他們要我們加強氣味記號。」

憤憤不平的聲音四起。白翅的聲音尤其響亮。「鼠腦袋！我昨天才全部重新標過！」

「這一點我們都很清楚，」松鼠飛向她保證道。「影族也明白我們的氣味記號一點問題也沒有。但他們就是不肯承認自己越界。」

「我們得好好教訓他們。」刺爪吼道。

好幾隻族貓也都附和他的說法。

棘星搖搖頭。「我不准你們越界去找影族的麻煩。」雖然他也想教訓對方，但他還是這樣下令道。「松鼠飛會再組織一支隊伍，去重新標示那裡的氣味記號，讓影族明白我們絕不容許他們再犯。」

他無視眾貓的抗議，轉身就走。山谷的一角，巫醫窩入口的荊棘簾幕被撥開，松鴉羽走了出來，薔光也隨後跟出，靠有力的前腳拖著身子和兩隻沒有知覺的後腿前進。

棘星看見年輕母貓憔悴的身形，不免皺眉，大家原以為她逃不過綠咳症的摧殘，但她終究是挺過來了，可是顯然還沒完全復元。向來陽光的她如今變得沉默不語，似乎是用盡全身力氣在拖著身子前進。

「薔光！」煤心朝她跳過去，「過來這裡曬太陽。」

其他族貓也都暫時拋開與影族間的不快，簇擁著她。薔光的貓緣很好，大家都很欽佩她的勇氣，很開心見到長期臥病的她終於又走出巫醫窩。

薔光找到一塊有陽光的地方趴了下來。「看這是什麼！」波弟喵聲道，快步走了過來，嘴裡叼著一隻老鼠。「我們一起吃吧，順便我再告訴你，當年我是怎麼在我那頭兩腳獸的花園裡趕走一條狗。」

「不了，波弟，謝謝你。」薔光說道。「我不餓。不過我倒想聽你說故事。」她看見老貓失望的表情，趕緊補充一句。

「我收集到一些畫眉鳥的羽毛，可以鋪在你的臥鋪裡。」雪掌大聲說道，他嘴裡叼著羽毛，蹦蹦跳跳地過來，身上還黏了一兩根。

「謝謝你。」薔光在跑遠的見習生後面喊道。

「小東西，你做得很棒。」蜜妮讚美她的女兒，同時用尾巴輕戳薔光的肩膀。「再過不久，你就可以完全復元了。」

「應該吧。」薔光嘆口氣，然後把下巴擱在腳上，看著蜜妮走向新鮮獵物堆，灰紋正在那裡拔一隻黑鳥的羽毛。

棘星走向薔光。「怎麼了？」他問道。「需要我幫忙嗎？」

薔光抽抽耳朵。「我也不知道。」她抬起頭，用那雙淺藍色眼睛望著棘星。「我受夠了這種特殊待遇！」她自承道。「我只是想跟其他貓兒一樣。」

「什麼？」棘星試著裝出幽默的口氣。「你想跟波弟一樣嗎？你打算跟我說你的當年勇？還是想跟蛛足一樣，害羞到不敢跟一直都在幫他照顧孩子的黛西說話？或是你想跟露掌一樣，住在見習生窩裡，全身都是老鼠膽汁的味道。孩子，我們每個都很不一樣。」他語氣輕鬆地提醒她。

蕾光忍不住輕笑。「我知道，」她喵聲道。「只是有時候覺得，當蕾光真的好難哦。」

棘星低頭看著她，不知道該怎麼幫她。突然他聽見腳步聲，趕緊轉過身去。葉池回到了營地，剛剛到兩腳獸巢穴那邊照料藥草的她，看起來滿身塵土，連腳爪都沾到不少泥巴。

「那裡都整理好了。」她向松鴉羽報告。「只要再下點雨，貓薄荷就可以長出來了。」

「松鴉羽，我累了！」蕾光喊道。「我想回窩裡了，可以嗎？」

「你才出來一會兒而已。」松鴉羽反對道。

「老是把自己關在窩裡，不是件好事。」葉池也附和道。

「我就是想回去。」蕾光堅持。

松鴉羽正要開口反駁，坐在一條尾巴外正在啃老鼠的波弟，突然把吃了一半的老鼠帶到蕾光面前丟給她。

「你幫我吃。」他提醒她。「我吃不完，而且我還沒跟你說故事呢。」

「你根本沒吃多少！」蕾光斥責他。「來吧。我陪你吃，順便聽你說故事。」

波弟心照不宣地看了棘星一眼，隨即坐下來把爪子塞在身子底下，等著蕾光吃第一口老鼠。「話說從前有條狗……」他開口道。「很討厭，滿身都是跳蚤……」他停頓一下，等蕾光把鼠肉吞下去，才又把老鼠推得更近一點，要她再咬一口。

你這隻狡猾的老貓！棘星心想。

他身邊的松鴉羽也偏頭聆聽薔光的動靜。巫醫發出滿意的呼嚕聲，伸個懶腰，朝棘星轉身。「今夜是滿月，」巫醫大聲說道。「上次因為天空布滿烏雲而沒舉辦大集會，這次可以去聽聽看過去這兩個月來，其他部族如何對付嚴寒和饑餓，我想會很有意思的。」

棘星環目四顧尋找松鼠飛，發現她正在獵物堆旁陪灰紋閒聊，於是揮揮尾巴，示意她過來。「你覺得我們今晚該帶哪些貓兒參加大集會？」他問道。

他的副族長想了一會兒。「雲尾和櫻桃落很久沒參加了。」

「這倒是真的，煤心也是。」棘星喵聲道。「我想我們應該把所有見習生都帶去。」

松鼠飛瞪大眼睛。「五個都帶去？你在開玩笑吧！」

「我說真的。百合掌和籽掌上個月錯失機會沒去，但如果這次其他三個還是不帶去，恐怕不太公平。也該是時候讓他們見識一下大集會了。」

松鼠飛哼了一聲，覺得好笑。「我保證過樹橋的時候，一定會有個傢伙掉進水裡，不然我頭給你。」

棘星用尾巴彈彈她耳朵。「不會有事的。」他環目四顧，察覺花落和刺爪正在戰士窩入口交頭接耳，心裡不免起疑，於是轉動耳朵，想聽聽他們的談話，但又感覺有點心虛。

「我真希望今夜能被選上參加大集會。」花落低聲道。

「我也是，」刺爪附和道。「我們已經好久沒見到其他貓兒了。」

棘星聽見此話更緊張了。「希望他們不是為了想要和黑暗森林裡交的朋友重修舊好。」他咕噥道。

「我們必須信任所有族貓。」獅焰在他身後說道，棘星轉身看他。「過去的事就別多想了。」獅焰那雙金色的眼睛專注地看著棘星。「畢竟我們的族貓最後還是心向我們。」

棘星點點頭，想起大戰役時，那些曾經誤入歧途的雷族貓，一發現黑暗森林戰士大開殺戒，大肆破壞時，便立刻義無反顧地回頭保護自己的部族，奮勇殺敵。

他看見松鼠飛的目光緊盯著刺爪和花落，很清楚她也在努力想要原諒他們。大戰役害她失去了摯愛，棘星心想，她父親火星……還有等同她親女兒的冬青葉。

「我明白你的感受，」他在松鼠飛的耳畔低聲說道。「但如果我們一直懷疑他們，只是變相地鼓勵他們對外尋求支持。」

「葉池自願留在營裡，」松鴉羽插嘴道。「所以我可以去。」

「我想我也可以去吧？」獅焰喵聲道，他半露的爪子在陽光下閃閃發亮。「因為我怕影族貓故意找我們麻煩。」

棘星看著這三隻貓兒：他的副族長、他的巫醫以及部族裡最英勇的戰士之一。不過他們對他的意義不僅於此。他們是我的至親，他心想，雖然我們之間沒有血緣關係，但他們一直是我生命中最寶貴的一部分。他突然想到那隻有著綠眼睛、目光銳利的黑貓，他突然一陣心痛。**要是冬青葉還活著，我們全家就可以再度團圓了。**

棘星帶著貓兒走出山谷，朝湖面走去，這時太陽已下山，地平線上仍有些許紅霞，湖面的粼粼水光也將沒於黑暗。棘星抬頭望著月亮……只見碩大的圓月高掛在墨黑夜空的樹梢上。大湖映入眼簾，琥珀掌發出興奮的吼聲，朝下坡猛衝，朝湖邊跑去，她的同胞手足也跟在後面。百合掌和籽掌互看一眼，像是覺得自己已經大到不適合做出如此幼稚之舉，但還是忍不住尖聲大叫：「等等我們！」也跟著衝了下去。

「嘿，小心點！」松鼠飛在後面喊道。

琥珀掌和露掌在水邊緊急停住腳步，小石子跟著濺灑。但雪掌來不及煞住，驚聲尖叫地撞進湖裡，尖叫聲倏地消失，因為整顆頭都沒進了水裡。

「狐狸屎！」棘星啐道。

他尾巴一甩，忙不迭地往湖邊跑去，雪掌的父親雲尾也衝過來。棘星一抵達水邊，便發現剛浮出水面的雪掌，正用四隻腳慌亂地拍打。棘星趕緊過去抓住他的頸背，免得他又沉下去。

棘星先將爪子戳進布滿卵石的湖床，再將見習生拖回岸上。雲尾探身過來，這時棘星已經把見習生放在硬實的地面。其他見習生也都焦急地圍上來。

「你的腦袋是被跳蚤叮壞了嗎？」雲尾質問他。「要是我是族長的話，現在就直接把你趕回營地。」

雪掌咳出一大口水，費力地站起來。「對……對不起！」他氣喘吁吁。「我不是故意掉進水裡。我覺得這湖的面積變得比以前大了。」

棘星環目四顧。「他說得沒錯。」他說道，同時注意到水位變得比以前高。禿葉季快結束了，先前又下了那麼多雨。

「你看月亮的形狀，」蕨毛走過來，同時插話道。「每當月亮特別大的時候，湖水就會變得比較滿。」

棘星退後一步，甩甩身子，以免水珠濺到他的族貓。「我不會趕你回營地，」他告訴雪掌。「但不准再做蠢事，好嗎？」

「我保證不會，」雪掌喵聲道。「謝謝你，棘星。」

「你最好四處跑一跑，讓身體快一點乾，」雲尾建議道。「記住，我會緊盯著你。」

雪掌低下頭，但沒過一會兒，就跟著其他見習生跑掉了。

「身上弄濕了，也沒什麼大不了，」棘星說道。「我不想罵他。記得我當年第一次參加四喬木的大集會時，也一樣興奮得不得了。」

「你？」松鼠飛哼地一聲取笑道。「你酷得跟什麼一樣好不好。」

棘星用尾巴輕輕彈她。「我才不像你呢，那時你只要看到荊棘叢，就一定要鑽進去。我記得……」

「沒有時間話當年了啦，」松鼠飛打斷他。「我們到底要不要去大集會啊？」

雷族貓沿著湖岸走，直到抵達與河族為界的那條河流。棘星緊盯著五名見習生，深怕他們無法躍過那條陡峭的溪流。

「哇，我們到河族領地了！」露掌抵達對岸時，大聲說道。

「要是河族巡邏隊發現我們，怎麼辦？」琥珀掌問道。「要上場打一架嗎？我知道一招很厲害的打法哦！」

「不，我們不用打架，」煤心告訴她。「離水邊三隻狐狸身長的範圍內，都不屬於任何部族，只要我們不抓獵物，就可以平安無事地走在這裡。」

「可是現在湖水的水位更高了，那要怎麼算呢？」露掌直言道。「這表示本來屬於安全範圍的地方，可能都被湖水淹沒了。」

棘星知道見習生的話不無道理。從他認得的那片草坡來判定……但因為沼澤空曠，沒有太多標示物，所以其實也很難判斷……他們幾乎是站在三隻狐狸身長距離以外的地方。

五個見習生靠在一起，害怕地覷看風族的其他領地。「我們還是去不成大集會，」籽掌喵聲道，失望地垂下尾巴。「上個月我和百合掌也沒去成，這不公平啊！」

「我們當然可以去，」煤心向她保證道。「我們是從現在的水位開始算安全範圍的距離。」她其實也不很確定，於是偷瞥了棘星一眼，沒讓見習生們察覺到。棘星點點頭，心裡暗自希望風族也是這麼想。

雷族的隊伍一路上沒遇到別族貓兒，直到快抵達最遠處的邊界時，才看見風族貓兒蜂擁地出現在山脊上，他們身後的背景就襯在即將昏暗的天空下。風族族長一星站在隊伍的最前方，新任副族長兔躍站在他後面。

棘星看見風族戰士一見到他們的隊伍，立刻現出些許敵意。他猜是因為他們還沒忘記上次在河邊發生的那場爭執，自己也不自覺地豎起毛髮。他走上前去，面對一星。

「你好，一星，」他喵聲道。「今晚這天氣很適合開大集會。」

一星敷衍地點點頭。「你好，棘星。」

他突然聽見身後傳來推擠和怒吼聲，霍地轉身，發現風族貓正推擠著雷族貓。櫻桃落滑了一跤，差點摔在潮溼的卵石上。棘星頸部的毛豎得筆直，看來不管有沒有休戰協定，戰火都是一觸即發。風族到底想證明什麼？

「一星，拜託你，」他喵聲道，努力保持風度。「請把你的戰士帶開。現在湖水很深，我們不希望發生任何意外。」

一星垂下頭。「謝謝你，棘星。」同時揮動尾巴，示意他的戰士：「走了。」

風族貓沿著湖岸快步離開，雷族貓嘴裡嘀咕著不滿。

「如果他們想找麻煩，我們絕對奉陪。」刺爪齜牙低吼。

「別鼠腦袋了，」松鼠飛嘶聲回答。「要是我們先出手，不就等於是我們打破了休戰協定。再說尊重對方這種事也沒大不了，更何況我們是走在他們的地盤上。」

就在等待風族貓走遠的同時，棘星瞥見山坡上方邊界的另一頭，有兩雙閃閃發亮的眼睛。光線幽暗，他認不出對方是誰。

「黛西！」他回頭朝他的族貓喊道。

乳白色母貓穿過隊伍，快步走來。她不常參加大集會，這次被叫到前面來，她有點吃驚。

「你看那裡，」棘星低聲道，同時用尾巴指著遠處那兩雙發亮的眼睛。「你知道那是誰嗎？」

黛西深吸口氣，嗅聞空氣。「小灰！」她大聲道，那是她以前住在馬場時的朋友。棘星不記得她有多久沒見過對方，但她顯然沒有忘記他。「嘿，小灰，是我！」她抬高音量大喊道。

那兩雙眼睛立刻消失不見。

黛西垂下尾巴。「我不懂他為什麼不想跟我說話。」

「別多想了，」棘星回答她，尾巴擱在黛西肩上。「可能是我們數量太多，嚇到他了。」

「我想也是。」黛西同意道。

風族貓已經消失在暮色裡。棘星帶著他的族貓穿過沼澤，直抵可從岸邊通往小島的樹橋。此刻湖水水位已經高到水浪不時拍打著樹橋底部。櫻桃落連看都不看下方湖水一眼，便快步通過樹橋，其他隊員也跟著魚貫通過。棘星盯著見習生們。不過在雪掌的落水事件過後，他們倒是學乖了，哪怕還是亢奮到身體微微發抖，仍是心無旁騖地跟著過橋。

他們穿過灌木叢，走進小島上的空地，這時棘星擠到最前面帶隊。天空橡樹的枝繁葉茂，在灑滿月光的地面投下細長的黑影。其他三個部族都已抵達，猶如魚群般在空地上巡游。

風族貓全聚在一角，帶著敵意地看著其他部族，彷彿不相信他們會遵守休戰協定。

「至少他們不是只針對我們。」蕨毛在棘星耳邊說道。

「所以我們應該覺得慶幸囉？」棘星低聲回答。

他環顧空地，發現不是只有風族貓很不自在。影族似乎也焦躁不安，他們沒有全聚在一起，而是分成了兩個小團體在竊竊私語。棘星納悶是否因為大戰役過後，憔悴的黑星已經老到沒辦法整合自己的部族，以致於有些貓兒開始自擁其主。

「河族怎麼回事？」松鼠飛咕噥道。

原本毛色光滑的河族貓，如今看來毛髮凌亂、顯得緊張，一直圍著他們的族長霧星。他們走起路來一跛一跛的，不然就是小心翼翼地護著受了傷的爪子。天啊，他們到底經歷了什麼？怎麼看起來那麼悽慘？棘星不免好奇，因為他知道那些外表看起來最疲累的戰士，往往都是族裡最強悍的戰士。

「一定是出了什麼問題。」他回答道。

霧星離開她的族貓，一路擠過空地，跳上天空橡樹的樹枝。棘星知道該是開大集會的時候了，於是也穿過貓群，跳到樹上與霧星會合。

松鼠飛跟在他後面，陪同其他副族長坐在橡樹樹根上，巫醫們也聚集在附近。一星跟著跳上樹，站在棘星旁邊，但黑星還是待在地面。棘星有點緊張。難道以後每次開大集會，影族族長都要待在樹下嗎？

黑星等到其他貓兒都就定位了，才開口說道：「我們先緬懷為大戰役捐軀的犧牲者們。」空地上的貓群陷入沉默，有些不知所措，他則繼續說道：「從影族開始：紅柳、破尾、蟾蜍足、鼩鼱足、歐掠翅、橄欖鼻、蘋果毛、杉心、高罌粟和小鼬。還有雷族的火星、冬青葉、鼠毛、蕨雲、栗尾、狐躍，風族的灰足、鴞鬚、燕尾、薊心……」

棘星不安地抽動尾巴。**如果真要緬懷，也應該是由我來唱名雷族的犧牲者們，而一星唱名風族的犧牲者吧！**

在大戰役後的第一場大集會上，黑星提議唱名犧牲者的名字供大家緬懷。乍聽之下好像很有正當性，但棘星不確定，以後的每場大集會是不是都要這麼做。他感覺到其他族長也跟他一樣不自在，等到黑星開始唱名河族的犧牲者們時，樹枝上的霧星優雅地站了起來。

「黑星，」她語調尖銳地打斷他。「我們絕對不會忘記誰在這場戰役裡犧牲了性命。就讓我們用自己的方法緬懷他們吧，不勞你代表我們一一唱名了。」

第五章

黑星抬頭看著河族族長，棘星察覺到他眼裡驚駭的神色。

「這些犧牲者一直與我們同在，在天上保護著他們曾誓死捍衛的同胞們。」黑星反駁道。「所以我們當然要緬懷他們。」

「可是黑星，」霧星的語氣更顯溫和。「日子仍然要過，就像一年四季不停更迭一樣。我們並不需要一一點名，上個月吃過哪些獵物或有哪些落葉掉了下來。」

黑星一臉怒容。「我們的族貓既不是獵物，也不是落葉！」他氣喘吁吁地說道。

「我的意思並不是……」霧星才剛開口，聲音就被空地上其他貓兒的喧嘩聲淹沒。影族貓當然是支持自己的族長，但其他很多貓兒也跟棘星一樣，很不滿意這種唱名方式。

「為什麼不讓我們緬懷自己族裡的犧牲者？」雲尾質問道。

「為什麼只有黑星才能唱名？」風族的鴉

羽也質疑道。

棘星跳了起來。揮揮尾巴，示意大家安靜。不值得為這問題打破休戰協定。「我同意霧星，」等他確定大家都能聽到他的聲音時，他才開口喵聲道。「每個部族都有各自緬懷犧牲者的方法。」

黑星頸部的毛豎起，齜牙低吼。「你們別忘了，我們曾經四族合一地並肩對抗黑暗森林。」

「可是我們現在沒有合併為一個部族，」棘星提醒他。「我們是四個部族，就跟以前一樣。」

黑星霍地轉身，昂首闊步地離開天空橡樹。「我的部族不會繼續留在這裡，聽別族貓兒取笑我們的犧牲者。」他嘶聲道。「你們跟我們一樣，都虧欠了他們。」

他的副族長花楸爪立刻從橡樹根上跳起來，追在他族長後面。「快回來，黑星！」他催促道。「他們沒有不尊重我們。只是現在情況不一樣了。」黑星停下腳步、表情不解。花楸爪補充道：「每個部族都有新的挑戰得面對，事情不可能永遠一成不變。看看影族，我們不再像大戰役過後那樣積弱不振。不，我們成了一個你引以為豪的部族，而這一切都歸功於你，我們的族長。」

黑星停頓了很久，才轉身回來，爬上天空橡樹，與其他族長會合。棘星搜尋他姊姊褐皮的身影，捕捉她的目光，並向她點頭示意，肯定花楸爪那番中肯的話語。褐皮的綠色眼睛炯炯有神，很為她的伴侶貓感到驕傲。

「謝謝你，黑星，」霧星喵聲道，同時向影族族長垂頭致意。「我向你保證，只要這座森林還在，所有部族都不會忘了那些犧牲者。」她抬眼望向星空，繼續說道：「四大部族的祖靈守護著我們，帶領我們歷經各種艱辛。我們感謝那些新加入的星族戰士，並永遠緬懷他們。我們以他們為榮，也以所有星族貓為榮，直到永遠。」

每隻貓兒都垂首聆聽霧星的禱詞，整齊的動作如野風掃過空地上的草葉般起伏一致。

「現在，」霧星語氣輕快地繼續說道，「月光都灑下來了，我們都還沒開始大集會呢。那就由我來開場吧，可以嗎？」她快速地掃了其他族長一眼，然後大聲說道：「由於水位太高，我們已經把營地搬離湖邊。除此之外，一切都很好，湖裡的魚很充裕。」

棘星捕捉到下方松鼠飛的目光。難怪河族戰士看起來這麼累，每隻貓的腳都像受了傷，一副惶惶不安的模樣。

「河族也有了小貓，」霧星宣布道，得意地甩甩尾巴。「花瓣毛生了一隻母貓和兩隻公貓。」

棘星瞄見棕色虎斑戰士錦葵鼻一臉驕傲。孩子的父親一定是他。

正當貓兒們的恭喜聲此起彼落時，霧星退後一步。「黑星，接下來輪到你，好嗎？」

影族族長站起來。棘星覺得他變得比以前更蒼老，雪白如骨地映襯在幽暗的樹枝間。「影族很強悍也很興旺，」他大聲宣布。「雪鳥生了三隻小貓，都是母貓。」

他坐回樹枝，下方空地上的焦毛一臉洋洋得意，舔完其中一隻腳爪後，又去抓抓耳朵。

一星站了起來。「風族的狩獵成果豐碩，」他向大家報告。「鳥兒被大風從太陽沉沒之地吹進內陸。牠們似乎不太適應草地，所以很容易抓捕。雖然我們還沒有小貓誕生，但很快就會有好消息了。」

他的目光停留在莎草鬚身上，後者不好意思地舔舔胸前的毛，倚著她的伴侶貓爐足。

棘星不安地走到樹枝盡頭，俯瞰貓群。為什麼其他族長對新生小貓這麼地小題大作？現在才剛進入綠葉季，多的是時間讓育兒室住滿小貓。「我們正在補強邊界，」他大聲說道，尾尖不停抽動。影族和風族，你們最好給我聽清楚！「有五位新見習生正在接受訓練，他們是百合掌、籽掌、琥珀掌、雪掌和露掌。百合掌和籽掌已經當了三個月的見習生，但這是他們第一次參加大集會。五位見習生都學得很快，相信一定能成為出色的戰士。」

「百合掌！」

「籽掌！」

「琥珀掌！」

「雪掌！」

「露掌！」

五隻年輕貓兒站得筆直，聽大夥兒朝星空呼喊他們的名字，眼裡滿是自豪。棘星跳了下來，狂風打得他上頭的枝葉窸窣作響，天空橡樹在寒風裡發出喀喀聲響。一抹雲飄過月亮，原本沐浴在銀色月光下的小島暫時顯得幽暗。

「大集會結束了！」一星喊道。

地面上的貓兒三兩成群地聚在一起。棘星從樹上跳下來時，瞄見松鼠飛正瞪著影族的虎心和鼠疤，而他們正在和櫻桃落及藤池說話。

「你看起來像隻正在打量獵物的老鷹，」他穿過貓群，來到她身邊。「虎心和鼠疤只是示好而已。」

「有些貓兒我是永遠都不會再相信了。」松鼠飛低吼道。

「他們不是你的族貓，你不必相信他們。」棘星低聲道。「不過你不能因為他們過去犯的錯，就永遠視他們為敵人。」

松鼠飛哼了一聲。「我想我可以。」

棘星不想再爭辯，他知道他的副族長對那些曾誤入黑暗森林歧途的戰士有成見，要她完全放下，恐怕得花很長一段時間。他自己也很清楚，他們所帶來的傷害。畢竟有些傷好得很慢。他索性轉過頭去，尋找他姊姊褐皮，這時看見她正從她的族貓裡擠出來，上前找他。

「嗨，」她喵嗚道，鼻子與他的輕觸。「棘星，真高興見到你。」

「我也是，」棘星回答道。「花楸爪的輔佐角色做得很棒。」

褐皮更樂了。「我知道，花楸爪很優秀。」

「他以後會是位稱職的族長，」棘星繼續說道。「應該再過不了多久吧……」

這時褐皮的臉色突然大變，頸部的毛豎得筆直。「你是在暗示黑星老得不能再領導我們了嗎？」她低吼道。「你錯了，黑星的身體好得很。」

「好啦，好啦，」棘星後退一步。「你別這麼兇嘛。」

褐皮又甩了一次尾巴，口鼻抵住她弟弟的肩膀。「好好照顧自己，你這個笨毛球。」她喵聲道，隨即轉身，回去與她的族貓會合。

棘星注意到虎心還在和藤池說話，櫻桃落和鼠疤已經走了。他有點好奇，於是走近去聽。

「鴿翅呢？」虎心正在問。

藤池神情防備，回答得很冷漠。「她在營地裡。」

「和蜂紋在一起？」虎心四處張望，似乎在找那隻淺灰色公貓。

「我想這不關你的事吧。」藤池駁斥道。

棘星納悶著虎心為什麼想見鴿翅。其他部族的貓兒根本不知道三力量的異能，所以不可能是想求她幫忙看什麼遠方的東西吧。

然而這件小事也提醒了棘星，四大部族現在的確需要各自獨立過活。他向來對四大部族曾團結一氣地對抗黑暗森林很是自豪。能與他們並肩作戰，我覺得非常榮幸，但現在事過境遷了，我們必須補強領地上的邊界，雖然邊界是看不到的，但的確存在於貓兒之間。

他穿過空地，中途停下來和河族長老撲尾聊了一下，後者跟他說了一則有關捕魚的曲折長篇故事。也許我應該介紹他認識波弟，棘星心想。這時他的腰側被戳了一下，他回神轉頭一看，原來是松鼠飛。

「你應該召集大家離開了，」她斷聲道。「風族和影族早就走了。」

棘星好生尷尬，我都忘了這是我的工作。

「你現在是族長了，」撲尾輕聲揶揄。「你有很多艱難的決策得做，還好你有松鼠飛時時刻刻提醒你。」

「的確，」棘星附和道。他看見松鼠飛已經開始整隊，不免在心裡對自己說，要是沒有這位副族長，我一定是手忙腳亂。

⚡⚡⚡

太陽才剛突破晨霧而出，棘星便帶著黎明巡邏隊回到營地。看來又是暖和的一天，他心裡想道。

他一從荊棘叢裡出來，就驚見黛西在育兒室前緊張地踱步。她一看見他，就立刻跑了過來。

「棘星，我好擔心。」

「怎麼了？」棘星問道，同時將尾巴擱在母貓肩上。

「是馬場的小灰和絲兒啦，」黛西回答道。「我想我們去大集會的時候，一定是小灰特地到那裡等我們，可是他太害怕了，所以不敢過來找我們。」

棘星不太相信她的說法。「他可能只是在那裡張望……」

「不會的，他為什麼要來張望？」黛西打斷道，腳爪緊張地刨著泥地。「馬場裡的貓向來與四大部族保持距離。拜託你，棘星，可不可以讓我回馬場，我想去確認他們一切無恙。」

棘星遲疑不決，他看著黛西的眼睛，知道她很擔心她的朋友。「好吧，我陪你一起去。」

「你不必陪我跑一趟！」黛西喵聲道。「你是雷族族長，一定有更重要的事要做。」

「這件事也可能很重要，」棘星堅持。「等過了中午，我們就啟程。」

黛西發出喵嗚聲，感激地眨眨眼睛。「謝謝你，棘星。」

等她走回育兒室，灰紋也過來找他。

「黛西要做什麼？」灰色戰士喵聲道。他聽完棘星的解釋後，表情驚訝。「她要回馬場？你想她是不是想離開雷族？」他輕嘆一口氣。「也許大戰役嚇壞了她。」

「那已經是好幾個月前的事了，」棘星指正道。「如果黛西害怕的話，早就離開了。」

「那麼有可能是因為育兒室現在是空的，」灰紋用尾巴示意那座廢棄的刺藤窩，揣測道。「也許黛西覺得找不到地方發揮自己的功能，畢竟現在沒有貓后或小貓讓她照顧。」

棘星的爪子戳進泥土。為什麼大家都這麼在乎小貓？「等新葉季來臨，」他喵聲道。「育兒室一定會住滿。」他盼望地看了蜜妮一眼，後者正在新鮮獵物堆旁吃一隻麻雀。「你們有沒有可能……」

灰紋搖搖頭。「我們已經過了生小貓的年齡了，」他語帶興味地回答。「這裡還有很多年輕的貓，會負責生育小貓的。」

可是沒有母貓懷孕啊，棘星悶悶不樂地想道。

太陽才剛偏西，棘星和黛西就出發朝湖邊走去。岸坡才走了一半，棘星便注意到黛西的腳有點跛。他心想，她才剛去過大集會，腳還在痠呢，更何況她本來就不常離開山谷走遠路。

「你確定不要改天再去？」他問道。

「不，我沒事！」黛西向他保證道。「我急著想再見到小灰和絲兒。」

棘星在湖畔遇見正在陪見習生們練習戰技的藤池、蛛足和白翅。當他和黛西趨近時，三個見習生立刻躲進岩石旁的灌木叢裡。

他們要做什麼？棘星納悶。

說時遲那時快，琥珀掌和露掌突然從蕨葉叢裡衝出來，由上方撲向黛西，後者驚恐尖叫，腳爪往外打滑，躺在地上渾身發抖。

「放開她，你們這些笨毛球！」棘星怒吼，一把抓住琥珀掌的頸背，將她拖開。再用後爪用力鏟開露掌，這時雪掌趕緊從灌木叢裡溜出來，一臉慶幸自己沒惹禍的表情。

「我們只是在練習潛行技巧！」琥珀掌喵聲道。

「你們沒聽到我們出來的聲音，對不對？」露掌追問道。

「你們是鼠腦袋嗎？」白翅嘶聲道。「你們不覺得丟臉嗎？竟然攻擊一隻毫無防備的貓……而且還是對你們沒有威脅的貓。」

「沒錯，」蛛足附和道，用力拍打琥珀掌的耳朵。「你們給我好好學習怎麼辨識敵人！」

「真的很抱歉，」白翅對黛西喵聲道，後者正坐起身子，看起來驚魂未定。「你還好吧？」

「我沒事。」黛西回答，同時甩甩身上的泥沙，快速地舔舔身上凌亂的毛髮。

藤池用力地戳著那兩個見習生。「快點道歉！」

兩名見習生一臉沮喪。他們還在育兒室時，都是黛西在照顧他們，棘星心想，她是他們最不願傷害的貓兒。

「對不起啦，」露掌喵聲道，同時用鼻子戳戳黛西的肩膀。「我們一定會補償你。」

「我去抓隻田鼠，晚一點送到育兒室給你。」琥珀掌承諾道。「我知道你最愛吃田鼠。」

「我會收集畫眉鳥的羽毛，幫你鋪床。」露掌補充道。

黛西慈愛地舔舔這幾隻貓兒的耳朵。「沒關係啦，」她喵聲道。「我知道你們只是在練習。不過我也不反對你們送田鼠和羽毛給我。」

棘星和黛西繼續朝領地邊緣的河流走去，途中棘星說道：「他們不是有意嚇你。」

「我知道，」黛西彈彈尾巴說道。「見習生難免都會搞錯偷襲的對象，不過話說回來，那一招的確很厲害。」

棘星附和地喵嗚出聲。他很高興見到黛西已經恢復鎮定，也不怪罪見習生們。他心想，大家常很容易就忘了她在育兒室裡對小貓們的付出。他想起蕨雲在賜給他其中一條命時，曾對他說過的話。她提醒他，千萬別低估了那些生養小貓的母貓們為部族所做的貢獻。她說得沒錯，黛西就像其他戰士一樣值得大家尊敬。

心情大好的他，一躍而過邊界的那條河流，加快腳步，沿著高地下方的河岸往前奔跑。黛西跟在後面，但很快就落後一大截。棘星停下腳步，等她趕上來。

「對不起！」她氣喘吁吁。「我不太習慣，或許以後我應該常出來跑跑步。」

棘星只好配合她的步伐，最後終於來到沼澤地，再循著風族邊界爬上山坡，直抵馬場邊的籬笆。黛西身子貼著地面，從籬笆下面鑽進去。棘星跟在後面，突然感覺到地面在振動，抬頭一看，只見三匹巨大的馬兒正穿過草地朝他們奔來。他趕緊蹲下身子，用尾巴圈住自己，以為會被一隻大腳踩扁，蹬進地裡。

「別緊張，」黛西喵聲道。「我跑得都比牠們快。從這裡走。」

棘星站了起來，甩甩身子，尷尬到全身發燙。他跟著黛西沿著籬笆朝一排灌木叢走去。那叢灌木濃密到看似無縫隙可鑽。而這時棘星又察覺到馬兒正跑過來，如隆隆作響的雷聲般愈來愈近。黛西趕緊鑽進兩坨瘤狀的莖梗間，隨即消失不見，棘星也跟在後面費力地擠進去。他鑽進去時，總覺得有刺不斷地拉扯他身上的毛。但沒過一會兒，就從另一頭鑽了出來，進入一處空地，後方的隆隆馬蹄聲倏地止住，他甚至聽見馬兒沮喪的噴氣聲。

他發現自己身上的毛全豎了起來，趕緊設法撫平。黛西眼帶興味地看著他。「這裡遇到的危險不太一樣，」她說道。「沒有黑暗森林的那些貓，但活生生的馬匹倒是不少。」

「這倒是真的，」棘星咕噥道。「黛西，你帶路吧。」

他們往較小的木製穀倉走去時，這時棘星看到小灰坐在籬笆頂盯著他們，眼裡滿是喜悅。他一躍而下，和黛西輕觸鼻頭。

「真高興見到你！」他喵嗚道。然後朝棘星轉身，語氣謹慎：「我以前見過你，對吧？」他喵聲道。「我記得那時你年紀還很輕。」

「他現在是族長了！」黛西告訴灰白色公貓。

「真的假的？」小灰的語氣聽起來不怎麼稀罕。

「絲兒呢？」黛西環目四顧地問道。「我等不及想見到她。」

小灰垂下頭，語調悲傷地回答：「她死了。」

「不！」黛西大聲喊道。「怎麼會這樣？」

「她染上綠咳症，」小灰解釋道。「兩腳獸試著治療她，但回天乏術。」

黛西難過得好一陣子說不出話來。她伸縮著前爪，刨著草皮。小灰偎在她身邊。「如果你願意，我可以帶你去埋葬她的地方。」他喵聲道。

黛西沉默地點點頭。小灰帶著黛西繞到穀倉後面，朝一個剛堆起來的小土丘走去，棘星跟在後面。

「皮皮也葬在這裡，」小灰告訴她。「你記得那條狗嗎？就是身上長著蝨子的討厭鬼，不過現在牠死了，我倒有點想念牠。」

黛西一臉驚詫地看著小灰。「怎麼發生了這麼多事？」她倒抽口氣。「我才離開沒多久。怎麼都不告訴我？」

小灰聳聳肩。「我知道我在林子裡和高地上都不受歡迎。再說，黛西，是你選擇要離開的。我們必須尊重你的選擇。」

在那當下，棘星總覺得黛西有點後悔當初的選擇。這時他的眼角餘光察覺到動靜，轉身看見一隻母貓出現在穀倉旁，玳瑁色與白色相間的毛髮在陽光下閃閃發亮。

「我以前沒見過你。」黛西語調尖銳地對那隻跑過來的母貓說道，毛髮豎得筆直。「你是誰？」

「她叫香菜，」小灰喵聲道，身子輕輕拂過玳瑁色花貓。「她遞補了絲兒的位置。她很會抓老鼠哦。」

棘星把尾尖擱在黛西肩上，暗示她沒必要那麼激動。黛西似乎明白他的意思，深吸口氣。

「你好。」她喵聲道，同時向香菜垂首致意。

但那隻年輕的母貓沒有回禮。「你們八成是林子裡的野貓吧，」她喵聲道。「你們來這裡做什麼？」

「只是過來拜訪，」黛西隔著牙縫冷冷回答。「昨晚是你們在那裡遠遠看著我們去島上集會嗎？」她問小灰。

小灰點點頭。「是啊，香菜想見識一下那些名氣響噹噹的貓兒。我知道你們每逢月圓都會去那座小島，所以我們就在那裡等著。」

「你們應該過來找我們聊一聊的。」黛西喵聲道。

「呃……」小灰不好意思地用腳戳著草地。「我們不想打擾你們。」

「好吧，」黛西的肩膀垂了下來。棘星看得出來，這場拜訪並不如她所預期。「我想我們該走了。」

「你不想去穀倉裡看看嗎？」小灰問道。「如果你願意的話，可以抓幾隻老鼠回去。」

黛西看起來對這提議並不感興趣，不過還是跟著小灰和香菜往穀倉入口走去。棘星快步跟在後面。到了裡面，整棟木製巢穴很溫暖、有股霉味，尺寸比以前舊森林附近，大麥和烏掌住的那間穀倉來得小，不過聞起來的味道一樣，都有塵埃、乾草和誘人的獵物味。一束束的陽光從屋頂上的幾個小洞斜射而入，金色塵埃飛舞其中。乾草堆裡傳來搔抓聲響，顯示這裡有很多老鼠。棘星忍不住流口水。

「裡面都變了，」黛西說道。「以前你的窩是放在這裡。」

「我知道，」小灰回答。「可是香菜說那邊通風比較好。」他用尾尖指指乾草堆裡一個很深的坑。

「是啊，」香菜附和道。「而且也舒服多了。」

棘星看見黛西的爪子滑了出來，趕緊推推她。「我們真的該回去了。」他說道。

黛西點點頭。「是啊，營地裡還有很多事要忙。」

「那就再會囉。」小灰的語氣聽起來挺高興黛西要走了，而且棘星還注意到他沒有邀她再回來。

「回去的路上小心點。」香菜補充道，琥珀色的眼睛炯炯有神。「你們不熟悉那幾匹馬，可能會被嚇到。」

「謝了，我很瞭解馬的習性的。」黛西厲聲回道，霍地轉身，昂首闊步地走出穀倉，尾巴抬得高高的。棘星忍住笑，趕緊跟著出去。

回程的路上，在穿過風族領地時，黛西異常地安靜。

棘星覺得自己應該說點什麼。「回去探親的感覺總是不太好受。」他語帶同情地說道。

黛西停下腳步，瞪著他。「我以前就不想回去。」她駁斥道。「以後再也不回去了。我知道我屬於雷族，只是沒想到變化這麼大。為什麼不讓我知道絲兒死了？難道小灰因為有了香菜就忘了絲兒嗎？我還以為他很愛絲兒呢。」

這一刻他突然想到松鼠飛。他記得她站在山谷裡，被三隻毛絨絨的小貓團團圍住，當時她正試著哄他們吃一塊田鼠肉。

「我們要喝奶！」小母貓尖聲說道，她的毛色黑得像紫杉木一樣。

「我不要吃那個難吃的東西。」金色小虎斑貓也插嘴道，同時用那隻又短又粗的小腳戳戳田鼠肉。

「聞起來好像是我們便便的地方哦。」最小隻的貓兒說道，那一身淺灰色毛髮與身後的崖壁幾乎溶在一起。

「要是被別的貓兒看到，還以為我想毒死他們呢！」她嘶聲對他說。

他朝她眨眨眼。「你是個很棒的媽媽！」他向她保證道，「總有一天，他們會明白的。」

一顆石頭從棘星腳下滾了出去，嚇得他馬上回過神來。他身旁的黛西正一臉憂愁地感傷友誼不再。

「沒有什麼事是永久不變的。」棘星告訴她，並用口鼻輕戳她的耳朵，縱然你再怎麼希望一切都不要改變。

第六章

就在從馬場回來的那一天，天氣驟變。狂風四起，怒打林子，橫掃天空雲彩。林地到處散落著折斷的樹枝，棘星警告所有族貓小心有樹倒落。他還是持續監看影族邊界，還好沒再出現越界的跡象。

「也許他們學乖了。」他帶著巡邏隊經過那片兩腳獸常搭建毛皮窩的空地時這樣說道。

「也有可能他們只是暫時按兵不動，等我們鬆懈時，再伺機行動。」錢鼠鬚彈著尾巴，低吼道。

「趁現在還風平浪靜，我們就先別想太多了。」沙暴提議道。

棘星低聲附和。他率隊沿著河岸走，最後帶著隊伍從湖邊的林子裡走出來。

花落跑到前面，跳到水邊的一座岩石上，打量腳下平滑的岩面。「這湖水的水面還在升高！」她大聲說道。「我曾在這座岩石上刻了記號，可是……」她突然慘叫一聲，浪打了上來，吞沒岩石。水浪褪去時，也把花落捲了下去，她掉進湖裡，腳爪胡亂拍打，頭顱試圖浮出水面，但水浪不停地拍打，害她根本上不了岸。

「花落！」錢鼠鬚大喊，衝向水邊。

「回來！」棘星警告他。「我可不想看見兩個都掉進水裡。」

「棘星，看這裡！」沙暴的聲音從他身後傳來。

棘星轉身，看見她正試著從林地邊緣的矮樹叢裡拖出一根樹枝，但細小的枝葉被荊棘卡住，害她無法搬動。

「幫我把這個拉出來！」她氣喘吁吁。

棘星衝過去，用嘴咬住樹枝，合力拉出來。棘星拖著它穿過卵石灘，直接踩進湖水裡，將它往浪裡一拋。樹枝在水裡浮沉，棘星用腳踩在石頭上，撐住它。

「小心點！」沙暴喊道。

花落的頭還在水面上載浮載沉，樹枝末端只差一點距離就能搆到。棘星看得出來她那身浸在水裡的長毛，正不斷地把她往下拉。「錢鼠鬚、沙暴，」他焦急地喊道。「你們壓好另一頭，別放手。」

兩名戰士走進湖裡，用前腳緊緊壓住樹枝。棘星撐起身子，爬上樹枝，慢慢地往前走，靠後腳保持平衡，每踩一步，都把前爪深戳進樹枝裡。水浪不停拍打，他總覺得自己隨時都會被捲進漩渦裡。現在花落就在樹枝末端一條尾巴距離外的地方載浮載沉，沉重的毛髮從水裡拖住她，她死命地拍打著。

這時樹枝已經窄到棘星無法再往前走，於是他小心地轉身，朝溺水的貓兒伸長尾巴。「花落！」他大喊道。「抓住！」

花落甩頭揮去積在眼裡的水，往棘星的方向猛力一撲，牙齒咬住對方的尾巴，棘星痛得皺起眉頭。母貓用下顎緊緊含住，眼睛瞪得斗大，棘星深吸口氣，忍著痛，將她拉了過來，讓她的爪子搆到樹枝，尾巴才被她放開，鮮血濺進湖裡，沒入水中。

「撐住！」棘星喊道。

沙暴和錢鼠鬚開始把樹枝拉回岸上，直到棘星和花落的腳最後都能踩得到地。他們從湖裡涉水出來，啪地一聲趴在水線外的卵石灘上。

「謝謝你，棘星！」花落嗆得喘不過氣來，咳出了好多水。「我還以為我死定了。」

棘星站起來甩甩身子。「這裡太危險了，」他喵聲道。「我要下令在這座湖的水位下降之前，任何貓兒都不准接近這裡。」

「好主意！」錢鼠鬚附和道。

棘星轉身對沙暴說：「你先帶花落回去，請松鴉羽幫她檢查一下身體。錢鼠鬚和我留下來完成最後的巡邏。」

「不，我可以。」花落反對道，並奮力站起身來。「我可以繼續巡邏。」

棘星猶豫了一下。我懷疑她是不是為了證明自己的忠心。但他又立刻告訴自己，不要每次都對那些曾與黑暗森林交好的貓兒多加揣測。他迅速地點點頭。「如果你累了，就告訴我。」他警告她。「你剛吃了那麼大的苦頭，休息也是應該的，沒有什麼好可恥的。」

「我真的沒事。」花落堅持。她的毛髮未乾，猶如豪豬般根根聳立，但兩眼炯炯有神。

棘星帶著隊伍離開水邊，保持安全距離，轉進內陸，沿著風族邊界的那條河繼續前進。他瞄見有支風族巡邏隊正在高原上追逐兩隻飛得很低的大白鳥。他定神看去，只見兩隻貓兒往空中一躍，差點逮住其中一隻鳥，鳥兒奮力振翅，躲開襲擊，飛了上去。

「我從沒見過風族那樣狩獵！」沙暴大聲說道。

「他們很勇敢。」錢鼠鬚語氣欽佩。「那些鳥好大！」

「我懷疑他們是餓到必須奮力一博，靠飛撲來抓獵物。」棘星謹慎回應。「部族貓就是靠這種方法抓捕鳥類，不過這種方法對我們來說並不尋常。」

高地上的風勢更強勁了，連風族的氣味都被吹了過來，充斥著整座森林。

「就算他們越過邊界，我們也很難辨識，」錢鼠鬚低吼道。「我什麼都聞不到，只聞得到風族的氣味。」

雷族貓更新了自己的氣味記號，可是那氣味幾乎被風吹進森林裡。貓兒們逆風前進，終於抵達山脊，往下眺望水浪翻騰的湖面。湖的面積的確變大了，棘星這下終於明白。

「很難相信湖水曾經乾掉過。」沙暴低聲道。

「你們是說那次的長旱期嗎？」錢鼠鬚問道。「波弟只起了個頭，可是一直沒有告訴我，後來水是怎麼回來的。」

波弟說故事常常有頭無尾，棘星心想，表情興味地抽動著鬍鬚。

「是這樣的，」花落開口道，「當年每個部族都派了兩隻貓兒組成一支聯合隊，沿著乾涸的河床往上游探索，一直走到……」

「雷族派誰去？」錢鼠鬚打斷道。

「鴿翅……那時她還叫做鴿掌……還有獅焰，」花落回答道。

玳瑁色母貓的話語，被驚駭的尖叫聲打斷，一隻白色大鳥突然從他們頭頂蹣跚地飛掠而過。棘星連忙低頭閃過那雙拍打得七零八落的翅膀。然後過了一會兒，就看見牠撞進一叢冬青裡，卡在那裡不停掙扎。

棘星趕緊跑了過去，錢鼠鬚跟在旁邊，他一抵達灌木叢，便讓開位置讓年輕戰士上前解決那隻鳥。

錢鼠鬚鑽進樹叢，利牙戳進鳥頸。大鳥立時癱軟，再也不動。錢鼠鬚拖著獵物從樹叢裡退出來。

「做得好！」棘星稱許他。

花落哼了一聲。「你幹嘛把它的翅膀咬得亂七八糟，」她指正道。「你太不小心了。」

「我只有咬斷牠的脖子！」錢鼠鬚反駁道。

棘星仔細打量，發現翅膀上有很多爪痕，白色羽毛上也有血跡。「這隻鳥就是我們剛才看見，河族戰士圍攻的那一隻，」他喵聲道。「他們把牠傷到沒辦法再飛，結果就墜落在我們的領地裡。」他發出得意的喵嗚聲。「我們可以加菜了，」他補充說道，「不過牠太重了，可能需要更多戰士來幫忙扛回去，才不會傷到鳥身。」

「嘿，你們在做什麼？」河對岸傳來一聲怒吼。

棘星轉身看見風族狩獵隊的隊長夜雲和她的見習生呼掌，灰白色的金雀尾跟在後面。

「那是我們抓到的獵物！」黑色母貓吼道。「是我們的。」

「不是你們的，」錢鼠鬚為自己辯護道。「牠是我咬死的，所以是我的。」

「牠飛進我們領地時還是活的，」棘星直言道，「所以是我們的。」

三隻風族貓憤怒地豎起毛髮。「你們看，」夜雲吼道，同時抬起一隻腳爪讓他們看她的爪間仍黏著白色羽毛。「這證明是我們把牠打傷，如果不是我們，你們永遠也抓不到。」

「而且我們比你們更需要那隻鳥，」呼掌插嘴道。「現在兔子的數量比以前少很多，所以這些白色大鳥是我們唯一的食物。」

「閉嘴！」夜雲喝斥，賞了她的見習生一個耳光。

沙暴輕聲對棘星說：「我們的獵物很多，我想要是火星在的話，一定會把這隻鳥讓給風族。」

「我不是火星，」棘星反駁道。「更何況我們是正當地抓到的，所以當然是我們的。」

「沒錯，你的確不是火星。」金雀尾聽到他們的談話，低聲咕噥。

棘星一氣之下，張嘴咬住大白鳥，雖然重到難以拖行，還被地上的翅膀絆倒，他還是死命地拖。沙暴和錢鼠鬚急忙趕過去，從兩邊幫忙拖，花落則跑到前方清理路上的小樹枝和刺藤鬚。當他把大白鳥拖進林子裡時，棘星聽見風族貓在後面嘶聲怒吼，但他沒有理會。

「其實你做得很對，」沙暴過了一會兒才喵聲道。「你現在是族長了，你不能在其他部族面前示弱。」

棘星聳聳肩，「無所謂。」滿嘴羽毛的他含糊地說道。他正在想呼掌剛說的那句話：風族裡的兔子數量比以前少很多，所以他們現在都得靠這些很少飛到高地的鳥兒為生。而這隻大白鳥的翅膀上有某種似曾相識的味道……

當隊伍回到山谷時，雷族貓都圍上來打量這隻大白鳥。

「哇，好大隻哦！」莓鼻大聲說道。

「我從沒見過這麼大隻的鳥，」藤池喵聲道。「大到足以餵飽整個部族。」

「是我抓到的，」錢鼠鬚大聲宣布，自豪地舔舔肩上的毛。

他的姊姊櫻桃落朝他眨眨眼。「抓得好！那兩隻大翅膀有沒有把你打傷吧？」

「哦，其實也沒那麼難抓啦。」錢鼠鬚喵聲道。

不，那是因為這隻鳥早就受傷，卡在灌木叢裡，棘星忍住笑，心裡這樣想道。但他一句話也沒吭，就讓錢鼠鬚盡情享受這光榮的一刻吧。

「松鼠飛！」他喊道，同時用尾巴示意副族長。他帶她去看大白鳥，並用耳朵指指牠。

「你聞聞看，」他喵聲道。「這味道讓你想到什麼？」

松鼠飛深吸口氣，一臉疑惑地抬起頭來。「呃……死鳥的味道嗎？」她揣測道。

棘星抽動尾尖。「不是，有沒有讓你想到什麼地方？」他追問。

松鼠飛又聞了一次，兩眼頓時一亮，顯然想到了。「我想起來了！羽毛上有鹹鹹的味道，就像太陽沉沒之地那裡的水。你認為牠是從那裡飛來的？」

棘星想起一星曾在大集會上提到，風族正在捕獵從太陽沉沒之地的水域那裡來的飛鳥。當時他沒有仔細聽，以為是風族族長想像的，不過現在看來恐怕不是。

「那風一定很強吧，」他自行下了註解。「才能把這些鳥吹到這裡來。」他隔著林子往外遠望，彷彿能一路看到太陽沉沒之地。他突然想起那片廣袤又波浪起伏的藍綠色水域，不禁打了個寒顫。

松鼠飛等所有族貓……尤其是見習生都仔細打量過這隻白鳥之後，才放大音量讓大家都聽得見她的聲音：「好了，你們看完了沒，現在這裡有足夠的獵物給大家吃了。」

那天夜裡，棘星發現自己輾轉難眠。擎天架四周的風聲呼呼作響，吵得他無法入眠，好不容易睡了一會兒，又被奇怪的夢境糾纏，夢裡又是鹹水又是失足掉進洞裡，落在一群獾的身上。

有隻腳爪從旁邊戳他，將他吵醒。幽明的曙光正滲進窩穴，他隱約看出松鴉羽的身影。巫醫正瞪大眼睛、神情不安。

「怎麼了？」棘星咕噥道。「難道是我夢話說得太大聲，把你吵醒了？」

松鴉羽搖搖頭。「不是，黎明前我出去了一趟，因為我擔心風勢太強會傷到我種的藥草。結果發現了一件事……很糟糕的事。棘星，快跟我去看看。」

棘星甩掉最後一絲睡意，跟著松鴉羽走出窩穴，下了亂石堆，站在山谷的地面上。在前面帶路的松鴉羽跑進林子裡。他雖然眼盲，卻步履穩健，棘星只能踉蹌地在這片幾近全黑的空間裡追著。

兩隻貓循著久未使用的轟雷路，直抵廢棄的兩腳獸巢穴。現在天色已經微亮，棘星比較能看得清楚。他停下腳步，失望地聳起毛髮。葉池和松鴉羽小心呵護的藥草竟然被附近白蠟樹的樹枝壓毀。那根樹枝被強風掃過地面，蹂躪翻攪了整片空地，壓扁了幼嫩的藥草，破碎的葉子四處散落。

「天啊，這麼慘，不過應該可以補救吧，」棘星喵聲道。「一定還有一些根沒被破壞。晚一點我派支巡邏隊幫你清理現場，順便找找看森林裡還有沒有新長出來的藥草。」

「你不懂這含意嗎？」松鴉羽語氣陰鬱地告訴他。「這是一個凶兆，代表可怕的事情即將發生。黑暗、破壞和悲劇再度逼近我們的部族。」

棘星背脊發涼。「黑暗森林又回來了嗎？」

「不是，」松鴉羽回答道，但那聲音很遙遠，而且不知怎麼搞的，聽起來很蒼老。「跟大戰役不一樣。我不知道那是什麼，但我感覺得出來，它正乘風而來。」

第七章

棘星和松鴉羽回到山谷裡，天才剛破曉。不過族貓們已經都醒了，他們毛髮蓬亂、耳朵外翻，正在空地上不安地踱步。狂風肆虐，頭頂上方的林子喀喀作響。

「我覺得不太對勁，」松鼠飛來到營地中央找棘星，嘴裡咕噥道。「這讓我想起上次樹倒下來，壓死長尾和壓傷薔光的那件事。」

棘星點點頭，很清楚那場可怕的經驗，一定都還留在貓兒們的記憶裡。鴿翅站在兩隻狐狸身長外的地方，仰起頭，緊戳進土裡的爪子像扎了根似的。棘星知道，她是在豎耳傾聽有沒有大樹即將倒落。

鴿翅的母親白翅，從戰士窩裡出來，快步走向她女兒。「別費心了，」她咕噥道，溫柔地舔舔鴿翅的耳朵。「來吧，陪我吃田鼠。」

鴿翅遲疑了一下，最後還是聽她母親的勸，走到新鮮獵物堆那裡。

「我很擔心鴿翅。」棘星對松鼠飛傾訴心

事。

「我知道，」松鼠飛回應道。「三隻貓兒都失去異能，這對他們來說打擊很大。」

「可是鴿翅受到的打擊好像最大。」棘星喵聲道。

獅焰和煤心從荊棘垂簾鑽進營地，獅焰看起來毛髮凌亂，邊走邊回頭跟煤心說話。

「真是鼠腦袋，這種天氣怎麼狩獵啊！」他抱怨道。「害我的頭被山毛櫸的樹枝砸到！」

「獅焰，別大驚小怪，」煤心喵嗚道。「只是一根小樹枝，你要習慣受傷這種事。」

棘星派松鼠飛去集合資深戰士。「我們還是得派巡邏隊出去。」當他們集合完畢，他開口說道，但得提高音量，才不會被風聲淹沒。「我不希望有任何貓兒，被倒落的樹幹傷到……」

「沒錯。」獅焰咕噥道，同時單腳搓搓自己的頭。

「可是我們也必須補充新鮮獵物，」棘星繼續說道。「但又不能讓影族和風族趁亂越過邊界。尤其是風族，他們正在追捕那些被強風吹過來的大白鳥。」

花落點點頭。「我敢跟你們打賭，要不是我們那天剛好在場，他們早就越界去抓那隻鳥了。」

「所以誰來帶隊呢？」棘星問道。

「我來好了。」松鼠飛自願帶隊。

「還有我。」塵皮和藤池也呼應。

「我也可以，」蜂紋喵聲道。「只是……鴿翅，我可以把你留在營地裡嗎？」

「我沒事啦。」鴿翅回答道，但腳爪還是不安地扒著地面。

棘星看得出來，她的情況還不適合出外工作。她還在試著使用自己的異能，即便那種異能早在大戰役結束時便已喪失。她覺得自己現在像個瞎子和聾子，她沒辦法忍受這樣的自己。

「我會照顧她。」白翅承諾道，隨即帶著她女兒回去戰士窩。

「那就派出四支隊伍，」棘星下令道。「藤池負責巡守風族邊界，塵皮負責影族邊界，蜂紋和松鼠飛的隊伍各自去狩獵，我跟蜂紋那隊一起去。」

「帶哪些貓兒去呢？」塵皮問道。

「你們自己挑選，」棘星回答道。「每支隊伍都要有一隻貓兒負責留意可能的危險……譬如被風打落的樹枝、嘎吱作響的林子，反正不管是什麼，只要這位隊員說快跑，大家就快跑！」

正當蜂紋開口徵求隊員時，他的見習生籽掌跑了過來。「我可不可以加入？」她尖聲問道。

蜂紋搖搖頭。「外面對見習生來說太危險了。」

「可是……」

「沒有可是，」蜂紋打斷道。「你和其他見習生可以幫忙清理吹進營地裡的垃圾。告訴你的室友們，就說這是我下的命令。你們要負責維護營地裡的整潔與安全，懂嗎？」

籽掌自豪地抬起頭來。「蜂紋，我們會做到的。」說完隨即衝進見習生窩。

各隊伍的隊長很快地就找齊各自的隊員，帶隊走進森林。鼠鬚和櫻桃落加入蜂紋的狩獵隊。兩隻貓似乎都被這場強風給嚇壞了，每走一步都緊張兮兮地四處張望，任何一個聲響都會驚嚇到他們。

棘星負責留意可能的危險。雖然樹木在強風肆虐下猛烈搖擺，但都沒有傾倒的跡象。不過由於風聲太大和樹枝喀喀作響的關係，根本聽不到獵物的動靜，而強勁的風勢也吹散了各種氣味。

「我想我們應該去獵物可能避風的地方狩獵，」蜂紋提議道。「也許是荊棘叢或是廢棄的兩腳獸巢穴。」

「這主意不錯！」櫻桃落附和道。「我們去兩腳獸巢穴。」

去哪兒都好，只要能避風就行了，棘星心想。

蜂紋帶隊沿著舊轟雷路走，棘星殿後。現在他們得逆風而行，眼睛被風打得淚流不止，毛髮往兩側貼平。每一步都走得艱難，這強風似乎要把從他們旱地拔起，往林子裡摔。

兩腳獸巢穴終於在望，蜂紋和其他貓兒停下腳步，失望地看著那根掉在地上的樹枝和被壓扁的藥草。

「真是白費了葉池這麼辛苦地工作！」櫻桃落倒抽口氣。

「等風停了，她和松鴉羽就會回來搶救。」鼠鬚向她保證道。

棘星沒有鼠鬚那麼樂觀。他對松鴉羽所預言的凶兆仍記憶猶新，於是環顧四周，耳朵豎得筆直。但視線所及的樹木，樹根都還穩穩地扎在泥土裡。

棘星跟著蜂紋和其他貓兒走進破敗不堪的巢穴。櫻桃落一走進去便呼了一大口氣。「終於不用再吹風了！」她喵聲道，同時抬起腳爪順順自己的鬍鬚。

「安靜點，聽聽看這裡有沒有獵物。」蜂紋下令道。

就在風聲短暫停歇的那個當口，棘星聞到一股濃烈的鼠味，還聽見頭頂上傳來小小的腳爪奔跑的聲音。那裡是兩腳獸用硬木條撐起來的屋頂。

蜂紋也聽見了。「就在上面，」他低聲道，尾巴指向上面。

「我上去！」櫻桃落輕盈地爬上遠處牆面層板，再從層板優雅地跳上其中一根木條上。

「小心點！」棘星出聲警告。

年輕母貓沿著木條走。棘星隱約看到再深入一點的暗處有動靜，他知道那裡有隻老鼠。可是正當櫻桃落要撲上去時，強風突然用力地拍打巢穴。屋頂上一塊石板猛地裂開，掉了下來。櫻桃落被嚇得驚叫一聲，頓失平衡，身體在空中扭轉，眼見就要墜地，好險一隻腳爪勾住了一塊木板。

「救命啊！」她哭喊。

「你爬得回去嗎？」棘星喊道。

櫻桃落極力伸長另一隻前爪，但就是搆不到。「我要滑下去了！」她倒抽口氣。

「鼠鬚！快上去拉她，」棘星下令道。「看在星族的份上，小心別掉下來。」

鼠鬚跳上層板，再俐落地躍上那根木條。他先在木條中央平衡好自己，才往櫻桃落走去。

「走，」棘星對蜂紋喵聲道。「我們去收集枯葉和泥巴碎屑，要是她抓不住掉下來，才不至於摔得太重。」

他們趕緊從巢穴地板上刮了些泥巴碎屑，再衝到外面拿更多泥巴進來。蜂紋從巢穴旁邊拔了些青苔回來，棘星則順手摘了門旁一叢西洋蓍草。櫻桃落仍吊掛在半空中，地上的碎屑堆高了一點，但還不夠。

鼠鬚已經走到櫻桃落單爪搆住的那根木條。他伸長身子，想抓住她的頸背，但仍是搆不到。猛然一個使力，卻不小心碰到櫻桃落的腿，反而害她腳爪一鬆，尖叫一聲，掉了下去。

棘星及時衝過去擋，想緩衝她落地的力道，結果她卻直接摔在他背上，棘星跌在地上，頭撞上岩板，眼前一黑、耳朵嗡嗡作響，聲音似乎變得很遙遠。他不禁納悶，難道我失去了一條命？

後來聲音才又漸漸變得清晰，認出了櫻桃落和鼠鬚的聲音。

「你沒事吧？對不起我沒抓住你。」

「噢……摔得我差點昏過去，不過我想我沒事」

這時又有另一個聲音，但比較遠。「這裡出了什麼事？」

棘星蹣跚地坐起來。現在視線清楚多了，他看到藤池正在巢穴的入口處往內窺看，其他隊員都焦急地擠在她後面。

「櫻桃落從上面的木條摔下來，」蜂紋解釋道。「多虧棘星……跑到下面接住她。」

藤池瞪大眼睛。「你有沒有受傷？」她喵聲道。「你應該馬上回營地，找松鴉羽幫你檢查一下。」

「不用了，」棘星拒絕，同時站了起來。巢穴的牆好似在旋轉。

「你別逞強了，」藤池駁斥道。「你根本連站都站不好。櫻桃落，別把你的腳爪藏起來，我已經看到它在流血。」

「只是爪子斷了。」櫻桃落咕噥道。

「那就需要治療啊。」藤池斷聲道。

棘星嘆口氣。「好啦，藤池，你別這麼兇。我們回去就是了。不過我還是希望能抓到那隻老鼠。鼠鬚、蜂紋，你們可以待在這裡抓抓看。」

蜂紋點點頭。「我們會抓到牠的，別擔心。」

棘星帶頭步出巢穴，櫻桃落一跛一跛地跟在後面。藤池和她的隊員走在兩側，護送他們回去。

「風族邊界有什麼動靜嗎？」棘星問藤池。

「一點動靜也沒有，」銀白虎斑母貓告訴他。「風很大，我們到處嗅聞，什麼味道也沒聞到，就連那些大白鳥的影子也沒看到。」

一回到山谷，棘星立刻送櫻桃落回窩穴，自己前往巫醫窩。松鴉羽和葉池正在裡面整理藥草。

「風這麼大，這些藥草怎麼整理都會被吹亂。」棘星鑽過荊棘簾幕時，剛好聽見松鴉羽在抱怨。「我才放下一根莖，它就飛走了。」

「我們動作得快一點，再把藥草全塞到岩縫底下。」葉池提議道。

松鴉羽哼了一聲。「你來做什麼？」他問道，同時焦急地抬起那雙藍眼睛。「別又是跟風族打架了。」

「不是，」棘星回答道，隨即解釋了一下剛剛在兩腳獸巢穴發生的事。「櫻桃落的爪子斷了，」他說完始末。「我叫她回戰士窩了。葉池，我想你可以過去看看她。」

松鴉羽瞇起眼睛。「棘星，究竟是你是雷族巫醫，還是我是巫醫？」他嘆口氣。「好吧，葉池，如果金盞花沒被吹走的話，你最好帶點過去。」

葉池剛帶著藥草離開，松鴉羽就轉身面對棘星。「好了，」他喵聲道。「你想跟我說什麼？」

「你怎麼知道我……」

「你故意支開葉池，不是嗎？好了，棘星，別浪費我的時間了。」

「是關於那件凶兆，」棘星開口道。「這場意外是否就是我們之前預見的凶兆？我救了櫻桃落一命……是不是表示我已經克服了那個凶兆？」

松鴉羽若有所思。「我不知道，」他承認道。「這風這麼大，很多事情都很難說。」

「你幫不上忙嗎？」棘星問道。

「你是說凶兆嗎？不，我幫不上忙，不過我倒是可以治你的傷。你坐直別動，我檢查一下。」

棘星急著想回狩獵隊，只好強迫自己耐心地等候松鴉羽用腳爪慢慢地按摸。

「你的頭上腫了一個包，」巫醫喵聲道。「我壓的時候會痛嗎？」他猛力戳棘星的肩膀。

「噢，痛啊。」

「想也知道會痛，」松鴉羽咕噥道。「你可能會痛個一兩天，不過不是很嚴重，一顆罌粟籽應該就能緩解了。」

「不，謝了，」棘星喵聲道。「我可以忍痛，這樣才不會因為吃藥而昏昏沉沉的。」

松鴉羽聳聳肩。「隨便你。如果改變了心意，再告訴我。」

棘星謝過巫醫，緩步走到外面空地。松鼠飛的狩獵隊已經回來，但什麼也沒抓到。

「一無所獲，」松鼠飛大聲說道，毛髮豎得筆直。「風勢大到林子裡的所有獵物都跑光了。」

我們今晚要餓肚子了，棘星心想，**希望蜂紋和鼠鬚能抓到那隻老鼠**。他鑽進戰士窩，查看櫻桃落的傷勢，結果發現那隻年輕母貓因為服用了罌粟籽而昏昏欲睡。葉池已經幫她受傷的腳爪敷上金盞花泥，現在正輕撫她的毛髮，助她入眠。

棘星悄聲退了出來，穿過空地，往長老窩走去。波弟身上的虎斑毛被風吹得凌亂不堪，此刻正忙著拿荊棘鬚塞牆上的洞，以防風吹進來。

「應該找見習生來幫忙。」棘星喵聲道。

「我自己做得來。」波弟挺直身子。「我不需要那些小夥子在我後面跑來跑去，他們還有別的事要忙。」

可是棘星看得出來，這隻老虎斑貓很累，荊棘鬚都纏在他打結的毛髮上了。他退出長老窩，用尾巴示意正在空地撿拾棍子和枯葉的百合掌和籽掌。

「去幫波弟的忙。」他向跑過來的他們這樣交代。「他的窩需要做好防風。處理完後再去看看有沒有新鮮獵物可以拿給他吃。」

「好的，棘星。」百合掌尖聲說道。

棘星發出寬慰的喵嗚聲。這兩位資深見習生愈來愈懂事了。這時他看見黛西在育兒室入口，於是朝她走去。

「這風太強了！」乳白色母貓在他趨近時大聲說道。「沙子和毛髮都跑進我的眼睛裡，害我連自己的聲音都聽不到。」

「我想再過不久就會停了，」棘星喵聲道。「黛西，你今晚可不可以睡在波弟的窩穴裡？因為萬一出了什麼事，我不希望他獨自面對。」

黛西抽動鬍鬚。她懂我的意思，要是再有樹木倒落，這部族恐怕就完了。

「好，我去，」黛西同意道。「不過我八成沒辦法睡了，風這麼大，再加上老鼠膽汁的臭味。老實說，我總覺得森林裡的蝨子，八成都把波弟當成大本營了。」

棘星環目四顧地尋找松鼠飛，心想現在再派巡邏隊出去，不知道會不會太晚。他瞄見她在戰士窩外，於是朝她走去，卻被蜜妮攔住。

「蕎光很擔心萬一有樹木倒下來，」灰色母貓告訴他。「她會來不及逃跑。」

棘星看著蜜妮那雙憂愁的眼睛，只見她的爪子不安地刨著地面上的土。棘星相信，蜜妮應該比她女兒蕎光更擔心吧。「好，我去找她聊一聊。」他喵聲道。

蜜妮帶著他走向新鮮獵物堆，蕎光正在那裡跟錢鼠鬚分食一隻已經變成肉乾的**地鼠**。

「你覺得哪個地方可以讓你睡得比較安穩？」棘星問道。

蕎光發抖。「沒有樹的地方。」她回答道。

棘星心想薔光可能會覺得睡在擎天架那裡最安全，畢竟那兒有岩石可以保護她。「你就睡在我的窩裡吧，」他告訴她。「我扛你上去。」

「謝謝你，棘星。」蜜妮開心地喵嗚道。

棘星覺得不太好意思，他蹲下來讓薔光爬上他的背。錢鼠鬚幫忙托她上去，蕨毛看見也趕過來幫忙。兩隻公貓從兩邊穩住薔光，棘星奮力地爬上岩坡，皺著眉頭，腳底不時蹬下沙石。蜜妮從後面撐住，每當有沙石滾落，棘星就聽到後面的蜜妮緊張地倒抽口氣。

最後棘星終於抵達族長窩，將薔光安置在臥鋪裡，為了讓她睡得舒服點，還幫她在四周塞滿青苔和蕨葉。「蜜妮，你在這裡陪她，」他喵聲道。「如果有什麼問題，再來叫我，我會待在戰士窩裡。」

「棘星，不會有問題的，」蜜妮回答。「真的很謝謝你。」

棘星回到下面的空地，發現松鼠飛還坐在戰士窩外，用尾巴圈著腳爪。

「你覺得我們應該再派出一支狩獵隊嗎？」他喵聲道。

「這種天氣？」松鼠飛抬眼望著強勁的風勢。「不用了，我們今晚還是餓肚子好了，希望明天的情況會有所改善。」

棘星欣然接受她的提議。他的頭和肩膀還在痛，現在只想找個地方蜷著睡上一覺。

「你心腸真好，我是說你剛剛為薔光所做的一切。」松鼠飛陪他鑽進戰士窩時這樣對他說道。

棘星覺得有點不好意思。「這沒什麼大不了。」他聳聳肩。

就在族貓們準備入睡時，塵皮和蕨毛繞過來檢查每個窩穴，確定樹枝都已紮牢，並拿青苔和荊棘來補洞。

「別忙得太晚，」棘星勸他們。「你們也需要休息了。」

塵皮沒有回答。棘星不敢嘆氣。他懷疑這隻虎斑公貓，是故意讓自己忙到沒時間獨自睡在空蕩蕩的臥鋪裡。

雖然鋪滿青苔的臥鋪很舒適，但棘星還是難以入眠，風聲實在太大，他忍不住豎起耳朵，細聽任何可能代表樹木岌岌可危的警告聲響，不過能在臥鋪旁聽見族貓們沉穩的呼吸聲，在幽暗中看見他們毛絨絨的身影，也倍感欣慰了。他這才明白，以前獨自睡在擎天架的窩穴裡時，他有多想念他們的陪伴。

如果我有伴侶貓，就不會孤單了，他心想，又隨即甩甩身子，別再胡思亂想了。

最後棘星索性不睡了，爬出窩外，來到空地上，強風迎面而來，他的身子搖搖晃晃。

波弟的聲音從長老窩傳來。「於是我就對那條狗說：『你給我聽好，你這隻滿身跳蚤的臭毛球，這是我的花園，所以麻煩你給我全身打包，滾開這裡。』」

「哇嗚……」黛西的聲音聽起來像是快睡著了，棘星還以為她在說夢話呢。「你好英勇哦。」

棘星繼續往前走，最後停在擎天架底下，但聽不到窩裡的任何聲響。希望這代表蕎光和蜜妮已經睡了。他把頭探進見習生窩，隱約看見五隻貓兒蜷成一團，睡在厚實的青苔和蕨葉臥鋪上，除了雪掌之外，裡頭一點聲響也沒有，因為他的打呼聲最大。然後棘星就看見百合掌連眼睛都懶得睜開，直接伸出一隻後腿去戳雪掌肚子，雪掌咕噥一聲，止住了鼾聲。

棘星寬慰地嘆了口氣，部族很安全。

但他還是感到不安，於是向正在守衛的刺爪點頭示意，步出營地。他走在滿地碎屑的林地上，即便有林子作屏障，風勢還是強到把冰冷的雨水不斷地打在他臉上。雲朵在天上奔馳，雲縫裡偶見星子和月光。棘星心裡忐忑不安，整個身子沐浴在閃爍不定的光影下，眼前的一切有點不太一樣。

大大小小的樹枝掉落在地上，棘星走得跌跌撞撞。他慢慢靠近湖邊，樹木的嘎吱作響聲嚇了他一大跳。他心驚膽跳地。空氣裡的味道變得很不一樣，這是怎麼回事？

他加快腳步，急著找出部族的可能威脅。眼前突然橫著一棵樹墩，他一鼓作氣，一躍而過，卻發現自己整個身子趴進了冰冷的湖水裡。

棘星驚恐尖叫。**往湖邊的路，我才走了一半而已！**

一時之間，陷進湖水裡的他不停掙扎，嘶聲尖叫，將爪子戳進地表，費力地一步一步往後退到斜坡，直到脫離水域，才趕緊轉身衝回山谷。

星族救命啊！湖水淹上來了！

第八章

棘星急忙穿過沾滿雨水的長草堆，爬上山坡，回到山谷。刺爪還蹲在入口處，一看到渾身溼透的棘星就趕緊跳起來，一臉驚詫地瞪著他。

「出了什麼事？」他問道。

「湖水淹上來了！」棘星氣喘吁吁。「大水正穿過林子。」

「什麼?不可能！」

「你過來看。」

棘星轉身帶著刺爪跑下山坡。這次他知道會看見什麼，於是在樹墩旁停下來，旁邊就是洪水肆虐的地方。

「哇！」刺爪倒抽口氣。「是洪水！」

黑暗中的棘星覺得這水不太對勁，在強風的助長下，湖水波濤洶湧，水面星光點點。白浪拍打著樹墩，樹根四周盡是起伏的水沫。

「我們現在該怎麼辦？」刺爪問道。

「我也不知道，」棘星承認道。「我們先

回營地，聽聽大家的想法。」

雨勢開始變大，等到棘星和刺爪回到山谷時，已經全身濕透。刺爪回去繼續看哨，棘星則鑽進戰士窩，喚醒松鼠飛和蕨毛。

「怎麼了？」松鼠飛咕噥道，蹣跚地爬出臥鋪。「有樹倒下來了嗎？」

「沒有，多虧星族保佑，」棘星朝窩穴入口示意。「我們到那裡談，才不會吵到其他貓兒。」

蕨毛繞過其他還在睡夢中的戰士，走過來加入他們，半途中不小心吵醒灰紋。灰色戰士抬眼探看，於是棘星也示意他過來，灰紋撐起身子，爬出臥鋪，朝入口這幾隻貓兒走去。

「出了什麼事？」他問道，同時打了個大呵欠。

棘星向他們說明湖水水位正在上升，已經淹到樹林的最新情況。「直到現在水位還在上升，」他喵聲道。「不過我想應該不會淹到這裡來。」

「你要我們怎麼做？」松鼠飛喵聲道。

棘星往外掃視營地。隨著大雨淅瀝嘩啦地下著，空地裡開始出現多處水坑。「我們得想一想怎麼處理狩獵和邊界巡邏的事，」他喵聲道。

長老窩傳來的尖叫聲打斷他的話。波弟跌跌撞撞地走進空地。「有水滴到我背上！」他大喊道。

黛西跟在長老後面出來，大雨中的她弓起肩膀，一路把他哄到育兒室去。

這時棘星也聽到身後窩裡的貓兒出現騷動，咕噥著抱怨道有水從窩頂滲進來，淋濕了戰士們。雲尾跳起來，站在荊棘編成的窩頂底下，一臉不悅地甩甩身子。玫瑰瓣把身子埋進青苔裡，試圖躲開冰冷的雨滴。莓鼻火大地齜牙低吼，將身子往乾燥的角落挪動。

「這裡很快就會全是水，」棘星喵聲道。「蕨毛，你去看看其他窩穴，有沒有哪個地方完全沒有滲水？」

「好。」蕨毛鑽了出去，跑進雨中，先衝進育兒室查看。

「你認為我們需要離開山谷嗎？」松鼠飛問道。

棘星瞥了灰紋一眼，好奇著他的看法。

灰紋搖搖頭。「外面的林子跟這裡一樣溼，」他直言道。「而且現在天色太暗，根本看不到腳下會踩到什麼。」

「外面的確更危險。」棘星同意道。「而且風勢強到隨時都可能吹倒樹木。所以我覺得我們還是先待在原地。」

「湖水上漲的事，你要怎麼告訴族貓們？」松鼠飛問道。

棘星遲疑了一會兒。「什麼也不說。」他決定道。「他們很快就會自己發現了，沒必要在這樣的大半夜裡拿這件事嚇他們。」

松鼠飛看起來似乎不太同意，但她還是垂首附和：「好。」

在他們身後的戰士窩裡，因為雨水不斷從窩頂滲入，而有更多的貓兒被驚醒。黑暗中，尖叫聲此起彼落。

「棘星，完蛋了，」雲尾抱怨道，他踩在溼透的青苔上，不停甩著自己的腳。「怎麼像睡在瀑布裡一樣。」

「照這樣下去，我們都會死於綠咳症。」蛛足喊道。

一時之間，棘星真不知道該怎麼告訴族貓，我又沒辦法讓雨停！

這時蕨毛回來了，他全身溼透，腳上都是泥水。「育兒室是乾的。」他回報道，「見習生窩也是乾的。」

「那好，」棘星鬆了口氣。「松鴉羽那裡的洞穴可以再容納兩、三隻貓。我在擎天架上的窩穴也可以避雨。」他轉身面對渾身發抖的戰士們，抬高音量蓋過風聲和雨聲地對他們說。「我們得搬出戰士窩。灰紋你帶花落、塵皮和沙暴，去我窩裡跟蜜妮和蕾光擠一擠。其他導師們就到見習生窩跟你們的見習生一起睡。亮心和雲尾去松鴉羽那裡。剩下我們這幾個就睡在育兒室吧。」

他偕同松鼠飛站在窩穴入口，看著族貓們逐一走進雨中，他們全都弓起了背，看起來很是狼狽。沙暴和塵皮朝亂石堆跑去，莓鼻先跟罌粟霜搓搓鼻子，後者才去找她的見習生。白翅似乎很不願意離開鴿翅，而鴿翅則是一臉驚駭，彷彿一直在注意傾聽森林裡所有的動靜。

「我會幫你看好她。」獅焰承諾道。

白翅投以感激的一瞥，隨即跟在罌粟霜後面奔入雨中。

等到最後幾位戰士開始離開溼透的窩穴時，有隻貓兒衝來找棘星，幽暗中，他隱約認出葉池那一身淺色虎斑。

「松鴉羽和我有多的乾臥鋪，」她喵聲道。「哪個窩需要？」

「送一些到擎天架去，」棘星下令道。「那邊缺臥鋪，順便也檢查一下見習生窩。育兒室那裡應該還夠。」

「好，」葉池說完又跑走了。

「謝謝你，葉池！」棘星在後面喊道。

等到所有貓兒都離開了，他和松鼠飛才相偕前往育兒室，不過途中還是先繞到見習生窩。他把頭探進去，看見見習生全都醒了，正跟他們的導師們擠在一起。

「你們都沒事吧？」他問道。

「沒事，」白翅回答道。「臥鋪還夠……」

「空間也還夠，」蛛足補充道。「百合掌，你的尾巴別擋著我的眼睛好嗎？」

「好好玩哦，」琥珀掌尖聲說道，在幽暗的光線裡眼睛顯得尤其明亮。

「不，一點也不好玩，」藤池駁斥道。她正在舔乾身上的毛。「我們又冷又濕，只有星族知道，明天早上的營地會變成什麼樣子。」

「見習生總是覺得什麼都很好玩。」蜂紋直言道，邊說邊把自己埋進乾青苔裡。

「幫波弟抓蝨子除外。」籽掌打個呵欠說道。

「我剛想到一件事！」露掌大聲說道。「我們現在是戰士欸，因為有戰士睡在這裡，所以這裡是戰士窩啊。」

「耶！不用再抓蝨子了。」雪掌大喊道。

「你做夢吧！」蛛足喵聲道。

罌粟霜翻翻白眼。「一點也不好笑。現在安靜下來，都去睡覺吧。」

見習生們全都聽話地蜷起身子，用尾巴圍住鼻子，但棘星還是聽到有貓兒強忍住笑意，也看見尾巴後面有幾雙淘氣的眼睛正骨碌碌地轉。他退了出去，瞄見葉池正叼著一堆臥鋪，疾步穿過空地。這時松鴉羽突然出現在旁邊，就站在見習生窩的入口，下巴和胸前間夾著一大坨青苔，另一坨則叼在嘴裡。

窩穴前面因為蕨葉叢擋著，松鴉羽便隔著蕨葉叢將帶來的東西丟進去。蜂紋在裡面喊道：「謝了！」這時卻聽見百合掌憤怒的尖叫聲。

「喂，怎麼都丟在我身上。」

松鴉羽正要轉身離開，棘星趕緊用尾巴攔住他，走到遠處，以防見習生窩裡的貓兒聽見他們的談話。「你還預見到其他什麼凶兆嗎？」他喵聲道。

松鴉羽以尾巴示意整個營地。「讓我們瞧瞧……強風、大雨、漏水的窩穴……棘星，你到底想知道什麼？你應該感謝星族保佑，至少還沒有貓兒受傷。」

棘星表情無奈。雖然這場暴風雨帶來很大的不便，但他總覺得這還不致於糟到需要事前給松鴉羽凶兆。除非還有更可怕的事會發生，也許那座湖……

「你是不是有什麼事瞞著我？」松鴉羽尖銳地問道。

「沒有，」棘星回答，他還不想告訴他湖水氾濫的事。「我們只是得確保所有族貓都很安全。你先回窩裡去好了。」

松鴉羽一離開，棘星便跑向育兒室，鑽了進去，心想至少還有個地方可以遮風避雨，他就很感激了。在經歷過外頭的混亂後，除了毛髮潮溼的氣味外，窩裡顯得格外安靜、舒適。這裡幾乎伸手不見五指，但仍隱約看得到其他族貓的身影。他瞄見松鼠飛朝他揮著尾巴。

「這裡，棘星，我幫你留了一個位子。」

棘星朝她走去，有點困難地繞過其他族貓，他們都緊挨著彼此，擠滿了整間育兒室。

「嘿，」錢鼠鬚喊道。「你踩到我的尾巴了。」

「對不起。」棘星咕噥道。

櫻桃落賞了她弟弟一個耳光。「錢鼠鬚，嘴巴放尊重點，跟族長講話別這麼沒大沒小。」

「沒關係，」棘星喵聲道。「現在是非常時期，更何況這裡又擠成這樣。」他好不容易擠進松鼠飛和樺落中間，身子鑽進青苔臥鋪裡，試圖讓自己舒服地躺著。但因為他的毛還是溼的，過了好一會兒才覺得育兒室裡的暖空氣讓身體暖和了起來。

有的族貓已經在打呼，年紀較輕的戰士則在竊竊私語，偶爾傳出笑聲。

這對他們來說只是場好玩的歷險，棘星疲憊地想道，只希望情況不會更糟。

他好像聽見波弟的聲音從育兒室深處傳來。「這跟我當年還是小貓時遇見的那幾場暴風雨相比，只是小巫見大巫。」

聽見長老這麼說，他覺得安心了點。波弟就是愛提當年勇！老傢伙還在絮絮叨叨地說他的故事，這時棘星閉上了眼睛，但還是沒辦法立刻入睡，好不容易打了個盹兒，卻老是夢見湖水不斷上升還有貓兒溺水，他們無助地伸長腳爪，被浪愈捲愈遠。

「棘星！」他被叫醒，冰冷的水滴在他身上。

棘星倏地睜開眼睛，赫然看見刺爪站在旁邊，金棕色毛髮不停地滴水，黏在身體兩側，全身抖得厲害。第一道灰色曙光正滲進窩裡，但暴風雨並未停歇。大雨還是滂沱地打在窩頂，強風仍肆虐著營地。

「棘星，你最好來看一下。」刺爪牙齒打顫地告訴他。

棘星跟著刺爪走進空地，小心地不吵醒還在熟睡的其他族貓。冰冷的雨水迎面而來，他直覺地縮起身子。山谷裡的地面被水淹沒，樹葉和小樹枝漂浮在水面上，還有一根很大的樹枝隨著水流搖晃，尾端卻仍插在泥地裡。山谷上方的林子不再茂密，棘星知道這代表著有些樹已經倒落，荊棘圍成的垂簾部分毀壞，本來是入口的地方，現在變成凹凸不平的缺口。

「這要花很久時間才能修補好。」棘星彈動尾巴說道。

「還有更糟的。」刺爪警告道。

他帶著棘星走到荊棘那裡，隔著缺口往外看，只見兇惡的灰色湖水正漫上山坡，朝他們而來。湍急的水流沖斷河岸，在林間流竄，淹沒矮樹叢，湖浪與河流的交會處都是漩渦。

「我的星族啊！」棘星倒抽口氣。「湖水會淹到營地！」

空氣裡有股氣味，令他想到太陽沉沒之地的那片水域。浪花的拍打聲和樹木的嘎吱聲，全都令他不寒而慄。

「我們得離開這裡。」刺爪緊張地說道。

棘星霍地轉身，跑回山谷中央。「大家快出來！」他大喊道。

一時之間，並無任何貓兒出現，不過聽得到窩裡傳來騷動聲。松鼠飛隨即衝出育兒室。

「發生什麼事了?」

「你去看看荊棘垂簾外發生的事。」棘星告訴她。

松鼠飛衝到營地入口,她一看見外面的景況時,頓時煞住腳步,回來時滿臉驚駭,眼睛瞪得斗大。但提問時的聲音倒是很鎮定。「我們該怎麼辦?」

這時,貓兒們已經都從臨時臥鋪裡一臉茫然地走了出來,他們四處張望、表情驚恐。棘星穿過空地,一路濺起水花,爬上通往擎天架的亂石堆。他希望站在高處的他,音量可以蓋過眼前的暴風雨。蜜妮、薔光以及其他躲在他窩裡的貓兒全擠在坡頂,棘星必須從他們中間穿過去。

「湖水已經漫過林子,」他吼道。「我們必須立刻離開山谷。」

族貓們紛紛發出不可置信的尖叫聲。「不可能!」玫瑰瓣倒抽口氣。「那座湖位在谷底欸!」

「已經不是了。」棘星喵聲道。

他說話的同時,湖水正汩汩地穿過荊棘的縫隙,和地上的雨水匯流。一開始只是很淺的漣漪,很容易就能涉水而過,接著荊棘叢間噴灑出有著黃色泡沫的灰棕色水浪。浪一退去,就順帶捲走更多荊棘垂簾,留下更大的空間讓洪水長驅直入。

那一瞬間,所有貓兒都嚇傻了,他們呆呆地看著眼前的一切,突然明白怎麼一回事後開始驚恐尖叫。

「百合掌!籽掌!快來這裡!」他們的父親蕨毛大喊道。雲尾和亮心也趕忙集合見習生。

「棘星！」蜜妮驚恐地瞪大眼睛看著他，爪子瘋狂地刨著擎天架上潮溼的岩石。「薔光怎麼辦？要是山谷淹水的話，她根本不會游泳。」

「不必游泳，」棘星向她保證道。「還有其他辦法可以離開山谷。」

站在巫醫窩外的葉池這時揮揮尾巴，示意大家注意。「跟我來！」她下令道。

棘星在心裡暗自感激星族，在巫醫窩入口附近的灌木叢，預留了一條蜿蜒小路可以攀崖而上。他知道那裡很難爬，但那畢竟是他們遠離洪水的唯一逃生路徑。他轉身面對擠在岩架上的這群貓兒。「灰紋，」他下令道，「讓其他貓兒幫忙你，把薔光背下去，我們等一下在那條小路路口碰頭。」

灰紋趕緊蹲下身，塵皮和沙暴幫忙把薔光抬上他的背。棘星先離開他們，跑下亂石堆去找葉池。

現在大部分的族貓都聚在巫醫窩附近，葉池和松鼠飛忙著從灌木叢那裡鑿出一個洞，那條大約有幾條尾巴長的小徑這才曝了光。貓兒們趕忙擠過去，那條小徑隱蔽到並未受暴風雨摧殘。

「哇！」雪掌尖聲說道，仰頭望著那條通往崖頂的小路。「葉池怎麼知道有這條路？」

亮心彈彈她女兒的耳朵。「巫醫懂很多事情。」她喵聲道。

棘星抬頭看看那條小路，暗自叫苦地吞了吞口水。那條路看起來平常就不是很好爬了，更何況現在還下著大雨，風勢又這麼強。萬一有貓兒跌下來怎麼辦？那可是會跌斷頸子的。這都是我的錯。他甩甩身子、釐清思緒。我是這個部族的族長，我有責任保護這些貓兒，現在已經沒有別條路可逃了。

「蕨毛、蛛足，」他俐落地說道。「你們先爬上去，看看我們是不是可以從這裡出去，看在星族的份上，千萬要小心。」

蕨毛態度堅定地點點頭，隨即跳上小路，蛛足緊跟在後。棘星在大雨中瞇起眼睛，試圖看清楚他們爬到了哪裡。有時候他們的身影因灌木叢或突岩的阻擋而暫時消失，不過最後還是看到蕨毛的淺棕色身影攀上崖頂。

「可以！」蕨毛吼道。「不過路面很滑……腳步不要太急。」

「好，那就開始行動，」棘星下令道。「黛西，該你了，」他用尾巴示意那隻正在發抖的母貓，如今他那一身乳白色的長毛就像老鼠尾巴般緊緊裹住她。「獅焰，你跟她上去，確保她沒問題。」

「我不會有事，」黛西喵聲道。「我以前也爬過啊。」

棘星這時才想到好幾個月前，松鼠飛、亮心和雲尾曾帶著黛西和她的小貓爬上這條小路，躲開野獾的攻擊。雖然他曾經渴望育兒室裡住滿小貓，但現在他反倒慶幸還好營地裡沒有小貓，因為光是要背薔光上去，就已經夠難的了……

等到獅焰和黛西爬到一半，棘星就下令見習生也爬上去，每位見習生都有各自的導師跟在後面保護他們。他特別指派雲尾跟著琥珀掌，因為蛛足已經先上去了。這些年輕的貓兒毫無懼色，腳步敏捷地循著崖壁上的小徑蜿蜒爬上。

「鴿翅，該你了！」棘星喊道。

灰白色母貓涉過水塘，奔了過來，耳朵不斷抽動。「我不確定我爬不爬得上去，」她咕噥道。「我老是在找一些眼前看不到的東西，結果都不知道自己腳下踩的是什麼。」

「你當然爬得上去，」她的父親走向她。「我就在你後面，不會讓你跌下來的。」

鴿翅深吸一口氣，開始往上爬。一開始她走得很慢、很緊張，後來漸漸有了信心，腳步也跟著加快。

「別急，」樺落在後面鼓勵她。「又不是在賽跑！」

「輪到你了，刺爪，」棘星說道。「你一到上面，就先去找灌木叢或可以避雨的地方。你已經一個晚上沒睡了。」

刺爪朝他的族長很快地點個頭。「好的。」

現在天色已經更亮了，但仍籠罩在厚重的烏雲裡，看不到太陽升起。大雨依舊滂沱，在強風的助長下，雨水一波波地掃過整片山谷。

棘星仰望崖頂，看見那兒的貓兒數量愈來愈多。目前為止，大家都很順利地爬上去。也許後面幾個也能辦到。「錢鼠鬚、櫻桃落，該你們兩個了。」他下令道。

櫻桃落先出發，很有自信地一步步地爬，最後消失在雨中，可是輪到錢鼠鬚的時候，他才走了幾條尾巴的距離就停住不動了，耳朵貼平，神色驚恐。

「我不敢爬，」他哭號道。「我會掉下去。」

棘星心跳加快。「你不會有事的！」他朝陷入恐慌的年輕公貓喊道。「其他貓兒都辦到了。」

「我要滑下來了，救命啊！」

「鼠腦袋！」棘星咕噥道。

他正打算爬上去頂住錢鼠鬚，竟就瞄見獅焰正小心地從崖頂下來。

「錢鼠鬚，你撐住！」戰士喊道。「我來了。你只要看著上頭那塊岩石……很平坦的那一塊，知道嗎？」滑下來的獅焰停住腳步，用後腳抓牢崖面上的石頭。「把你的前爪放在那裡，然後抬起後爪攀住那個縫，就是這樣……」

錢鼠鬚開始慢慢移動。兩隻貓兒一起往上爬，直到消失在棘星的視線裡，呼嘯的風聲吞沒了獅焰的聲音。

亮心和煤心涉水來到小路前。「棘星，我們準備好了。」亮心喵聲道。

「等一下，」棘星警告道。「我要先確定錢鼠鬚已經安全抵達。因為要是他滑下來，可能會撞到走在後面的貓兒。」

他話才剛說完，就聽見獅焰的吼聲從崖頂傳來。「我們成功了！」

感謝星族！棘星心想道，也謝謝獅焰！「好了，該你們了。」他告訴兩隻母貓。

她們一開始的時候還算順利，步步為營、身子盡量貼近岩面，但這時突然起了一陣強風，掃向跟在煤心後面約有一隻狐狸身長遠的亮心，她的腳一滑，眼看就要從小徑邊緣滑下來，抓了狂似地用四隻腳刨著地面，驚聲尖叫。「救命啊！」

棘星正準備跳上去救她，煤心及時轉過身來，爪子攀住岩石，張嘴咬住亮心的頸背，把她拉了回去。

亮心渾身發抖地蹲伏著。「謝謝你，煤心，」她上氣不接下氣地說道。

「你還好吧？」煤心問道。「可以繼續爬嗎？」

亮心點點頭。「我們走吧。」

棘星看著她們慢慢地攀上崖面，感覺到有水拂過他的腹部的毛，這才驚見山谷裡的水位更高了。快沒時間了！他回頭瞥看還留在營地裡的貓，灰紋已經背著薔光過來，昨夜睡在擎天架的貓兒們也都跟在後面。波弟也在其中。兩隻巫醫站在他們的窩穴旁邊，莓鼻和鼠鬚離小路底端很近，都等著要爬上去，爪子不耐煩地在地上刨抓。玫瑰瓣跟著松鼠飛站在最後面。

棘星先朝那兩隻公貓點個頭，公貓隨即敏捷地跳上去，一開始，他還先盯著莓鼻，因為他知道這位乳白色戰士有時太過自信，不過還好他和他弟弟都毫不費力地消失在小路盡頭。

松鼠飛來到他面前。「玫瑰瓣很緊張，」她低聲對棘星說。「如果可以的話，我陪她上去。」

棘星感激地點點頭。「拜託你了，我知道有你陪著她，一定會沒事的。」

「走吧，」松鼠飛喵聲道，親切地推了玫瑰瓣一把。「你不是常在樹上追松鼠嗎？其實沒什麼差別。」

玫瑰瓣點點頭，但顯然沒被說服。「我試試看。」她低聲道。

「我就在你後面。」松鼠飛承諾道。「我不會讓你跌下來的。」

爬上去就對了，別等到明天了，棘星心想，同時意識到水位愈來愈高。

松鼠飛將玫瑰瓣推上小路，開始往上爬。棘星總覺得她們爬得太慢，不過腳步漸穩、愈爬愈高，而且令他慶幸的是，玫瑰瓣沒像錢鼠鬚一樣半途停下來。棘星注意到崖頂的獅焰和煤心，總是在族貓們還剩下幾步路的時候幫忙拉他們一把。感謝星族讓這兩隻貓兒主動伸出援手，他心想，也感謝星族讓族貓們主動相互幫忙，要是沒有他們，真不知道該怎麼辦？

他的目光緊盯著崖面，這時突然覺察到蜜妮用尾巴觸碰他的肩膀，這才轉身看見身邊的她。她看起來全身緊繃、滿臉愁容。

「薔光怎麼辦？」她啜泣道。「她爬不上去的。」

棘星心上一沉。他本來想找隻貓兒扛薔光上去，但是在看了族貓們的攀爬情況後，他知道這方法恐怕不行。他的目光越過蜜妮，看見薔光靜靜地等在沙暴和塵皮旁邊。她信任我！偉大的星族，我究竟該怎麼辦？

「我們會把她送上去，」他承諾道。「只是得先讓其他貓兒上去再說，灰紋、花落，你們是下一組。沙暴，等他們上去了，你可以幫忙波弟嗎？」

「當然沒問題，棘星。」沙暴回答道。

波弟皺著眉頭看著那條彎彎曲曲的小徑。「我不確定我這四條老腿爬得上去。」他嘀咕道。

「絕對爬得上去。」沙暴向他保證道。「想想看爬上去之後，不就又多了一個很棒的故事可以說嗎？」

老貓低聲咒罵了幾句，便開始往上爬。沙暴跟在後面，看見他每踏出一步，就鼓勵他一次，但他爬得愈高，速度就愈慢。結果還沒爬到一半，崖面竟有碎石剝落，他跟著滑了下來，沙暴上前想抓住他，但已經來不及了。

「波弟！」她尖聲喊道。

還好他掉下去的那一瞬間，及時用前爪抓住崖縫邊瘦弱的灌木叢，後爪抵住崖面。

「我卡住了！」他喊道。

沙暴低身咬住波弟背部的毛，用力往上提，但怎麼也拉不動。

棘星迅速地掃視還在排隊等候的貓兒們，「我馬上回來，」說完，立刻爬了上去。等他爬到仍死命抓住灌木的波弟那裡時，這才發現情況比他想得還嚴重。可能是雨水沖刷的關係，再加上一再地承受貓兒的重量，上方的崖面已經開始崩落。

「對不起，棘星，」波弟上氣不接下氣。「我太老了，骨頭硬得不聽使喚了，我上不去也下不去，就讓我留在這裡吧。」

棘星看得出來這位長老只是佯裝勇敢，其實怕得要命，懊惱著自己爬不上去。「不行，這裡不像窩裡那麼舒服，」他回答道，同時腦袋飛快地盤算。「沙暴，去崖頂找一根結實的藤蔓，長度要能搆到這裡。找獅焰幫你。」

「用藤蔓拉不上去的，」沙暴反駁道。「他太重了。」

「吃太多田鼠了，」波弟自嘲道。「運動量又不夠。」

「就算我們拉不上去，也要把他放下來，等他腳能踩到地面，我們再來想辦法。」

「踩到地？」波弟揶揄道。「下面是湖欸，哪有地可踩？」

沙暴很快地點點頭，回到小路，棘星本來擔心她爬太快了，恐怕會有危險，但他沒出聲，心裡暗自感激她對族貓的盡心盡力。

棘星陪著波弟等候，直到一條長長的藤蔓從崖頂垂下來。這條藤蔓是用幾條莖梗纏起來，十分堅固。

「我們準備好了！」沙暴朝下面喊道。

「好了，波弟，用牙齒咬住。」棘星指揮道，並將藤蔓拋過去讓老貓咬住。

一等波弟咬緊藤蔓，棘星立刻往下爬到老貓下方的轉彎處。「你放手吧，不要再抓著灌木了。」他喊道。

波弟遲疑了一下，隨即鬆手改抓住藤蔓，在崖面上晃來盪去。棘星藉著後爪抓牢岩壁，前爪頂住波弟的重量，將他頂到可以站立的地方。波弟瞪大眼睛，害怕到全身僵硬，不過當他感覺到爪子又能踩到崖壁時，不禁滿意地發出小小的驚嘆。

棘星覺得要他自己爬下小路，實在是太危險了，於是他要波弟繼續緊咬著藤蔓，然後指揮上面的獅焰和沙暴，把老貓慢慢放下去，直到碰到崖底為止。

「我們下來了！」棘星朝崖頂的貓兒喊道。可是接下來怎麼辦？

「我沒事，」波弟喵聲道，同時放開藤蔓。「這山谷不會立刻灌滿水吧，我可以在擎天架那裡等著暴風雨過去。」

「我跟他一起等。」蕾光喵聲道。

蜜妮走近她女兒。「如果是這樣的話，我也留下來。」

棘星看著大水從荊棘垂簾那裡不斷流進來，現在的水位已經高到他的腰腹位置，蕾光必須把頭抬得高高的，才不會被水淹沒。「我不會把任何一隻貓留在這裡。」他低吼道。

「可是我們要怎麼辦呢？」蜜妮斷聲道，眼神慌亂害怕。

棘星看見水面上有根樹枝漂過，突然靈光一現，於是他告訴蜜妮：「首先，我要你和葉池爬到崖頂，先確保你們的安全。」

蜜妮一臉不可置信地瞪著他。「你的腦袋被蜜蜂叮壞了嗎？我不會離開蕾光的。」

棘星咬牙忍受她的不滿。他知道蜜妮擔心她的女兒，但這無濟於事。幸好葉池上前一步，用尾巴圈住蜜妮的肩膀。「來吧，」她好意地催促她。「蕾光不會有事的，你應該相信棘星。」

希望她是對的，棘星心想道。

「沒關係，」蕾光喵聲道。「你跟葉池去，我們待會兒在崖頂碰面。」

蜜妮瞇起眼睛看著棘星：「如果她有個三長兩短，我絕不饒你。」

棘星向她垂頭致意。「蜜妮，我保證我會把蕾光送到安全的地方，拚死也會辦到。」

蜜妮凝視他良久，才轉身跟著葉池離開，兩隻母貓消失在崖面的小徑上。

「我也可以爬上崖頂。」松鴉羽大聲說道。

「不，我需要你幫忙我照顧蕾光，」棘星回答道。「只有你最清楚她的身體狀況。」我才不會讓一隻瞎眼貓掛在崖壁上進退不得呢。「塵皮，我也需要你幫忙。」他繼續說道。「最好蕨毛也能下來幫忙。」

他朝崖頂喊，過沒多久，金棕色戰士腳步穩健地跑了下來。

松鼠飛跟在他後面。「怎麼回事？」她問道。

「我們得用別的方法離開山谷，」棘星解釋道。「我想可能得利用一根大木棍來幫忙載運薔光、波弟和松鴉羽躲開洪水。」

「我的星族啊，這太冒險了吧！」蕨毛大聲說道。「你要我們去找根木棍嗎？」

「我想到用哪根木棍了，」棘星告訴他。「紀念大戰役犧牲者的那根。」

松鴉羽怒吼道：「你不能找別的嗎？」

「那是目前營地裡最長又最粗的一根，」棘星直言道。「更何況用它的話，搞不好那些犧牲者也會保佑我們。難得我們需要星族的庇佑，現在又剛好需要。」

塵皮和蕨毛互看一眼，彷彿也在好奇自己的伴侶貓是不是正在天上看著他們。

「我們去把它拿過來。」塵皮喵聲道。

擱在擎天架下方的那根紀念犧牲者的木棍已經倒在一旁，但仍看得到它半露在水面上。蕨毛和塵皮涉水過去，將它拖到貓兒們正在等候的灌木叢處。

「它的浮力不是很好。」蕨毛懷疑地說道。

「那是因為這裡的水太淺，」棘星喵聲道。「我們得把它推得遠一點。」

塵皮和蕨毛將木棍移到水深及肩的地方。「這裡好多了！」蕨毛喊道。

「來吧，到這裡來。」松鼠飛催促其他貓兒。

「你不必跟我們一起去，」棘星趁他們護送波弟、松鴉羽和薔光到木棍那裡時低聲對松鼠飛說道。「你應該回到崖頂跟他們會合。」

松鼠飛的綠色眼睛怒瞪著他。「你這個討厭的毛球，如果你認為你可以叫我回去……」棘星將尾巴擱在她肩膀上，不讓她繼續說下去。她的膽識令他感動。「你不能對族長這麼沒禮貌哦，」他喵嗚道。「來吧，我不跟你吵了。」

松鼠飛哼了一聲。他們走進深水處時，薔光幾乎沒辦法讓她的頭高於水面。受後腿拖累的她，只能藉著前腿撐起身子，因此洪水已經滿到她口鼻附近。

棘星穿過湍急的水面，來到她身邊。「來，抓住我。」當薔光的爪子戳進他肩膀時，他試圖忍住臉上痛苦的表情。現在的她總算可以讓頭離水面一個老鼠身長的距離，但礙於她的重量，棘星幾乎沒辦法繼續在水裡走動，他的爪子陷進泥巴裡，母貓的身子壓得他難以前進。

「等一下，」松鼠飛喵聲道。「我想到辦法了。」

她涉水走到山谷邊，也就是蕨毛和塵皮平常放建材的地方，然後叼著一捆小樹枝回來。「嘿，薔光，把這塞在你肚子底下，應該可以幫忙你浮起來。」

薔光鬆開棘星，松鼠飛將那捆小樹枝塞在薔光底下。棘星看見她浮上來了一點，至少口鼻不再碰到水，還可以拖著自己前進，這才鬆了口氣。

其他貓兒都站在紀念樹枝的旁邊等候。他們從後方推著木棍，涉水朝營地入口前進。大水仍源源不斷地灌入，水流強勁到難以行走。在那當下，棘星都不免懷疑他們到底有沒有足夠的力氣涉水出去。他尤其全程緊盯著薔光。

這時松鴉羽突然跌了一跤，慘叫一聲、沒入水中，叫聲被水吞沒。棘星趕緊衝過去，潛入水裡，但又擔心水太濁，恐怕會找不到他。這時有條尾巴打到他的耳朵，他連忙伸出腳爪，戳進溼淋淋的毛裡，將松鴉羽一把拖出水面。巫醫的頭一破出水面，立刻咳出了好多口水。

「謝了，」他氣極敗壞，好不容易站了起來。「我真的很討厭水！」

當他們穿過缺口時，四周的水流已經形成漩渦，不斷地冒泡。營地外洪水四溢。棘星放眼望去，波浪起伏，殘物碎屑載沉載浮，一根根樹木赫然浮現於水面，至於樹根、樹幹，甚至低矮的樹枝全被不斷上升的湖水吞沒。

「好了，」他喵聲道。「你從這裡爬上木棍。」

「我不認為這方法管用。」波弟覷著那根木棍，咕噥道。

「來吧，」松鼠飛鼓勵他。「兩腳獸常做這種事。我們不是看過他們坐在這些扁扁的東西上面，浮在水面上嗎？上面插了一塊毛皮來捕捉風。如果牠們辦得到，你當然也可以！難道你想告訴我，你比兩腳獸笨？」

波弟一邊嘟囔著，一邊撐起身子爬上去，蕨毛和塵皮則幫忙穩住木棍。令棘星意外的是，波弟坐上去後，竟然還蠻有平衡感的，他甚至還轉頭得意地看了松鼠飛一眼。

「看來我還是略勝兩腳獸一籌。」他喵嗚道。

棘星才剛向松鴉羽示範他的腳爪該放在木棍的哪個地方，松鴉羽便立刻攀了上去，畢竟他的體重很輕，所以這對他來說並不難。倒是蕾光一直想把自己撐上去，但因為後腿無法使力而屢屢失敗，棘星想幫忙托她的後腿上去，但還是不行。水流不斷地拉扯他們，差點把蕾光捲走。

「我該怎麼辦？」她哭喊道。

那一刻，棘星也不知道該怎麼回答她。

這時松鼠飛大聲說道。「等一下！」

她突然轉身，走回營地，水流推著她前進。她一半涉水一半游泳。

「你不能回去！」棘星在她後面喊道。

松鼠飛的聲音在風雨中隱約傳來。「我不會有事的！」

棘星只能等她回來，緊張到心臟都快跳出來了，等他看見她費力地涉水走出來時，這才鬆了口氣。她拖了一樣東西回來，趨近一看，才發現那是他們剛剛用來把波弟從崖面放下來的那條藤蔓。

「我們可以用藤蔓把薔光和木棍綁在一起。」回來會合的松鼠飛氣喘吁吁地說道。「快點，把她的後腿抬起來。」

棘星一抬起薔光的後腿，松鼠飛便咬著搓扭過的藤蔓，潛進木棍底下，再從另一頭鑽出水面。蕨毛接過藤蔓繞在薔光身上，松鼠飛再咬住藤蔓潛到木棍底下。

「感覺安全多了，」薔光喵聲道，這時候他們已經來回捆綁了好幾次。薔光看起來好嬌小、好脆弱，溼透的毛髮服貼地黏在身上，藍色眼睛像月亮一樣又圓又大，兩隻前腳抱著木棍，爪子戳進木頭裡。

松鼠飛最後一次浮出水面時，深黃色毛髮已經溼到不斷有水滴下來。她把藤蔓鬚的尾端塞進薔光胸口底下。「如果你覺得變鬆了，就告訴我。」

既然三隻貓兒都被安置在木棍上了，松鼠飛和塵皮便在前頭帶著方向，棘星和蕨毛則從後面推它。剛開始移動的時候，樹枝晃得很厲害，松鴉羽慌張地尖叫，不過三隻貓兒的爪子還是深深地戳進木頭裡，固定好自己。

他們一離開山谷，水立刻變深，棘星和他的夥伴們只得游泳。棘星在翻騰的水浪裡掙扎著前進，不時被水底下的樹枝和樹葉纏住腿，暗地裡嘶聲咒罵。有一次他的腳爪陷進某樣東西裡，好像是被荊棘勾住，他又踢又扭地好不容易掙脫，繼續往前游。在強風的肆虐下，波濤洶湧，雨水迎面噴打著他的臉。但他只能咬牙繼續往前游，朝地勢較高的地方推進。

星族啊！救救我們！我們不可能靠自己的力量辦到，濕重的毛髮不斷地將他往下扯，他只能在心裡這樣默禱。

他唯一能做的就是用牙齒緊咬住木棍，四條腿不停地划動。水灌進他嘴裡，他只能吞下去，幾乎無法呼吸。我不能鬆開！旁邊的蕨毛也陷入同樣的困境，呼吸聲刺耳得掩蓋過呼嘯的風聲。棘星只能勉強看到前方的松鼠飛和塵皮，至少知道他們仍浮在水面上，還在奮力往前游。

四隻貓兒在水裡慢慢地將樹枝沿著山谷邊緣往最近的岸坡划去。棘星在水裡的腳爪突然踩到地面時，他不由得鬆了口氣，站起來涉水行走，以前胸和腳爪用力頂著木棍，將它推上岸。波弟撐起身子走下木棍，濺起水花。他涉水走了幾步，終於站在能直通崖頂的溼淋淋草坡上。松鴉羽蹣跚地跟在後面。

松鼠飛涉水走到薔光旁邊，開始解開綁在她身上的藤蔓，但還沒完全解開，突然有一波棕色大浪襲來，打上木棍，松鼠飛跌落水中。木棍翻了過去，薔光被卡在底下。棘星撲進水裡，先找到松鼠飛並拉出水面，又衝向木棍，尖牙利爪並用地迅速扯斷藤蔓，解開了薔光，但感覺到她的身體正無助地往下沉。

浪又捲了過來，棘星瞄見塵皮也潛進水裡，與他合力抓住薔光的身體，拖了上來並推上斜坡，蕨毛接手拉薔光上去。上氣不接下氣的棘星低頭看著母貓。薔光動也不動，嘴裡不停地淌出水來。

「她不能死！」松鼠飛哭號道。

我答應過蜜妮，棘星心想道，**我說過我會救她出去，拚死也會辦到。**

「讓開！」松鴉羽推開棘星，跳上薔光，瘋狂地按壓她的胸膛。「我不會讓她淹死的！」巫醫的語調痛苦。棘星記得，以前松鴉羽曾為了救皺尾而在湖裡死命掙扎，他當時為了把影族的巫醫推出湖面，自己就差點溺死。星族，當時他失敗了，這次千萬別再讓他失敗。

薔光的身體突然動了一下，咳出了一大口髒水。棘星看見她大口吸氣、胸膛上下起伏。又過了一會兒，她抬起頭，虛弱地問道：「我們上岸了嗎？」

「上岸了。」棘星喵聲道，因為突然的放鬆而感覺頭暈目眩。

松鼠飛舔舔薔光的耳朵。「來吧，我們帶你去崖頂。蜜妮和灰紋一定都很擔心你」

棘星看得出來薔光虛弱到無法行走，「我來背你，」他告訴她，然後對其他隊員說：「幫我把她扛到我的背上。」

他正舉步維艱地爬上山坡時，突然注意到松鴉羽還在水邊徘徊。「怎麼了？」他問道。

「我找不到那根紀念犧牲者的木棍了。」巫醫回答道。

棘星掃視水面，心想八成被那道打昏薔光和松鼠飛的大浪給捲走了。他看到幾隻狐狸身之外的水面上有根浮木，應該就是它了。可是因為水面上有太多雜物，所以也不甚確定。「不見了，被水沖走了吧。」

「可是它承載了我們對犧牲者的眾多回憶。」松鴉羽哭號道。

「不，這些回憶會一直記在我們的腦海裡，」棘星提醒他。「那根木棍在我們最需要它的時候救了我們一命。現在也成為我們的回憶之一。」松鴉羽沒有回答，於是他又說：「等這一切結束了，你可以再製作一根。」

松鴉羽喃喃附和著，轉身離去。

蕨毛帶頭領著這一群全身濕透的貓兒爬上山坡上的林子裡。薔光的重量壓得棘星肩膀酸痛，腳爪老在泥地上打滑。樹上的枝葉不停地拍打著他們。林木在強風中幾乎都折了腰。崖邊的地面較為空曠，有利步行，但棘星不敢靠近崖邊。強風可能會把我們吹落崖底，掉進淹水的山谷裡。

「我去找其他貓兒來幫忙。」松鼠飛大聲說道，飛奔離去。

她哪兒來那麼多精力？棘星納悶著，因為他自己已經累得像個垂垂老矣的長老。他繼續背著薔光往上爬，直到看見松鼠飛帶著一群族貓回來。蜜妮跑在最前面，一路跌跌撞撞、連跑帶滑地來找她女兒。灰紋緊跟在後，旁邊還有獅焰和煤心。

「薔光！」蜜妮一來到棘星和其他貓兒面前，立刻放聲大喊：「你沒事吧？」隨即瘋狂地舔著她女兒。

「我沒事，」薔光沙啞地說道。「他們都很照顧我。」

蜜妮朝棘星轉身，感激地不停眨眼。「謝謝你，」她喵聲道。「我真的打從心底感謝你。」

棘星表情靦腆、全身發燙。「大家都幫了很大的忙。」他咕噥說道。

獅焰上前一步。「來，換我背她，你一定累壞了。」

棘星對他的幫忙求之不得。當他們再度出發時，灰紋好心地用肩膀扶住棘星，松鼠飛和煤心則幫忙攙著波弟。等他們到了坡頂，棘星看見沙暴已經將所有貓兒集合在山毛櫸下。這裡不太能遮風避雨，但儘管強風大作，樹枝不斷搖擺地喀喀作響，卻堅韌得沒有被折斷。貓兒們溼淋淋地擠在一起，神情慌張害怕。

棘星一抵達，就看見好幾雙眼睛焦急地望著他。「我們先待在這裡等暴風雨過去再說吧。」他決定道。「可以的話，盡量閉目養神。」他就地坐下，累得昏昏沉沉，只隱約感覺到松鼠飛走過來躺在他旁邊，用體溫為他保暖。

棘星醒來時，情緒異常平靜，但一時之間，竟不知道自己身在何處。他不是應該睡在擎天架上的窩穴裡嗎？怎麼會很不舒服地躺在一層薄薄的落葉上打瞌睡呢？這時他看見頭頂上的天空被層層枝椏擋住，又聽見族貓們的騷動聲，這才想起昨兒個半夜逃離山谷的事情。雨已經停了，風勢也小到僅剩徐徐微風。天空雖然還是布滿烏雲，但稀薄多了。銀色光芒在雲後出現，代表太陽快爬上天頂。棘星全身僵硬地站起來，從山毛櫸下走出來。

他可以從這裡眺望整座湖和遠方的陸地。乍看到的那一瞬間，他突然腳步踉蹌，只見森林裡惡水四處流竄、雜物漂流。灰色天空映照水面，山谷邊積水漸深，甚至往遠處溢漫，田野被惡水吞沒的範圍大到連棘星都看不到盡頭。

河族應該完全被淹沒了！他一想到此，不禁毛骨悚然。風族應該沒事，他告訴自己，目光同時掃向高地。風族的營地位置很高。可是當他轉身眺望影族領地時，胃瞬間抽搐。那片平坦的松樹林完全被大水淹沒，只剩部分樹木突出於水面之上。

「太可怕了！」樺落快步走了上來，站在棘星後面倒抽口氣。「其他部族出了什麼事？」

「我們先擔心自己吧，」棘星回答道，我們都自顧不暇了。

更多戰士從樹底下走出來，全都目瞪口呆地打量著眼前的災情。棘星用尾巴示意其中幾位。「我要組一支隊伍跟我一起下去查看山谷的情況，」他喵聲道。「雲尾、亮心、櫻桃落……還有你，樺落。」

被點到的貓兒都跟著他穿過泥濘的草地，走下山坡，來到可以俯瞰整座營地的崖頂。當他從崖邊往下探看時，心裡跟著抽緊。雷族營地如今全泡在一潭灰水裡，淹了快要有半個崖面高。空地、窩穴，甚至連擎天架都不見蹤影。我們的家園毀了！

「我的星族啊！」雲尾在他身旁低聲道。「這下我們該怎麼辦？」

第九章

「我們不能永遠待在這棵樹底下，」棘星大聲宣布。「我們得找個地方充當臨時營地。」

巡邏隊從淹水的山谷回來後，棘星就召開部族大會。令他意外的是，族貓們毫無懼色地欣然接受了尋找新家的這個挑戰。

「兩腳獸的舊巢穴怎麼樣？」花落提議道。

棘星搖搖頭。「它的地勢比山谷還低，」他回答道。「一定淹在水裡了。」

「何不住進地道裡？」藤池喵聲道。

棘星聽見獅焰倒抽口氣，這才想起那位金色虎斑戰士曾被困在地道，當時裡頭還淹著水。其他貓兒緊張地看看彼此。不過他想起冬青葉曾在地道裡訓練過他們，再加上他們也曾與風族在地道裡有過交戰經驗，所以對地道多少有些粗淺的認識，因此覺得這提議或許可行。這恐怕是目前所能找到，最好的辦法了。

「藤池，這主意不錯，」他喵聲道。「大家不必擔心會在那裡迷路或被大水困住，我們會和那個有地下水的洞窟保持距離。」

族貓們開始交談，他們放大音量蓋過頭上樹枝的撞擊聲。棘星很是氣餒，暴風雨的平靜期結束了，大雨又開始下、風又開始怒吼。斗大的雨滴穿過山毛櫸的枝葉滲了進來，淋溼了本來將要乾了的毛髮。

「我不在乎去哪裡，」莓鼻大聲說道。「只要是乾的地方就行了。」

棘星令獅焰和煤心帶領部族前往崖頂上方，位在山腰處的地道入口。

松鼠飛將見習生集合起來，低聲對他們說：「我要你們好好照顧波弟，」她告訴他們。「他剛吃了不少苦，現在一定全身酸痛，又很疲累。不過看在星族的份上，千萬別讓他知道你們在幫他。」

百合掌點點頭，一臉若有所思。「我知道該怎麼做了，我們會拜託他來幫忙我們。」她跑去找波弟。「我們很怕去地道，」她對老貓喵聲說道。「你可不可以陪我們去？」

「當然沒問題啊，小姑娘。」波弟撐起身子。「有我陪著你，什麼也別怕。」

他蹣跚地跟在獅焰和煤心後面，見習生們全簇擁著他。

松鼠飛瞥了棘星一眼，得意地抽動鬍鬚。「不難吧……」她低聲道。

棘星感激地眨眨眼，然後朝鴿翅轉身，對她說：「你可不可以帶松鴉羽過去。」

「沒問題。」

「謝了，我可以自己走。」松鴉羽不屑地打岔道。

「不行，你不可以自己走，」棘星站在那隻瘦骨嶙峋的巫醫面前。「松鴉羽，有時候你固執一點是好事，但現在不行。整座森林因為這場風災而變了樣。路上有很多棵樹傾倒了，地上到處都是樹枝……就讓鴿翅幫一點忙，你就忍著點吧。」

松鴉羽嘆口氣。「遵命，偉大的族長。」

棘星把松鴉羽交給鴿翅後，就過去探望薔光。他在山毛櫸的樹幹旁邊找到她，發現她跟蜜妮、灰紋在一起。「來吧，爬上來，」他喵聲道，同時蹲下身子讓她爬上他的背。「我們很快就會帶你到一個比較乾燥的地方。」

「我給你們添了很多麻煩，」薔光趁灰紋幫忙她爬上棘星的背時，這樣低聲說道。

「不，一點也不麻煩，」蜜妮喵嗚道，但眼裡滿是憂色。棘星猜想她八成是被她女兒沮喪的心情感染了。

「事實上，你是在幫我忙欸，」他告訴薔光，「你趴在我肩上，我的背就不會淋到雨啦。更何況你比一隻大松鼠重不了多少。」

當他爬上山腰時，他心裡想，這句話其實並不盡然。薔光的重量壓在他背上，這使得他在雜亂的矮樹叢間舉步維艱。其他族貓跟在後面，他們都低著頭、垂著尾巴，狼狽地逆著風走在泥地上，毛髮被吹得往後翻飛。

他們終於抵達半掩在突岩後面的地道入口。貓兒們擠在一起，等著依序進入。雖然幽黑的洞口看起來有點可怕，但他們都急著想要躲開這場暴風雨。

「哇，這裡好怪哦！」琥珀掌往地道裡走了兩條尾巴的距離後，這樣大聲說道，「你們說冬青葉以前就住在這下面嗎？真的假的？」她問蛛足。

她的導師點點頭。「真的，住了好幾個月。我們都不知道她住在這裡。」

「你們以前和風族在這裡打過仗？」露掌追問道。「你們怎麼看得到呢？」

「要是迷路了怎麼辦？」雪掌渾身發抖，不過棘星覺得是這場歷險讓他太亢奮了。「要是找不到出口怎麼辦？」

「夠了，」白翅喵聲道。「你們別站在這裡光顧著講話。」

「是啊，你們擋到路了，」藤池斷聲道。「還有貓在外頭淋雨等著要進來呢。」

「對不起，」籽掌喵聲道，同時推推她前面的見習生。「真是的，他們還小，不懂事。」她對藤池說道。

「你才小呢！」琥珀掌駁斥道。

「我們去探險，」露掌催促著，「我想見識一下，來吧，波弟。」

「別走太遠！」藤池在後面喊道。

棘星希望波弟能阻止見習生做傻事，於是也跟著步下地道。等他抵達一處空間較寬敞、光線仍照得到的地方時，就把薔光放了下來。蜜妮趕緊過來幫她女兒梳理毛髮。她以逆毛的方向舔，好讓毛髮快點乾燥，身子才能暖和起來。

其他族貓都圍坐下來，看起來就像一坨坨的溼毛球。棘星這時不免想到當初冬青葉在這幽暗的地道裡是怎麼過活的。他還清楚記得，冬青葉死於大戰役時，有隻滿身星光的貓就站在冬青葉面前。**他叫什麼名字？落葉嗎？他不是部族貓，但他似乎和冬青葉很熟。我懷疑他們可能**

就是在地道裡認識的。

「棘星，」煤心的聲音喚回了他的思緒。

棘星抽動耳朵。「什麼事？」

「你覺得我們應該再往深處探勘嗎？」灰色母貓問道。「我們是不是應該去查查看地下水有沒有淹上來？畢竟雨下得這麼大……」

「這主意不錯，」棘星回答道，不過他也暗自擔心萬一連地下水也都漲上來了，雷族恐怕又得搬家了。「找幾隻貓兒跟我們一起去吧。」

煤心點點頭，快步離去，過了一會兒，帶著獅焰和藤池回來。棘星起身，領頭往地道深處走去，穿過正在休息的其他族貓，只見他們在黑暗中焦慮地緊挨著彼此。波弟坐在地道最後面，五個見習生團團圍住他。

「所以我們就爬上那根木棍，」他喵聲道。「但松鼠飛得先用一條藤蔓把薔光固定……」見習生們個個聽得目瞪口呆。滿腹心事的棘星，想到他們剛剛的拚死逃生過程，竟成了波弟口中精采的冒險故事，也忍不住莞爾。他對他的部族目前還算安全很是欣慰，於是繼續往深處走去。腳下的濕氣與近來的豪雨無關，而是這裡長年缺乏日曬和新鮮空氣所致。棘星在地道裡一向很不自在，但這次感覺不太一樣。以前他來這裡總覺得好像有誰躲在看不到和聽不到的暗處監視他。但現在這裡安靜又空洞。不知怎麼搞的，反而更顯得陰冷和不受歡迎，尤其當光線在身後消失，陷入一片漆黑時。

棘星看得出來藤池和獅焰也感覺到其中的差別：他們小心翼翼地，身上的氣味起了些微變化，彷彿正在期待什麼事情發生。

地道直通而下，狹窄到棘星身上的毛髮都會刷拂到兩側的岩壁。

「我們應該快走到橫向地道了吧，」獅焰過了一會兒喵聲道。「到時我們走那條，可以去查探一下主洞穴。」

棘星又走了幾步，感覺到旁邊有冷空氣吹來，於是轉進新的地道。這條通路愈來愈窄，棘星開始擔心肩膀可能會卡住，但也只能強忍住心中的恐懼。突然有隆隆聲響從地道裡傳來，愈是趨近聲音愈大。棘星這時才發現，他現在能在昏暗的光線中看見前方的岩壁。

「我們快走到洞穴了。」他回報道。

他話才說完，就突然停下腳步，因為腳下感覺到有冰冷的黑水在流動。原來洞穴裡暗藏著地下水，有光線從穴頂上的縫隙滲入，水面波光粼粼。

「快退回去！」棘星警告道。

他和隊員們從水邊退回去，但他又突然停住並回頭張望。「我們應該確認地下水會不會漲起來。」他喵聲道。

於是他小心地沿著通道爬回去，用爪子在牆上刻出目前的最高水位，然後蹲在那裡監看，時間慢慢流逝，過了一會兒，他發現獅焰也在他肩膀後面窺看水位。

「沒有上升。」金色虎斑戰士低聲道。

棘星點點頭。「我想我們可以回去了，」他決定道。「這裡是洞穴裡的最低點，所以我們目前住的地方應該是安全的。」

他請獅焰帶隊回族貓們等候著的地方。

「看來我們待在這裡很安全，」棘星宣布道。「不過這裡的大洞穴被水淹沒，所以誰都不准到下面去。」他轉頭狠瞪那幾個見習生。「聽到沒有？」

見習生們一本正經地點點頭，棘星希望目前為止的各種危險經歷，已經讓他們學會了教訓，知道水這種東西有多危險。

棘星環顧族貓，欣見他們似乎比剛剛他去探地道前來得自在許多。他們的身體大多都乾了、毛髮也梳整好了。其中一兩隻貓兒正在睡覺，不過大多數都目光炯炯地看著他。

「從現在起，這裡就是我們的新營地了，」他開口道。「起碼得在這裡待好幾天。」

「所以我們需要乾淨和新鮮的臥鋪，」黛西喵聲道。「棘星，可以的話，這事就交給我來辦吧。」

「太好了，黛西，」棘星回答，「找幾隻貓兒跟你一起去，看看能不能找到一些還算乾燥的青苔和樹葉回來。」

「也許可以在中空的樹幹裡找到。」黛西站起來環目四顧。「玫瑰瓣、鼠鬚，要不要跟我一起去？」

三隻貓兒相偕走進還在下雨的森林裡。棘星慶幸他在地道裡的這段時間，暴風雨又平息了下來，如今只剩下毛毛雨。他注意到葉池也跟著其他貓兒走出地道，但並未告訴他要去哪裡。他有點不悅，不過隨即提醒自己，巫醫去哪裡，是不必先向族長報備的。

「那獵物呢？」雲尾喊道。「我的肚子已經在叫了。如果你准許的話，我可以帶一支狩獵隊出去。」

「我也可以。」蜂紋補充道。

「還有我，」灰紋喵聲道。「不過我也不知道能抓到什麼。」

好幾隻貓兒也開口說話，都說要加入狩獵隊。雲尾放大音量蓋過他們。「棘星，捉來的新鮮獵物要放在哪裡？」

「還是得放在這裡。」棘星喵聲道。

「什麼？」莓鼻嫌惡地哼了一聲。「跟新鮮獵物睡在一起？好噁哦！」

棘星忍住不悅的斷聲。「如果你有更好的點子，就說出來跟大家一起討論。」他喵聲道。

「因為要是把新鮮獵物放在洞外，會被雨淋濕，不然就是被狐狸偷走。」

戰士們正在自行分組，棘星走上前，打算加入雲尾的狩獵隊，但被沙暴用薑黃色的尾巴攔下。

「我覺得你應該留在這裡，讓族貓們看得到你，」她小聲對他說。「他們必須確定你安全無虞，而且指揮若定。」

棘星抽動著尾尖，眼睜睜地看著狩獵隊出發，自己又不能跟，難免覺得沮喪，但他知道沙暴說得沒錯。這時葉池分散了他的注意力，因為狩獵隊才剛離開，她就出現了。

「你去哪裡了？」棘星厲聲問道。**不管她是不是巫醫，森林正在淹水，任何貓兒都不應該自行在外遊蕩。**

「我們去崖頂那裡看了一下山谷的情況，」葉池說道。「我往營地下面看，發現水面上浮著幾捆藥草。我可不可以去撈起來？」

棘星的直覺反應就是否決。「太冒險了。」他開口道。

「我不會有事的，真的。」葉池向他保證道。

「總得有貓兒去撈，」坐在附近的松鴉羽打斷道。「這場洪水讓我們失去了很多藥草。我們得盡可能地搶救回來。」

棘星知道巫醫說得沒錯。**可能會有貓兒得到綠咳症，或被林地上的樹枝弄傷。**「好吧，」他對葉池喵聲道。「但找個戰士陪你去。找個不怕水的。」

「謝謝你，棘星。」葉池往外走去，同時示意櫻桃落同行。

「我會去林子裡看看能不能找到一些還沒被沖走的藥草。」松鴉羽喵聲道，說完隨即撐起身子。

「不可以單獨前往。」棘星喝令道。

松鴉羽長嘆一口氣。「好啦，我不會單獨去。亮心，可以陪我去嗎？」

當他們離開後，棘星環目四顧，大部分的貓兒都已出外狩獵，只除了蜜妮、薔光、波弟、見習生們，還有在暴風雨的夜裡整夜站崗，此刻身心俱疲到睡得很沉的刺爪。讓族貓們各自去忙平常的活兒也是好事，至少可以讓他們先別胡思亂想。

雖然棘星把沙暴的勸告給聽進了耳裡，但在地道裡待得太久，還是弄得他心神不寧的。他緩緩步出地道，朝崖邊走去，試圖找條乾淨的小路穿過矮樹叢，結果身上又被弄濕，搞得滿身泥濘。等他抵達山谷上方的崖頂時，看見葉池和櫻桃落已經步下陡坡，在水裡巡游，撈回浮在水面上的藥草。她們的聲音傳了上來。

「葉池，這可以用嗎？」

「不行，那只是橡樹枝葉。不過我找到了一些艾菊。」

「好噁哦，這只是黏糊糊的樹皮。」

棘星聽見腳步聲連忙轉身，看見沙暴朝他走來。他頓時緊張，以為她會斥責他離開地道，卻發現母貓那雙綠眼睛炯炯發亮。

「火星總是說他不忍指派族貓們從事危險的任務，」她喵聲道。「他覺得因為他有九條命，至少多了幾條命可以先拿來用。」

「他說得沒錯，」棘星總覺得心裡有罪惡感。「應該由我去淹水的森林裡狩獵，或者到山谷裡泅水搶救藥草。」

沙暴用鼻子輕觸他的耳朵。「你不能把什麼事情都扛在自己身上，」她低聲道。「你必須信任你的族貓。」

「我知道。」棘星嘆口氣，但仍不免嫉妒他的戰士們可以銜命行動。

他轉身陪沙暴回去查看仍留在地道裡的貓兒。薔光終於睡了，昏昏欲睡的蜜妮仍在舔舐著她。波弟也睡了。塵皮正在集合見習生們，測驗他們對戰士守則知道多少。棘星曉得他是故意找事情讓見習生做，免得他們到處惹麻煩。心裡很是欣慰。

過了不久，雲尾帶著狩獵隊回來了，也拖回了三隻兔子。

「做得好！」棘星大聲說道。「我沒有想到你們會抓到這麼多獵物。」

「也不算是我們抓到的，」雲尾承認道，同時將兔子丟在入口附近，把那裡當成以後的新鮮獵物堆。「這些兔子是淹死的，大水把牠們從洞裡沖了出來。」

「那是腐屍欸！」雪掌噘起嘴巴啐道，白色毛髮蓬了起來。「我才不要吃呢。」

「那你就餓肚子吧，」塵皮厲聲道，並用尾巴甩打見習生的耳朵。

「別擔心，」棘星喵聲道。「這些兔子才死了沒多久，我們都餓了，一定得吃點東西，馬上就會抓到活的獵物了。」

但其他狩獵隊回來時，成果都不怎麼理想，灰紋空手而歸、蜂紋只抓到了一隻畫眉。

兔子看起來可口多了，棘星心想。

沙暴和花落開始分配獵物。這時葉池和櫻桃落也搶救了一些藥草回來。葉池在地道牆壁上找到一個洞充當儲藏室。沒多久松鴉羽和亮心也帶著蒔草和金盞花回來了。

「這才是剛開始而已，」松鴉羽把藥草放進洞裡，擺在葉池的藥草旁邊。「不過我們沒有蜘蛛網，希望貓兒最近不要割傷自己。」

「棘星？」雲尾揮動尾巴，示意他到旁邊來。「我有事想跟你說。」

「不會又遇到什麼麻煩了吧？」棘星問道，胃不免抽緊。

「我也不確定。只是當我帶隊沿著淹水區走時，喝了一點水，覺得味道怪怪的。會不會被下毒了？」

「星族啊，希望不是，」棘星喵聲道。難道有什麼髒東西被沖進水裡嗎？「你去了哪裡？帶我去。我親自嚐嚐。」

他跟著雲尾走。白色戰士回到先前去過的地方。只見湖水淹到了半山腰，整幅景象看起來就是很怪。**四周全是水，這日子以後要怎麼過啊？**

雲尾停在水邊。「就是這裡。」

棘星心想既然雲尾喝了一口沒事，他應該也不會有事，於是蹲下去舔了一口。雲尾說得沒錯，這水嚐起來的確不太一樣。不過棘星以前嚐過這個味道。

「是鹹的，就像太陽沉沒之地的水。」他告訴雲尾，同時直起身子，甩掉鬍鬚上的水珠。

「那裡的水怎麼會跑到這裡來？」雲尾一臉驚訝地問道。「難道這座湖會變成太陽沉沒之地嗎？」

「我也不懂，」棘星承認道。「不過我敢確定的是，這水沒有毒，當年我們遠行到那裡，我不小心跌進水裡，吞了幾口那裡的水。不過這水還是不能喝。我才嚐了幾滴，就覺得更渴了。」

「所以我們能喝什麼？」雲尾甩著尾巴。「這裡沒有河。最近的河在風族邊界那裡。」

棘星舔了幾口草地上的雨水，洗掉舌頭上的鹹味。**只要雨繼續下，渴了還是喝得到水，**他心想。**但天知道這種日子還得過多久？要等這座湖的水位下降，恐怕還要一段時間。**

回到地道後，他朝正在入口分食兔子的莓鼻和罌粟霜喊道：「我想組一支隊伍到風族邊界，我們得查查看，往河邊的那條路通不通、有沒有被洪水影響到。」

兩隻貓兒匆忙吞下最後一口兔肉，便趕來加入隊伍。棘星回頭看了沙暴一眼，追問道：「我可以離開嗎？再一次離開？」

沙暴的綠色眼睛裡有黠光閃現。「當然可以，」她向他保證道。「我們才不想要一個閒閒沒事幹的族長呢。」

三隻貓兒穿過溼淋淋的森林，棘星走在最前面。雨已經停、風也止住了，但樹林裡還在滴水，貓兒們經過層層的蕨葉和長草叢，沾了滿身的水。

當他們穿過領地時，棘星開始感到不安。森林裡的所有景觀和氣味都變了。他知道湖就在幾隻狐狸身長以外的地方，他緊張到肉墊微微刺痛。除了水浪拍岸和樹上水珠落地的聲音之外，林子裡靜悄悄的，完全沒有搔抓聲響告訴他們獵物的存在，枝椏間也沒有小鳥鳴唱。**牠們都去哪兒了？**棘星納悶。**要等多久，牠們才會回來呢？**

他們花了很長時間繞過領地裡的淹水區。最後他們走進一片可以直通風族邊界、稀疏的小樹林。當他們跑步穿過林地時，急促的流水聲傳進耳裡。以前這裡的河岸往外突起，懸於河水之上，水位並不高，但如今水位幾乎與河岸齊高，黃濁的河水載著小樹枝和樹葉湍急奔去。

「你們兩個退後點。」棘星出聲警告。

他蹲在水邊伸長脖子，想要舔一口水，爪子緊緊地戳進地面，雖然害怕自己像那些樹枝一樣被水捲走，但仍努力壓下心裡的恐懼。不過他喝到的水很冰涼、很乾淨，讓他想起以前在高山上喝過的水。

「感謝星族，這裡的水質很好！」他站起身來退了回去。

正當他說話的時候，急促的腳步聲從上游傳來，同時夾雜著吼聲和嘶叫聲。令棘星驚訝的是，河的這一邊竟然有風族巡邏隊映入眼簾。鼬毛帶頭發出憤怒的嘶吼聲。「滾開！」

棘星豎直毛髮面對他。「你這話什麼意思？」他質問道。「是你站在我們的領地上。」

他知道他身後的莓鼻和罌粟霜已經伸出爪子。另外兩隻風族貓葉尾和荊豆皮也衝向他們，彷彿隨時準備跳進來打一架。

但颮毛一來到雷族貓面前，立刻停下腳步，也示意隊員照做。「這是我們唯一擁有的乾淨水源，」他瞪著棘星，「我們已經重畫邊界，把河的這一邊也標成我們的領地。所以現在屬於我們的了。」

「別鼠腦袋了！」棘星厲聲道。「看看這裡的水！夠大家喝的。」

可是風族貓聽不進去。「快給我離開！」荊豆皮吼道。

罌粟霜上前一步。「你想打架嗎？」她吼了回去。

葉尾突然撲上她，將她撞倒在地、狠抓她耳朵。莓鼻想上前幫忙，但棘星衝過來擋住，伸掌按住乳白色戰士的肩膀，要他退回去。

「退後！」他吼道。「罌粟霜應付得了，我不想全面開戰。」

正當兩隻貓兒在地上廝殺翻滾之際，棘星轉身對颮毛說：「你們太過份了，」他喵聲道。「你們不能因為湖水上漲了，就變更整個邊界。」

「我們當然可以，」颮毛反駁道。「而且已經改好了。如果你有什麼問題，直接找一星談。不過你應該知道，我們不歡迎你到我們的領地來。」

在那個當下，棘星很想撲上風族戰士，狠狠地抓花他的臉。**我們要打敗這幾隻只會追兔子的瘦貓，其實易如反掌！**但打架不能解決問題。於是他走到兩隻還在爭鬥不休的貓兒旁邊，將罌粟霜從葉尾身上拉開。

「夠了，」他下令道。「我們走吧。」

罌粟霜氣喘吁吁地站起來，有隻耳朵滲出了血，身上少了好幾撮毛，不過葉尾的腰側被劃傷，顯示對方也沒占到什麼便宜。

「就這樣？」莓鼻嘶聲道，同時走到他的伴侶貓旁邊。「你就這樣放過他們？」

「我不是放過他們，」棘星說道。「只是在做任何事之前，我都需要先想清楚。」

「**想清楚？**」莓鼻重覆道，並朝罌粟霜轉身，舔了舔她那隻受傷的耳朵。

棘星沒理會風族貓的敵意，逕自帶著隊員退出河邊。他其實心亂如麻。

只要林子裡還有雨水，雷族沒有這條河也能活下去。但這場洪水對其他部族的影響究竟有多大？如果雷族和風族都這麼慘了，影族與和河族還活得下去嗎？

第十章

棘星回到地道，發現族貓們正在整理臥鋪。他立刻感覺得到，因為無家可歸的關係，他們那原本樂觀的心情開始變得乖張了起來。

「這臥鋪對蕃光來說不夠厚。」蜜妮抱怨道。

「對不起，現在只能先將就一下。」黛西神情慌張地說道。「晚一點再補。」

蜜妮氣呼呼地帶走那坨青苔和樹葉。

黛西瞄見雪掌和露掌為了爭奪她分配的臥鋪而在吵架，青苔被他們灑得到處都是，她趕緊轉身喝斥他們。「你們在做什麼？」她厲聲道。「如果你們要這樣糟蹋臥鋪，那乾脆不要給你們好了。」

「反正那麼濕，躺起來又不舒服，不要也罷。」雪掌抱怨道。

黛西深吸一口氣，似乎正在強壓下脾氣，不跟他計較。「你這個不懂感恩的小毛球！」她斷聲道。「如果你覺得委屈，那就自己處理，回你以前的窩穴去睡吧。」

雪掌眨眨眼睛看著她。他從沒聽過黛西這麼兇。「對不起。」他咕噥道。

波弟從暗處走出來，後面跟著其他見習生。「來吧，小夥子，」他低沉地說，「我們去拿青苔，你們再教我怎麼製作臥鋪，然後就可以一起躺下來睡覺了。」

「你會不會再重說一遍，你們怎麼逃出山谷的那個故事？」百合掌懇求道。

「我保證會再說一遍。」

「感謝星族有波弟在這裡。」黛西嘆口氣，看著老貓和見習生們各自叼起自己分到的青苔，緩步消失在地道後面。「他真的很會哄那些年輕氣盛的小夥子。」

「但是他不肯吃新鮮獵物，」花落一臉擔憂地朝棘星走來，對他說道。「我怎麼勸他都沒用，只差沒硬把兔肉塞進他嘴裡。他要我把新鮮獵物留給戰士們吃。」

「我們不能這麼做。」棘星喵聲道。「花落，謝謝你告訴我。」

新鮮獵物堆裡還剩了些碎兔肉。棘星叼起最大一塊，走進地道深處去找波弟，發現他正在監督見習生們製作臥鋪。棘星把兔肉丟在長老腳下。「吃吧！」

波弟不肯迎視他的目光。「我不餓。」

「波弟，不要逞強，」棘星很堅持。「我們都需要保持體力。」

老貓轉身低頭看著陰暗處。「別把這些獵物浪費在我身上。」他咕噥道。

「不准你這麼說。」棘星駁斥道。「照顧小貓和長老，本來就是戰士守則的基本原則。」

波弟轉過身來，迎視棘星的目光。他瞪大眼睛，面露憂色。「可是我年輕時也沒為這個部族貢獻過什麼，」他粗聲道。「更何況鼠毛已經走了，一切都變了。」

棘星深吸一口氣，偏頭看著波弟。「波弟，你這麼說不公平。我們第一次碰面時，要不是你出手相救，幫助我們逃離那條狗的追捕，我們可能永遠也到不了太陽沉沒之地，四大部族就不可能展開大旅程。還有大戰役的時候，要不是你在獅焰被狗困住的時候救他一命，後果可能不堪設想。我們根本無以回報你對雷族的付出。」

波弟聳聳肩。「也許吧，」他用一種老頑固的口吻說道。「但我還是覺得你應該去關心那些值得你多關心的貓兒們。」但他終究還是坐了下來，把腳爪放進身子底下，開始吃起兔肉。

棘星回到地道前面，松鼠飛走到他旁邊。「怎麼了？你看起來好像剛咬了一口田鼠，結果卻發現它臭了。」

棘星把他和波弟間的對話告訴她，「嗯……」他一說完，她就咕噥道，「我想我知道問題出在哪裡了。沙暴！」她朝她母親示意，後者正在一條尾巴遠的地方整理臥鋪。

「什麼事？」沙暴問道。

「波弟需要個伴，」松鼠飛喵聲道。「我指的伴不是那些很煩人的見習生，我知道沒有我們，你也可以把自己照顧得很好……就這一點來說，波弟也一樣。但你可不可以表現出，你願意多花點時間陪他的樣子？別擔心，我們還是會找事情讓你做。」

沙暴的綠眼睛炯炯發亮。「我能幫的，我一定幫忙。」她承諾道。「不過要解決這個問題，並不是把更多年長的貓兒送進長老窩就能解決得了，而是讓波弟也參與部族的生活。譬如請他幫忙黛西分配臥鋪材料？」

「這點子不錯，」棘星喵聲道。他往地道上方走去，黛西還在那裡忙著分配自己收集來的臥鋪材料。「你看起來好像需要幫手。」他告訴她。「找波弟來幫忙好不好？」

黛西立刻一掃疲憊的神情。「哦，好吧，但不曉得他願不願意？我馬上去問他。」她往地道深處走去，棘星跟在後面走了幾步。他聽見黛西提出要求時，波弟似乎有點吃驚。「呃……我在忙著監督這幾個小夥子工作，」他喵聲道。「不過，我想如果你真的需要我幫忙……」

「我真的很需要你，波弟！」黛西向他保證道。「我已經忙得頭昏腦脹了。」

「那好吧……你告訴我該怎麼幫。你們這幾個小子給我乖一點，聽到沒？」他對見習生們說道。「等我回來，再跟你們說故事。」

黛西回頭緩步往地道高處走去，波弟跟在旁邊，他們經過棘星，回到堆滿臥鋪的地方。波弟的眼裡有種自豪。棘星猜想從現在起，他應該不會再覺得自己沒有資格分食新鮮獵物堆裡的食物了。**沙暴，你的確懂波弟的想法。**

棘星很想獨處，於是走出地道，在附近的一棵白蠟樹底下磨爪子。這幾天他的爪子沾滿泥土和樹葉，現在看見它們又恢復光亮，他覺得滿意極了。**要是單憑精良的戰技和勇氣就能解決所有問題，那該多好，**他心想，看來靠利爪尖牙來對抗黑暗森林的戰士，其實單純多了。**要處理這麼多貓兒的問題，絕對比上戰場作戰還要累。**

等棘星回到地道時，夜色已經降臨了。他的族貓們都已經在稀疏的臥鋪上安頓下來，他們擠在一起，共享得來不易的青苔。松鼠飛已經幫他準備好一個臥鋪，他回臥鋪前，先派雲尾到地道入口站崗，再派獅焰到睡在地道最深處的貓兒那裡守衛。

這樣一來，就不怕敵人偷襲，也不怕洪水淹了上來。

但這些臨時臥鋪終究不夠舒服。縱然黛西再怎麼盡力，這些青苔和樹葉還是太潮濕，而且數量也不夠。更糟的是，寒風灌進地道，貓兒們都冷到毛髮蓬了起來。

「我們可不可以再進去裡面一點？」蛛足問棘星。「這風冷到快把我的耳朵給凍僵了。」

「不行，」棘星告訴他。「萬一洞穴裡的水漲起來怎麼辦？我們不能冒險。」

蛛足抽動尾尖，沒有反駁。但棘星聽見他蜷起身子躺回臥鋪前，嘴裡嘟囔了幾句。

棘星好不容易入睡，但睡得並不安穩。等他醒來時，灰色的光線已經從入口滲了進來。四周的族貓正在醒來，個個表情疲憊、毛髮凌亂。**但至少他們都還活著。**

棘星站起來，弓背伸個懶腰，雖然全身肌肉酸痛，但還是咬著牙，眉頭都不皺一下。他瞄見松鼠飛在入口處，幾隻貓兒正圍著她。

「我們需要組一支狩獵隊，」她正喵聲說，「沙暴，你當領隊好嗎？還有你、鼠鬚……還有亮心。」

棘星伸完懶腰，穿過凌亂的臥鋪，上前找她。「我們需要一支邊界巡邏隊，我來帶隊好了。」

松鼠飛垂頭致意。「好啊，棘星，你想找誰去？」

棘星很快地想了一下。「鴿翅、灰紋、刺爪。」**不管遇到什麼事，起碼這些貓兒頭腦都夠冷靜，不會太衝動。**

棘星帶隊走了出去，發現外頭正飄著毛毛雨，風勢大到雲朵橫掃過天空，把太陽沉沒之地的氣味從湖那裡吹了過來。不過至少暴風雨已經過去，他偶爾還能瞥見天空出現一抹藍色。

「我們今天不去風族邊界，」他喵聲道。「在我們解決他們的問題之前，我得先把事情想清楚。所以我們今天走別條路，看看能不能找到影族的下落。」

巡邏隊穿過溼淋淋的樹林，朝影族邊界前進。這裡的水位高到淹沒了那條會經過兩腳獸巢穴的舊轟雷路，如今只剩一小段影族邊界沒被水淹沒。棘星命令刺爪重新標上雷族的氣味記號，但是他完全聞不到新鮮的影族氣味。

「他們沒有派巡邏隊來這裡，我們最好越過邊界，看看是怎麼一回事。」

「希望他們沒事就好。」鴿翅低聲說。

棘星頓時好奇這隻年輕母貓為什麼這麼擔心他們的鄰居，但隨即拋開這個念頭。**我自己也很擔心啊。**

「這裡完全變了樣。」他們一踏進影族領地，鴿翅便這樣說。「我都不知道該往哪裡走了？」

「如果我們沿著水邊走，應該不會迷路，不要再去想什麼離湖岸三條尾巴距離的這種事了，」灰紋嘲弄道。「反正現在所謂的安全範圍，恐怕只有影族領地的正中央了。」

棘星帶隊沿著水岸邊走邊張望，試圖搞清楚現在的所在位置。其中一邊是覆滿松樹的上坡地。他隱約看到林間有兩腳獸巢穴的牆面，不免好奇洪水是否淹到那兩隻寵物貓居住的地方，他記得他們老是給影族惹來很多麻煩。另一邊則是淹水區，大片的灰色水域裡，不時可見松樹的尖頂突起於水面之上。他總覺得這裡的地勢和前面那叢荊棘的形狀似曾相識。

棘星的胃猛地抽搐。**我們是站在影族營地的上方！他們整個凹地都淹滿水了！**

他的隊員也突然明白了這一點。

「影族貓都到哪兒去了？」鴿翅問道，爪子在濕軟的地面上刨抓。「他們的遭遇一定很慘。」

彷彿在呼應她的話似的，一支影族巡邏隊從冷杉林後方跳了出來。帶頭的是焦毛，松鼻和雪貂爪緊跟在後。雪貂爪的見習生釘掌殿後。

「你們在這裡做什麼？」焦毛衝向雷族巡邏隊質問道。「快滾出去！」

棘星垂下頭，避免重蹈前一天與風族正面衝突的覆轍。「我們只是想確定你們有躲過洪災，」他回答道。「我們剛在邊界那裡，沒有聞到新鮮的氣味記號，所以有點擔心。」

「影族不需要雷族貓的擔心！」焦毛嘶聲道。

「我們正要去標我們的氣味記號！」黑色毛髮豎得筆直的松鼻補充道。

雖然他們話說得漂亮，但棘星總覺得影族貓看起來很害怕，眼睛瞪得斗大、眼神游移不定，活像隨時會有敵人從暗處攻擊他們似的。「很抱歉你們的營地泡水了，」他同時朝淹在水裡的凹地揮揮尾巴。「我們的家園也淹水了。」

「我們不需要你們的同情，」焦毛吼道。「我們好得很。要是你以為我們會告訴你，我們現在住在何處，你是在做夢。」

如果你們好得很，幹嘛那麼緊張？棘星覺得奇怪。「我沒想過要問你。只是請你告訴我，褐皮還好嗎？」

「其他的貓兒都還好嗎？」鴿翅趕緊打岔道。

雪貂爪遲疑了一下，才心不甘情不願地回答：「我們都很好。」

「這話真是見鬼了。」刺爪在棘星後面嘀咕道，棘星抽動耳朵，警告他不要多言。

「我們想取道你們的領地，去查探一下河族的近況，」棘星喵聲道。「只要我們保持離水域三個狐狸身長的距離，是不是就能獲得你們的許可？」

「應該吧，」焦毛大吼。「至少這可以讓你們早點滾出我們的領地。」

棘星再度垂首致意，隨即轉身離開，他揮動尾巴示意隊員跟上。

「河族貓不會感激你們的多管閒事的！」雪貂爪在後面喊著。「你們不用表現得好像雷族是大家的救星似的。」

棘星沒理會對方的酸言酸語，繼續帶著巡邏隊沿著水岸，往以前有兩腳獸斷橋的地方走去，只是那裡現在已被大水完全淹沒。

「你知道嗎？」緩步走在棘星旁邊的灰紋喵聲說，「當你問到褐皮時，雪貂爪說他們都很好，可是完全沒有提到黑星。在我看來，他們一定是在哀悼黑星。」

棘星停下腳步，一臉驚恐地瞪著灰色戰士。「我的星族啊，你認為黑星在暴風雨裡失去了第九條命？」**要是族長死了，必須讓我們知道才對！**可是如果他硬要找出影族的落腳處，相信是不會受到歡迎的。他得被動地等他們通知才行。

還在循著水線走的巡邏隊，最後從距斷橋有段距離的林子那頭出來。湖岸旁原本有幾棟兩腳獸木製巢穴，如今全都隱沒在水中，只露出尖尖的屋頂。這裡的地勢較為平坦，洪水一路淹漫到那條狹窄的轟雷路。眼前是大片的銀色水域，以前曾在這裡的一切都沒入了水中，根本無從得知河族領地發生了什麼事。

「我們得爬得高一點。」棘星咕噥道。

他爬上一棵松樹，沿著樹枝往前走，直到能遠眺湖的盡頭。河族營地曾位在兩條溪流之間，四周環繞著矮樹叢，但如今什麼也沒有，只剩一片灰色水域。

灰紋跟著棘星爬上來，從他的肩膀後面眺望。「願星族保佑他們！」他深吸口氣。「會不會都死光了？」

棘星不知道答案。他從樹上躍下，集合巡邏隊。「沒有河族的蹤影，我們得找出他們的下落。」

刺爪一臉狐疑。「影族說得沒錯，這根本不關雷族的事。」

棘星迎視他的目光。「如果我們有能力拯救一條生命，星族一定會希望我們去救。」他堅持。「在這場暴風雨裡，我們算是很幸運的一群，但河族沒那麼幸運。」

刺爪聳聳肩，表情還是很不開心。

棘星開始尋找路徑，好穿過淹水的轟雷路。但水太深又太湍急，難以游到河族營地以前的所在地。「我們得從離湖比較遠的那條路繞過去。」

「那就得經過兩腳獸巢穴附近了，」灰紋直言道。「我們有辦法嗎？」

「沒辦法也得想辦法。」棘星回答，「如果你問我意見，我會告訴你，兩腳獸現在要操心的事很多，才懶得管有沒有貓兒經過牠們家門前。」

四隻貓兒盡量不沾溼的腳地沿著轟雷路的邊緣走。終於看到了兩腳獸巢穴，四周靜悄悄的、毫無動靜，只有奇怪的兩腳獸用品在水中漂浮。

「好奇怪哦，」鴿翅全身發抖地喵聲道。「不過至少沒有兩腳獸在這附近。」

「我們找條路穿過去。」棘星假裝很有信心地大聲說。四周廣袤的水域其實令他頭皮發麻。

「要不要回去多找點幫手過來？」灰紋提議道。

棘星搖搖頭。「可能會來不及。我們也不知道能在河族那裡找到什麼。」

「我想影族會很高興看見我們，在他們的領地上來來回回地跑。」刺爪諷刺道。

棘星盡可能地貼近兩腳獸巢穴。水浪拍打著牆面，巢穴裡應該都進水了，水深到連貓兒都很難涉水而過。顯然要去河族領地那裡，一定得下水。但可不可以不用一路游過去？棘星瞄見巢穴四周的水面下有深色線條。他突然想到那是草地和花園四周的籬笆，就像舊森林邊界的那些籬笆一樣。

「你們看，」他喵聲道，同時用尾巴指。「如果我們能游到那裡，就能沿著籬笆頂端走到轟雷路那裡。」

「然後呢？」刺爪喵聲問。

「游過去啊，只希望另一頭也有籬笆。」棘星看著他的巡邏隊，知道他正帶著隊員涉險。**要是有隊員因此失去性命怎麼辦？**可是他也知道他不能掉頭，對河族的可能遭遇不聞不問。

棘星不容自己多想，以免改變心意，於是他直接涉水而過，再游到籬笆處。結果跟他想的一樣，那的確是木製籬笆。他設法爬了上去。當他站在籬笆頂時，水深只及腿的一半。

「別擔心！」他喊道，同時揮揮尾巴示意其他貓兒過來。可是因為籬笆頂端的空間很窄，再加上水浪拍打著他的腿，讓他很難保持平衡。結果當下一隻貓游到籬笆這裡時，棘星的後腿一滑，差點就掉進水裡。

他聽見後面的刺爪罵了一句「狐狸屎！」他回頭一看，發現那位虎斑戰士還站在籬笆上，其他貓兒正想辦法跟上來。因為水的關係，棘星眼裡看到的籬笆有些扭曲變形，不過他還是盡量保持直線前進，同時利用尾巴平衡身體。他一步一步地走到籬笆盡頭，俯瞰淹在水裡的轟雷路。

他抵達籬笆盡頭時，望見離他所站之處，約一隻老鼠身長的水底下有扁平的紅色物體。他不解那是什麼，仔細打量後，才搞清楚。

「下面淹死了一隻怪獸！」他大聲說道。

站在他後方的刺爪，目光越過他的肩膀往下方探看。「好可怕哦！」他說道。

棘星低頭看著怪獸。如果他們跳到怪獸身上，那麼就可以再省掉幾步路的距離，然後游到河族那裡。**但萬一牠醒了怎麼辦？**他仔細觀察怪物頂端的邊緣，發現沒有氣泡冒出來，也沒有任何動靜，所以不可能還活著。

「來吧，」他朝其他貓兒喊道。「走這裡！」

「你是鼠腦袋嗎？」刺爪罵道。「要我們跳到怪獸身上？」

「牠在水底下，我相信怪獸沒辦法像魚一樣在水裡游吧？」棘星不等刺爪反駁，直接往下跳到怪獸身上，引得水花四濺，腳下的硬殼晃了一下，讓他頓時驚慌，趕緊穩住。

牠是活的！

不過搖晃程度慢慢趨緩。棘星動也不動地站了一會兒，一顆心才穩了下來。

刺爪、鴿翅和灰紋也跟著跳下來，一樣被腳下這頭怪獸的晃動給嚇得倒抽口氣。他們的爪子無法戳進牠的外殼，抓地力不夠好。所以一等灰紋跳下來，棘星就把腳小心地滑出去，慢慢走在滑溜的外殼上。

等走到怪獸最末端的地方，就得跳進水裡游過水位頗深的轟雷路了。不過棘星看得出來，另一頭還有籬笆可以踩踏，供他們經過一棟兩腳獸巢穴，前往河族領地後面的野地。

「我們先游到那裡的籬笆。」他用尾巴指示方向。「走吧！」

「我的星族啊！」鴿翅咕噥道，不過還是跳進水裡，用力地滑水前進。

棘星率先游到籬笆並幫忙隊員們爬上來，他們的身上不斷地滴水。這裡的兩腳獸巢穴連成一排。腳下這道籬笆會經過最盡頭的巢穴，所以只要走在籬笆上，便可以繞到後面。棘星在前面帶路，他現在發現踩著水裡的籬笆慢慢前進，其實沒有那麼地難。

他們一路濺起水花，經過兩腳獸巢穴，最後停在被籬笆圈圍起來的草地邊緣，然後隔著野地，眺望河族曾經居住的地方……不過現在只看得到波光粼粼的大片水域，被淹沒的灌木只剩樹頂零星地突起於水面之上。

「都淹掉了！」刺爪低聲道。「整個領地都淹在水裡！」

「淹得這麼嚴重，他們不可能逃得出來。」灰紋喵聲道。

「等一下！」鴿翅喵聲道。「你們去過大集會，不是嗎？我是沒去，但藤池跟我提過，霧星說他們已經把窩穴移到離湖邊比較遠的地方。她是沒說哪裡，但有可能遠到足以逃離這場洪水。」

棘星點點頭。「你說得也對。我們得找到他們。」

他俯瞰野地，成簇的長草在水上搖擺，彷若河裡的蘆葦。棘星相信這裡的水不是很深。因為轟雷路那裡的地面緩緩升起，形成綠草茵茵的丘脊，剛好突起於水面之上，靠近野地中央。於是他深吸一口氣，跳下籬笆。

落地時，他濺起了很大的水花，但還好腳下踩得到硬實的草地。他直起身，發現水位只到腹部。其他貓兒沒等他下令，也紛紛跳下來，站在他旁邊。

「我的星族啊！」灰紋大聲說道。「又能踩在地上的感覺，實在太棒了。」

棘星同意他的說法，不過涉水而行終究不是件舒服的事，總覺得腳爪老是陷進濕漉漉的草地裡。他根本不奢望這件事情過後，還能把自己舔得多乾淨。

野地盡頭有條河，不過灰濁的河水已經漫出河岸，淹沒了一切。棘星朝沒被洪水淹沒的丘脊走去。腳下的水愈來愈淺，最後終於走出水面，爬上草地，他身上還滴著水。

「總算到了！」灰紋喊著，「我都快變成一條魚了。」

刺爪哼了一聲。「你不知道等一下我們還得循原路走回去嗎？所以你還是有機會長出魚鰭和魚鱗的。」

過了丘脊，就可以蜿蜒地走到野地盡頭，那裡有一叢光禿的低矮灌木。棘星瞄見灌木底下有動靜。他繃緊神經，停下腳步、嗅聞空氣。除了最近常聞到的太陽沉沒之地的氣味外，總覺得好像也嗅到了河族的味道。他匍匐前進，並用尾巴示意隊員們跟緊。正當他們趨近時，兩隻河族貓衝出矮樹叢，毛髮直豎地擋在雷族貓面前，怒瞪著他們。棘星立刻認出對方是河族副族長蘆葦鬚和黑色母貓閃皮。

「站住！」蘆葦鬚吼道。「你們要……」他突然打住，神情鬆懈了下來。「哦，原來是你們，我們還以為是惡棍貓呢。」

「感謝星族，你們還活著！」鴿翅倒抽口氣。

「只是還活著而已。」閃皮全身發抖地說道。

棘星再往前趨近，這才發現灌木叢裡有各種聲響。河族的氣味十分濃烈。

「我去告訴霧星，你們來了。」蘆葦鬚喵聲道，隨即消失在荊棘叢裡。

過了一會兒，河族族長出現，後面跟著河族巫醫蛾翅。雖然境遇狼狽，但毛色光滑的霧星看起來還是很鎮定，藍灰色毛髮梳理得很整齊。

她垂下頭。「你好，棘星，真高興見到你。相信你們一定費了很大的功夫才找到這裡來。」

「是不太容易，」棘星附和道。「不過我們很擔心你們。河族都平安無事吧？」

「河族很好，」霧星的語調有點激動。「我們知道湖水正在上漲，所以趁著水還沒漲到新窩穴那裡前，就先逃到洪水淹不到的地方。」她的聲音有點抖，顯然她和她的族貓受到很大的驚嚇，而且程度大到她不想讓雷族知道。

「花瓣毛的小貓還好嗎？」棘星追問道。

「當然很好。有三個戰士帶著他們。雷族怎麼樣？」霧星問道。

「不太好，」棘星告訴她。「山谷被洪水淹了，不過我們都逃出來了，現在找到了一個安全的地方暫時棲身。」

也許是因為棘星承認雷族也失去了家園，霧星的態度才有點軟化。她快步向前，走到棘星旁邊，兩名族長同時眺望著那片被洪水淹沒的大地。

「我真懷疑這裡能否恢復舊觀，」霧星低聲道。「先是大戰役，現在又碰上洪水……難道星族再也沒有能力保護我們了嗎？」

「我們可以保護自己。」棘星語氣堅定。「這裡不會永遠都淹水。」

「要是會呢？」

棘星轉身面對霧星。「那我們一起去找新家。以前我們搬過一次，所以還是可以再搬一次。」

他看見她那雙藍色眼睛裡的暖意。「謝謝你們過來探望，」她回答道。「原來我們同病相憐，失去家園的不只河族。」

棘星用口鼻輕觸霧星的耳尖。「部族間本來就該互相幫忙。」他低聲道。「祝你們好運，願星族照亮你們的道路。」

河族貓紛紛與他們道別，語氣比先前和藹許多。棘星率隊循原路回去。**根本不可能從這裡**

穿過沼澤，走到風族領地，視線所及全都是水。

他們涉水穿過沒在水中的野地，費了一番功夫跳回籬笆上頭。現在這裡的水看起來比先前更冷、更混濁。狂風掀起小小波浪。他們一路上沉默不語，小心地踩著水底下的籬笆回去。

他們走到淹水的轟雷路，棘星正準備跳下去，游回淹在水裡的怪獸身上時，突然有尖叫聲劃破空氣。

「救命啊，誰來救救我啊！」

第十一章

棘星當場愣住，跟在後面的族貓也都毛髮直豎。

「那是什麼聲音？」刺爪啐道。

「從那裡來的，」鴿翅用尾巴指了指淹水的轟雷路遠處。她看見棘星驚詫的表情，於是嘶聲說道：「我又沒聾，當然跟你一樣聽得見。」

「是隻母貓，聽起來嚇壞了。」灰紋朝聲音的方向遠遠望去。「我們得去幫她。」

「我不知道……」棘星猶豫不決，內心的焦慮也像洪水般翻騰。「這裡都是水，可能很危險。」他知道族貓的安全第一，不能光顧著解救陌生的貓兒。

「我們至少得先看一下那隻貓在哪裡。」鴿翅提議道。她緊張到毛髮都蓬了起來，藍色眼睛瞪得斗大。

他們站的籬笆可以直接通到兩腳獸巢穴的牆，而那裡的牆面爬滿藤蔓。

「如果我們爬上去，」灰紋喵聲道，同時用耳朵指著濃密的綠葉，「視野應該會比較好。」

刺爪嘆了口氣。「你的意思是爬上一棟可能住滿兩腳獸的巢穴，再冒險涉水去救一隻我們連瞧都沒瞧過的貓？」

灰紋不屑地看著刺爪。「你有點同情心好不好？」他吼道。

刺爪頸部的毛豎了起來。棘星趕緊打圓場：「我們先爬上藤蔓，確定那隻貓在哪裡，才不會害我們陷於不必要的險境裡。來吧。」

他沿著籬笆涉水前進，然後用爪子攀著藤蔓爬上去。刺爪的話不斷地在他腦海裡響起，害他的胃也跟著翻攪。金色戰士說得沒錯。**我們根本不確定兩腳獸是不是都走了**。不過兩腳獸是很吵的動物，現在這裡這麼安靜，只聽得到水流聲和水浪聲，還有那隻母貓的哭喊聲。

「救命啊！有誰能救救我？」

棘星默不作聲地先爬到兩腳獸巢穴的上半層，再沿著藤蔓往上爬到屋頂。那隻貓的哭喊聲在這裡聽得更清楚了。棘星往下俯瞰，頓時嚇得差點站不住腳。原來在淹水的轟雷路上的彎道處，有隻耳朵與腹部有黑斑的白貓正蹲坐在一個中空的木製圓桶裡。圓桶搖搖晃晃地浮在水面上，卡在沒於水中的灌木叢間。

「嘿，看上面！」棘星喊道。

那隻貓霍地轉身，一時之間那個供她臨時避難的圓桶晃得更厲害，差點翻了過去。「你找到我了！」她倒抽口氣，仰頭望著他。「求求你救救我！他們也忘了把你帶走嗎？」

棘星張嘴想回答，但還沒開口，母貓又喋喋不休地說：「湖水淹上來的時候，我家主人帶著布蘭迪和波利走了，牠們找不到我。」她向下瞥了一眼，聲音平靜了點。「我當時在牠們的床底下睡覺，沒聽到牠們叫我，等我發現時已經來不及了。」她甩甩身子，又抬起頭來。「那時大水開始灌進屋裡，速度好快，我趕緊爬進這桶子裡，免得弄濕身子，結果不知怎麼搞的，它就漂走了。」

「冷靜一點，」棘星趁母貓停下來喘口氣時趕緊說道。「我們會想辦法過去救你。」現在既然確定了那隻貓的位置，就沒有理由把她留在那裡自生自滅。可是她離他們很遠，四周的水又很深。**我們能游這麼遠嗎？**棘星懷疑，**就算我們真的游到她那裡，又怎麼帶她回到安全的地方呢？**

「我有個點子，」刺爪用尾尖輕觸族長的肩膀。

「快說啊。」棘星總覺得腳下的藤蔓好像快要從牆上脫落，因此身子繃得死緊。「這裡不能久留。」

「有沒有看到巢穴牆上那些突出來的架子？」刺爪朝那裡點頭示意。「也許我們可以利用它們，從這個巢穴跳到另一個巢穴。」

「那叫窗台。」灰紋突然出聲。

所有的貓都瞪著他看。「啊？」刺爪咕噥道。

「別忘了我以前住過兩腳獸的巢穴，」灰紋告訴他們。「那是兩腳獸鏟平了舊森林，把我抓走之後的事情了。兩腳獸睡覺的地方都在巢穴的上半層。」他繼續說道。「牆上這些缺口叫作窗戶。兩腳獸都是從窗戶往外看，但不會從窗戶進出。」

「那麼窗戶要做什麼用呢？」鴿翅問道。

「我想兩腳獸應該是利用它們來搜找外面的獵物吧，」刺爪補充道。「兩腳獸這點子挺有趣的。」

棘星清清喉嚨。「請問你們討論完了嗎？」他喵聲道。「刺爪，別忘了，我們還得救一隻貓呢。我認為你的辦法可行，但有點難度。我想救援行動就由我們兩個來負責吧。」

「想都別想！」鴿翅大聲說道。

灰紋甩甩尾巴。「你想得美，棘星，我們跟定你了。」

族貓們的忠心令他感到窩心。「好吧，不過看在星族的份上，務必小心行事。」

他帶頭攀爬藤蔓，直到抵達第一個窗台。他咬著牙，用力撐起身子爬上去，雖然窗台的空間比樹枝寬，但角度有點向下傾斜，他很擔心自己會滑下去。他把爪子戳進木製窗台裡，慢慢地匍匐前行，心跳也跟著加速。

到了窗台盡頭就沒有路了，得躍過中間那片沒有任何附著物的紅色岩面，才能抵達下一個窗台。**這有點像在林子裡追逐松鼠**，他告訴自己，然後繃緊肌肉，往空中一躍，結果落地姿勢不佳，有隻後腳吊在半空中，好不容易才穩住身子。

他回頭看其他貓兒，還好都順利跟上。他的腳步愈來愈有自信，只是當他看見這個窗台和下個窗台的距離更寬時，心不免涼了半截。

那是因為它是隔壁巢穴的窗台，棘星心裡很清楚，**反正也沒別條路了。看起來距離很遠、**

不太好跳，但還是得試試看。

他一鼓作氣，前腳盡量往前伸，結果肚子撞到窗台，他用後腳死命地扒，才將自己撐上窗台。**問題是每隻貓兒都得這樣跳過來，**他一想到這裡，心裡又開始忐忑。**一定會有貓兒跳不過來。**但還好他的隊員都毫無失誤，甚至漸漸習慣了這裡的環境，步調開始加快。

等到棘星抵達第四個窗台時，已經能低頭清楚地看見桶子裡的那隻貓。她抬起那雙驚慌的藍色眼睛看著他。

「拜託你們快一點！」她懇求道。「水已經滲進桶子裡，我身上都溼了。」

「我們來了！」棘星喊道，同時準備下一次的跳躍動作。

「棘星，別跳！」灰紋喝止道。

棘星當場愣住。「怎麼了？」

「你看隔壁的窗台。難道你沒發現到它的木頭已經腐朽了？根本承受不了我們的重量。」

棘星循著灰紋的目光，看見窗台末端參差不齊、有些鬆脫，似乎快要崩裂。「就像腐朽的樹枝……」他低聲道。「所以我們該怎麼辦？」他問道，但不指望有誰回答。

「我們得進入巢穴，從它的下半層找路出去。」灰紋喵聲道。

刺爪貼平耳朵。「我才不進去呢。你的腦袋被蜜蜂叮傻了嗎？」

鴿翅的鬍鬚抽了抽。「沒有其它辦法了嗎？」

灰紋搖搖頭。「如果我們想幫那隻母貓，這是唯一的辦法。」他放低音量、語氣堅定。

母貓已經開始慌張。「怎麼了？」她質問道。「你們為什麼停下來了？」

棘星低頭看著她。「沒事。」

但其實他也不確定這話是否屬實。他和隊員們蹲伏著的這扇窗戶被一層很硬的透明物擋住，根本進不去。他伸出腳爪推它，又用頭頂它，還是紋風不動。

「你們想進去，是嗎？」母貓問道。「很簡單！我的朋友帕斯尼住在那裡，你只要從上面推，它就開了。」

棘星瞥了灰紋一眼。「我想值得一試吧。」

於是他盡量往上伸長前爪，用力推那面滑溜的透明物。結果一推之下，透明物的下半部突然彈起，撞上他的肚子，他驚叫一聲，感覺後腳往下滑。鴿翅機警地咬住他的頸背，這才讓他穩住身子。

「謝了，」他倒抽口氣，隔著窗戶下面被打開的縫隙朝內張望，然後對灰紋說：「灰紋，最好由你來帶路。」

灰色戰士貼平身子，從窗戶縫隙爬了進去，彷彿正在跟蹤獵物。巢穴裡面還有另一個窗台。灰紋猶豫了一會兒，才跳了下去。鴿翅跟在後面，但刺爪後退一步，齜牙咧嘴地像是聞到什麼腐臭味。

「我不喜歡這點子。」他咕噥道。

「我沒有拜託你喜歡。」棘星喵聲道。

刺爪吐了口氣。「我真不敢相信我會做這種事。」

趁隊員們紛紛爬進窗戶縫隙時，棘星回頭對桶子裡的母貓喊道：「我們馬上就到。」

巢穴裡到處都充斥著兩腳獸的氣味，棘星的每根毛髮都豎了起來。直覺告訴他快逃離這裡，但無處可逃。他被周圍硬實的白色牆面困住。他發現這裡的氣味都很陳腐，這才稍微寬心。

兩腳獸巢穴裡怎麼會有這麼多東西啊？他環顧四周，心想道。地板鋪了一層厚厚的綠色叢生植物，棘星以為是草地，直到踏上去搓了搓，才發現是兩腳獸的某種毛皮，上面還零星地鋪了其他幾塊更軟的毛皮，牆面立著一大塊扁平物，上面也鋪著毛皮。有很多東西是用木頭做的，線條很硬很直，不像真的樹木那樣線條柔和。

「這是臥室。」灰紋大聲說道。他看見三隻貓兒一臉茫然地看著他，趕緊補充道：「就是兩腳獸睡覺的臥鋪。」

「有意思。」刺爪低聲道。

「好了，灰紋。我們可以走了嗎？」棘星喵聲道。

灰紋點點頭，帶頭朝巢穴牆上的缺口走去。棘星跟在後面，這才發現腳下的毛皮踩踏起來好鬆軟。**要是沒有兩腳獸的話，貓兒也適合睡在這裡吧，**他心想。

棘星和隊員們跟著灰紋步出兩腳獸的臥鋪，沿著牆面悄聲行走，最後抵達一處往下斜傾、凹凸不平的坡道。

「這讓我想起了廢棄的兩腳獸巢穴。」棘星說道。

「牠們稱這為樓梯。」灰紋告訴他。

「你以前從沒告訴過我們這些事。」鴿翅趁他們走下坡道時，這樣說道。「聽起來很有趣。」

灰紋哼了一聲。「我們是部族貓，不是寵物貓。」他提醒她。「牠們的生活方式不干我們的事。」

水浪輕拍坡道底部，棘星揮動尾巴，示意灰紋退後，改由他帶隊。巢穴牆上有很多缺口，起初他不知道哪一個可以通到外面。後來才發現有冷空氣從其中一個缺口飄進來，甚至聽見母貓尖銳的聲音從那個方向傳來。「你們去哪裡了？」

棘星小心地步入水中，毛髮一沾到冰冷的水，他便忍不住皺起眉頭。這裡的水深起初還算淺，可以涉水而行，但等他穿過那個缺口，卻突然踩空，發現自己在水裡奮力掙扎，四條腿胡亂地拍打，好不容易才爬上某樣堅實的物件。

「我想那中間只隔了一步的距離吧。」灰紋猜測道。

「隨便啦，」棘星不悅地甩甩身子。「你們就從上面跳到這個……反正就是我站的地方啦。」他下令道。

「那叫椅子，」灰紋告訴他。「至於那邊那個又大又平的東西叫做桌子。棘星，如果你跳上桌子，下一隻貓才有空間可以跳上椅子。」

「這主意不錯，」棘星回答道。「灰紋，感謝星族讓你熟知兩腳獸的生活習慣。」

「我還是很想趕快離開這裡。」灰色戰士嘟囔道。

沒多久，所有貓兒都站上桌子。四周散落著許多椅子，似乎是被洪水沖離原先的位置。其中一把椅子卡在可直通外面的缺口處，也擋住了兩腳獸用來關住缺口的那片木板。

棘星連跳了兩次，終於站上那張椅子，現在他看得到外面有一道籬笆圍著花園，再接上另一棟離棘星所站之處不遠的巢穴。幾條狐狸身長之外，有一頭半身浸在水裡的怪獸，洪水不停拍打著牠那閃閃發亮的藍色腰腹。而桶子就浮在棘星和怪獸間的水面上，有點嚴重下沉。黑白色母貓焦急地從桶邊窺看。

「拜託快一點！」她哭喊道。「這桶子快沉了。」

棘星朝隊員轉身。「我們得從這裡跳到籬笆上，」他告訴他們。「角度有點怪，不過應該沒問題。」

「那我們要怎麼把那隻貓弄出來？」鴿翅身手俐落地跳到他旁邊後問道。

棘星也不太確定。**也許那桶子會撞到籬笆，她就能自己爬上去。**「先過去再說吧。」

鴿翅先跳到籬笆上面，灰紋和刺爪也跟在後面。但輪到棘星時，由於他怕撞到擠在籬笆上的隊員們，結果有點誤判了距離。他用爪子倉皇地扒著木籬笆，但怎麼都抓不住。下一秒他掉進了冰冷的水裡。頭顱沒入水中，尖叫聲也被吞沒。

棘星的四隻腳死命地打水，感覺寒意滲進毛髮，胸膛因為吸不到空氣而疼痛。等到他的頭終於破出水面，彷彿已經過了一個季節那麼久。他上氣不接下氣地大口吸氣，四處張望，起初什麼都看不到，只有四濺飛灑的水花。

「在這裡！」寵物貓喊道。「快點！」

棘星在水裡繞著圈圈，引得水花四濺。桶子終於映入眼簾，就離他幾條尾巴遠。它已經漂離籬笆。**偉大的星族啊，希望我能移動得了它！**

棘星費力地將頭抬出水面，踢水朝桶子前進，然後開始推它。但桶子已大半沉入水裡，笨重得難以移動，黑白色的母貓用前爪攀住邊緣，撐起身子，一臉驚恐地盯著棘星。但他根本沒有力氣向她保證什麼。

桶子跟怪獸的距離比籬笆近，於是棘星索性往那個方向推。最後終於感覺到桶子輕輕撞上怪獸的藍色腰身。「你快爬出來！」他喘不過氣來。

母貓在進水的桶子裡胡亂扒抓，好不容易爬上怪獸的背。棘星在後面跟著，順便推她一把，然後也撐起身子爬上去，啪地一聲趴倒在怪獸背上。這時他聽見底下傳來咯咯聲，低頭一看，桶子已經沒入水中。這一幕也被母貓看到了。

「我差點就跟著一起沉下去！」她倒抽口氣。「你救了我！」

「也不盡然啦。」棘星咕噥道，同時揮動尾巴指著四周銀色的水域。

「但是你真的救了我！」母貓很堅持。「謝謝你！我叫敏蒂，你叫什麼名字？」

「我叫棘星。」他用耳朵指向其他正沿著籬笆走來的貓兒。「他們是灰紋、鴿翅和刺爪。」

「你們的名字好怪哦！」敏蒂喵聲道，同時皺起鼻子。

棘星沒說什麼。等到隊員們都跳到怪獸的背上時，他才站起來甩甩身上的水。「我們現在怎麼處理這隻寵物貓？」他小聲問道。

「我不覺得我們需要怎麼處理，」刺爪喵聲道。「我們救了她一命，接下來她要做什麼，是她自己的事。」

「你們不能把我單獨留在這裡！」敏蒂哭喊道，「我家主人和同伴都離開了。我要吃什麼過活啊？」

吃魚啊，反正這裡都是水，棘星很想這樣回答，但他忍著沒說。**她淪落到這個地步，又不是她的錯。**

「我們不能把她留在這裡，」鴿翅低聲道。「她會凍死或餓死的。她是寵物貓，根本不知道該怎麼照顧自己。」

「我可以跟你們回家嗎？」敏蒂懇求道，瞪大藍色眼睛望著棘星。「你們的主人住在哪裡？他們的房子逃過了這場洪水嗎？」

棘星和灰紋互看一眼。「我們沒有跟兩腳獸住在一起，」他解釋道。「我們是野貓，我們是住在湖邊的部族貓。」

敏蒂的眼睛瞪得更大了。「哇，我聽過部族貓！」她大喊道。「我的意思是……我聽過你們。可是你們生性兇殘、嗜吃骨頭，只要誰侵入你們的地盤就殺無赦。」

棘星嘆口氣。「這種傳言真的該被制止。我們保證不會吃掉你。」他繼續說道。「我們不吃貓，跟你一樣只吃老鼠、小鳥和松鼠。」

敏蒂輕聲尖叫，像是快昏倒似的。「我才不吃那種東西呢！」她彈彈尾巴。「我想我還是別跟你們回去。」

刺爪聳聳肩、抽動鬍鬚。「那好，隨你便，你就留在這裡吧。」

敏蒂遲疑了一下，突然提議道：「乾脆你們留下來好了。這屋子挺舒服的，廚房裡應該還有一些我的食物。」

「不可能，」棘星喵聲道。「我們的族貓需要我們。」

「還有更多野貓？」敏蒂尖聲說道，尾巴垂了下來。「我不知道我的主人把我的食物放在哪裡。搞不好已經泡了水。」她歪著頭想了一會兒，然後大聲說道：「好吧，我跟你們回去好了。」

「你不用表現得好像你給我們什麼天大恩惠似的，」鴿翅嘟囔道。「活像我們有求於你。」

就算敏蒂聽到鴿翅的這番話，也故作沒聽到。她看著棘星。「你保證我不會被其他野貓吃掉？」

「哦，不會，」刺爪喵聲道。「你身上沒多少肉，吃了也不會飽。」

敏蒂嚇得尖叫，棘星用尾巴拍拍刺爪。「別嚇她。敏蒂，你不會被吃掉。不過回去的路途遙遠，對你來說很折騰哦。」

敏蒂聳聳肩。「沒問題的，我每天都會出來逛逛。」

棘星眨眨眼睛。**那應該不算是耐力訓練，不過總得試試看了。**他朝籬笆轉身。「跳上去，」他鼓勵敏蒂。「我們會跟在你後面。」

敏蒂抬頭看籬笆。「那很高欸。」她喵聲道。

「我的星族啊！」刺爪啐道。「你以前到底有沒有爬過籬笆啊？」

「當然有！」敏蒂反駁道。「只是……我以前是從那邊的藤蔓爬上去。」她用尾巴指著另一頭，那裡的籬笆爬滿了茂密的綠色植物。

「如果是這樣的話，那看你是要游到那邊的藤蔓，還是從這裡跳上來，你自己選。」鴿翅告訴她。

敏蒂猶豫地眨眨眼睛。「你們會幫我，對不對？」她問棘星。

「我們會幫你，」棘星承諾道。「鴿翅，你先跳到籬笆上面，等敏蒂跳上去的時候抓住她。」

「好吧。」鴿翅屈起後腿，優雅地向上一躍就跳上了籬笆。棘星懷疑她在故意炫耀自己的跳躍技術。

「來吧，」他對敏蒂說道。「如果你願意的話，可以踩在我身上跳，這樣離籬笆比較近。」他蹲在籬笆底下。寵物貓把爪子戳進他的背，用力撐起身子爬上他的肩膀，他不免皺了一下眉頭，但還是硬撐著慢慢站起來，盡可能將她扛高。「現在可以跳了！」

他感覺到敏蒂為了平衡而在他身上胡亂踩踏了幾下，接著用力一蹬，往上躍起。他甩甩毛髮，抬頭看見她正慌亂地拿爪子扒住木籬笆，鴿翅趕緊低身抓住她的頸背。過了一會兒，敏蒂已經跟鴿翅一起站在籬笆上了。

「太好了，」刺爪吼道。「我們現在可以走了嗎？」

棘星請灰紋率隊循著籬笆前進，他殿後走在敏蒂後面。他本來想如果離她近一點，萬一她不小心失足，可以及時拉她一把。但沒想到走在籬笆上面的她，竟然比部族貓還有自信，一點也不會因為籬笆的立足空間過窄而慌亂。**她一定常沿著籬笆走去拜訪其他巢穴的貓朋友。**

等到他們抵達籬笆的轉彎處時，灰紋朝轟雷路轉身，敏蒂則停下腳步，瞪著大片的水域。「這麼多水！」她大聲說道。「帕斯尼和他的主人都走了，我的主人也走了，所有主人都跟他們的貓走了！只剩下我一個！」那語調聽起來很失落，彷彿直到此刻她才知道災情有多慘重。

灰紋回頭瞥她一眼。「一切都會否極泰來的，」他安慰她。「等洪水退了，牠們就會回來找你。」

敏蒂點點頭，不過棘星不確定她是不是真的相信灰紋說的話。

最後他們終於來到籬笆的盡頭。也就是他們第一次聽到敏蒂哭聲的地方。淹死在轟雷路上的那頭怪獸就在對面。這裡的水深到他們的腳已經有一半泡在水裡。敏蒂的表情又開始驚恐。

「我們不能再往前走了。」她喵聲道。

「是啊，不過沒關係，」棘星告訴她。「我們可以游到水底那頭怪獸那裡，然後再爬上籬笆，就可以走到沒淹水的地方了。」

敏蒂朝他轉身，藍色眼睛瞪得比以前還大。「游過去？」

刺爪發出惱怒的嘶聲。「不要告訴我，你不會游泳。」

「我不知道欸，」敏蒂回答道。「我從沒試過。」

棘星深吸口氣。「灰紋，你帶頭。鴿翅，你游在敏蒂旁邊，我會在另一邊。刺爪，你跟在我們後面。敏蒂，我保證我們會帶你游過去，好嗎？」

「好吧……也只能這樣了。」

灰紋跳進水裡，用力划著前爪朝怪獸游去。敏蒂緊抓著籬笆不放，鴿翅只好把她推下去。

敏蒂噗通一聲掉進水裡，立刻驚聲尖叫。但在棘星和鴿翅的陪同下，起初用力踩水，浪費了很多力氣的寵物貓，後來竟慢慢地抓到訣竅，開始很有節奏地滑水前進。

「嘿，我會游……」她尖聲說道，但最後一個字卻被濺進嘴裡的水給吞沒。她上氣不接下氣，棘星趕緊用肩膀從她下面頂住，直到她能喘氣為止。

棘星知道自己累壞了，心想他的隊員應該也是。游回怪獸的這趟路感覺似乎比來的時候長了兩倍。**要是我們沒有停下來幫助敏蒂，現在早就回到雷族領地了。**當他們終於安全抵達影族領地時，他已經筋疲力竭。他舉步維艱地沿著水線走，旁邊緊臨著淹沒在水裡的松樹林。

「你們住在這裡嗎？」敏蒂問道，然後故作禮貌地補充道：「呃……這裡還不錯。」

「我們不住這裡，這是影族住的地方，」灰紋告訴她。「我們是雷族。」他朝湖的另一頭揮揮尾巴。「我們住在那裡。」

「什麼？」敏蒂尖聲道。「我走不了那麼遠！我的腿快斷了。」

棘星看著她。「你最好跟緊他們，」他戲弄道。「刺爪快要忍不住想嚐嚐寵物貓的味道了。」

敏蒂嚇得大叫一聲，立刻衝到前面去，邊跑還邊驚恐地回頭看著刺爪。

「你幹嘛這麼說？」刺爪一臉茫然。「我什麼時候吃過寵物貓了？」

「反正秀出你的利牙就好了。」鴿翅咕噥道。「至少她肯走啦。」

敏蒂等他們趕上來後，仍始終與刺爪保持距離，只願走在其他族貓的旁邊，一同前往開闊的草地。

「湖邊住了幾隻貓啊？你們都住在一起嗎？你們真的會吃老鼠、松鼠和那些噁心的東西嗎？」

「我不知道到底有幾隻貓，」棘星回答道。「不過很多就是了。每個部族都住在自己的營地裡。沒錯，我們會捕捉獵物來吃，只要你待在我們那兒，你也可以吃獵物。」

敏蒂全身顫抖。「我才不吃呢！」

棘星看了刺爪一眼，心想金棕色戰士應該跟他有一樣的念頭，**等她餓昏就知道厲害了**。

「你們不覺得樹林底下很陰暗嗎？」敏蒂喋喋不休。「我不想住在這裡。你們的領地也很陰暗嗎？」

灰紋搖搖頭。「雷族領地比這裡開闊多了。」

「好想趕快看到哦！」敏蒂興奮地邊走邊跳。「哦，你們看！是隻松鼠？你們要抓嗎？」

「不行，」棘星告訴她。「我們可以經過影族領地，但不可以在這裡抓獵物。影族貓會不高興。」

敏蒂看著松鼠衝過兩棵松樹間的缺口，爬上樹枝。「我們會遇見影族貓嗎？」她繼續問。

「我希望可以，那一定很有趣。」

鴿翅翻翻白眼。「相信我，一點也不有趣。你省點力氣，專心走路就好了。」

敏蒂一臉受傷，但沒有吭聲。

棘星暗自慶幸，截至目前為止還沒遇見任何影族巡邏隊，不過一想到此行帶了一隻寵物貓回去，也不免有些疑懼，心裡忐忑得身上都微微刺痛。**現在的雷族，最不需要的就是多一張嘴**

吃飯，我們畢竟得先照顧好自己、恢復體力才是。

可是棘星不能眼睜睜地看著敏蒂餓死。他快步走向寵物貓，她正緊張地瞪著一棵倒在路上的樹。

「先跳上去，」他喵聲道。「再從上面跳下去，這又不高。」

他先跳上去，示範給她看。敏蒂跳不上來，還差了兩條老鼠身長的距離，她的後爪在樹幹上不停扒抓，棘星一把抓住她，拉了上來。

只希望我的族貓能夠理解我為什麼帶隻寵物貓回去。

四隻貓兒一跨入雷族領地的邊界，立刻鬆了口氣。這裡的土味和水味強烈，相形之下，雷族的氣味反倒有點淡，不過還好沒有新鮮的影族氣味。刺爪沿著水域邊緣率隊爬上斜坡，直抵山脊下方。這段路不好走，他們舉步維艱地穿過溼淋淋的矮樹叢。

「我們現在在雷族領地上了，」灰紋告訴敏蒂。「我們剛經過淹水的營地。」他蜿蜒步下斜坡，消失在一叢荊棘裡。

棘星也跟上去，同時點頭示意敏蒂。「來啊，你可以來看看我們以前的家園。」

他等她過來跟他一起站在崖頂上。棘星凝視山谷，心跳得厲害。如今灰色崖壁底下只剩一潭漩渦狀的黑色泥水，其他什麼也沒有。他想像那些窩穴、新鮮獵物堆、見習生昔日嬉鬧的樹墩，它們都還在水底下嗎？

或者雷族留下的痕跡已全被沖刷殆盡了嗎？

第十二章

「這裡淹水的情形比我家那裡還嚴重！」敏蒂大聲說道。「你們現在住在哪裡？」

「等一下你就知道了，」棘星告訴她。「走這邊。」他轉身離開崖頂，對失去家園感到難過。他循原路回去，穿過荊棘叢。通往地道的坡很陡，他聽見後面的敏蒂氣喘吁吁，不過可喜的是，她沒有抱怨。棘星很好奇要是她知道部族貓平常一天要走的路，是今天這個路程的兩倍，不知會作何反應。

地道入口有幾隻貓兒。黛西、波弟和松鼠飛正在把成捆的溼青苔和蕨葉攤在微弱的陽光下曝曬。遠處有三個年輕的見習生，正在導師的陪同下，仔細觀察藤池和蛛足示範的戰技。

再剩下幾隻狐狸身長的距離就到了，棘星和隊員們費力地往上爬，這時每隻貓兒都抬起頭來張望。

松鼠飛跳了起來。「感謝星族，你們平安無事。你們找到其他部族了嗎？」

貓兒們都從地道裡出來，圍了上來。

「河族有熬過這場洪水嗎？」

「洪水影響的範圍有多廣？」

第一個看到敏蒂的是蛛足。「她是誰？」他質問道。「棘星，你為什麼帶一隻貓回來？」

「又多了一張嘴吃飯，」莓鼻不滿地抽動鬍鬚。「我們的麻煩還不夠多嗎？我們都自顧不暇了。」

敏蒂瞪大藍色眼睛環顧四周，這裡貓數眾多，再加上兩隻公貓頗有敵意，著實嚇壞了她。

「她叫敏蒂，」棘星語調冷靜地說道，同時瞪了蛛足和莓鼻一眼。「我們是在河族領地附近的兩腳獸巢穴那裡救了她。」

「兩腳獸巢穴？」沙暴驚訝地彈動耳朵。「你的意思是，她是寵物貓？」她往前伸長脖子嗅聞敏蒂的毛髮。「聞起來不像啊。」

「我……我剛游過泳。」敏蒂結結巴巴。

「她的主人沒帶走她，」棘星解釋道。「如果我們不出手相救，她會淹死或餓死。」這時他突然想起自己是族長，沒必要為自己的決策多作辯護。「帶她進去，幫她準備個臥鋪，找點東西給她吃。」他下令道。

「我們來處理。」從一群戰士裡擠出來的琥珀掌提議道。

「是啊，來吧。」雪掌用尾巴圈住敏蒂的肩膀。「我們會照顧你的。」

棘星望著這群見習生擁簇著敏蒂而去，一路上七嘴八舌，很是好奇。

「你真的是寵物貓嗎？」露掌問道，同時仔細地打量黑白色母貓。「跟兩腳獸住在一起是什麼感覺啊？」

「你真的不用自己抓獵物吃嗎？」琥珀掌喵聲道。

波弟站在地道入口。「你跟我來，」他親切地對敏蒂說。「你的臥鋪可以擺在我的旁邊，你知道嗎，我以前也是寵物貓，我會告訴你……」

棘星跟著他們進入地道，以免敏蒂招架不住。露掌和雪掌拾來臥鋪的材料，攤在他們和波弟的臥鋪中間。

「放在這裡！」雪掌喵聲道。「有點濕，不過習慣了就沒差啦。」

當敏蒂看見那坨稀落的青苔和蕨葉時，不禁倒抽口氣。「我沒辦法睡在那上面！」她大聲說道。「我在家都睡在籃子裡，還要加上毯子！」

三個見習生面面相覷。「我們不知道那是什麼，」琥珀掌喵聲道。「不過這樣好了，我臥鋪裡有一些羽毛，如果你要的話，我可以給你。」

「謝……謝了。」敏蒂半信半疑地看著琥珀掌大方地鋪上羽毛。

本來一直在旁邊觀看敏蒂窘樣的棘星，這時被進地道來找他的松鼠飛和葉池打斷了注意力，於是回神招呼她們。

「臥鋪的問題很麻煩，」松鼠飛開口道。「所有東西都溼答答的，可是若要貓兒們睡在冰冷的地板上，又一定會全身酸痛。」

「可是如果睡在外面，」棘星告訴她。「有可能會下雨。」

松鼠飛和葉池互看一眼。

「話是沒錯，」葉池喵聲道。「不過我們需要找到乾的臥鋪材料，不然早晚會得白咳症的。」

彷彿在呼應她的話，這時地道深處傳來嚴重的咳嗽聲，那是從蕾光躺臥的角落傳出來的。棘星眨眨眼睛望著暗處。松鴉羽正蹲在那隻腳爪顏色很深的母貓旁邊，看得出來他正在忙，附近的蜜妮則焦急地在岩地上扒著爪子。

棘星往外面走去，只覺得心裡像壓了塊石頭。**我要去哪裡變出乾燥的臥鋪材料給他們啊？**

雲尾吃力地爬上坡，嘴裡叼著兩隻老鼠。亮心、玫瑰瓣和花落跟在後面。亮心帶了隻松鼠回來，玫瑰瓣和花落則各帶著一隻八哥鳥。

「我想獵物正慢慢回籠，」雲尾把獵物放到新鮮獵物堆後，就過來回報。「至少比昨天好多了。」

「那就好，」棘星慶幸著至少還能聽到一點好消息。新鮮獵物已經堆成小山。他們八成是很早就出發去狩獵了。「松鼠飛，你負責分發食物好嗎？應該有足夠的獵物可以分給每隻貓兒。」

松鼠飛點點頭，開始很有效率地分發。亮心則幫忙將獵物拿去給族貓們。

敏蒂看見亮心丟了隻八哥鳥在她面前，嚇得瞪大眼睛。

「我不吃那種東西！」她大聲說道，皺起鼻子。

「很好吃的。」琥珀掌向她保證道。「等你吃完了，還可以拿牠的羽毛來墊臥鋪。」

但敏蒂不屑地轉過頭去。

「好吧，你要是不吃的話，那我吃囉。」露掌喵聲說道，他才剛吞下他的那份松鼠肉。

「不行，」亮心告訴他，同時輕輕推開見習生。「別忘了，貓后和長老先吃。波弟，你想吃嗎？」

老虎斑貓搖搖頭。「不，謝了，我吃那隻老鼠就夠了。」

「那我先把牠放回新鮮獵物堆，等晚一點要是敏蒂改變了主意，我再拿過來。」亮心喵聲道。

敏蒂沒有回答，倒是露掌一臉失望地看著亮心拿走八哥鳥。

等到大家都吃過獵物，天色也暗了，灰色陰影滲入地道。棘星在敏蒂附近安坐下來，畢竟是他決定帶她回來，所以自覺對她有責任……至少得等到她安頓好。

寵物貓蹲伏在青苔和蕨葉上，腳爪塞在身子底下。棘星聽見她的肚子咕嚕咕嚕地叫，但表情看起來還沒從驚嚇裡平復，以致於並未開口抱怨什麼。過了一會兒，她長嘆一聲，蜷起身子並用尾巴蓋住口鼻。

但是她沒睡著。仍醒著的棘星聽見她輾轉反側，甚至一度發出可憐的悲鳴聲。蜜妮聽見聲音，竟從薔光旁邊的臥鋪裡起身，快步經過棘星，走到敏蒂旁邊坐下。

「我知道你的感受，」她低聲道。「我以前也是寵物貓，花了很長一段時間才學會在野外生活。」

棘星在幽光中看見敏蒂抬頭望著蜜妮。「你以前是寵物貓？你的主人也丟下你嗎？還是你自己選擇要來這裡過這種生活？」

「當年灰紋要回部族，我選擇陪他一起回來，」蜜妮喵聲道。「不管兩腳獸給我的臥鋪有多舒服、食物有多好，只要能跟灰紋廝守，這些我都可以不要。」

「你從來沒有後悔過嗎？」

「我從來不後悔，」蜜妮向她保證道。「我唯一遺憾的是，我的女兒薔光受了傷。但我永遠不會離開雷族，我也絕對不會忘記以前有過的寵物貓生活。」

我從來不知道蜜妮是這樣想的，棘星心想道，頓時愧疚著自己以前很不滿蜜妮，因為他老覺得她常為了薔光的事小題大作。**我以後一定要更尊敬她。**

至少這場談話令敏蒂安心了不少。沒多久她就又蜷起身子，棘星聽見了她那裡終於傳來穩定的呼吸聲，顯然她已沉入了夢鄉。

棘星醒來時，看見蒼白的曙光滲入地道，看起來就跟昨天一樣昏暗，**我們需要更多陽光來幫忙驅趕森林裡的濕氣。**

正當他忙著梳理自己時，聽見外頭出現雜沓的腳步聲，有貓兒穿過矮樹叢。看守地道入口的玫瑰瓣把頭伸進地道裡。

「棘星，有兩隻貓從影族方向過來。」

「謝謝你，玫瑰瓣。」棘星環目四顧，看見獅焰和鼠鬚也醒了，於是彈動耳朵對他們示意。「我們去看看他們要什麼。」

棘星一步出地道，便瞄見兩隻貓兒從溼淋淋的矮樹叢裡鑽出來，是影族副族長花楸爪和他們的巫醫小雲。棘星緊張到腳爪微微刺痛，不免在心裡揣測他們此行的目的。

「你們好。」他喵聲道，同時走上前去。

「你好，棘星。」小雲回答道，然後看了花楸爪一眼，才又說道：「我們正在前往月池的路上。我不知道月池有沒有逃過這次的洪災，不過因為它地勢很高，所以我們猜想應該沒有大礙。」他嘆口氣。「萬一沒有逃過，我擔心四大部族……」

「我現在是影族族長了，」花楸爪解釋道，不過好像也沒必要解釋。「這場暴風雨奪走了黑星的第九條命。」

「請節哀。」任何部族族長的殞落都令棘星感到遺憾與不捨，但他也欣見花楸爪取而代之。他是她姊姊褐皮的伴侶，他相信他一定可以成為一位英明的族長。「願他平安返歸星族。也祝你的領導之路一切順利。」他補充道。

花楸爪點點頭。「謝謝你，雷族好嗎？」他問道。「你們的貓兒都挺過這場洪水嗎？」

「託你的福，我們都很好。」棘星回答道。「不過未來還有得奮鬥，但一切都會否極泰來的。」他就此打住，沒再多說什麼，尤其不提他們現在住在地道裡的這件事。

花楸爪也沒多提影族的事。**我相信他們也過得很艱苦**，棘星不免想到前一天他們在影族那片溼淋淋的領地裡所經歷的遭遇。

「這對四大部族來說，都是嚴苛的考驗，」花楸爪似乎有點陰鬱，顯然是在為黑星哀悼，同時也擔心自己在這場洪災中的領導地位。「星族會保佑我們平安度過的。」

棘星低聲附和。目送兩隻影族貓爬上山坡，朝月池的方向離去，直到消失在視線裡，這才轉身回地道，卻剛好碰見正從地道裡出來的松鴉羽。巫醫抬起頭來仔細嗅了嗅。

「花楸爪和小雲剛剛來過？」他喵聲道。

「是啊，他們要去月池。」

松鴉羽垂下頭。「我不訝異黑星失去了他最後一條命，」他最後出聲道。「畢竟他老了，也歷經了不少滄桑。」

棘星總覺得這話從松鴉羽嘴裡吐出來，感覺有點怪。**聽起來活像他自己也是隻老貓似的。不過話說回來，松鴉羽雖然眼盲，但所經歷的滄桑也不亞於我們。**

這時其他貓兒也都陸續醒來，個個渾身酸痛地從地道裡爬出來。天色漸亮，但太陽還沒升起，樹枝被冷風吹得咯咯作響，雨珠在空中飛舞。

松鼠飛從地道裡出來，邊打呵欠邊說：「你今天需要我派出哪些隊伍？」

「我們要加強狩獵，」棘星告訴她。「找沙暴和雲尾領隊。你自己也率領一支隊伍好了，就沿著風族邊界走。我會負責影族邊界那裡。」

松鼠飛點點頭。「風族那條河的邊界問題，你打算怎麼處理？」

棘星遲疑了一下，想起那天風族巡邏隊捍衛水權的強硬態度。「先別急著處理，」他下達命令。「我想等洪水退了，這件事就會自動解決了。你別挑個性太衝動的貓兒當你的隊員，要是風族挑釁，恐怕不好善後。」

松鼠飛轉身離開去分派隊伍。這時薔光在蜜妮的陪同下從地道裡出來。棘星注意到年輕母貓表情痛苦地在地上拖著身子。

「怎麼了？」他喊道。

蜜妮代她回答：「臥鋪的濕氣太重，她的肚子有點痛。棘星，你得想想辦法。」

「我沒事啦，」薔光嘟囔道。「別小題大作。」

「松鴉羽？」棘星望著他的巫醫。「你的看法呢？」

松鴉羽緩步走向薔光。「你為什麼不告訴我，你肚子痛？」他不客氣地問道。

薔光看著自己的腳。「我不想麻煩你。」

「我的星族啊！」松鴉羽嘆口氣。「你以為巫醫是幹什麼的？」然後又對棘星說：「我先檢查一下她肚子痛的原因，再幫她準備藥草，不過蜜妮說得對，睡在岩石上或潮濕的臥鋪裡，對薔光只是有害無益。」

棘星還沒來得及回答，地道入口便傳來尖銳的說話聲。他回頭一看，只見敏蒂在琥珀掌的陪同下出現了。

「哦，哇……」寵物貓大聲嚷嚷，驚訝地瞪大藍色眼睛。「那隻貓沒有腿欸！」

笨毛球，棘星心想，薔光一聽到，很是尷尬地縮起身子。

「她當然有腿，」琥珀掌機警地接口道。「她只是後腿不能動而已。」

「那她還能活哦？」敏蒂問道。「你們不用餵她嗎？」

「會啊，我們會幫她抓獵物，」琥珀掌回答道。「你把我們想成什麼了？她是我們的族貓欸，難道你認為我們會不管她嗎？」

敏蒂很是興味地看了薔光一眼。「所以說，你們也不算是野貓，對吧？」她低聲道。

「我們是野貓啊，」琥珀掌態度堅定地彈動尾巴。「野貓不等於野蠻，好嗎？」

棘星對這位見習生的應對很是稱許地點點頭。不過他現在還不知道該怎麼解決臥鋪太濕的問題。只希望外出巡邏時，或許能在路上想到什麼解決的辦法。他需要暫時離開這座臨時營地，到外頭透透氣、放鬆一下。

「鴿翅，」他對離他最近的那隻貓兒喊道。「你跟我一起去巡邏影族邊界。」

「好啊，」鴿翅喵聲道。「反正我的腿也僵硬到需要做點運動了。」

「再找兩個資深見習生同行。」棘星提議道。「他們最近不太有上課的機會，所以也請他們的導師同行吧。」

「我去找他們來。」鴿翅揮著尾巴走進地道。過了一會兒，她帶著罌粟霜和蜂紋出來，百合掌和籽掌滿心期待地跟在後面，一路上蹦蹦跳跳地。

「我們真的要去巡邏影族邊界嗎？」籽掌尖聲問道。

棘星點點頭。「是剩下的影族邊界。不過還是有可能碰到危險，所以你們兩個頭腦要清楚一點，不要到處亂跑。」

「我們不會的。」百合掌承諾道。

棘星率領隊伍沿著山脊朝影族的方向走去，邊走邊在領地邊緣留下氣味記號，直到抵達邊界的那條河。連日豪雨早已讓暴漲的河水吞噬河岸，滾滾黃流一路沖向大湖。棘星停下腳步嗅聞空氣，這才發現影族的氣味很淡。「從昨天到現在，他們都還沒來更新氣味記號。」

「我們也還沒更新我們的啊，」罌粟霜直言道。「現在水淹得這麼嚴重，更新氣味記號沒多大意義。」她渾身發抖地補充道。

「想也知道，現在不會有貓兒想跨越這條河的。」蜂紋附和道。

「雖然如此，我覺得我們還是應該留下氣味記號。」棘星決定道。「見習生也可以練習怎麼標示氣味記號。」

「太好了！」百合掌跳了起來。「感覺我們好像變成真的戰士了。」

他們往下游走去，在岸邊找出幾處新的地點標示氣味記號。由於河水氾濫，現在的邊界往雷族領地裡內縮很多。

「等大水退去後，希望影族不要以為我們讓出了領地給他們。」蜂紋低聲道。

「就算他們這樣認為，相信過沒多久他們就會知道自己錯了。」棘星表情嚴肅地說。

天空開始飄起毛毛雨，淋溼了他們的毛髮，一股寒意冷到骨子裡。除了雨滴聲外，森林裡一片寂靜。棘星頸部的毛豎得筆直，總覺得不管是走在潮濕的矮樹叢裡，還是滴水的林子裡，都有點怪怪的。這裡沒有任何獵物的蹤跡，也看不到貓兒的蹤影，連鳥兒都不再鳴唱。

見習生們蹦蹦跳跳地走在前面，這時突然煞住腳步。

「哇嗚！你們看！」百合掌大聲說道。

棘星快步走上前去找兩個見習生。這時他們已經走到洪災嚴重的湖岸邊。廣袤的水域在眼前開展，像一座沒有盡頭的銀色池塘，水面上佇立著幾棵尚未沒頂的樹。

「湖水已經漫到舊轟雷路上，」籽掌喵聲道。「離以前的湖面到底有幾隻狐狸身的距離，我都算不清楚了。」

百合掌眨眨眼睛，悶悶不樂地看著那片水域。

「怎麼了？」籽掌問道。

「我在想被洪水淹死的獵物，」百合掌喵聲道。「這樣我們怎麼找得到足夠的獵物吃？」

「很簡單啊！」籽掌回答道。「我們可以擴張我們的領地，到山脊的另一頭去狩獵啊。」

棘星驚訝地瞪看著金棕色見習生。他的辦法或許能解決獵物短缺的問題。但他從來沒想過可以到別的地方狩獵，只知道固守著原來的地盤。

「我想籽掌說的或許沒錯。」鴿翅低聲道。

「我不確定……」棘星總覺得身為族長的他，任何行事決策都要小心。「變更邊界，是很大膽的決定。」

「可是越過山脊狩獵，並不會受到質疑，」蜂紋直言道。「反正也沒有貓兒住在那裡。」

罌粟霜抽動尾巴。「可是那裡有狐狸和野獾。當初我們剛來這裡開闢疆土的時候，曾跟牠們交手過。如今我們的處境還經得起更多的爭戰嗎？」她補充道，同時用尾巴示意他們瘦骨嶙峋的身軀和溼淋淋的毛髮。

「我們還是可以先派狩獵隊過去試試看有沒有機會。」棘星一想到可能有更多獵物，就讓他躍躍欲試。「我們不需要先去標示整個領地範圍。」

就在他們談話的同時，兩個見習生一直沿著水邊奔跑，半亢奮半恐懼地眺望洶湧的湖水。

「看！」百合掌尖叫出聲。「是那根犧牲者木棍欸！」

棘星循著她指的方向往前眺望，看到了那根刻有松鴉羽爪痕的大戰役犧牲者木棍。它一半浮在水面上，一半沒入水裡，剛好被橡樹的樹枝卡住。

「我們去把它拿過來！」籽掌大聲喊道。

兩隻年輕的貓兒正要跳進湖裡時，被及時趕到的棘星攔下。

「別去！」他喝止道。「在洪水裡游泳太危險了。」

「可是那根木棍……」籽掌抗議道。「很重要欸！」

「水退了之後，它還是會在那裡。」罌粟霜語氣堅定地說道。「現在都給我離開水邊。」

她和蜂紋將見習生各自帶離浪濤洶湧的湖岸，轉身朝營地走去。

「嘿，」蜂紋突然停下腳步回頭張望。「我看到一條魚，就在林子裡游來游去。」

棘星也看到了，水面的落葉縫隙裡，不時可見閃爍不定的銀光。一時之間，他不免納悶是不是真的該下水抓魚。**不，**他告訴自己，**我們全身上下還不夠溼嗎？**

「我們還是到山脊後面去狩獵吧。」他告訴正在泥地裡跋涉的其他貓兒。「籽掌，你這點子不錯。」

籽掌抬起胸膛。「到時可不可以讓我也參加狩獵隊？」她懇求道。

「不行，」蜂紋回答道。「只有資深戰士才能越過那條邊界去狩獵。」他看了點頭附和的棘星一眼，於是他又補充道：「也許會有其他貓兒，因洪災的關係也到那兒狩獵，再加上那裡可能還有野獾和狐狸。」

「可是我是很優秀的狩獵者！」籽掌堅持。「我的跳躍技術很厲害，你們看！」

說完便往空中一躍，前爪落地，戳進潮濕的青苔裡。「我抓到了！」她大吼道。可是當她後退縮回爪子時，溼淋淋的青苔卻黏在她毛髮上，怎麼甩也甩不掉。「噁心死了！」她邊甩著爪子邊抱怨。

「別動！」百合掌喵聲道，緩步走到她妹妹那裡，小心地剔掉她爪間的青苔。「老實說，籽掌，你有時候實在笨得可以。」

籽掌不好意思地眨眨眼，垂下尾巴。

「不過你說得沒錯，你的跳躍技術的確很厲害，」鴿翅插嘴道。「蜂紋告訴我，你是個很厲害的狩獵者，也許你願意秀幾招給我看？」

籽掌眼睛一亮。「我知道你只是想讓我好過一點，」她喵聲道。「要我別老想跟你們到山脊的另一頭去狩獵。不過如果你想看，我當然很樂意。」

「謝了，一定很棒。」鴿翅一臉興味地回答。

巡邏隊繼續前進，蜂紋走到鴿翅旁邊。「你真好，」他低聲道，口鼻輕輕刷過母貓的肩膀。「謝謝你，鴿翅。」

「我喜歡和見習生一起工作。」鴿翅喵嗚道。

「真希望我們也有自己的小貓，」蜂紋繼續說道。「我知道你會是個很棒的媽媽。」

但讓棘星驚訝的是，鴿翅竟然轉身離開。「這事以後再說吧。我們先處理洪水的事。」

蜂紋貼平耳朵低聲道：「我知道。」棘星不免好奇，鴿翅到底有沒有從蜂紋的眼裡看見他受到的傷害。他們的感情出了什麼問題嗎？

第 十三 章

雨停了，但積雲未散，所以無從得知何時是日正當中。不過棘星還是趁著天色最亮的時候，召集貓兒分食狩獵隊帶回來的少許食物。

「我真受不了這些溼淋淋的毛，」雲尾抱怨道，同時用前爪戳戳一隻老鼠的屍體。「我真想在陽光明媚的山谷裡吃肥美的田鼠肉。」

「你就認命吧，現在只能吃溼淋淋的老鼠，」他的伴侶貓亮心告訴他，「最好早點習慣它。」

雲尾咕噥著，開始慢條斯理地小口撕咬獵物。

棘星注意到敏蒂也在蜜妮和年輕見習生的陪伴下走出洞外，一臉驚愕地看著琥珀掌放在她面前的那隻麻雀。

「我好餓哦，」她抱怨道。「可是要我吃那個……太噁了吧！」

琥珀掌翻翻白眼。

「你試試看。」蜜妮語帶同情地哄著寵物貓。「也許你會覺得很好吃。」敏蒂一臉懷疑地看了她一眼，於是她又繼續說：「我記得我第一次吃野生獵物時，其實有點害怕，畢竟以前吃的是兩腳獸的食物！不過現在我再也不想吃那種乾乾的東西了。」

敏蒂小心地嗅聞麻雀。「這玩意兒都是羽毛，我不會吃。」

「只要用力一咬，像這樣。」琥珀掌拿腳下的黑鳥示範給她看。「然後再把羽毛吐出來。」

敏蒂打了個冷顫，但還是學琥珀掌那樣用力一咬。棘星看見她一臉驚訝地吞下那口肉，鼻子上還黏了一根羽毛。

起碼她肯吃了，他心想。

「今天的狩獵成果不理想，」他對正在和他分食田鼠的松鼠飛說道。「籽掌提議，派狩獵隊到邊界的另一頭狩獵。」

松鼠飛驚訝地眨眨眼，隨即又點點頭。「也許值得一試。」

「我去好了，」刺爪喵聲道，他本來正在和蕨毛、櫻桃落和花落分食一隻瘦巴巴的兔子，這時突然抬起頭來。「只要能讓我的肚子不再咕嚕咕嚕叫，什麼事我都願意做。」

「也算我一份好了。」蕨毛跟著說道。

「還有我。」花落喵聲道。「這主意聽起來不錯。」

「謝謝你們。」棘星為這群自願探索未知險境的族貓們感到驕傲。「我跟你們一起去。」

「棘星……」松鼠飛推推他，用耳朵示意他走到一旁，不讓其他貓兒聽見她要說的話。

「你需要休息。」當她確定不會有貓兒聽見他們的談話時，她又繼續說道：「你不能每次都親自率隊出去，我代替你去好了。」

「可是你今天已經去狩獵過了。」

「你不是也去影族邊界巡邏過了嗎？」松鼠飛抽動著尾巴尖端，但仍壓低著音量。「而且昨天你還一路跋涉到河族那裡，冒著生命危險救了那隻寵物貓。」

「那又怎樣？」棘星感到氣餒。「我沒事，這又不是什麼大問題。」

「如果我們的族長累倒了，對我們來說可就是大問題了。」

棘星長嘆一口氣。「我當初幹嘛要選你當我的副族長啊？」他咬牙切齒地嘟囔道。

「因為我不會讓你對我頤指氣使。」松鼠飛反駁道，綠色眼睛閃閃發亮。

這倒是真的，棘星懊惱地想道。「好吧，」他讓步道。「我只要走到邊界那裡，確定一切都沒問題就回來。」

松鼠飛看起來仍不滿意，不過只是嘴裡咕噥，沒再多說什麼。

棘星吃完田鼠，就在一旁等其他隊員把剩下的幾口兔肉吃掉，這時本來在和塵皮、葉池一起進餐的松鴉羽走了過來。棘星一看見巫醫臉上擔憂的神情，便知道不妙。

「薔光的白咳症惡化了嗎？」

「感謝星族保佑，沒有惡化，」松鴉羽回答道。「不過我擔心的是琥珀掌和沙暴也開始咳嗽了。但這還不是真正的問題所在，」他繼續說。「你看這個。」他抬起前爪，棘星看見肉墊有血滴了下來。

「我去找葉池來。」棘星立刻說道。

「不必了，這沒什麼大不了，只是刮到而已。」松鴉羽伸出舌頭舔舔受傷的肉墊。「重點是我踩到一根木棍，那根木棍本來不在那裡。」

「這很奇怪嗎？」棘星問道。

「你又不是不瞭解我。」松鴉羽抽動尾巴。「我不會因為自己是瞎子就被東西絆倒。你有看過我傷到自己嗎？」

棘星的確是沒看過。松鴉羽從來不需要服用自己的藥草，因為他不像其他貓兒，他不會老是踩到刺或被荊棘的鬚刮到。棘星心裡有不祥的預感，他剛吃進肚裡的獵物，頓時像一塊石頭那麼沉重。

「你認為這是星族給的預兆？」他問道。「有危險將至？」

「我不確定，」毛髮豎得筆直的松鴉羽承認。「暴風雨改變了整座森林。不過也許只是我搞錯了。」

棘星驚訝地彈彈耳朵。**松鴉羽從來不會承認自己搞錯。**

巫醫繼續說：「反正我覺得我們應該凡事小心。告訴狩獵隊跨出邊界後，一定要格外小心。他們對那地方毫無所知，所以可能是一種受傷的警訊。」

「也許我們不應該到那裡狩獵。」棘星若有所思。

「拜託你好不好，棘星，」刺爪在他後面清理鬍鬚，這時停下動作打斷道。棘星嚇了一跳，他根本不知道他們的談話會被其他戰士聽到。「松鴉羽是該警告我們小心，但我們不會有事的。我們很清楚自己即將踏上一處完全陌生的領地，所以我們絕對會格外小心。」

棘星勉強同意，因為他不想讓族貓們太掛慮凶兆這種事。他帶隊爬上山脊。早晨剛標上的氣味記號仍然很強烈。可是當他邁步跨過邊界，站上陌生的領地時，全身上下竟無端地打了個冷顫。

雖然邊界只離他後方一條尾巴遠，但眼前的森林看起來陰森又危機四伏，充滿不祥的氣味。棘星嗅聞空氣，聞到狐狸和野貛的味道。恐懼油然而生，在那當下，他好想像隻走失的小貓般哀號。他想改變主意，帶隊回到熟悉的領地。

可是他看著隊員們，發現他們個個亢奮到毛髮豎得筆直、毫無懼色。

「我聞到兔子的味道！」刺爪沙啞地低聲道。

「還有松鼠。」花落補充道。「應該有很多。洪水來襲時，獵物八成都逃到這裡來了。」

棘星知道他必須對戰士的技術有信心。他們都是強悍又有經驗的戰士，絕對有能力應付可能的危險。**松鼠飛說得沒錯**，他心想，**我不可能所有事情都親自上場**。

「你們覺得那裡的榛木叢怎麼樣？」蕨毛喵聲道，同時用尾巴指。「我敢跟你們打賭，一定有獵物躲在那裡，要是輸了的話，我願意連續一個月到黎明巡邏隊裡當差。」

「好啊，」刺爪接下指揮任務。「我們散開，排成直線前進，但要盯著彼此，千萬不要落單，如果聞到獵物，就用尾巴示意。風是朝我們這個方向吹，所以有利於我們。」

棘星看著他的隊員跳進林子裡。才一會兒功夫，櫻桃落就瘋狂地揮著尾巴。「有松鼠！」她喊道。「在這裡！」

其他隊員全跑向她，像平常狩獵那樣團團圍住她聞到獵物氣味的那棵樹。當棘星轉身緩步朝地道的方向走去時，腳步不免沉重。他真希望自己能留下來跟他們一起狩獵。

等他回到臨時營地時，發現蜜妮正在地道外陪薔光做復健運動。薔光的胸口一直有痰，老是咳個不停。蜜妮似乎幫不上忙。敏蒂就在她們旁邊，毛髮豎得筆直，兩眼驚懼地盯著薔光看。

薔光最不需要的就是被一隻陌生的貓兒盯著，棘星心想，懊惱地抽動鬍鬚。他環顧四周，瞄見黛西正在兩條尾巴外的地方攤開臥鋪，試著曬乾，哪怕還是可能曬不乾。於是他用尾巴示意她過來。

「有什麼事要我幫忙嗎？」黛西走上前來問道。

棘星用耳朵指指敏蒂。「我想請你帶她去參觀森林，」他喵聲道。「不要嚇到她，只是讓她大概知道整個領地的分布位置，還有哪些地方千萬不要去之類的。」

「沒問題，棘星，」黛西愉快地回答他。「我們可以順道在路上採集一些臥鋪材料。再說找點事給敏蒂做，她可能會開心點。」

「琥珀掌和我也可以去。」蛛足說道，他剛剛在教導見習生狩獵蹲伏技巧，現在正從練習場那裡慢慢走上來。

跟在後面的琥珀掌咳了幾聲。黛西表情擔憂地轉過身。「你確定你的咳嗽好了嗎？」

「我沒事啦，只是喉嚨有點癢。我……」話還沒說完，又咳了起來。「我不想老待在那可怕的地道裡，況且我想敏蒂比較信任我。」她跳到寵物貓旁邊，親暱地推推她。「來吧，我們帶你去參觀森林。」她催促道。「一定很好玩。」

敏蒂眨眨眼睛。「要是有狐狸或野獾怎麼辦？」

「不會有啦，」琥珀掌大聲說道。「我們早就把牠們趕出領地了。牠們才不敢來呢。」

「那……好吧。」敏蒂起身，跟著琥珀掌朝兩位戰士走去。

棘星注意到她都還沒走到戰士那裡，就差點被半掩在土裡的石塊和一根小樹枝絆倒。**帶她上路，只能祝你們好運了，**他心想，**也許這正是松鴉羽之所以得到凶兆的原因。**

「小心看著她，」他對黛西低聲道。「她可能有點鼠腦袋，但我不希望她受傷。」

「別擔心，」黛西向他保證。「我會把她當成剛離開育兒室的小貓一樣對待的。」

「我也去幫忙好了。」沙暴本來在灌木叢底下梳整毛髮，這時也走了過來。她眼帶興味地看了棘星一眼，隨即小聲說道：「蛛足一聽說她們要出去，立刻提議過來幫忙。我猜他也許想和黛西重修舊好。」但說完又開始咳嗽。

棘星懷疑這兩隻貓兒是否可能再續前緣。不過他更擔心的是沙暴。「你在咳嗽，所以我不覺得你應該去森林，」他喵聲道。「最好還是待在乾燥溫暖的地方。」

沙暴的眼裡更顯出興味。「你的提議我該怎麼照辦呢？」她揶揄道。「我只有兩個選擇，不是睡在潮濕的臥鋪裡，就是躺在硬梆梆的岩石上。」

黛西的隊伍出發離開才沒幾步路，地道入口上方的矮樹叢裡便傳出扭打的聲響。

敏蒂驚恐尖叫：「狐狸！」

貓兒們還沒來得及反應，雪掌和露掌就滾出了空地，兩隻貓兒打成一團。白翅和藤池跟在他們後面爬出蕨叢。

「小心點！」白翅喊道。「注意方向。」

「不要滾到崖邊，免得掉下去。」白翅補充道。

兩個見習生終於分開，甩甩身子，但又突然愣住。「我快滑下去了！」雪掌驚聲尖叫，腳爪在地道上方的沙地上不停划動，彷彿踩在水裡似的。

「土石流！」藤池尖叫。

那一瞬間，棘星的四隻腳像生了根似地，只能站在原地看著地道入口上方，那大片的土石傾瀉而下，捲走四隻貓兒。然後他才突然回神大吼：「快逃！」

他話還沒說完，便直接撲向薔光，蜜妮趕緊幫忙他扛起薔光，朝林子的方向奔跑，四周的土石不斷地崩塌掉落。貓兒們驚恐尖叫地從入口竄逃出來，泥沙隆隆滾下，猶如另一場暴風雨來襲。

聲音漸漸平息，棘星停下腳步，轉過身，讓薔光從他背上下來。地道入口被堆成了土石丘。一開始他看不到那四隻被土石捲走的貓兒，他想到幾個月前冬青葉也曾被崩塌的地道掩埋，嚇得毛髮豎得筆直。

這時藤池從土堆裡探出頭來，撥開泥沙，蹣跚地爬了出來。過了一會兒，雪掌也好不容易挖了個洞爬出來。土丘上方的泥沙鼓了起來，朝旁邊散落，白翅從泥沙裡探出頭來，然後忙著幫頭暈目眩到幾乎動彈不得的露掌爬出來。

塵皮、雲尾和亮心都衝向土堆，幫忙拉出四隻貓兒。棘星也快步走去。幸好他們都沒受什塵傷，就連露掌剛站起來時看似腳步不太穩，也很快就恢復，憤怒地甩掉身上的泥沙。

「呸，我看我這輩子都要這麼髒了！」藤池啐道。她已經把身上鬆軟的泥沙甩掉了，可是毛髮還是黏著泥巴，爪子裡也是。

「我們得謝謝星族庇佑，大家才都平安無事。」白翅喵聲道。

棘星看著那堆土石。起初他以為地道被它塞住了，恐怕得挖洞讓困在裡面的族貓爬出來。後來才發現土堆旁還留下很窄的缺口，剛好夠貓兒進出地道。

「你們裡面都沒事吧？」他喊道。

波弟從洞裡擠出來，表情不滿地環顧四周。「現在是怎樣？」他嘟囔道。「我們遇到的倒楣事還不夠多嗎？如今連這座森林都在跟我們作對？」

棘星猜想八成是雨下太多了，使得地道上方的土石變得鬆軟，再加上四隻貓兒都站在上面，土石承受不住重量才會崩落。「在所有東西曬乾前，誰都不准再爬上去。」他下令道。

「別擔心，我們不會。」白翅咕噥道。「剛剛我腳下踩空的時候，還以為星族要來接我了。」

族貓們都緊張地瞪大眼睛圍了過來，查看著這裡的災情。敏蒂表情驚恐。黛西用尾巴圈住寵物貓的肩膀，低聲對她說話。薔光好不容易爬了回來，蜜妮則一如往常地陪在旁邊。

塵皮快步上來找棘星，單爪戳了戳土石堆。「我在想……也許我們不用把這些泥巴清走，」他喵聲道。「因為每次風向不對時，就會直接灌進地道裡，把我們凍得半死，這土石堆剛好可以幫我們擋風。」

「難道風不會把土石吹散嗎？」棘星問道。

「只要找東西把它撐住就行了。」塵皮告訴他。

棘星向資深戰士點點頭。「那就交給你來辦，」他喵聲道。「你自己決定怎麼處理。」

棘星趁塵皮打量土石堆時環目四顧。看來大家已經不再那麼恐慌，開始興奮地談論著剛剛發生的事。他感覺得出來他們都鬆了口氣，但仍有點茫然不知所措，原本是樁可怕的意外，如今卻因禍得福。

棘星瞄見露掌挖起一坨泥巴砸向雪掌，雪掌也挖了一坨並及時低身閃過。

「你們兩個玩夠了沒？」藤池斥責道。

「反正身上都已經髒了，」露掌帶著調皮的神情說道。

藤池嘆了口氣。「這些見習生哦！」

罌粟霜、鴿翅和蜂紋正在幫忙葉池和松鴉羽檢查幾隻當時都在土石流附近的貓兒，身上有無受傷。還好就連那幾隻跟著土石流滑落的貓兒也都毫髮無傷。

難道這是松鴉羽所謂的凶兆嗎，棘星心想，**那麼我們算是幸運地逃過一劫了**。

「我們要帶白翅、藤池和見習生們到風族的河裡洗一洗。」鴿翅緩步走向棘星，向他回報。

棘星不安地把耳朵往後彈。「最近我們和風族的衝突不斷，你們這樣過去不太好吧？」他問道。「不能在湖裡洗嗎？」

「不行，湖水是鹹的，」白翅喵聲道，邊說邊踏上泥地去找鴿翅。「到時身上都是鹹味。」

「好吧，」棘星決定道。「不過要是你們遇見風族巡邏隊，千萬別為了水權和他們打起來。我們的麻煩已經夠多的了。」

「我們不會的。」鴿翅承諾道。她揮揮尾巴示意見習生們，然後帶隊越過山丘，朝風族邊界前進。

「我們現在必須做什麼？」松鼠飛表情嫌惡地邊問邊繞著土石堆打轉。「不要告訴我，我們得把它搬走。」

「不用，塵皮認為我們可以固定它，利用它來擋風。」棘星回答道。「因為還是有空間可以進出。」

塵皮這時正忙著拖一根樹枝。「我們需要多一點木料，」他氣喘吁吁地說道。「還有石頭，只要能搬得動就搬過來。如果能把這些材料都墊在土堆底下，就能防止它流失。」

「沒錯，」松鼠飛喵聲道。「我去找其他貓兒來幫忙。」說完隨即跑開。

正當棘星幫忙塵皮把樹枝塞進適當位置時，卻聽見百合掌的聲音從他身後傳來。

「狩獵技巧的練習時間到了，可是我到處都找不到罌粟霜和蜂紋。」

「我也找不到。」籽掌也說道。

棘星回頭瞥了一眼。「他們去風族的那條河了。」他告訴見習生。「很快就回來。」

百合掌和籽掌一臉失望。

「那我們來幫你們好不好？」籽掌問道。「你們在做什麼？需要我們幫忙做什麼？」

兩名見習生擠了過來，好奇地嗅聞塵皮那根還在被定位的樹枝。

「我們去搬更多樹枝過來！」百合掌大聲說道，結果她一轉身就在泥地打滑，籽掌也跟著絆倒。

「看在星族的份上！」塵皮啐道。「你們這些見習生真是很愛找麻煩，別在這裡礙手礙腳了好不好？」

「我們只是想找點事情做！」籽掌反駁道，蹣跚地爬了起來。

「去別的地方找事情做吧！」塵皮嘟囔道。「我相信你們一定可以找得到。」

「找個戰士帶你們去狩獵，」棘星提議道，但兩個見習生已經跑遠了。**希望他們別又惹出什麼麻煩，**他心想。

他正想跟上去，卻看見葉池一拐一拐地朝他走來，每走一步就皺一次眉頭。

「怎麼了？」棘星喵聲道。「你是因為土石滑落才扭傷腳的嗎？」

葉池搖搖頭，「不是，是那根歪扭的木棍，就是之前絆倒松鴉羽的那一根，」她抱怨道。「我記得我們把它搬走啦，可是它又滾回來了。」

「你傷得很嚴重嗎？」

「沒有，只是很懊惱，」葉池回答道。「那根木棍比土石流還麻煩。」

木棍？棘星突然想到，**帶來麻煩的木棍？我最近是在哪裡聽過木棍的事？**這時他才想起，**松鴉羽的犧牲者木棍！見習生今天早上看見它卡在橡樹的樹枝間。他們會不會跑回去撿它呢？**

他四處張望，可是百合掌和籽掌已經不見蹤影。

這太可笑了！棘星告訴自己，**你又不是巫醫，不該由你來詮釋凶兆。**但不安的感覺像湖水般在心裡不斷上漲，他忐忑到腳癢難耐，**也許我的腦袋被蜜蜂叮了，可是我一定得親自去查看一下。**

於是他要葉池把那根討厭的木棍丟遠一點，就趕緊去找見習生。**哪怕他們沒去湖邊，也不該放任他們獨自遊蕩，他們的經驗還不足。**他試著回想當時他們是在哪裡看見那根木棍。然後才又想到何不追蹤他們的氣味算了。雖然地面和矮樹叢都很潮溼，但還是找到了他們的氣味。這下他更擔心了，因為他發現他們正往洪水區的邊緣走去。

當他快走到湖邊時，森林裡安靜得有點詭異，這時一聲驚恐的尖叫劃破寧靜。

「救命啊！」

百合掌！

棘星拔腿衝進荊棘叢，再從另一頭衝出來，完全無視尖刺的拉扯。最後他從湖邊的灌木叢裡鑽了出來，一眼就看見半沒在水中的那棵橡樹，百合掌在水裡死命地拍水。棘星仔細打量，這才發現她被橡樹的藤蔓纏住，正被拖進水裡。

籽掌蹲在岸邊。棘星朝百合掌奔過去時，籽掌突然直起身子，跳進水裡。「百合掌，我來救你了！」

「不要，籽掌！」棘星大吼。

但那隻年輕的貓兒沒聽見。她用力划水游向她姊姊。等她游到橡樹那裡時，立刻潛入水裡去救那已經不再掙扎、沒入水中的百合掌。

棘星奮力往前奔跑，但總覺得自己像走在泥地裡般的舉步維艱。他一抵達最接近那棵樹的跳水點，就毫不猶豫地跳進湖裡，瘋狂地游過去。兩名見習生破出水面一會兒就又消失不見。等到棘星游抵橡樹時，百合掌又浮出了水面，棘星一把叼住她的頸背，將她撐住，死命地划動四肢，設法浮在水面上。

「還有藤蔓纏住你嗎？」他一嘴的毛，上氣不接下氣地問道。

百合掌搖搖頭。棘星調整好姿勢，拖著見習生，朝陸地游回去。見習生筋疲力竭到完全無法自己划水，等到棘星將她拖上岸時，她已經兩眼緊閉。

「百合掌！百合掌！」他搖晃她，懇求她醒來。

百合掌身子動了一下，隨即翻過身，用力地咳出好幾口水。「籽掌呢？」她焦急地問道。

「是她幫我鬆開……她咬斷了藤蔓……」

棘星回頭張望，橡樹四周波浪起伏，完全不見另一位見習生的蹤影。「待在這裡別動，」他命令道。「我去救籽掌。」

棘星又游回橡樹那裡並潛進水中，但水質混濁，根本看不清楚。水裡有藤蔓勾住他的腳和頭，其中一隻爪子也被纏住，費了他好大力氣才擺脫，但隨即撞上一團溼淋淋的毛髮。他趕緊張嘴咬住並拖出水面。籽掌動也不動的身軀很是沉重，棘星拚了命地將她拖回岸上。

當他把籽掌拖到她姊姊旁邊時，突然聽見林子裡傳出聲響，他抬頭望見亮心和煤心從灌木叢裡衝出來。

「我們聽見叫聲。」煤心氣喘吁吁。「發生什麼事了？」

亮心一句話也沒說，立刻跳上籽掌，開始很有節奏地重壓她的肚子，並不時停下來把耳朵貼近籽掌胸膛，伸爪進小貓嘴裡，檢查有無異物，再臉色凝重地不斷重壓籽掌的肚子。在旁邊焦急等候的百合掌，急得爪子都戳進潮溼地面。棘星心裡暗自感謝星族曾讓亮心跟著煤皮、葉池和松鴉羽在巫醫窩裡學到不少技術。

可是籽掌沒有醒來。她的嘴裡有水淌出，但眼睛始終沒有睜開。神情悲切的亮心最後氣餒地癱坐下來。「很抱歉，」她低聲道。「我們失去了她。」

「哦，不！」百合掌撲上她的妹妹。「都是我的錯！是我要去撿那根木棍。我只是想幫點忙。」

「不是你的錯，」煤心溫柔地告訴她。「來吧，我們去找你父親。」她扶起百合掌並帶她回去。百合掌腳步蹣跚地跟著她走，頻頻回頭看她妹妹的屍首。

棘星低頭看著籽掌，心裡萬分驚恐。**這不是百合掌的錯，是我的錯。我為什麼不更當心地提防松鴉羽和葉池所說的凶兆？一根會惹麻煩的木棍。這不是很明顯嗎？**

吼叫聲突然劃破空氣，蕨毛穿過林子衝了過來。「發生什麼事了？」他質問道。

百合掌甩開煤心，撲向金棕色戰士。「是籽掌！」她嗚咽道。

蕨毛用尾巴圈住他女兒的肩膀，父女倆踉蹌地走近籽掌的屍首，低頭看著她。

「這叫我怎麼承受得了？」蕨毛粗啞地問道。「先是失去了她母親，現在又是她……」

「如今她跟著栗尾回星族去了，」棘星低聲道，但他也知道這句話不能帶來任何安慰。

「我背她回營地。」他補充道同時蹲下去，讓蕨毛幫忙把籽掌的屍首扛上他的背。

棘星朝地道方向緩緩走去，其他貓兒不發一語地跟在後面。他總覺得整個森林的重量，似乎藉由籽掌那脆弱的身軀重壓在他身上。

難道看著族貓一個接一個地死去，卻無力挽回，這就是部族族長的宿命嗎？他無語問天。

第十四章

灰暗的曙光再度籠罩地道外面那群憂傷的部族貓，他們三兩成群地圍著籽掌，為她守夜。天光漸亮，波弟僵硬地站了起來。「該把她埋起來了。」他大聲說道。

「我來幫你，」黛西喵聲道。「波弟，我知道這是長老的責任，可是光靠你自己是做不來的。」

「我也來幫忙。」坐在籽掌旁邊的蕨毛這時也說道，百合掌則緊挨著他而坐。

三隻貓兒合力抬起籽掌的屍首，慢慢扛進樹林。沙暴緩步走向百合掌，坐在她旁邊並溫柔地舔她。棘星看見那隻小母貓不停地發抖。

他向葉池問道：「百合掌生病了嗎？」

「我不確定，」葉池回答道，她眼裡滿是愛憐地望著見習生。「可能是白咳症的初兆，也可能是憂傷過度。我們現在缺少的是溫暖和乾燥的環境，所以很多事情都很難處置。」

「至少昨天越界狩獵的成果還不錯，」刺

爪插嘴道。「如果可以的話，我今天可以再帶一隻狩獵隊去那裡狩獵。」

「這主意不錯，」松鼠飛喵聲道。「我也去。」

「我們得找到一些乾燥的臥鋪材料。」棘星大聲說道。他為百合掌感到憂心。不過他知道他的責任是讓整個部族擺脫憂鬱的氛圍，回歸正常。要是能找到所需要的臥鋪材料，便能幫忙百合掌以及薔光，甚至整個部族遠離白咳症。

「你要去哪兒找？」蛛足問道。「這裡的東西就算不是在水底下，也是溼淋淋的。更何況又沒有太陽可以幫忙曬乾。而且看來馬上又要下雨了。」

「蛛足說得沒錯，」黛西喵聲道。「我到處在找青苔、羽毛、枯葉，甚至跑到樹洞裡找，但都一無所獲。」

鴿翅上前一步，雙眼炯炯有神。「棘星，兩腳獸巢穴裡的那些毛皮怎麼樣？」她喵聲道。「你還記得嗎？它們是乾的而且很柔軟。」

鴿翅這非比尋常的建議，一時之間令棘星驚愕到說不出話來。**為了臥鋪的材料去打劫兩腳獸的巢穴？**但他恍然大悟，她說得或許沒錯。**這可能是我們唯一的機會，可以幫薔光找到乾燥的臥鋪墊……或者說預防更多族貓得到白咳症**。可是他有很深的恐懼，彷彿正在探看一潭深幽的黑水。**我真的有正當理由，可以帶著貓兒重返那片可怕的水域嗎？**

「棘星，可以的話，我去好了。」灰紋走到他旁邊提議道。

灰紋的勇氣令他下定了決心。「不，你已經去過一次，」他喵聲道，「如果罌粟霜、獅焰和煤心願意的話，這次我帶他們一起去。」

三位戰士點點頭，表情嚴肅。

「棘星，你也去過一次了。」松鼠飛有點激動地說道。

「我還是得再去一次。」他厲聲回答。

松鼠飛哼了一聲。「你這個鼠腦袋，當個部族族長，不是光會逞強而已。」

棘星把爪子戳進潮溼的土地。「我要去，」他頑強地說道。「我不能要求我的族貓去做一件連我自己都不願意做的事。來吧，趁早出發，才能早點回來。」

他拒絕再爭論下去，立刻帶隊出發，越過影族邊界。雖然目前為止還沒下雨，但天空烏雲密布。

「我真好奇影族貓都到哪兒去了。」獅焰喵聲道，這時他們正穿過廢棄的松樹林。「我本來以為這時候應該會撞見他們的黎明巡邏隊。」

「這裡也沒有新鮮的氣味記號。」罌粟霜補充道。

「也許他們正在營地裡歡迎花楸星從月池歸來。」棘星揣測道。

棘星突然想起當初所經歷的九條命賜予儀式所帶給他的震撼，因此不免多少同情新任的影族族長，他心想，**我曾經得為大戰役善後，如今他也得為洪災善後。偉大的星族啊，請快讓洪水退去，我們才能回歸常軌。**

他們走出轟雷路附近的林子，獅焰和其他貓兒目瞪口呆地停在原地，望著廣袤的水域。

「河族呢？」煤心聲音顫抖地問道。

「已經逃離湖邊，」棘星回答道，同時告訴她當初和巡邏隊第一次探訪時是如何找到他們的。「至少目前為止，他們都平安無事。」

棘星注意到水位並未下降，甚至可能更深了，但他沒對他們說什麼。**我們得格外小心才行，**他在心裡告訴告訴自己，同時努力壓下心中的恐懼。

他帶著三名隊員沿著轟雷路走，告訴他們如何利用那頭淹死的怪獸穿過轟雷路。

「原來怪獸也有這種用處！」獅焰下水時這樣嘟囔道。

一到對面，棘星便率隊沿著籬笆走，直到看見那棟當初發現敏蒂的兩腳獸巢穴。他慶幸入口還開著。「走這裡，」他喵聲道，同時準備以某種笨拙的姿勢從籬笆上跳下去。「有沒有看到那個東西，卡住那塊被打開的木板的那個東西？」他補充道。「灰紋說那叫椅子，我們得跳上去，再進到裡面。」

「要是我們掉下去怎麼辦？」罌粟霜緊張地問道。

「那就游泳吧。」棘星說完用力一蹬，四隻腳安全地落在木製的椅面上。

他站到一旁，挪出空間讓獅焰跳下來。然後是罌粟霜。但玳瑁色母貓錯估距離，前腳撞上椅子，後腳卻滑落水裡。那瞬間，她慌亂無助地揮打四肢，獅焰趕緊一把叼住她的頸背，拉了起來。

「謝了！」她上氣不接下氣。「我這一輩子絕對不要再看到那麼多水。」

等到煤心穩當地跳過來，棘星才帶隊往巢穴的上半層走去。雖然這裡沒有兩腳獸的蹤跡，但他背上的毛髮還是豎得筆直，同伴們也跟他一樣。他們緊張地環顧這陌生的兩腳獸地盤，像追蹤老鼠般小心翼翼地踩出每一步。

只有煤心沒那麼緊張，不會想急著離開這裡。她瞪大眼睛打量四周環境。「我們不能稍微探索一下嗎？」她懇求道。「我從來沒進過兩腳獸的巢穴。」

「不行，我們沒辦法，」獅焰搶在棘星開口前回答。「只要達成此行的任務就走。」

兩腳獸的毛皮仍堆在上半層的地板上，也就是巡邏隊上次找到的地方。

「這些毛皮好棒哦！」罌粟霜喵嗚道，同時用前爪搓了搓。「柔軟又乾燥，只要有一張，就夠全族的貓兒睡了。」

棘星小心地嗅聞這些毛皮。「它們聞起來有羊的味道，」他嘟囔道。「可是我無法想像羊的毛皮怎麼會在兩腳獸的巢穴裡。」**老實說，根本不敢去想像……**

貓兒們費力地拖著折好的毛皮，拖到下半層離水最近的地方。

「我們要怎麼扛著這些東西游回去？」煤心問道。「總不能把它弄濕吧。」

棘星若有所思。他想到桶子裡的敏蒂，於是轉頭四處搜找類似的東西。最後在離水邊不遠的地方，找到一個側躺著的黑色圓形物體。它有種奇怪的味道，但他用牙齒啃了一下，覺得很堅固、嚼不動。

「這好像可以，」他表示。「我們來試試看它可不可以浮在水面上。」

在罌粟霜的幫忙下，他費力地將這黑色桶子拖到水邊再推進水裡。它浮了起來，棘星伸長脖子往桶子裡探看，沒有漏水。

「好吧，」他大聲說道。「我們就把這毛皮放進去，再推著它游回去，應該就不會弄濕了。」

再度把桶子從水裡拉上來，塞毛皮進去，其實有點費力。現在就連棘星也開始緊張，畢竟他們是在兩腳獸的巢穴裡工作。他全身毛骨悚然，但又不知道自己究竟在怕什麼。他看得出來其他隊員也同樣地害怕，他們的耳朵全都往下垂、尾巴不停抽動。任何一點聲響都會害他們嚇一大跳。

「這只能塞一張毛皮。」獅焰喵聲道，同時不斷地用爪子把折起來的毛皮塞得緊一點。

「那就先別管其它的，我們走吧。」棘星回答道。他不免開始懷疑這趟任務對他們來說是否太異想天開了點。**我只想趕快回到營地。**

貓兒們用爪子推著桶子，好不容易穿過廚房，來到巢穴入口。獅焰率先跳上籬笆，罌粟霜和煤心也跟著跳上去。

我想我又得游泳了，棘星嘆口氣後深吸一口氣，跳進水裡，從後面推著桶子游，一路上都用鼻子頂著桶身。水流不斷地拉扯著他，他用力划著四肢，但水底下不知道是什麼東西老在拍打他。百合掌在水裡被藤蔓纏住、還有籽掌屍首躺在岸邊的那些畫面一直湧現，他必須努力地揮開那些畫面。

棘星看見轟雷路的另一頭，也就是那一整排兩腳獸巢穴的後方，有地面陡峭升起，於是將桶子往那方向推，朝最近的水岸游過去。他的族貓沿著籬笆跟在後面，一路上踩踏了幾頭淹在水裡的怪獸。

當初我真不該答應來這裡，棘星一邊在心裡告訴自己，一邊繼續費力地划著那早已酸痛的腳。**我討厭游泳，真不懂河族貓為什麼這麼喜歡水。**

最後終於游抵斜坡處，蹣跚地爬出水面，步上滑溜又泥濘的草地。他氣喘吁吁地站在那裡，隊員們趕緊跑過來幫忙將裝了毛皮的桶子拖上來。這桶子很難移動，而且老往一邊傾斜，部分毛皮拖在地上。

「完了，都沾到泥巴了。」罌粟霜一臉失望地嘟囔道，忙著擦掉泥漬。

「還是滿乾的。」獅焰說道，同時趕忙將毛皮塞回桶子。「沒問題的啦。」

「我們成功了！」煤心眼睛炯亮地大聲說道。

棘星環目四顧，發現他們還有好大一片水域得渡過，才能抵達湖畔，再沿著岸邊走回營地。**至少暫時不用再碰水了，**他心想，同時跳到最高處眺望四周環境。

矮山脊的另一頭有個兩腳獸巢穴建在山坡上。他正想轉過身去，突然聽見貓兒的哀叫聲。仔細打量下，才看到一隻深棕色母貓正在巢穴牆面附近的地上扒抓。她的動作很慌張、聲音也是。棘星試圖聽出她在說什麼，但風聲太大，聽不出來。

哦，不！他心想道，**又要救一隻寵物貓了！這隻該不會卡在泥地裡吧？**

在那當下，棘星很想假裝沒看到就此轉身離開。可是他知道如果不伸出援手，心裡將永遠擺脫不了那隻貓兒的可憐身影和哀叫聲。棘星跑下斜坡，來到兩腳獸巢穴，朝寵物貓走近。

「怎麼了？需要我幫忙嗎？」他喊道。

令他驚訝的是，寵物貓竟霍地轉身，齜牙咧嘴地對他低吼。「滾開！」她喵聲道，同時強調似地往他胸口猛推。

棘星瞪著她。但這隻母貓毫不示弱地以琥珀色目光回瞪他。地面上有個很窄的缺口被兩腳獸的一種透明物蓋住。哭號聲就是從一隻臉貼著透明物的灰色虎斑公貓發出來的，他正在哀號求救。

「一定有辦法把他弄出來。」棘星喵聲道，伸爪探向那個缺口。

「你懂個屁啊，跳蚤貓！」寵物貓嘶聲道。

棘星感覺到肩上的毛豎了起來，又強迫自己把毛順回去。**她是在自找苦吃！**

「我以前見過這種東西，」他說道，因為他想起上次他們去救敏蒂時，是如何進入兩腳獸巢穴的。他試著用前腳抵住透明物的上方，大喝一聲，推了進去，下方立刻出現一道窄窄的缺口。

但那寬度還是不夠虎斑貓爬出來。

「推用力一點，」母貓下令道，同時自己也跟著出力。「法蘭奇，你從下面推。」

在三隻貓兒的通力合作下，缺口變得更大了，那隻叫法蘭奇的虎斑貓終於鑽了出來。他目露兇光地豎起毛髮，但又滿臉驚恐，肚子以下的毛全濕了。棘星往巢穴裡窺看，這才發現缺口底下有水浪起伏。

「謝謝！」法蘭奇氣喘吁吁地說道。「我還以為我要淹死了。」

棕色母貓的目光掃向棘星，臉上的敵意消失了，不過還是提防著他。「是啊，謝啦。」她的語氣勉強。「我叫潔西，這位是法蘭奇。」

「我叫棘星。」他打量潔西，很好奇她哪兒來這麼大的膽子、性情又如此剛烈。「你很勇敢，我是說就一隻寵物貓而言。」

「是嗎？」潔西甩著尾巴。「那麼就一隻野貓而言，你說話還蠻有禮貌的。」

棘星本來想反駁，卻在這時聽見有腳步聲從後面趨近，轉身一看，他的隊員正跑了過來。

獅焰在兩條尾巴遠的地方停下腳步，驚詫地瞪大眼睛：「我的星族啊！」他大聲說道：「又是寵物貓！」

第十五章

棘星仔細打量寵物貓。潔西看起來狀況還不錯，但法蘭奇的毛髮溼淋淋的且糾結成團，肋骨明顯可見還全身發抖。

「潔西，你有看到班尼嗎？」虎斑貓急忙問道。「大水來的時候，我看見他被水沖走，但我抓不住他。」

潔西搖搖頭。「很抱歉，沒看見。」

法蘭奇轉過身來面對棘星和其他隊員，眼睛瞪得斗大，心急如焚地問道：「你們有看到他嗎？他是我哥哥……也像我一樣有虎斑，只是顏色深一點。」

「很抱歉，我們沒看到。」棘星回答道。「聽我說，你們乾脆跟我們一起回營地，那裡有食物還有……」他提議幫忙，雖然有點勉為其難，但也很清楚自己不可能撒手不管。

「不用了！」法蘭奇大聲說道，貼平耳朵退了回去。「我得留在這裡，班尼可能會回來。」

棘星看了他的隊員們。他們的表情很不安也很不耐煩。「我們不能在這裡久留，」他對潔西說，「可是我們很樂於幫忙。你可不可以說服法蘭奇跟我們一起回去？他看起來身體不太好，我們營地裡有貓兒可以幫他看病。」

潔西嚴肅地點點頭，快步走向法蘭奇。「你是腦袋被跳蚤叮壞了嗎？」她喝斥道。「這些貓兒才剛救了你的命。至少你得先跟他們回去，身體才會好起來。」

棘星忍住笑意。**這潔西倒是很快就信任我們了！**

法蘭奇的肩膀垂了下去。「好吧。」他小聲說道。

棘星帶隊回到桶子和毛皮的所在處，潔西緊跟在旁。「你們在做什麼？」她大聲說道，同時聞了聞兩腳獸的東西。「你們從兩腳獸那裡偷了桶子和毛毯？我得承認，我蠻欣賞你們野貓的風格！」

「隨便你怎麼說。」棘星嘟囔道，但總覺得有點尷尬。

獅焰和煤心涉水推著桶子走在淺水裡，其他隊員跟在旁邊並未下水。潔西緊跟著法蘭奇，只要他蹣跚地停下來，她就小聲地鼓勵他。

這些貓兒終於抵達水岸盡頭，眼前是嚴重泛濫的大片湖水。棘星沮喪地看著湖面。強勁的急流灌進湖裡，另一頭也有水浪湧入，兩股水流在此會合，形成洶湧波濤。

「從這裡游過去太危險了。」煤心警告道。

「要不然我們就離岸近一點，」罌粟霜提議道。「那裡的水流比較沒那麼湍急，我們以前都從那裡過來。」

棘星點點頭。「這主意不錯。」

可是當他們拖著桶子沿著湍急的水域邊緣前進時，煤心突然停下來，豎起耳朵。「等一下……你們聽，那是什麼聲音？」

每隻貓兒都停下來。棘星聽到某種嗡嗡聲。「聽起來像怪獸的聲音，」他低聲道。「可是自從淹水後，這裡不是不再有怪獸了嗎？」

「都淹死啦。」獅焰附和道。

過了一會兒，正當棘星要下令繼續前進時，煤心卻大聲喊道：「在那裡！」

棘星循著她尾巴的指向，看見一頭水上怪獸在淹水的轟雷路來回巡游，有兩頭兩腳獸站在牠背上，似乎正在查看每棟巢穴。

他嘶聲道：「這不是明擺著我們不能走那條路嗎？不能讓牠們發現我們。」

他們小心翼翼地退回剛剛兩邊水流的交會處。「我們得橫渡這裡。」棘星大聲說道。

隊員們互看一眼。棘星知道他們已經準備好接受眼前的嚴苛挑戰。潔西的尾尖緊張地抽動，但沒有出言反對。

法蘭奇整個身子癱在地上，渾身發抖、滿臉驚恐。「我沒辦法……」他呻吟道。「我親眼見到班尼被水捲走，我一定會淹死！」

「我會幫你，」潔西開口道，但虎斑公貓反而哭得更大聲，不斷往後退。

潔西朝棘星轉身，從牙縫裡發出氣餒的嘶聲。「我們不能把他留在這裡，」她喵聲道。「不然我們把他放進裝毛毯的桶子裡？」

棘星覺得這點子有點瘋狂，但也別無選擇。他們不能在這裡耽擱太久，以免被兩腳獸發現。「那就試試看好了。」他同意道。

潔西走到法蘭奇那裡，推他過來。「來嘛，法蘭奇，我們可以載你過去。」她向那隻受驚的公貓解釋。「如果你待在這裡，必死無疑。」她做出誇張的結論。

法蘭奇嚇呆了，任由潔西將他推向桶子。他爬進去坐在毛皮上，爪子緊緊戳了進去。棘星和獅焰將桶子推進急流裡，涉水跟在後面。強勁的水流差點害棘星摔倒，他嚇得倒抽口氣。**現在已經不能回頭了。**

他們開始泅水前進，其他貓兒也跟上。棘星眼前只看得到桶子、漩渦以及游在他旁邊的獅焰，他的金色頭顱整個都溼透了。

煤心突然出現在一條尾巴遠的地方，「朝這個方向游，」她氣喘吁吁。「已經不遠了。」

棘星試圖轉彎，這時一個浪打過來，擊中桶子側面，搖晃了一下，水濺了進去，法蘭奇立刻驚聲尖叫。獅焰趕緊設法托住桶子，將它扶正並推往新的方向。這時，罌粟霜的頭也出現在起伏不定的浪波間，擋在桶子會經過的水道上。

「罌粟霜，小心！」棘星喊道。

在浪裡的玳瑁色母貓光顧著划水，根本沒注意到桶子已經改變方向。她一聽見棘星的吼聲，立刻轉過頭來，驚見桶子正面迎來，嚇得瞪大眼睛，加快划水速度，棘星也趕緊將桶子往旁邊推，但已經太遲了，桶子一側撞上罌粟霜，母貓從水面消失。

棘星深吸口氣潛進水裡。他想到籽掌的死。他究竟能不能在這條暴漲的河裡找到他的族貓？當他在水裡撞到罌粟霜的身軀時，竟開心地想放聲大叫，連忙一把抓住她，拉出水面。

罌粟霜仍有意識，不停地扭動身子還咳出水來，過了一會兒，才氣喘吁吁地說道：「謝謝你，棘星。我沒問題了，我可以自己游。」

棘星勉為其難地放開她，也在這時瞄見煤心游了過來。

「我會游在她旁邊保護她。」灰色母貓喵聲道。

棘星這才朝桶子游回去，現在的桶子吃水較深。法蘭奇從桶邊窺看，不時害怕地嗚咽哭泣。棘星游到獅焰旁邊繼續幫忙推著桶子前進，同時瞄見潔西仍在一隻狐狸身長距離外的水裡很有自信地游著。

「我們快到了！」棕色寵物貓喊道。

棘星終於感覺到桶子正摩擦著湖底，他發現自己踩到地了，趕緊站起來，和獅焰一起把桶子拖到岸邊，讓法蘭奇爬出來。虎斑公貓表情愕然，彷彿不知道自己身在何處或發生了什麼事。

棘星低頭看看桶子裡面，這才發現剛剛渡河時，水濺灑了進去，毛皮都濕了。**我帶著隊員冒著生命危險，結果只帶回一張溼淋淋的毛皮和兩隻無家可歸的寵物貓**，他心裡想道，**氣憤之餘，更覺得愧疚不已。**

他帶著隊伍循原路穿過影族領域，一路上仍然沿著水邊推著裝有毛皮的桶子前進。他們認為毛皮放在桶子裡，至少不會沾到更多泥巴。

走在隊伍最後面的罌粟霜突然大喊一聲：「我聞到影族的味道了。」

棘星停下腳步嗅聞空氣。這味道很新鮮，而且愈來愈強烈，看來有幾隻影族貓正朝他們走來。他連忙將桶子塞進荊棘叢裡。

「快爬上樹！」他低聲下令道。

煤心和罌粟霜立刻照辦，身手俐落地爬上附近的松樹樹幹，從樹枝間往下窺看。

獅焰還在猶豫。「你覺得他們會有敵意嗎？」他問道。

「我們在他們的領地上，而且還帶著寵物貓，」棘星反駁道。「所以你覺得他們會怎麼想。」

「有道理。」獅焰嘟囔道。

棘星轉身對潔西說：「你能爬樹嗎？」

「我沒問題，可是法蘭奇不肯。」

灰色虎斑貓全身溼淋淋地癱坐在樹底下。潔西跳過去推推他。「法蘭奇，醒來，你得爬上去！」

「別管我！」

棘星再度嗅聞空氣，發現影族巡邏隊馬上就到了。他知道如果留法蘭奇在這裡，影族貓一定會趕他走，要是他跑得不夠快，甚至可能會傷害他。

「潔西，你先爬上去，」他下令道。「法蘭奇就由我和獅焰負責。」

幸好母貓沒跟他爭論，用爪子攀著樹幹爬了上去，與樹枝裡的煤心和罌粟霜會合，雖然動作笨拙，但還算迅速。

棘星轉身對獅焰說：「你推，我來拉。」他喵聲道。

棘星一把叼起法蘭奇的頸背，爪子戳進松樹樹幹裡，雖然法蘭奇的體重只比一隻大松鼠還重，但感覺就像拖了一隻死掉的獵物一樣。獅焰從後面頂他上去，他們這才開始慢慢往上爬。

棘星的胃翻攪得厲害，因為他們花了好長時間才爬進茂密的枝葉裡。法蘭奇一點求生的欲望也沒有，他似乎被恐懼完全吞噬。他們好不容易爬到更高處，這時棘星聽見貓兒的腳步聲穿過矮樹叢而來。

他們一定看到我們了！

他氣喘吁吁地拖著法蘭奇躲進旁邊的枝葉裡。過了一會兒，獅焰也躲了進來。幽黑的針狀松葉包圍著他們。棘星窺看下方，看見影族巡邏隊從灌木叢裡衝出來。鴉霜領頭，松鼻、雪貂爪和他的見習生釘掌跟在後面。

棘星當下以為他們會團團圍住這棵樹，在下面叫囂，卻沒想到他們盡顧著往前衝，經過樹底下時，根本沒抬頭搜找雷族貓或寵物貓的氣味。只見他們的毛髮倒豎，緊張地瞪大眼睛，邊跑邊四處張望。

「他們怎麼了？」獅焰瞪看著影族巡邏隊，低聲問道。「他們沒有狩獵，也沒有檢查氣味記號。」

「天知道怎麼回事？」棘星疲憊地說道。「至少他們沒發現我們。來吧，幫我把法蘭奇弄下去。」

等貓兒們抵達雷族邊界時，已經全身又濕又累。

「這就是我們住的地方。」棘星告訴潔西和法蘭奇。

「這裡？真的假的？」潔西環顧四周，一臉不可置信。

棘星能夠理解寵物貓的想法。**自從暴風雨過後，這片領地已經變了個模樣。**到處都聞得到太陽沉沒之地的嗆鼻氣味，連僥倖熬過暴風雨的樹林也都看起來病厭厭的。棘星真希望能在陽光明媚的綠葉季時，向潔西介紹他的家園，那時樹葉的森林茂密、沙沙作響，每株灌木叢裡都聞得到獵物溫熱的氣味。

他們把桶子棄置湖邊，因為實在不方便推著它穿過矮樹叢。罌粟霜和獅焰合力拖著那張毛皮，跟著隊伍往地道走去。如今毛皮已經又濕又髒而且還發臭，並不時被地上的樹根和尖銳的石頭扯破。

他們快走到臨時營地時，棘星瞄到地道外有幾隻貓兒，他們發現他又帶了兩隻寵物貓回來，表情十分驚愕。

本來在監督薔光做復健運動的松鴉羽，這時也走過來迎接巡邏隊。「這是什麼？」他質問道，同時不屑地聞了聞潔西和法蘭奇。「你是打算把雷族改造成寵物貓收容所嗎？」

他瞪了松鴉羽一眼，儘管他知道他是在給部族找麻煩，但還是覺得松鴉羽沒必要把話說得那麼難聽。「他們需要我們幫忙，」他駁斥道。「尤其是法蘭奇。你有什麼東西可以幫忙鎮定他的心神嗎？」

松鴉羽深深嘆了口氣。「你是嫌我不夠忙嗎？好啦，我去找一下。」他快步走回地道入口並消失在裡面。沒多久又叼著一坨百里香出現。「給你。」他對法蘭奇喵聲說道，同時將藥草丟在他面前。「吃下去，這有助於安定心神。等你覺得舒服一點，我再給你罌粟籽幫助你入眠。」

法蘭奇聞聞葉子，齜牙咧嘴地後退一步。「我才不吃這種綠色的玩意兒。」他喵聲道。

松鴉羽聳聳肩：「隨便你，那就自求多福吧。」

「你應該吃的，」煤心催促他。「它會讓你覺得舒服一點。」

法蘭奇還在猶豫不決，於是潔西用力推他。「你的腦袋是被跳蚤咬壞了嗎？你給我吃下去。」

法蘭奇勉為其難地將葉子舔起嘴裡，硬吞下去，然後趕緊用舌頭舔著嘴巴，似乎想擺脫這味道。

棘星發現松鼠飛已經快步走到他旁邊，用一種很不以為然的目光打量著寵物貓。「老實說，棘星，」她喵聲道。「你心裡到底在想什麼？又帶兩隻寵物貓回來？多了這麼多張嘴巴，我們要拿什麼餵啊？他們又不會自己狩獵。」

「難道你要我把他們丟在那裡等死？」棘星反問道。

松鼠飛翻翻白眼。「我當然不希望這樣。但這只是雪上加霜而已。你總有帶點好東西回來吧？」

「兩腳獸毛皮在那裡。」棘星用尾巴指指那張被獅焰和罌粟霜拖上來的濕毛皮。

「那玩意兒？」松鼠飛皺起鼻子。「你帶著族貓冒著生命危險，大老遠地跑到那裡去，就為了那玩意兒？髒死了！」

「不會啦，也許沒那麼糟，」黛西喵聲道，她和葉池正在聞那張毛皮，這時抬起頭來。「我們可以掛在灌木叢上曬乾。」

松鼠飛哼了一聲。

縱然棘星再怎麼同意她的看法，仍多少被她的言語傷到。他還沒來得及回答，潔西就衝上前來。

「你以為你誰啊？」她對松鼠飛齜牙低吼。「你應該感謝棘星，他可是冒著生命危險才把那玩意兒帶回來的。」

松鼠飛似乎被寵物貓的兇悍給嚇了一跳。「我自己很清楚棘星多有膽識，」她回答道，隨即又說：「我要去分派各隊伍的人手了。棘星，你先休息，別忘了吃點東西。」

潔西目送著怒氣沖沖地離開的松鼠飛。「哇，她向來都這樣嗎？」

「是啊，差不多都這樣。」棘星回答道。

潔西走過去找還在發抖的法蘭奇。敏蒂把頭伸出地道，然後小心翼翼地穿過泥地來找另外兩隻寵物貓，與他們互觸鼻子。看來他們本來就是舊識，只是這種重逢方式實在毫無喜悅可言。

「謝謝你帶毛皮回來，」灰紋朝正望著寵物貓的棘星走來。「看來這場洪水比我們想像的還要危險。」他朝那三隻寵物貓的方向點頭示意，說出自己的看法。

棘星低聲附和。三隻寵物貓弓起身子，緊挨著彼此以抵禦這裡的風勢。現在就連潔西看起來都很憔悴。**我們要怎麼處置他們呢？**棘星心裡納悶。

第十六章

棘星睡得並不安穩，他突然醒來，覺得地面冷得足以穿透毛髮和皮膚，滲進骨子裡。他蹣跚站起，小心翼翼地踮腳穿過已沉入夢鄉的族貓們鑽出洞外，經過泥地來到空地上。他往前走了兩、三條尾巴的距離，站在那兒望著天色，直到曙光升起，最後一批星族戰士吹熄了星光。

天空正在下著毛毛雨，冷風將雨絲吹得掃過林間，但雲層似乎沒那麼厚了，也許暴風雨真的已近尾聲。棘星隔著林子往下看，只能隱約望見銀光閃爍的湖面。他聽見琥珀掌粗重的咳嗽聲從身後地道暗處傳來，有一隻貓兒被吵醒，發出懊惱的嘟囔聲。

「來，琥珀掌，」棘星聽見葉池低聲說話，耳朵跟著抽動。「吸點濕青苔的水，對你的喉嚨會有幫助。」

琥珀掌的回應被打呼聲淹沒。**是波弟**，棘星心想道，同時慶幸這隻老貓終於能夠好好睡上一覺。但這種好心情一下子又變得低落，因為他聽見地道深處傳來嗚咽聲。

「籽掌……我要籽掌。」

「我在這裡，百合掌。」露掌出聲安慰。「你躺到我這裡來，籽掌已經回星族了。」

棘星的心像石頭一樣沉重。**最近失去太多貓兒……那根犧牲者木棍已經畫上太多刻痕，**如今甚至害得年輕戰士枉死。棘星心裡頓時起了疑問。**這水會退嗎？四大部族難道又得啟程尋找另一個家園？火星會怎麼做？**

他在內心尋找答案，自知這只是白費力氣，這時突然聽見身後傳來很輕的腳步聲，轉頭看見潔西正從地道裡出來。被雨絲打在身上的她微微發抖。**我敢說火星一定不會讓部族裡出現這麼多隻茶來伸手、飯來張口的寵物貓，**他懊惱地想道。

潔西張嘴打了個呵欠，尾巴垂在地上，顯然很疲累。她走出安全的地道，眼睛四處打量，腳步堅定地走過來，站在他旁邊。

「你們以前不是住在地道吧？」她好奇地問道。

「不是，我們以前的營地比這裡舒服多了。」棘星回答道。「你想看嗎？如果願意的話，我可以帶你參觀一下部分的領地。」**我們可以趕在狩獵隊出發前回來，**他告訴自己。這樣單獨出去，他總覺得有股罪惡感。**或許我們可以跑一小段路，暖暖身子。**

「好啊，」潔西同意。「你來帶路吧，野貓。」

他們步下斜坡，往岩壁山谷走去。棘星發現潔西一路上不時被樹根和荊棘鬚絆到，就連雨滴從低矮的榛木樹枝灑落，也嚇得她尖叫。

「你還好吧？」他喊道。「如果沒辦法的話，我們現在就回去。」

「我很好。」潔西堅持並甩甩身子。

她的頑強令棘星刮目相看，覺得很有意思。**她跟我以前見過的寵物貓完全不一樣。**

他們來到崖頂，棘星鑽進荊棘叢，騰出一條通道讓潔西走，直到可以俯瞰那座淹水的山谷。「你看得到那塊岩石上的突岩有個洞嗎？」他用尾巴指向水面上的擎天架。「那是族長窩……也是我的窩，在它底下，離我們比較近的那塊地方，以前是戰士窩。見習生窩和育兒室在另一頭。長老窩……」

「哇，」潔西打斷他，眼睛瞪得斗大。「你們真的很有組織。」

「我們必須養活自己，」棘星喵聲道。「不靠兩腳獸。」

潔西的眼裡瞬間閃過惱色。「雖然我們是寵物貓，但這不表示我們就很懶散、很懦弱。」

「我沒有這樣說啊。」為避免繼續爭論，棘星離開崖頂，用尾巴示意她跟上。「你要看看其他的領地嗎？」

他在前面帶路，沿著淹水區上方朝風族邊界走去。潔西快步走在旁邊。她似乎已經忘了剛剛的不快，反而眼帶興味地四處張望，不過每次聽到樹枝喀吱作響或水浪拍岸聲，還是會嚇一跳。

沒多久，棘星聽見邊界的河水聲，聞到強烈的河族氣味。他從林子裡出來，一眼看見四隻貓兒走在雷族的領地這頭，正朝下游走去，其中有風族副族長兔躍和他的見習生微掌，以及鴉羽和石楠尾。

棘星惱怒地站在原地。風族戰士竟敢公然越界，**他們存心想強占乾淨的水源！**他知道此刻的他不能正面挑戰風族戰士，因為只有他獨自在外，再加上一隻寵物貓跟在旁邊。「我們走這裡。」他提議道，心裡暗自慶幸潔西似乎沒察覺到巡邏隊，他帶著她避開，朝山脊走去。

潔西跟著他爬上陡峭的邊坡，雖然氣喘吁吁，但還是執拗地繼續前進。等到抵達山脊，泛濫的湖面和僅餘的森林立時映入眼簾，棕色母貓驚訝地瞪大眼睛。

「這裡的視野好寬廣！我覺得自己像隻鳥一樣！我都不知道大水淹到這麼遠，」她語氣認真地說道：「你看，那是我家主人的巢穴，四周都是水。」

棘星不確定她指的是哪一棟巢穴。對他而言，它們看起來都一樣，都半淹沒在廣袤的水域裡。

「我以前會在後院裡狩獵，」潔西繼續說道。「也會在法蘭奇和班尼的後院裡狩獵，他們的後院好棒……灌木好茂密。」

但此刻的棘星只覺得這裡好冷，尤其在看到風族巡邏隊越界走在河岸這一頭後，更是急著想趕快回營地。「是啊，不過你應該沒真正地狩獵過吧？」他喵聲道。「你又不需要靠狩獵為生，所以應該沒抓到過什麼吧。」

「你靠狩獵為生，並不代表你就比我高級，」潔西回嗆道。「別再那麼自命不凡了，你的出身不是你自己能決定的。」

她堅定的語氣和憤怒的眼神令棘星愕然。「好吧，你說得有道理，」他承認道。「你知道嗎？」他繼續說道，希望能彌補剛剛的失言。「我們的前任族長火星以前是寵物貓。他來到森林時只有六個月大，他是森林裡最優秀的戰士，雷族貓都很懷念他。」他說到最後，聲音微微顫抖。

潔西的怒氣不再。「真的假的？真希望以前就能認識他。」

「我也希望你以前就能認識他。」棘星回答道，突然悲從中來，因為他知道這根本不可能。**只要能讓火星死而復生，我什麼事都願意做。**

棘星和潔西回到地道，發現貓兒都擠在外面，等著松鼠飛派遣當天第一批的巡邏隊。

「你跑到哪裡去了？」她轉身過來質問棘星，綠色眼睛裡閃著惱怒的光芒。

「我帶潔西去散步，帶她參觀部分的領地。」棘星解釋道。

松鼠飛齜牙咧嘴。「如果潔西想參觀領地，她可以參加巡邏隊。」

棘星頓時一把怒火。**我到底還是不是一族之長啊？**「我想出去散步就出去散步，我想跟誰散步就跟誰去散步。」他反駁道。

松鼠飛不再吭氣，但肩上的毛全豎了起來。棘星直覺他們之間的空氣彷彿結了冰。「鴿翅，獅焰，」她無視棘星，對他們喵聲道。「各帶一支巡邏隊去巡邏影族邊界，各自從兩頭開始查看，在中間會合……要確保那裡的氣味記號都標示得很清楚。」她說完了。

獅焰垂下頭。「我們要帶哪些貓兒去呢？」

「我看看……」松鼠飛環顧四周。「花落、塵皮和樺落跟你去，鴿翅就帶著蛛足、亮心和櫻桃落好了。」

棘星暗自點頭稱許，但沒讓他的副族長瞧見。她安排兩支巡邏隊去巡視影族邊界，這個決定是對的。**我們不相信那些貓兒會乖乖地待在自己的氣味記號線後面。而且我們很清楚他們的領地被洪水破壞得很嚴重。**

「如果可以的話，我也想參加巡邏隊。」法蘭奇提議道，快步走到松鼠飛旁邊。

棘星驚訝地抽動鬍鬚。灰色虎斑公貓今天早上的氣色好多了，神情也很鎮定，和昨晚初來乍到的畏縮模樣完全南轅北轍。**松鴉羽，做得好！你的藥草真的很管用。**

棘星看看四周，發現戰士們全都對法蘭奇的提議不以為然。「法蘭奇，謝謝你，不用了，」他喵聲道。「你太操之過急了，今天再多休息一會兒。我們很快就會找到事情讓你做。」

「和寵物貓去巡邏？」花落嘟囔道。「那不等於叫我去送死嗎？」

「是啊，」蛛足附和道。「影族貓會怕他才有鬼咧。」

棘星怒瞪他們，暗自希望法蘭奇沒聽到他們的對話。「生病的貓兒不應該外出，」影族巡邏隊離開後，他對松鼠飛喵聲道。「沙暴和琥珀掌必須多休息，別又把身體弄濕了。」

松鼠飛點點頭，先前的怒氣似乎消了。「鼠鬚也開始咳嗽了，」她回報道。「莓鼻看起來很內疚。我想他們兩個也應該待在營地裡。」她朝地道入口彈動尾巴，莓鼻狼狽地蹲在那裡，乳白色毛髮沒有梳理。罌粟霜坐在旁邊安慰地舔他的耳朵。

「那就先這樣吧。」棘星喵聲道，試圖按壓下內心的焦慮。**在洪水退去之前，到底還會有多少貓兒生病？**

「我會親自帶支巡邏隊去巡視風族邊界，」松鼠飛繼續說道。「罌粟霜、雲尾和刺爪，你們跟我去。」

罌粟霜很快地與莓鼻道別，然後和其他貓兒圍在松鼠飛旁邊，準備出發。他們走下邊坡沒多久，棘星突然想起早上的遭遇。

「嘿，松鼠飛，等一下。」他喊道。

松鼠飛轉身，快步走上斜坡回來找他。「什麼事。」

「我今天早上跟潔西出去時，看見河族巡邏隊出現在我們河的這頭。」棘星告訴她。「你最好小心……」

「什麼？你現在才想到告訴我們？」松鼠飛甩著尾巴，憤怒地瞇起綠色眼睛。「我們的領地有貓兒越界，你卻忘了告訴我們？」

棘星強迫自己撫平頸上的毛髮，他知道他的副族長絕對有理由生他的氣。**當時我應該立刻回營地，派巡邏隊出去。**

「這些垃圾貓，他們好大膽！」跟著松鼠飛走回來的刺爪大聲說道。

「我們去把他們趕走！」藤池也過來加入他們，蜂紋跟在後面。

「他們現在可能早就回去自己的營地了。」松鼠飛厲聲道，尾巴又彈了彈。

「你們知道嗎，」蜂紋若有所思地開口道。「其實他們要渡河是很困難的，尤其現在河水暴漲。想跳過來，對他們來說距離太寬了，水流又湍急到他們不可能游得過來，所以應該是從更上游的地方越界的。只要我們能找到那個地點，就可以從那裡防堵他們。」

「說得沒錯，」棘星喵聲道。「我立刻帶一支巡邏隊去上游查看。蜂紋，你跟我一起去，藤池也來。」

「我去叫雪掌一起來，」藤池喵聲道，同時跑回地道口，呼喚她的見習生。

「我也可以去嗎？」潔西眼睛一亮地問道。棘星有點猶豫，不確定該不該帶隻寵物貓從事危險的巡邏工作。這時潔西又補了一句：「我想幫忙，不過我知道我不會狩獵。」她眨眨眼睛，故作無辜地看著他。棘星心知肚明她是在提醒他，他們今早的對話。

「好吧，」他同意道。「但是你必須完全聽從我的命令。」

松鼠飛對他的決定不太高興。棘星心想，也許她只是擔心這場反擊行動。「我會帶我的巡邏隊從下游一路往上游巡視，」她喵聲道。「如果遇到越界者，就直接趕走。」

「沒錯。」刺爪齜牙咧嘴地低吼。

「如果你們找到對方越界的那個點，」松鼠飛繼續對棘星說，「就先躲起來，等風族貓回去之後，再想辦法把那條通道堵掉。」

「好的。」棘星回答道，心裡暗自覺得好笑。**現在族長到底是誰啊？**他目送松鼠飛率隊離開，這時藤池也帶著雪掌過來，後者一想到要反擊風族，便興奮地一路蹦蹦跳跳。

「跟緊你的導師，」棘星警告他。他不確定此行是否該帶個見習生。**不過雪掌至少比潔西更能照顧好自己**。他正打算出發，突然聽見有貓兒喚他，結果看見松鴉羽從地道裡出來。他耐心等著巫醫緩步越過潮濕的草地，走到他旁邊。

「棘星，要小心點。」松鴉羽氣喘吁吁地說道。

「你又做夢了？」棘星質問道。「是另一個凶兆嗎？」

松鴉羽一臉擔憂地搖搖頭。「我只是不想再看見任何貓兒喪命。」

棘星心想松鴉羽八成是對自己未能準確詮釋那根犧牲者木棍的警告而感到沮喪。「別擔心，」他向巫醫再三保證。「我們會小心，我也不想再失去任何一隻貓兒。」

棘星和巡邏隊爬上山脊，沿著山頂往暴漲的河流跋涉前進。少了林子的遮蔽，狂風在四周呼嘯，毛髮被吹得服貼在身體兩側，雨絲打在臉上。雖然他屢次停下來查探風族貓的行蹤，卻遍尋不著，連一點氣味也沒有。不過沒辦法從這裡清楚地看到下面的湖。**所以風族貓可能在任何地方。**

他們來到河岸，棘星聞到岸邊都是風族的氣味，而且相當新鮮，很可能是早上看見的那支巡邏隊留下來的。「他們走這個方向，所以他們應該是在更上游的地方。我們走吧。」

他們走了幾條狐狸身長的距離，終於越過自己邊界上的氣味記號線。棘星率隊跨出領地時，忐忑到腳下微微刺痛。

「這條路通往月池，」一路上雪掌在潔西旁邊喋喋不休地說。「真希望有一天我也能去。聽說那裡很酷。」

「什麼是月池？」潔西問道。

「所有巫醫都要去那裡，」雪掌告訴她。他似乎很樂於教導一隻森林知識遠不如自己的貓兒。「他們會在那裡會見星族。」

潔西張大嘴巴，正想問另一個問題，雪掌卻已搶先回答。「星族就是我們的祖靈，」他告訴她。「他們會和巫醫溝通，告知預兆。」

潔西眨眨眼睛，一臉疑惑地看了棘星一眼。「星族？死掉的貓？」

「安靜，」棘星抬起尾巴要他們安靜。「這裡可能有風族貓。」地上的礫石愈來愈多，巡邏隊放慢腳步。水位高漲的河水依舊湍急，可是這裡的河道較狹窄，因為這是一條比較深的渠道。棘星心想這裡可能跳得過去。**不過我不想自己嘗試，**他渾身顫抖地望著滾滾河水，心裡想道。

藤池已經跑到巡邏隊的最前面，這時她突然轉身用尾巴示意。「你們看那裡！」她喊道。

棘星跟了上去，來到藤池身旁，看見有棵樹橫倒在河面上。他突然明白**這棵樹八成是被大水從山上沖下來的**。湍急的水流將垃圾和殘骸不斷地往那棵樹的兩邊河岸沖刷，浪濤四處衝撞，漫過水面上的樹幹。棘星相信這裡就是他們渡河越界的通道。這裡到處都聞得到風族的氣味。

「這些專吃兔子的無恥雜碎！」藤池大聲說道。「接下來該怎麼辦？」

第十七章

「我們必須把樹幹移開，」棘星若有所思地說道，同時仔細打量它。他想不出辦法移動它，因為樹幹緊緊地卡在河岸兩頭的岩石間。

「我可以湊近一點去看，」潔西喵聲道，隨即跳上樹幹，自信滿滿地走在上面。

棘星不禁佩服她腳步的輕盈與靈巧，然後才想到她以前一定常在兩腳獸巢穴的籬笆上面行走，才練就這身本領。其他隊員也很訝異，不過沒說什麼。

「鴿翅告訴過我，以前她和其他貓兒是怎麼搬動河狸建的水壩。」藤池趁他們在等潔西回來時這樣告訴棘星。「聽起來跟這裡的情況很像。不過他們當時是涉水走進河裡，從底下直接破壞水壩。可是這裡的水很深又很湍急，我們恐怕辦不到。」

棘星點點頭。「我們不能冒險……」

「棘星！」蜂紋打斷道。「我聞到風族貓

的味道了。他們朝這裡來了。」

棘星轉身背對樹幹，張嘴嗅聞空氣。蜂紋說得沒錯。他聞到新鮮的風族氣味，而且愈來愈強烈。味道就在河的這一頭。「快躲起來！」他下令道。「潔西，快回來！」

棕色寵物貓從樹幹上跑回來，藤池和雪掌躲進岩石底下。蜂紋貼平肚子藏在低矮的荊棘叢裡。棘星伸爪將潔西塞到他旁邊。她盯著他看，突如其來的威脅令她興奮地瞪大眼睛。

「他們會看到我的白毛！」雪掌在岩石後面喘氣說道。

「不會，看不到的。」棘星說完，就壓在見習生身上，後者在他身子底下拚命蠕動著探出頭來，氣喘吁吁地吸了口氣。

棘星小心地從岩石後面窺看。他稍早前看到的風族巡邏隊正往上游走來，氣喘吁吁地爬在岩石上。松鼠飛和她的巡邏隊追在後面，嘶聲大吼。兔躍在樹幹旁煞住腳步，轉身面對雷族追兵，另外三隻風族貓全跳上樹幹趕緊過河。他們看起來毛髮凌亂，彷彿才剛被雷族貓修理過，但沒有受到嚴重的傷害。兔躍等到其他戰士都平安過河後，才跳上樹幹趕緊逃跑。臨走前還對松鼠飛和她的戰士們嘶聲吼叫。

棘星等到風族巡邏隊都消失在下游處，逃回風族領地，這才從藏身處出來。其他隊員也跟在後面，與松鼠飛及她的隊員們在河邊會合。他看見松鼠飛的隊員們似乎都毫髮無傷，這才鬆了口氣，只有刺爪的口鼻上有些擦傷。事實上，他們的精神看起來比前幾天好多了，這場小衝突多少提振了他們的精神。

「他們最近不敢再回來了。」松鼠飛喵聲道，得意地抽動鬍鬚。

「但願如此，」棘星回答道。「但要確保這一點，還是得把這棵樹幹移走。」

他很驚訝藤池和潔西已經在交頭接耳地討論，如何移走這座克難橋樑。

「我們沒辦法劈斷樹幹，也沒辦法咬斷它。」藤池嘀咕道。

潔西點點頭。「但如果我們把堆積在上面的垃圾都清乾淨，」她提議道，「也許能靠強勁的水流把它衝走。」

「這方法或許可行……」藤池語氣質疑。「不過我們要站在哪裡清垃圾呢?再說，到時恐怕會有隻貓被留在對岸。」

「那我們就先移動這一頭好了，」棘星走過去參與討論。「到時可能整根樹幹都會掉進河裡。」

「好吧，我們來試試看。」雲尾不耐煩地說道。

所有貓兒都圍了上來，試圖推動這一端的樹幹，可是因為岸邊沒有足夠的著力空間。結果樹幹紋風不動。

潔西跳下來，站在被水沖積成堆的小樹枝和垃圾上面，試圖從那裡推，腳下竟然搖晃得厲害，棘星看見她腳步踉蹌、失去平衡，就要跌進急流裡，趕緊不顧危險地低下身子，一把叼住她的頸背，拉回岸上。

「謝了。」潔西氣喘吁吁。

「我絕不允許洪水再帶走我任何一隻貓兒。」棘星語重心長地說道。

潔西抬頭看他。「可是你看過我游泳啊，」她提醒他。「我游得很好。」

「事實上，你這方法不錯，」松鼠飛轉身背對樹幹，告訴潔西。「如果我們可以把那堆樹枝弄得牢固一點，就可以站在上面，那裡會比站在岸邊更容易使力搬動木頭。」

「那我們就找些東西固定它，」棘星喵聲說道。貓兒們各自分散去找。他找潔西同行。「跟緊我，以防萬一。」

「以防什麼萬一？」潔西眼帶黠光地問道。

「任何事都可能發生。」棘星咕噥道。

荒涼的高地似乎沒有什麼可用的素材。粗糙的草地上零星可見突起的裸岩，但體積大到無法搬到河邊。棘星正在考慮是否該回林子裡搬些蕨葉過來，就在這時他聽見雲尾出聲喚他。

「棘星！我們找到材料了。」

棘星連忙跳回河邊，發現雲尾和罌粟霜正在等他。「什麼材料？」他問道，四處張望，但什麼也沒看到。

「上游有一棵很大的灌木，」罌粟霜回報道，這時其他貓兒也跑來跟他們會合。「一定是被大水連根拔起，沖到岸上。」

「如果我們把它拖到這裡來，就足夠我們全都站上去。」雲尾補充道。

「我們去看一下。」棘星喵聲道。他帶隊往上游走，結果看到一棵枝葉茂密多刺的山楂樹，卡在河邊的兩座岩石之間。

「我的老天，」刺爪嘆口氣。「這腳要是踩上去，真不知道是什麼滋味。」

雷族貓通力合作，費力地將灌木拉出水面，再拖著它往下坡走，朝樹幹的的所在處拖過去，但才沒走幾步路，潔西就尖叫地往後跳。

「怎麼了？」棘星喘息道。

「有樹枝戳到我的眼睛。」潔西解釋道，眼睛不停地眨。「不過沒事啦，我們繼續搬。」

走到坡度較陡的地方時，灌木便能藉著本身的重量往下坡滑。蜂紋還得趕快閃到旁邊，以免被它撞上。

「快攔下它！」雲尾吼道。「要是它滑下去超過那棵樹幹，我們就再也拖不上來了。」

棘星趕緊跳上灌木外緣的枝葉上，想靠自己的重量減緩速度，他的腳被枝椏上的刺扎得他皺眉。藤池也跳到他旁邊試著幫忙，松鼠飛和刺爪同樣跳上另一側。他們的努力終於減緩了灌木向下滑的速度，但還是沒能停下來。罌粟霜、蜂紋和潔西趕緊從後面拉住，但只是白費力氣，甚至連雪掌都把爪子戳了進去，也仍是沒輒。棘星抬頭望見那棵樹幹已經近在眼前。

我們一定會超過它，該死！

就在那當下，雲尾突然跑到灌木前面，準備在樹幹旁的岸邊擋下它。整棵灌木的重量朝他身上壓過去，這才終於停住。棘星聽見枝葉裡傳來痛苦的哀號聲，過了一會兒，雲尾從裡頭爬出來，白色長毛沾滿了碎枝落葉。

「做得好！」棘星喵聲道，同時快步朝他走去。「你沒事吧？」

雲尾表情嫌惡地哼了一聲。「我得先拔乾淨身上的刺再說，」他嘶聲道。「除此之外，好得很。」

在刺爪和松鼠飛的合力幫忙下，棘星終於將山楂樹推進河裡抵住那根樹幹。

「成功了！」罌粟霜大聲說道。

「但願如此，」棘星低聲說道。「還有很多事要做呢。」

松鼠飛小心翼翼地試著站上去，枝葉被她的重量壓得往下沉，但還是可以站得很穩。「我想沒問題，」她回報道。「但我們最好找重量最輕的貓兒上來，其他貓兒站在岸邊就好。」

罌粟霜跳了上來，但動作太急，灌木被她踩得搖搖晃晃，害她差點往後滑落水裡，她趕緊將爪子戳進去，拉回身子，在松鼠飛旁邊站好。

「你不行，」棘星看見雪掌正準備跟著跳上去，立刻出聲制止。**我可不想再冒險失去另一個見習生**。年輕貓兒一臉失望，於是棘星說：「我需要一隻貓兒幫我把風，要是有風族戰士過來，立刻通知我們。」

雪掌眼睛一亮。「沒問題的，棘星！」他挺起胸膛、豎直耳朵，站在樹幹下游的河岸邊，兩眼緊盯著河對岸的風族領地。

這時候，蜂紋、藤池和潔西也爬上山楂樹，枝葉被他們的重量壓得往下沉，看似觸目驚心。藤池的後腳一滑掉進河裡，她懊惱地嘶叫，蜂紋連忙扶住她。

棘星、刺爪和雲尾則留在岸上。「好了，大家都準備好了嗎？」棘星喊道。

「趁這棵灌木還踩得住的時候快開始吧。」松鼠飛嘟囔道。

棘星做好準備。「等我說推的時候再推，好……推！」

他站穩後腳，前腳頂住樹幹的末端，用力往前推。雲尾和刺爪也在旁邊使力。起初他覺得一點進展也沒有，但後來他感覺到爪下的木頭緩緩移動了。

「它在動了！」他氣喘吁吁。

踩在灌木上的貓兒也使盡全身力氣去推。它又移動了一點，接著傳來樹幹從岩間滑開的咯咯聲，再撞進河裡濺起了大量水花，噴得貓兒們全身都濕了。

「快上岸！」棘星大吼。

隨著樹幹噗通墜河，山楂木也慢慢往急流滑落，站在上面的貓兒們連忙跳上岸。潔西俐落地跳躍，轉身幫忙離岸較遠的松鼠飛。灌木被滾滾河流慢慢捲走，仍卡在灌木枝葉間的雷族副族長正慌亂地想攀爬上岸。

「我自己來！」她氣喘吁吁地說道，用爪子勾住濃密多刺的枝葉，慢慢往上攀爬。

棘星低下身子，張嘴咬住她的頸背，將離岸一條尾巴遠的她拉了上來。松鼠飛的腳才剛觸地，河水便將灌木急掃而下，捲入河裡。棘星四處張望，確定族貓們都安然無恙，只是毛濕了、身上都是泥巴，還被尖銳的灌木戳得到處是傷，但眼裡閃爍著勝利的光芒。

「我們辦到了！」藤池大聲吼道。「風族再也不能過河了。」

「他們可能會到更上游的地方找方法過河，」棘星直言道。「不過雷族目前算是安全了。你們做得很好！」

松鼠飛點點頭。「我們回營地吧。」

棘星帶隊下山，回到雷族領地，一路上他只覺得全身疲累。但這場勝利也令他精神為之一振，這是暴風雨過後，他第一次覺得雷族有機會渡過這場難關。

「你們兩個沿著河岸留下氣味記號，」他告訴藤池和罌粟霜。「我們要明明白白地告訴風族，我們已經奪回領地。」

「我也來幫忙！」雪掌尖聲說道。

棘星得意地看著他的族貓留下大量的氣味記號，掩蓋了剩餘的風族氣味。**希望他們從此學會教訓。畢竟我們又沒有不准他們在河對岸喝水。**

「你知道嗎，」走在棘星旁邊的雲尾說道，「完全切斷跟風族的關係，這種感覺很怪，因為以前在舊森林的時候，火星和高星曾經是很要好的朋友。結果現在一星當了族長，一切都變了。」

「我知道，」棘星嘆口氣。「尤其一星還是一鬚的時候，也曾和火星相處融洽。」

「還好我們是各自獨立的部族，」雲尾繼續說道，「不過這陣子風族貓看我們很不順眼，像是巴不得撕爛我們。以前火星也常被這件事困擾。」

「可以多告訴我一點火星的事嗎？」潔西跳了過來，加入他們的談話，這樣懇求道。「你們好像都很尊敬他。」

「火星是獨一無二的，」雲尾告訴她。「我以身為他的親戚為榮。」

潔西瞪大眼睛。「你是他的親戚？意思是你以前也是寵物貓嗎？」

雲尾點點頭，有點不好意思，棘星聽到後面傳來刺爪想笑又不敢笑的憋氣聲。

雲尾沒理會。「我的母親是火星的姊姊，她是一隻寵物貓，叫做公主。」他向潔西解釋。「她從來不想離開兩腳獸，雖然火星以森林為家，但她以他為榮，因此把她的一隻小貓送給他帶回森林撫養長大。」

「那隻小貓就是你？」潔西追問道。「那對你來說不是很難受嗎？那麼小就離開媽媽，學著在森林裡過活？」

「是不好受，」雲尾承認道。「要學的功課很多，而且我也很想念我的兩腳獸和他們的巢穴。」

還有他們的食物，棘星心想，因為他想到以前聽過的故事。

「那你為什麼不回去？」潔西問道。

天啊！棘星知道這問題對雲尾來說很難回答。以前雲尾還是見習生的時候，經常跑進兩腳獸巢穴偷吃寵物貓的食物，後來被兩腳獸抓到還關起來，不讓他再出去流浪。全部族都知道，當初火星他們是如何冒著生命危險救他出來。**不過雲尾最後還是成了英勇的戰士，在雷族裡建立起自己的地位**，棘星告訴自己。

「我習慣了，」雲尾回答道。「現在要我住在別的地方，我也不願意。」

「部族裡有很多寵物貓嗎？」潔西繼續問道。

雲尾抽動耳朵，似乎有點厭煩這一連串的問題，不過還是耐著性子回答。**也許他是在慶幸，這話題終於不再繞著他轉**，棘星心想道。

「沒有。部族通常不太歡迎寵物貓。」白色戰士喵聲道。「但火星不一樣，因為他自己也是寵物貓出身。」

「沒錯，」刺爪補充道，同時往前一躍，趕上他們。「寵物貓在其他部族是很不受歡迎的。反正不管你做什麼，都不要越過邊界進到其他部族的領地，他們一看到你，一定會追著你跑，最後可能會被他們拔光身上的毛。」

潔西停下腳步，驚訝地瞪著金棕色戰士。「真的嗎？可是我跟他們又沒有過節？」

「戰士守則上說，只要越過邊界，就得好好教訓一頓。」罌粟霜做完氣味記號，轉身過來告訴她。

潔西一臉困惑。「戰士守則是什麼？」

「那是我們的生活守則，」棘星喵聲道。「若是沒有戰士守則，我們會變得跟無賴貓沒兩樣。」

「所以你為了收容我、敏蒂還有法蘭奇，打破守則？」潔西的語氣更驚愕了。

棘星侷促地蠕動著腳。「但這個守則也說，我不能對貓兒見死不救啊，」他停頓一會兒又說：「我會保護你們的安全，直到你們回家為止。」

潔西點點頭，若有所思地往前走，不再提問。

松鼠飛走近棘星，在他耳邊輕聲說道：「我不確定這守則是否囊括寵物貓，」她低聲道。「你知道火星一向把族貓放在第一順位。」

棘星聳聳肩。「我知道基於很多理由，我都不該帶這三隻寵物貓回來。可是我覺得我沒有別的選擇。我想火星也會做同樣的事情。」

「也許你是對的。」松鼠飛喵聲道。

回到臨時營地後，棘星發現蕨毛和煤心早已各帶著一支狩獵隊到過邊界外的森林狩獵，捕獵了不少獵物回來。自從他們擴張領地之後，族貓們又開始可以吃得豐盛一點了。

棘星向族貓們報告，他們已經成功遠征風族邊界，摧毀那座樹橋。他感覺得到大夥兒都鬆了口氣，於是和族貓們一同坐下來享用新鮮獵物。營地裡充滿喜慶的氛圍。棘星注意到就連法蘭奇和敏蒂的神情也輕鬆了不少，他們正在和蜜妮、灰紋分食黑鳥。等到大家都吃飽了，營地裡的氣氛還是很熱絡。

「我們來看看能不能解決臥鋪的問題，」棘星提議道。「我們應該要先規畫一下睡覺的窩，這樣大家才能睡得比較好。」

四周的族貓紛紛低聲附和。煤心帶著三名見習生鑽進矮樹叢尋找臥鋪的材料。黛西負責監督。錢鼠鬚和玫瑰瓣則是利牙尖爪並用地將兩腳獸的毛皮撕成小塊。塵皮和蕨毛拖著一根樹枝進地道，利用它的尾端在地上畫出各窩穴的範圍。

「這方法很好。」棘星走進地道查看，然後喵聲說道。「波弟和病貓們的窩最好離地道口遠一點，才不會吹到風。」

「說得對，」蕨毛回答道，然後在塵皮的協助移動樹枝，在牆壁旁邊繪出一個半圓形。「葉池和松鴉羽也睡這裡好了，」他又說道。「這樣比較方便照顧他們。」

塵皮用耳朵指著地道裡一處曾因土石掉落而形成的凹洞。「那地方可以用，」他喵聲道。「巫醫的藥草可以儲存在那裡。」

「快來看！」地道入口傳來尖叫聲。

棘星轉身看見露掌和雪掌拖了一大捆蕨葉進洞，原來剛剛是雪掌在喊叫。

「我們找到這捆蕨葉，長得很茂密，」露掌補充道。「裡面的葉子都還很乾。等一下煤心和琥珀掌會拖更多進來。」

「這真是天大的好消息。」棘星喵嗚道。

那些蕨葉其實還不夠乾，即便是第二捆，也不夠乾到可以讓每隻貓兒都有乾爽的臥鋪可睡，但至少比以前好多了。

「先把一捆拖過來給生病的貓，」棘星命令道。「剩下的分到其他臥鋪。」

「呃……訪客的臥鋪放在哪裡？」塵皮請教棘星。這時候見習生們都圍了上來，忙著拿那些蕨葉製作臥鋪。

「寵物貓嗎？就跟見習生睡在一起吧，」棘星想了一下才回答。「畢竟他們還在學習我們的生活方式。」

「但我們不必做那種噁心的工作吧？」敏蒂把頭探進地道裡，看大夥兒在忙什麼。她一臉嫌惡地皺起粉色鼻子。「我意思是，我剛剛看到琥珀掌在波弟身上找跳蚤，我可不想身上有跳蚤。」她很堅持，同時舔舔自己的肩膀。

「或許我可以幫你找點差事做。」塵皮嘟囔道。

「每隻貓都有自己的份內工作。」棘星告訴她，同時向塵皮彈彈尾巴。

敏蒂瞪大眼睛看著他，一臉不高興。

「我可以幫忙，我不介意。」法蘭奇從敏蒂身後探出頭來喵聲說道。

「謝謝你，法蘭奇，」棘星朝他彈彈尾巴。「至於你，敏蒂，別擔心，你很快就會適應部族的生活。」

敏蒂沒有回答，反倒長嘆了一口氣。

棘星看著他們繪出其他窩穴的位置，忙著整理臥鋪。就連被黛西曬在灌木上的兩腳獸毛皮也幾乎都快乾了，現在的窩看起來比以前舒適許多。

松鼠飛快步走到他旁邊，看著辛勤工作的族貓們，過了一會兒她喵聲道：「你知道嗎？我現在開始相信我們會熬過這一關的。」

棘星點點頭。「我也相信我們可以。雷族沒那麼容易被一場暴風雨打垮。」

第十八章

棘星快步越過領地，穿梭於林間小路。兩、三條尾巴外就是水面波光粼粼的淹水區。皎潔明亮的圓月當空，夜色亮如白晝。棘星走到水邊，眺望大湖。起初只有淺白色的月光映照在波瀾起伏的湖面上，後來竟有猩紅的血水在湖面擴散，猶如藤蔓般往岸邊伸展。棘星聞到血腥味，看見水裡一團厚重又不斷打轉的紅色物體，正從水裡浮出，嚇得他肚子抽筋。

天啊，一定是有貓兒受傷了……我得把他們從水裡給救出來，不然會被淹死！

棘星跳進湖裡，濺起銀色水花，但他還沒潛進水裡，就感覺到有隻貓張嘴咬住他的頸背。他大吼並用爪子不斷揮打，但還是擺脫不了對方。這隻貓兒趁他不備拖他上岸，才放開他。

棘星趕忙轉身，結果目瞪口呆地愣在原地，他認出站在眼前的公貓那一身火焰般的毛髮。

「火星！」他倒抽口氣。「有一隻貓遇到麻煩了，」他脫口而出。「你看，他的血都流到水裡了，我必須去救他！」

火星的綠色眼睛在月光下閃閃發亮。「沒關係，」他向棘星再三保證。「你的族貓都很安全。沒有貓兒在湖裡。」

棘星長長地吐了一口氣。「所以我……我是在做夢嗎？哦，火星，能見到你真是太好了。」

火星垂下頭。「能回到我以前的領地，感覺真好。」

「為了照顧好你的部族，我一直很努力。」棘星喵聲道，他雖然喜悅，但又覺得很愧疚，以致於聲音微微發抖。「可是我……失去了籽掌，很抱歉！要是我能多注意見習生的安危就好了。」

「籽掌很安全地回到星族了。」火星告訴他。「你要知道，你不可能無時無刻地守護著每隻族貓。身為他們的族長，他們仰仗的是你的決策能力，保護他們免於外在敵人的威脅。但他們也必須自己做選擇。相信我，你已經做得非常好了。」

他很欣慰前任族長對他如此有信心。「那麼那些訪客呢？那些寵物貓呢？」他問道。「如果是你，你會把他們帶回部族嗎？你會……？」他忍不住問道。他想請教火星，自他過世後，他所做的每個決定到底對不對

火星抬起一隻腳掌制止他。「你已經知道答案了，」他輕聲說道。「它們就在你心裡。」

棘星驚訝地看著他。「這不再是我的部族了。你才是雷族族長。你要相信那些賜給你九條命的

星族貓。他們知道你一定可以做得很好……我也這麼相信。」他目光炯炯地說道。

「謝謝你，火星。」棘星垂頭致意。等他再度抬起頭時，薑黃色貓兒幾乎快要消失，那身星光閃爍的毛髮透明到可以看見後面的石頭。

「我是來告訴你一件很重要的事。」火星喵聲道。「當水血交會，血將升起。」

棘星瞪著他看。「什麼意思？」

「你看那片洪水，」火星催促他道。「有沒有看到大水並未淹沒那片血漬？」

棘星轉頭凝視那座湖。那一灘不斷湧現的鮮血，仍在湖波間閃爍著血光。

火星在他身後說道：「我只能告訴你這些。千萬記住……」

他的聲音漸漸消失。等到棘星轉身回去，他已經不見了，森林再度暗了下來，陷入寂靜。月光也被遮住，棘星獨自站在黑暗裡。

附近有隻貓兒打了個噴嚏。棘星知道他回到了地道，四周是熟睡中的貓兒，溫暖的體溫圍著他。那奇怪的夢境在他心裡縈繞。火星的神秘預言仍在他腦海裡迴響。

當水血交會，血將升起……

這算哪門子的預言啊？**他的意思不可能是沒有貓兒淹死，畢竟籽掌已經死了。所以這到底是什麼意思呢？**

棘星想了很久，揣摩著各種可能性，但又全盤否定，最後終於宣告放棄，在臥鋪深處蜷臥下來，被灰紋朦朧的打呼聲漸漸帶入夢鄉。

身邊貓兒的聲響和動作驚醒了棘星。他抬起頭，看見淺色曙光漫進地道，族貓們正紛紛走出洞外，展開新的一天。他邊打呵欠邊爬起來，跟著走了出去。這一次天空沒有下雨，不過天色依然灰暗，風也還很濕冷。

松鼠飛已經在外面，正在分派黎明巡邏隊的貓兒。「早安，貪睡鬼。」她喵聲道，同時向棘星垂頭致意。

棘星頓時想起那個夢。「我得跟你談談，」他告訴她。「葉池和松鴉羽也一起來，這件事很重要。」

他的副族長神色憂慮地看了他一眼，但沒多問，只是開口喚獅焰接手巡邏隊的任務分派。棘星回頭走進地道，去找兩隻巫醫。

等四隻貓都到齊了，又花了一段時間找個可以私下談話的隱密處。這時棘星不免懷念起他在擎天架上那個隱密的老窩穴。最後他們終於找到附近一棵橡樹的樹穴作為談話的地點。

「火星昨晚到夢裡來找我，」他們圍著棘星坐定，他隨即開口說道。「他告訴我，『當水血交會，血將升起。』但我不懂這是什麼意思。」

葉池的眼睛一亮。「火星一直在守護我們！」她大聲說道。

松鴉羽一臉無須大驚小怪的表情。「他就不能說清楚點嗎？」他嘟囔道。

「直接告訴我們要做什麼就行了啊。」松鼠飛一臉沮喪地附和道。

「松鴉羽，」葉池開口說：「你又不是不知道凶兆和預言，一開始總是讓我們一頭霧水。」

就像那根惹出麻煩的木棍，棘星心想道，他猜虎斑母貓是刻意不提此事。**要是當初我們早**

知道它是什麼意思就好了。

「通常在預言快實現時，才會變得清楚明確。」葉池繼續說道。

「那有預言又有什麼用呢？」棘星問道，同時和松鼠飛互看一眼。

「只要將預言牢記在心，同時相信自己的直覺，」葉池建議他。「真正意涵就會彰顯。」

棘星還是不確定自己是否聽得懂，不過他知道這是最好的建議了。「要是星族跟你們說了什麼，」他對兩位巫醫下令道。「或是你們對這個預言有任何想法，都請告訴我。」

「當然會。」松鴉羽回應道。「來吧，葉池，我們還有藥草要整理。」

巫醫快步離開後，松鼠飛朝棘星轉身。「謝謝你告訴我這個預言，我保證我會密切注意這個預言的可能涵義。」

棘星正要回去其他貓兒那裡，這時聽見她對他的支持，心裡一陣暖意，但還沒來得及回答，潔西就從地道裡出現，跑來找他。另外兩隻寵物貓慢吞吞地跟在後面。

「嗨，棘星，」潔西高聲喊道。「我昨天過得好開心，今天我們要做什麼呢？」

棘星有點被這隻棕色母貓的熱情嚇到。「如果你真的想幫助部族，」他喵聲道。「你得先學會如何狩獵。法蘭奇和敏蒂也一樣。」

才剛走過來的法蘭奇正好聽見棘星的話，他顯得很有興趣，倒是敏蒂一臉懷疑地眨眨眼睛，後退一步。

「敏蒂，你得學會狩獵，」法蘭奇告訴她，同時用尾尖輕觸她的肩膀。「你不能老是待在這裡，等著這些貓兒來餵你。」

「可是等到大水退了，我們就能回家了，」敏蒂反駁道。「我的主人一定很擔心我。我們現在住的地方可能離他們太遠，」她一臉惱色。「也許我們應該搬到離家近一點的地方，這樣主人回來時，就會很快找到我們。」

蜜妮和灰紋站在附近，這時她眼帶同情地朝寵物貓轉身。「我認為就算再過四分之一個月，這場大水也還不會退去，」她輕聲說道。「你們在這裡很安全，絕對比在別的部族領地裡都安全。等大水開始退去的時候，你們就會察覺到，到時就能回家了……但千萬別在大水未退前離開，那太危險了。」

敏蒂的眼裡充滿悲傷。「我們可能會被困在這裡很久，」她嗚咽道。「我可憐的主人！」

「我知道這方法不見得理想，」法蘭奇安慰她。「我也很想回去找班尼，但我們不能冒險。當然這也會是我們的主人最希望看見的，牠們會希望我們都能好好活下來。」

敏蒂嘆口氣，但也不得不同意。

棘星暗自同情這些寵物貓。對他們來說，失去家園是何等可怕的事情，就連敏蒂也在試圖以理智面對，表現得堅強些。「我親自帶你們去狩獵好了。鴿翅，要一起來嗎？」

正在等著加入巡邏隊的鴿翅聽到族長的聲音，立刻轉身。「我嗎？可是藤池的狩獵技巧比我好多了。」她嘆口氣。「事實上，現在每隻貓的技術都比我強……」

棘星知道她還在懊惱異能的喪失，以前異能可以讓她比其他貓兒更精準地偵測到任何獵物。「其實這也是為什麼，你最適合訓練這些寵物貓，」他語氣輕鬆地告訴她。「因為只有你最清楚在林子裡失去方向，好像又聾又瞎的那種感覺。」

「是嗎?!」鴿翅顯然對這點子感到驚喜。「好，我願意幫忙。」她同意道。

這時候黎明巡邏隊已經準備出發。獅焰會帶他的隊員去風族邊界檢查那個偷渡點，確保沒有再出現新的風族氣味記號。松鼠飛負責帶隊前往影族邊界巡視。亮心和樺落則各帶一支狩獵隊到領地外的林子裡狩獵。

「我們會巡邏到比平常更遠的地方。」巡邏隊出發時，松鼠飛這樣說道。

棘星點點頭，目光掃視著他那群瘦巴巴的族貓們。「我們別無選擇。」他提醒副族長，心裡為他們感到難過，不過他曉得他們知道自己該做什麼，他們必須保護部族，讓部族熬過這一關。

他帶著鴿翅和寵物貓們循著松鼠飛的足跡，朝影族邊界的林子走去，但刻意不追上她的隊伍。等到離藏身在濃密矮樹叢裡的地道有段距離後，他才停下腳步。

「狩獵技巧的第一步，是先學會狩獵時的蹲伏姿勢，」他開口道。「這對每隻雷族貓……或任何暫住雷族的貓兒來說都是最基本的技巧。」敏蒂正要開口反駁，他又趕緊補充道。「鴿翅，示範給他們看。」

鴿翅把前爪縮在身子底下，後腿擺好起跳姿勢後蹲伏下來。

「你們有沒有看到她正準備往前撲？」棘星喵聲道。「她現在所有的力量都集中在後腿……就像這樣。」他把身子壓低在地上，模仿鴿翅的蹲姿。「鴿翅，示範一下猛撲的動作。」

鴿翅往前一躍，前爪向前伸展，準備逮住獵物。

「很好，」棘星評論道。「有沒有看到她前爪伸了出來？獵物根本逃不掉。」

「現在你們來試試看。」鴿翅提議道。

棘星保持蹲伏姿勢，方便寵物貓模仿。他們三個看起來很緊張，不過態度都很認真，他們各就各位，前爪俐落地縮在身子底下。

「很好，」鴿翅喵聲道，同時繞著他們走，檢查姿勢。「法蘭奇，把你的後腿往裡面縮一點，對！」

「太好了，」棘星站起身弓起背，伸展蹲伏已久的筋骨。「現在我們要往前撲。」他從附近的樹根上剝下一塊青苔，快步走到小空地上。「假裝這塊青苔是隻老鼠，」他繼續說道，同時將青苔丟在空地中央。「我要你們偷偷接近並蹲伏下來，然後往前撲抓。」

「你們就是這樣訓練見習生嗎？」潔西問道。

「是啊。」棘星回答。

潔西半帶興味地哼了一聲，意興闌珊地彈著尾尖。「可是我們不是見習生！」她直言道。「不管你覺得我們的技術如何，至少我們以前都有過狩獵的經驗。所以何不讓我們先示範一下自己的本領？」

「我不認為……」棘星自衛地聳起頸部的毛，開口說道。

「這主意不錯，」鴿翅打斷道。「這樣的話，我們才會知道該教你們什麼。」

棘星點點頭，暗自感激鴿翅的理性回應。「好吧，法蘭奇，你先上。你聞得到獵物的味道嗎？」

虎斑貓緊張地看了他一眼，然後站起來豎起耳朵，張開嘴巴嗅聞空氣。棘星有點訝異他竟然知道怎麼做。

過了一會兒，法蘭奇朝他轉身。「我想那下面有隻松鼠，」他喵聲道，同時用耳朵指著空地邊緣的一叢冬青。

「我想你說得沒錯，」棘星早在法蘭奇之前便已先聞到。「你看看能不能抓到牠。」

法蘭奇忘了匍匐前進，反而大剌剌地穿過空地，大吼一聲，松鼠受到驚嚇，從冬青樹叢裡衝出來，拖著尾巴繞過荊棘叢。法蘭奇追上去，撞進荊棘叢裡，最後只能沮喪地停下腳步，眼睜睜地看著松鼠爬上附近的山毛櫸樹幹，消失在枝葉間。

法蘭奇垂下頭和尾巴，腳步沉重地走回來。「對不起，我搞砸了。」他咕噥道，看起來沮喪至極，由於莽撞地衝進荊棘叢的關係，他的毛髮被扯落了好幾坨。

「還不賴，」鴿翅打氣道。「好吧，你是沒抓到，不過你很快就聞到牠的氣味，即便有荊棘擋路，還是很快就追了上去。你現在只需要動作再輕緩一點。」

法蘭奇精神一振。「我會記住的。」他承諾道。

鴿翅向他點點頭，同時轉向敏蒂。「該你上場了。」

敏蒂看起來比法蘭奇還緊張，不過她也像法蘭奇剛剛那樣站立不動，豎直耳朵，可是忘了嗅聞空氣裡的氣味。她只要聽見樹枝喀吱作響或樹葉窸窣出聲，就會嚇得跳起來，以為可能有狐狸或獾跟蹤她。最後她看了棘星一眼，低聲道：「我想我好像找到什麼了。」

棘星有點被她搞糊塗。他什麼也沒聞到。**別告訴我寵物貓的嗅覺比我強！**「好吧，你繼續。」他喵聲道。

於是敏蒂姿勢很不專業地蹲伏著，然後伸直前爪，往前一躍。「抓到了！」她落地時大聲喊道，爪子深戳進某種棕色物體裡頭，那玩意兒半掩在拱形的蕨葉叢下。「哦……」過了一會兒她才神情不安地開口。

棘星快步走過去看。他忍住笑意，因為敏蒂抓到的獵物其實只是半埋在地上的一根朽木。

「我以為是隻大老鼠。」她嘟囔道，尷尬地扒著爪子。

「森林這裡的大老鼠本來就不多，」棘星告訴她。「不過別擔心，敏蒂。你做得不錯。如果真是一隻大老鼠，你有很大的機會抓住牠。」

敏蒂一臉懷疑。

「該我了。」潔西大聲說道。

她沒有站著不動，反而在矮樹叢間悄聲走動，腳爪幾乎沒有碰到地面，然後抬頭往林子上方張望。棘星和其他貓兒遠遠跟著她。最後潔西靜止不動，兩眼緊盯著一隻棲息在低矮樹枝上的畫眉鳥。

要到樹上狩獵？棘星心想道，**怎麼可能抓得到？**

但潔西竟出乎他意料之外地跳上樹幹，身手矯健得猶如狐狸。畫眉鳥察覺到動靜，驚聲一叫，撲翅飛到隔壁樹上。潔西毫不猶豫地沿著樹枝衝過去，朝畫眉鳥飛撲而去，單腳壓住畫眉鳥。鳥兒不斷掙扎，幾乎脫逃，差點在樹上失去平衡的潔西，索性低頭往牠喉嚨一咬，再叼起畫眉，身手俐落地跳下樹，丟在棘星腳下。

棘星總覺得自己從沒見過這麼沾沾自喜的貓兒。**我以前還跟她說，我打睹她從來沒抓到過任何獵物！**

「哇嗚，太厲害了！」鴿翅大聲說道。

「哦，潔西是很出色的狩獵者哦，」法蘭奇告訴他們。「而且她很愛爬高。嘿，潔西，你有沒有告訴他們，有一次你的主人還以為你被困在屋頂上？」

潔西揚起頭。「我不敢相信他們竟然以為我不能自己下來。」

「是啊，」法蘭奇喵嗚道。「而且你還在他們爬上屋頂之前證明給他們看，你自己能下得來。」

潔西甩打尾巴，表情故作無辜。

「我不該小看你，」棘星承認道。「能在樹枝間跳躍自如，這種技術很罕見，火星以前也希望雷族貓能學會這一招，不過對我們來說並不容易。」

「要我離開地面，我會覺得緊張，」鴿翅附和道。「雖然我叫鴿翅，但我沒有翅膀。」

「也許我應該幫你們上幾堂課。」潔西眼神淘氣地提議道。

「也許真的可以，」棘星喵聲道，同時迎視她的目光。「我們先去影族邊界，看看還可以找到什麼。潔西，你挖點土蓋在畫眉鳥身上，我們回來的時候再帶走。」

五隻貓兒再度上路，棘星這幾天下來神經一直很緊繃，現在感覺輕鬆多了。還好加入了這支狩獵隊，能暫時卸下部族族長的重擔。潔西很能適應部族的生活，這一點令他刮目相看。

每隻貓都在搜尋獵物的蹤跡。鴿翅發現有地鼠在布滿青苔的湖岸草叢裡抓扒，於是低聲道：「法蘭奇，」同時用耳朵示意那個小生物。「看到那個了嗎？試著去抓牠。記住……腳步輕一點。」

灰色虎斑貓一臉專注地偷偷接近地鼠。這次他記得放輕腳步，卻忘了尾巴也會發出聲音，結果碰到長草叢，長草的影子掃向地鼠，嚇得牠趕快逃開。法蘭奇往前撲了上去，爪子落地，差一點點就抓到了。地鼠驚慌閃過，卻被鴿翅手到擒來，一個猛擊結束性命。

「我沒抓到牠！」法蘭奇哀號道。

「可是你把牠趕到我爪下，」鴿翅直言道。「我們合作無間！」

法蘭奇的喉嚨裡發出快樂的喵嗚聲。

「你呢，敏蒂？」棘星問道。「你能找到什麼？或聽到什麼？」

敏蒂一臉疑惑地四處張望。「這裡好奇怪哦。」她承認道。

棘星沮喪地抽動著尾巴。**難道她就聽不出來樹枝的聲響和老鼠的抓扒聲這兩者的不同嗎？**

他張開下顎，正準備斥責，鴿翅及時上前擋在他和敏蒂中間，扭頭示意他離開。「來吧，敏蒂，」她喵聲道。「我們一起聽，你聽得出來那個咯咯作響的聲音嗎？就是那個每心跳兩拍就會出現一次的聲音？」

敏蒂聽了一會兒，然後點點頭。

「你認為那是什麼？」鴿翅問道。

「呃……是樹枝在風中擺動的聲音？」

「沒錯，」鴿翅誇獎她。「現在……有沒有聽到窸窣作響聲？就在你後面。別轉頭看！」

「蕨葉叢。」這一次敏蒂聽起來有自信多了。

棘星明白鴿翅正在利用自己以前可以耳聽八方的經驗在教導敏蒂。她的耐心顯然令寵物貓安心不少，不再覺得自己格格不入。

法蘭奇正忙著練習潛行追蹤和蹲伏的技巧，於是棘星陪著潔西繼續往前走。「你是從哪裡學來的攀爬本領？」他問棕色母貓。

「我母親教我的，」潔西回答道。「我一直夢想著有一天能住在森林裡。」

「你現在就住在森林裡了，」棘星喵嗚道。「等洪水退去之後，這裡會更適合居住。」他停下來用尾巴指著林子，同時補充道：「下面靠近岸邊的地方有很多樹種。我是說以前啦。不知道它們現在被淹在水裡，還能不能活。」

「你很擔心洪水不會退，是吧？」潔西揣測道。

「是啊，」棘星喵聲道。「不只為雷族擔心，也為所有部族擔心。」

這兩隻貓兒氣氛友好地默默結伴而行。但就在離影族邊界仍有一段距離的地方，棘星突然聽到前方林子傳來嘶聲。他停下來嗅聞空氣，頓時愣住，全身毛髮也都豎了起來。

影族的氣味！

棘星懷疑影族巡邏隊已經越過邊界。他揮動尾巴指示潔西退後，暗中懊惱身邊只有寵物貓。

這時從樹叢後方探出一顆玳瑁色的頭顱，棘星頓時鬆了口氣。

「褐皮！」他喊道。「你在這裡做什麼？」

第十九章

褐皮從矮樹叢後面走出來，棘星察覺到潔西全身緊繃，利爪釋出且頸部的毛豎起，似乎隨時準備開戰。

這是當然的，棘星心想，**她常聽我們說影族敵意很深，甚至也親眼見過風族貓入侵。**

「沒事，潔西，」他喵聲道。「這是我姊姊褐皮。你在這裡等著，我去跟她說說話。」他快走幾步，往前趨近他姊姊。褐皮看起來很瘦，玳瑁色毛髮顯得凌亂，眼睛瞪得斗大。

「花楸星還好嗎？」棘星問道。

「他跟我們族貓一樣，都很好，」褐皮回答道。「可是……呃，棘星，影族有大麻煩了。我們失去營地，也幾乎失去所有狩獵場。我們的領地地勢太低，幾乎都泡在水裡。」

「你說得沒錯，情況是很糟。」棘星喵聲道。「雷族也過得很辛苦。我們必須越過最高處的邊界，才能獵到食物。花楸星沒有想過這麼做嗎？」

抓。

「有啊，可是我們的狩獵隊遇到麻煩……」褐皮神情不安地低下頭，爪子在草地上不斷扒

「什麼麻煩？」棘星追問道。

褐皮深吸口氣。「有些寵物貓似乎認為森林的那部分是屬於他們的，」她告訴她弟弟。「他們攻擊我們的狩獵隊。」

「寵物貓？」棘星驚訝地眨眨眼睛。「不就是你們領地上兩腳獸巢穴裡的那些貓嗎？我記得我們已經教訓過他們了。」

褐皮搖搖頭。「不是，洪水來的時候，他們跟兩腳獸一起走了。這些貓是另一批。」

「寵物貓有辦法趕走影族貓？」棘星覺得這話難以置信。

「他們數量龐大！」褐皮反駁道。「而且我們……我們一直在挨餓，不再像以前那麼強壯。」

棘星可以理解這一點。他很同情他姊姊，看得出來她內心也很掙扎，既要顧全自尊又急需援助。「你要我怎麼做？」他喵聲道。「你要我提供你們一些獵物嗎？這可能有點困難……」

褐皮還來不及回答，潔西就跳到棘星身旁。「嗨！」她對褐皮喵聲道。

棘星真希望這隻寵物貓乖乖待在原來的地方。「這是潔西，」他告訴他姊姊。「她暫時住在我們那兒。」

「我跟我的主人住在那裡，」潔西朝湖的對岸揮動尾巴。「可是洪水來的時候，他們走了。」

「你是寵物貓？」褐皮瞪大眼睛，目光越過棘星的肩膀。「除了你之外，還有其他寵物貓嗎？」

棘星回頭瞥看，發現法蘭奇和敏蒂在鴿翅的陪同下從林子裡出來。

「你是鼠腦袋嗎？」褐皮尖聲說道。「像這種非常時期，還提供食物和避難所給寵物貓？」

「我不能見死不救！」棘星吼道，同時察覺一旁的潔西，毛髮直豎。

「他們的死活不關你的事，」褐皮駁道。「好啊，反正你有那麼多寵物貓得養，我想我也不用指望你幫忙了。」

棘星忍住火氣。**她平常脾氣不會這麼壞，今天會這麼暴躁，純粹是因為她和她的族貓深陷麻煩。**「火星教會我惻隱之心是力量的展現。」他冷靜回答。

「火星會把部族貓擺在第一位！」褐皮厲聲道，轉身昂首闊步地離開，但又突然停下腳步，轉頭說道：「忘了我剛才跟你說過的話，」她嘶聲道。「花楸星會想到辦法解救我們的。」

「哇嗚！」敏蒂看著褐皮消失在矮樹叢裡，大聲說道。「她好嗆哦！我現在終於明白為什麼你們和影族處不好了。」

「那是棘星的姊姊褐皮，」鴿翅告訴她。「她沒那麼壞。」

棘星氣惱他姊姊之餘，仍不免擔憂。**如果她主動來求助，這表示影族的情況一定很糟。**他太瞭解褐皮對這個當年收養她的部族有多自豪。**我相信花楸星一定不知道她來找我幫忙。**

「褐皮還好嗎?」鴿翅問道。

棘星猶豫了一下，不確定自己願意透露多少。「不怎麼好，」他終於回答道。「不過我們的處境也好不到哪裡去，都在想辦法熬過這場洪水。」

棘星帶著狩獵隊回到營地，中途停下來拾取潔西的畫眉鳥。等他們抵達地道時，法蘭奇直接去找蜜妮，後者正在入口附近幫薔光復健。

「你看我和鴿翅抓到了什麼。」他喵聲道，同時很自豪地將地鼠放在蜜妮腳下。

「好棒哦!」蜜妮眼睛一亮地看著寵物貓。「你看吧，我就說要適應這裡的生活其實沒那麼難嘛。」

「潔西自己抓到一隻畫眉鳥哦。」敏蒂趁其他貓兒圍過來看時補充道。「她就像森林裡的貓一樣爬上樹，在樹枝間跳躍。」敏蒂的語氣開心到就像這隻畫眉鳥是她自己抓的一樣。

「做得好。」松鼠飛喵聲道，同時嗅了嗅畫眉鳥。「下次我們會帶你們跟見習生一起出去。」

「他們都表現得很好，」鴿翅打斷道，然後又半開玩笑地說:「也許我們下一次應該教他們一些戰鬥技巧。」

潔西和法蘭奇互看一眼。「我很期待。」潔西大聲說道。但法蘭奇看起來不太確定，可是過了一會兒功夫又點頭說好。

敏蒂後退一步。「可以的話，我還是專心狩獵就行了。」

棘星去找沙暴，發現她正在地道裡幫忙抖鬆臥鋪，試著曬乾它。他記得她身體不舒服，雖然現在沒有咳嗽，但粗嘎的呼吸聲令他擔心。

「棘星，你找我有什麼事？」她朝他轉身問道。

棘星告訴她褐皮來找過他，邊說邊不安地在地道裡踱步。「你認為火星會怎麼做？」

沙暴用尾巴圈圍著腳爪，坐在那裡安靜地聽他說完。「我想你問錯人了。」她綠色眼睛盯著他看。「你應該問你自己應該怎麼做？」

「我不知道，」棘星承認道。「所以我才想請教你的意見。」

沙暴若有所思地前後彈動了幾下尾尖。「你還沒正式恭賀花楸星當上族長，」她終於說出自己的看法。「洪水退去之前，我們是不可能舉辦大集會的。所以何不利用這個藉口去拜訪他？如果到時看出他的部族真的有麻煩，就可以順道問他需不需要幫忙。再由他決定接不接受。」

棘星鬆了口氣。「你說得沒錯，」他喵聲道。「我怎麼沒想到這一點？唉，我老是問你該怎麼辦，我這族長真不知道是怎麼當的。」

「你沒有老是問我，」沙暴輕快地回答。「你很稱職。我很欣慰褐皮知道她可以向你求助。」她又說：「有時候部族邊界實在不值得我們這樣冒死維護。」

兩支狩獵隊在日正當中時回來。**不過這不代表我們現在看得到太陽，**棘星心想，**有時候我真懷疑我們再也曬不到溫暖的陽光了？**等到大家都吃完獵物，松鼠飛又開始分派下午的隊伍。

「我不介意再出去一次，」潔西提議道。「今天早上的狩獵真是好玩。」

「我也去。」

棘星很高興這兩隻寵物貓適應良好，不過他看得出來，經過早上那場與平常不同的練習後，兩隻寵物貓都累了。「不用了，你們已經做完今天的份內工作了。」他從剛剛就看到兩隻巫醫正耐著性子來來回回地叼著藥草，於是他提議道：「乾脆你們去幫忙松鴉羽和葉池整理藥草好了。」

「太好了。」葉池快步走向他們。「我們正在想辦法重新設置一間儲藏室，可是我們的藥草都淹水了，所以需要重頭來過。」

棘星瞄見鴿翅正在跟幫忙巫醫工作的亮心說話：「你可以帶敏蒂一起找藥草嗎？這可以幫助她盡早適應森林裡的生活。」

「當然可以。」亮心回答道。

棘星對鴿翅點頭表示感激，她的善良令他刮目相看，只有她清楚地知道什麼樣的工作才能幫忙敏蒂適應新環境。

櫻桃落和鼠鬚氣喘吁吁地拖著樹枝，從他旁邊經過，蕨毛和塵皮在旁監督。

「經過土石流那裡時要小心，」塵皮警告道。「我們花了很久時間才把它固定好，我可不希望你們又弄壞它。」

「我們會很小心的。」櫻桃落氣喘吁吁地說道。

「沒問題啦。」蕨毛向塵皮保證道。「等我們把這些防風牆做好，保證以後睡在臥鋪上會舒服很多。」

棘星看著他們消失在地道口。他注意到塵皮和蕨毛看起來蒼老很多，他們口鼻四周的毛髮已經泛白，動作也不再像以前俐落。**還好有年輕的貓兒願意當他們的幫手。**

「不，波弟，你不需要參加狩獵隊。」松鼠飛的聲音打斷了他的思緒。「我需要你幫忙照顧病貓，尤其是薔光。」

棘星喵嗚地笑了。**如果不是松鼠飛把貓兒們管理得井井有條，我一定會被搞得昏頭轉向，她就是有本領讓大家都覺得自己很有用處。**

頑固的虎斑貓笨拙地進了地道，這時松鼠飛注意到，棘星正目不轉睛地看著她，於是快步走過來。「你今天有什麼重要的事要處理嗎？」

「我想去影族拜訪花楸星，」棘星喵聲道。「只是想去看看他們的狀況。」

松鼠飛驚訝地眨眨眼睛。「我不認為花楸星會感激其他部族的介入。」

「我剛當族長的時候，黑星一向對我很大方，」棘星回答道。「我想回報他。」他沒有告訴松鼠飛，褐皮來找過他。

松鼠飛的表情還是不很認同，不過她沒再說什麼。「那我就待在營地裡看好部族吧。」

棘星環目四顧，想看看有哪些貓兒有空同行，於是揮動尾巴示意葉池。「我要去拜訪影族，」他告訴她。「既然松鴉羽現在不缺幫手，你就陪我去吧。」

「當然好，棘星。」

「蛛足、煤心！」棘星喊道。

黑色的長腿戰士跑了過來，正在附近一株低矮的灌木底下與獅焰談話的煤心也慢慢走過來，獅焰仍不離左右。

「我也可以去嗎？」當獅焰聽說族長要去的地方時，便這樣問道。

棘星搖搖頭。「我不想惹出事端，」他喵聲道。「所以不能帶太多貓兒同行，再說，獅焰，你和影族總是處不好。」

「好吧，」獅焰沒有反駁。他和煤心互親鼻頭。「自己小心點，」他溫柔地喵聲道。「誰知道到時會遇到什麼。」

煤心舔舔他的耳朵。「別擔心，我不會有事的。」

葉池看見他們這樣難分難捨，不由得挨身對棘星小聲說道：「看來雷族快要有小貓了。」

棘星的隊伍正要離開時，原本在幫松鴉羽整理藥草的潔西抬頭看到，趕緊跑過來找他們。「祝你好運，棘星，」她喵聲道。「你真是個好弟弟。」

松鼠飛一臉困惑。「她這話什麼意思？好弟弟？」她問道，尾尖不停地抽動。

棘星開始後悔剛剛沒告訴松鼠飛，他曾和褐皮碰過面。**但為時已晚**。「哦……呃……我猜是因為潔西知道我姊姊在影族，而我又很擔心她。」

松鼠飛看起來不太相信這個說法，綠色眼睛在棘星和潔西間游移。「是哦，潔西的學習速度還真快。」她過了一會兒才這樣說道。

他知道現在不管他說什麼，都只會讓事情更糟而已，於是乾脆率隊離開營地，穿過林子往影族邊界走去。他們一抵達邊界，就看見對方的領地整片被大水淹漫。蛛足和葉池停下腳步，驚詫地望著那一汪污水。

「我沒有想到湖水淹到這麼遠！」葉池大聲說道。

「這裡的情況很糟。」上次巡邏就已經親眼目睹的煤心反倒比較鎮定。「影族現在的生活一定很艱苦。」

「我們的生活也不好過啊。」蛛足冷漠地說道。

棘星完全不知道影族的臨時營地在哪裡，於是帶著隊伍沿著邊界走，但沒敢超過雷族領地。他豎耳傾聽貓兒的聲音，微張嘴巴想嗅出他們的氣味。最後終於聞到一股影族的氣味，還聽見長草叢裡有貓兒穿梭的聲響。

「嘿，影族貓！」棘星停下腳步，大聲喊道。「我們在這裡！」

隊員們都圍著他，他等候了一會兒，才見到鴉霜從荊棘叢裡出來，虎心和焦毛跟在後面。三隻貓兒看起來都瘦骨嶙峋，餓到肋骨都突了出來。

「你們要做什麼？」鴉霜停在棘星面前吼道。「這裡又沒有你們的事。」

「我們沒有越過邊界，」棘星語氣和善地說道。「我們想拜訪花楸星。我想恭賀他成為族長。」

「我覺得他們只是想查出我們在哪裡建立新營地。」焦毛在鴉霜後面瞪看他們，插嘴說道。

「好吧，我們不必帶他們去營地，」鴉霜回答道。「要是你真的想見花楸星，」他對棘星補充道，「我們可以帶花楸星過來這裡跟你碰面。」

棘星正打算接受這提議，卻被蛛足打斷。「你們給我聽好，我們也是洪水的受害者，」他厲聲道。「我們根本不想入侵你們的營地。所以帶我們去找他就好了！」

「夠了！」棘星抬起尾巴，出聲警告。

但他還沒來得及再多說什麼，鴉霜的肩膀竟然垂了下來。「好吧，那就來吧。」他喵聲道，似乎累到不想再爭辯什麼。

雷族隊伍跨出領地，跟著影族貓往邊界高處前進。這裡的地勢開始變得陡峭，他們逆風而上，寒風襲打著他們的毛髮，針葉林頂端咯咯作響。鴉霜停在茂密的荊棘叢前。這裡有很濃的影族臭味。棘星聽到荊棘深處傳來移動的聲響和輕柔的喵聲。**看來他們是因為害怕洪水會不停上漲，才盡可能地跑到高處紮營。**

「在這裡等著，」鴉霜下令道。「我去請花楸星出來。」他壓低身子，鑽了進去。焦毛和虎心留在原地看守。**八成是怕我們輕舉妄動，所以隨時準備飛撲過來吧，**棘星心想。

終於荊棘叢間傳來動靜，花楸星出現了，後面跟著鴉霜和兩、三隻影族貓。

「你好，棘星，」影族族長喵聲道。「鴉霜，謝謝你帶他們前來見我。鴉霜現在是我的副族長。」他對雷族貓補充道，雷族貓兒們低聲恭賀。

「花楸星，我們是來恭喜你接收到九條命，」棘星喵聲道。「我們相信你會是一位英明的影族族長。你在洪水來襲時，找到了這樣一處還不錯的地方紮營，真是不簡單。」

花楸星點頭答謝。「沒錯，我們必須搬家，相信你們也一樣。不過大水很快就會退去，我們都會挺過去的。」

他話雖然說得漂亮，但棘星看得出來他的惶恐。他那凹陷的肚子證明他把所有新鮮獵物都留給了自己的族貓。不過棘星明白，他不能直接點破對方的難處。**他不可能當面承認的。**

葉池上前來，向花楸星垂頭致意。「我可以找小雲聊聊嗎？」

「當然可以，」花楸星回答道，眼裡流露出對巫醫的崇敬。「曦皮，去請小雲來。」

乳白色的母貓大著肚子轉過身去，鑽進荊棘叢裡。**那是褐皮的女兒，**棘星心想，**我的外甥女……她的小貓就要誕生了。我一定要設法幫助這個部族。**

過了一會兒，小雲從荊棘叢裡現身。棘星看見他那虛弱的老態，不免吃驚。他的眼睛似乎一直定格在遠方，低身鑽出來的時候，腰腿都抖得厲害。

棘星的詫色也映現在葉池的眼裡，她快步走上前去，與小雲互觸鼻子。「你好嗎？小雲。」她問道。

「很好，」老虎斑貓粗嘎說道。「見習生正在幫忙找藥草，補充庫存量，所有貓兒都很健康。」

「可以讓我看一下你庫存的藥草嗎？」葉池提議道。「我可能有多出來的藥草是你們剛好缺少的。」

小雲的眼裡閃現喜色。「謝謝你，葉池，這對我們來說幫助很大。」

花楸星頸部的毛微豎，但他沒有出言抗議，於是巫醫帶路鑽進荊棘叢。葉池跟在後面。巫醫前腳才走，松鼻和撲尾就從湖那邊快步上來，後面拖著乾掉的蕨葉。棘星和煤心驚詫地互看一眼，心想他們竟然會找戰士去扛臥鋪的材料，不過這時他又想起影族的見習生本來就少，所以一些日常工作勢必得要戰士分擔。

「太好了，你們找了一些回來！」焦毛開心地對著那兩隻正走上來的貓兒大聲說道。

「我們把這直接送進育兒室。」松鼻嘴裡含著蕨葉，咕噥說道。「雪鳥和你的小貓，今晚就可以睡得暖和一點了。」

「我幫你扛進去。」煤心上前一步提議道。

「我也來幫忙。」蛛足也說道。

正費力拖著蕨葉的影族戰士看起來很願意接受幫助，但花楸星甩打尾巴。「影族貓不勞雷族貓費心，我們自己來就可以了。」他厲聲道。

「這一點無庸置疑，」棘星喵聲道，同時保持聲音冷靜。「不過有時候接受幫助並非弱者的表現。」

花楸星張大口鼻，松鼻和撲尾趕緊將蕨葉拖進營地裡，免得事端擴大。雷族戰士仍然站在原地。

棘星抽動耳朵，示意花楸星離開荊棘叢，借一步說話。「你聽我說，」他決定直接切入重點，於是開口道。「我知道寵物貓阻攔你越界狩獵。如果你願意的話，我可以提供一些戰士幫忙你打敗他們，就像當年你們剛搬進這塊領地時，我們曾經並肩作戰一樣。」

花楸星甩甩尾巴，肩膀的毛豎了起來。「誰告訴你的？」他質問道。

這話竟像是某種召喚，褐皮剛好叼著一隻瘦巴巴的黑鳥從矮樹叢裡走出來，跟在後面的其他隊員也都帶了一些瘦小獵物回來。她一看到站在花楸星旁邊的棘星，立刻停下腳步。

花楸星眼裡閃過了然的神色。「褐皮，」他吼道。「過來……現在就過來！」

褐皮將黑鳥交給其他隊員，快步走過去。

「是你，對不對？」花楸星質問她。「你告訴別族的貓，影族需要幫手。」

褐皮瞪了棘星一眼，彷彿是在怪他為何說出來。「沒錯，是我。如果我需要幫助，當然會去找自己的親弟弟。」

「你覺得這是效忠影族的表現嗎？」花楸星質問道。

「你沒有理由懷疑我的忠誠度。」褐皮的聲音尖銳，但又立刻放軟身段，朝花楸星上前一步。「請接受雷族的幫助吧。」她懇求道。

花楸星驕傲地抬起頭來。「我絕不答應。這是我的部族，我們要靠自己。」

棘星突然很能體會他的感受。**我不應該認定花楸星會搖尾乞憐地向我們求助。**「煤心、蛛足，我們走吧。」他喵聲道。「麻煩你們誰去幫我叫葉池回來。」

焦毛鑽進荊棘叢，過了一會兒帶著葉池和小雲出來。她快步走向棘星。他眼帶憂色地看了她一眼，發現她竟也一臉愁容。

「棘星，我想待在這裡，」她喵聲道。「拜託讓我待在這裡。」

棘星眨眨眼睛。「為什麼？」

「曦皮快生了。」葉池很快地小聲解釋道。「小雲的藥草庫存量根本不夠。我留在這裡可以幫他很大的忙。至於松鴉羽，就算我暫時離開幾天，他也應付得來。」

花楸星驚恐地瞪著她。「你是鼠腦袋嗎？」他開口道。「你以為……」

葉池打斷他。「花楸星，你要健康的小貓？還是不要？」影族族長還在猶豫不決時，她又繼續說：「你又不是不知道，巫醫是不必理會部族間的對立問題。難道你不願意給我機會執行星族賦予我的任務？」

她這番道理說得花楸星啞口無言，棘星很是佩服他的巫醫。

「如果有幫手，我會比較好做事。」小雲承認道。「只是幾天而已。」

花楸星朝老巫醫轉身，眼神帶著憐憫。「好吧。」

「拜託你，棘星。」葉池懇求道。「我很快就會回去。」

棘星猶疑了一下，最後垂下頭。「就照你說的吧。」

棘星蓬起尾巴的毛，示意蛛足和煤心向花楸星道別，隨即率隊走回雷族領地。葉池突如其來的決定到現在仍令他有點不知所措。

「你覺得葉池會永遠留在影族嗎？」煤心喵聲道。「畢竟小雲自從篠尾死後，就沒再收實習生了。」

棘星聽見他的隱憂竟被煤心大聲說了出來，不禁全身打起寒顫。「她當然會回來！」他厲聲道。「她是雷族貓。」

即便煤心被他喝斥得噤聲了，但他自己始終無法釋懷。

難道族貓對我失去了向心力？為什麼我總覺得我的族貓像水一樣正從我爪間流走。

第二十章

他一回到雷族的臨時營地，就瞄到松鴉羽從對面快步走來，亮心跟在一旁，他們的嘴裡都叼著一大坨藥草。松鴉羽在地道入口停下，彷彿他的盲眼看得到他們般，朝棘星的隊伍轉過身來。然後他丟下嘴裡的藥草，朝他們跑了過來。

「葉池呢？」他質問道。

「她待在那裡幫小雲的忙。」棘星解釋道。**情況不妙了。**

松鴉羽豎起頸部的毛髮。「你讓她留在那裡？那雷族怎麼辦？你以為我有足夠的幫手來照顧這些患了白咳症的貓嗎？」

「你有亮心幫你。」棘星直言道。

「這不一樣。」松鴉羽嘶聲道。

跟在後面走來的亮心對他眨眨眼睛，並沒有因為松鴉羽那句話而生氣。「我會盡量幫忙的。」她喵聲道。

松鴉羽哼了一聲，氣呼呼地走了。亮心滿

臉歉意地看了棘星一眼，也跟在後面匆匆離開。

空地的另一頭，松鼠飛正把鼠鬚、鴿翅和刺爪編進狩獵隊裡。她趁隊伍要出發時來到棘星旁邊。

「和花楸星的碰面情況怎麼樣？」

棘星說他提議幫助影族對付寵物貓，但花楸星拒絕了。

松鼠飛聳聳肩，不過綠色眼睛裡帶有同情。「花楸星要這麼決定，那也沒辦法。」

當松鼠飛朝她的狩獵隊走去時，棘星注意到潔西就站在附近聽著會面的始末。他正打算示意她過來，忙著把一小塊兩腳獸毛皮攤平在冬青樹叢上的玫瑰瓣突然大聲喚她。

「嘿，潔西，過來幫我曬毛皮！」

潔西立刻蹦蹦跳跳地跑過去找她。棘星很高興也很訝異，她對部族生活適應得這麼好。

「她真的會讓我們錯以為她是一隻部族貓。」他對正叼著八哥鳥從他身邊經過的灰紋這麼說。

灰紋點點頭，丟下嘴裡的獵物回答道：「其實我們應該察覺到寵物貓的潛力了。」他喵聲道，嘴角帶著一抹嘲弄的笑意。

「嘿，棘星！」櫻桃落從地道探出頭來。「來看看我們準備的新窩穴！」

棘星丟下灰紋朝她走去，灰紋只好拾起獵物走向新鮮獵物堆。棘星一進到地道裡，就看見每個窩穴為了達到更好的防風效果，都以樹枝編成的矮牆隔開。而且每座牆裡面都有用青苔和蕨葉鋪成的臥鋪。他伸腳去踩，感覺臥鋪幾乎都乾了。

「你覺得怎麼樣？」花落追問道。

「太棒了。」棘星回答道。**看起來很舒服。**

「等到玫瑰瓣把兩腳獸的毛皮拿進來，就更理想了。」櫻桃落喵聲道。「塵皮和蕨毛負責劃分窩穴，我和鼠鬚負責搭牆。」

「你們都做得很好，」棘星喵嗚道。「我想從現在起，我們應該都會睡得很舒服了。」

他再往地道深處走去，看到波弟正蜷著身子，睡在和見習生合住的窩穴裡。然後再往下走，才到松鴉羽和葉池的窩穴，病貓們就緊鄰在旁。松鴉羽和亮心正在岩縫裡塞放他們剛採集到的藥草。

莓鼻和錢鼠鬚都睡著了，呼吸聲聽起來已接近正常。琥珀掌看起來也好多了，正幫忙丟青苔球讓薔光撿當作復健。棘星注意到薔光最多只能撿兩、三次，就得停下來喘氣，這看在棘星眼裡很是不安。

沙暴也蜷伏在自己的臥鋪裡，不過他一趨近，她就抬起頭來跟他打招呼。「你的影族之行結果如何？」她問道。

「不太好，」棘星承認道。「花楸星不願意讓我們幫忙他驅趕寵物貓。」

「不過他倒是二話不說地就接受了我們的巫醫。」松鴉羽不耐煩地插嘴道。

「葉池很快就回來了。」棘星告訴他，並暗地裡希望這是真的，沙暴的咳嗽聲吸引他的注意，他覺得她看起來病得很重，綠色眼睛因發燒的緣故而顯得特別晶亮。「你還好嗎？」

「哦，很好，」沙暴回答道。「蕨葉的灰塵卡在喉嚨裡，我去外面呼吸點新鮮空氣吧。」

她站起來甩掉身上的蕨葉屑，走了出去。

「她的情況到底怎麼樣？」棘星請教松鴉羽，他就是放心不下那隻薑黃色母貓。

「她沒有綠咳症，」松鴉羽回答道。「所以應該沒事。不過住在一個溼冷的地道裡，對她來說百害無益。」

真希望我們能搬回山谷，棘星這麼想道。於是他大聲說道：「我想我去看一下水位有沒有開始下降。」

「我跟你去。」松鴉羽把幾根艾菊塞進縫隙後，就轉身對亮心說：「你留在這裡把事情做完，我馬上回來。」

外面空地上，棘星瞄見獅焰和黛西帶著大坨青苔回來。「我們要去檢查水位，」棘星喊道。「你們要一起來嗎？」

獅焰停下腳步，下巴夾了一大捆青苔。

黛西推推他。「你去吧，」她催他道。「我來整理臥鋪材料就行了。」

「謝了！」獅焰丟下青苔，跑過來找棘星和松鴉羽。

棘星一走進林子裡，立刻就聞到一股雷族的氣味，隨即遇見正帶著狩獵隊準備回營的松鼠飛。松鼠飛叼著一隻畫眉鳥，鴿翅和刺爪則抓了老鼠回來。

「你們的成果不錯！」棘星喵嗚道。

松鼠飛點點頭。「我覺得獵物已經漸漸回來了。」她滿嘴羽毛地說道。

「要不要跟我們一起去查看現在的水位如何？」棘星提議道。

「好啊，」松鼠飛把她的獵物丟在鼠鬚腳下。「幫我把這個帶進去，刺爪，你再帶一支狩獵隊出去，看來獵物還蠻多的，我們應該好好利用。」

其他隊員朝營地走去。棘星則帶頭步下山坡，松鼠飛走在他旁邊，獅焰和松鴉羽跟在後面。這幾隻貓兒都跟他很親，和他們同行的感覺很自在快活。他們似乎也有同樣感受，就這樣不再緊張的一路快步穿過林子。

這時後方突然傳來扭打聲，只聽見獅焰故意大吼：「影族貓，你竟敢越界，去死吧！」

「放開我啦，你這個大胖子！」松鴉羽抗議道，不過聲音倒是帶著笑。

松鼠飛霍地轉身。「喂，你們到底幾歲了？」

兄弟倆趕緊分開。「對不起。」獅焰咕噥道，不過眼裡還是閃著淘氣。「我不知道自己怎麼回事。」

「我等一下再來收拾你。」松鴉羽信誓旦旦地說道，隊伍再度出發。

他們又變得像小貓一樣……我們的小貓，棘星心想道。但他突然悲從中來，因為他想到了冬青葉。**她本來應該和我們在一起，願她在星族安息。**

一抵達崖頂，四隻貓兒便往下俯瞰，掃視那片淹漫窩穴的洪水。

「還是跟以前一樣深。」棘星灰心地喵聲道。

「不見得吧。」獅焰用尾巴指著崖壁上一團溼淋淋的樹根，它的下面就是以前育兒室的所在。「你們看到那個了嗎？看來應該是最近水退了才冒出來的。」

棘星點點頭，試圖回想上次來查看時，有沒有那團樹根。

獅焰喵聲道：「前陣子我們到地道深處探索時，你曾在地上刻了一道痕跡標示水位。也許我們也可以在這裡這麼做。」他皺眉道。「不過我不確定要用什麼方法，在崖邊刻痕做記號。」

「也許不必刻，」松鼠飛打斷道。「我們可以到林子裡的淹水區邊緣，用木棍來標示水位。」

「好主意！」棘星同意道。

於是貓兒們循著崖頂走到水邊，這才停下腳步，眺望湖面和淹在水裡的森林。棘星感覺到腳爪陷進泥地裡。

「真是吃到老鼠屎了！」松鴉羽咒罵道。他才往前多踩了一步，整條腿就陷進泥巴裡，想後退都舉步維艱。

獅焰傾身過去，叼著他的頸背拖了回來。「鼠腦袋，多用用你的鼻子！」他嘶聲道。

松鴉羽聳肩甩開他。輪流抬起每隻腳，甩掉黏稠的泥巴。獅焰趕緊往後跳，免得被噴到。

「這裡的氣味變得完全不一樣了，」過了一會兒，松鴉羽喵聲道。「連身上的毛髮都感覺得到空氣怪怪的。」

棘星站立不動好一會兒，凝神看著被水淹沒的領地，這才明白這裡改變了好多……也許再也回不到從前了。**我懷疑以後還能在這樣的森林裡狩獵嗎？**

這時松鼠飛推了他一把。「別發呆了！」她喵聲道。「我們去找些木棍來。」

她和棘星、獅焰在斜坡處分散各自尋找細長的木棍，以便插進泥地裡作為標記。他們把木棍帶回來給松鴉羽，後者將尾端咬成尖頭狀。

「這味道好噁心，」他咕噥道，同時吐出一口樹皮。

「我希望我們也可以像這樣在山谷裡做好水位記號。」松鼠飛把第一根木棍插進溼地時，這樣說道。

「我也這麼想，」棘星附和道。「以後我們只需要在崖上記錄水位退到了那裡就行了。」於是他們沿著水邊，在山谷和一棵白蠟樹間標示水位記號，那棵水邊的白蠟樹正被洪水不斷地沖刷著樹根。

訓練場就在那底下，棘星悲傷地想道。這時他瞄見松鴉羽偷偷接近正背對著他、忙著在泥地裡插上木棍的獅焰。棘星張嘴想警告獅焰，但隨即又闔上，準備看好戲。

松鴉羽躡手躡腳地走近獅焰，等到只剩一條尾巴的距離時竟用力踩水，濺起碩大的水花，噴得獅焰全身濕透，自己則趕緊往後一跳，免得被噴到。

獅焰火大地轉身。「笨毛球！」

「就說我會收拾你吧。」松鴉羽得意地舔舔其中一隻腳爪，再搔搔耳後。

「你等著倒大楣吧！」獅焰齜牙咧嘴地撲向他弟弟，松鴉羽則趕緊逃進林子裡。

棘星聽見他們在林子裡追逐，忍住喵嗚笑意。

「真開心看到他們又玩在一起。」松鼠飛說道，她快步走向他，幫忙將獅焰插的那根木棍往下固定。「好了，都完成了。」她突然頓住，不再說話。棘星發覺她正朝他身後張望，於是轉身，竟看見潔西在幾條尾巴遠的地方注視著他們。

「她要做什麼？」松鼠飛喵聲道。

棘星覺得有點不自在。「我不知道，我過去問問她。」他走上去找寵物貓，心想會不會是臨時營地發生劇變。「有什麼事嗎？」

潔西兩眼炯亮地看著他。「對不起，我是不是打擾到你們了？」她喵聲道。「沒什麼事啦，如果你在忙，可以晚點再說。」

「不忙，現在這時候剛好。」棘星告訴她，然後回頭對松鼠飛喊道：「去叫那兩個頑皮的毛球回來，準備回營地了。」說完便帶著潔西沿著淹水區的高處朝影族邊界走。「有什麼需要我幫忙的嗎？」

潔西沒有回答，反而停下腳步，看著被淹沒的森林。「我很好奇洪水來之前，這裡是什麼樣子。」

「這裡很美，」棘星立刻回答。「有長草叢，有大片的蕨葉叢和荊棘叢供獵物藏身。綠葉季的時候，太陽會透過枝葉在地面灑下斑駁的陽光。空氣裡充滿各種氣味……嫩葉冒出頭來，還有溫熱的獵物味道。到了禿葉季，這裡會被冰霜和白雪覆蓋，冷到你全身刺痛，卻又感覺到充滿生氣！」

「你喜歡住在這裡，是嗎？」

「是啊。」棘星喵聲道，同時繼續往前走。「我還記得以前的老家，也夢見過它，不過……我一直相信星族帶我們來對了地方。」

「你確定嗎？」潔西追問道，因為她察覺到他語氣裡有些許的懷疑。

「我必須相信這場洪水終會退去。」棘星告訴她。「不過潔西，」他追問道，「你跑來找我，應該不是只想聊森林的事吧？」

潔西瞇起眼睛。「當然不是，我想談一談害影族深陷麻煩的那些寵物貓。我知道他們是誰。」

「你知道？」棘星頓時興奮了起來。「是誰？」

「有一幫寵物貓和幾隻流浪貓很愛宣稱那一部分的森林是他們的。」潔西回答道。「他們在那裡狩獵……不過也從沒抓到什麼獵物啦。」她又說道，同時用一種淘氣的目光覷著棘星。**我看她這輩子永遠都會記住我說過的那句話。**「你繼續說。」

「我和那些寵物貓不是很熟，」潔西繼續說道。「可是我記得有一隻叫吉基，另一隻叫里加。我曉得他們住在哪裡，還有平時都在哪兒活動。」

棘星感覺到背脊上的毛全豎了起來。「你是在建議我們直接攻擊他們，不必事先徵求影族的同意？」

潔西聳聳肩。「這也不是不可行啊。」

棘星在那一瞬間不免佩服潔西的勇氣，對她來說，我們是一群很陌生的野貓，她竟然願意幫忙我們。

「我看得出來，你姊姊對你來說很重要。」潔西又說道。棘星很訝異她那敏銳的觀察力，但不知道該怎麼回答。她又開口道：「很多貓兒都有親戚在別的部族嗎？」

「我的星族啊，當然沒有！」棘星大聲說道。「貓兒都是住在原生部族裡。部族忠誠度對我們來說很重要。投效別的部族會被認為是叛徒，也很難取得新部族的信任。褐皮當初之所以住在影族，純粹是因為我們的父親當上了影族族長的關係。」

「哇嗚！」潔西瞪大眼睛。「那你為什麼不一起去？」

棘星遲疑了一下。**我不能告訴她虎星的事，到時恐怕得在這裡待一整天才說得清楚始末。**「這事……很複雜，」他最後說道。「雷族始終是我的家。我想念褐皮，但我從不後悔自己的選擇。」

他和潔西沉默地繼續往前走，直到棘星聞到影族邊界的氣味記號。「我們應該打道回府了。」

「好吧，」潔西跳起來站好。「但是我們會攻擊這些寵物貓吧？我可以告訴你們到哪裡找到他們。他們常常晝伏夜出。所以夜裡是襲擊他們的最好時機。」她跳起來單爪一揮，打中一株峨參，小白花瞬間散落在草地上。「我們來好好教訓他們，叫他們少惹部族貓！」

「等一下，」棘星警告道。「我又還沒決定。我必須先與族貓們商量過。」

潔西當下的表情很是受傷。「可是……」

這時突然傳來貓兒穿過矮樹叢的聲音，打斷了潔西的話。棘星愣了一下，但隨即聞到雷族的氣味，這才鬆了一口氣。一支巡邏隊映入眼簾，為首的是雲尾，後面跟著樺落和白翅，以及白翅的見習生露掌。

「棘星！」雲尾貼平著耳朵跑了過來。「那些專吃垃圾的影族貓又越界了。」

棘星看得出來所有巡邏隊員都憤怒到毛髮直豎，眼裡燃燒著怒火。

「我們是在邊界內的幾條尾巴距離裡聞到他們的氣味。」樺落確認道。

「一定是他們到邊界另一頭狩獵，結果被你說的那些寵物貓攻擊，」白翅喵聲道。「結果就改成跑到我們這裡來狩獵。」

「我們不能輕易饒過他們。」雲尾低吼道。

「當然不能。」棘星同意道。於是他轉身對潔西喵聲道：「看來你的計畫派上用場了。」

傍晚的天氣清朗，夕陽紅霞透過雲縫灑下。地道外有長長的黑影劃過空地，樹枝在沁人的冷風下窸窣作響。

自從洪水來犯之後，這是我見過最好的天氣了，棘星滿懷希望地想道，**也許一切會慢慢改觀。**

他跳上土石堆的頂端，大吼一聲：「請所有成年貓都到地道外開部族會議。」地道附近有很多貓兒正把握時間，趁著最後一道陽光消失前曬暖身子，這時聽他這麼一吼，都驚訝地喵聲以對。在空地遠處練習戰技的見習生們也暫時停止，一路吱吱喳喳地來到土石堆底下，後面跟著他們的導師。黛西、櫻桃落和花落也從地道裡出來。過了一會兒，波弟也現身了，身上沾滿青苔的他噗通一聲坐在見習生旁。潔西跑過去找正在拱狀蕨叢下方分食一隻黑鳥的法蘭奇和敏蒂，她催促他們快去加入其他貓兒。松鴉羽走出來坐在地道口，病貓們都圍坐在他旁邊。

「雷族貓兒們！」棘星等到大家都到齊了才開口說道。「還有我們的訪客們！」他向三隻寵物貓點頭致意。「你們也知道，寵物貓一直在影族林子高處邊界的另一頭騷擾他們，明天我將帶隊去驅趕那些寵物貓。」

「什麼？」塵皮跳了起來。「你的腦袋被蜜蜂叮壞了嗎？」

「你曾提議協助影族，但遭到他們拒絕，」灰紋直言道。「花楸星不會感激你擅自干預的。」

其他多隻貓兒也都出聲抗議。棘星低頭俯瞰，發現他們個個毛髮倒豎、耳朵抽動。**幸好我還沒告訴他們這點子是潔西提出來的。**

「如果放任寵物貓不斷地攻擊影族貓，」他繼續說道，但又強迫自己保持鎮定，「那麼影族就會改到我們的領地裡狩獵，甚至進入我們邊界外的林子裡狩獵。所以解決掉那些寵物貓，對我們一樣有利。」他看見幾隻貓兒的表情開始出現興味，這才鬆了口氣。不過他知道大多數的貓兒仍不認同。

「為什麼不讓影族貓自己解決問題呢？」鼠鬚反駁道。「他們遇到的是寵物貓欸！看在星族的份上，要解決寵物貓這種問題能有多難啊？」

「以前我們也遇過很刁鑽的寵物貓，」仍坐在地道裡的沙暴從裡頭喊道。「更何況洪水也多少削弱了影族的實力。」

「我們的實力也被削弱了啊，」玫瑰瓣反駁道。「再說我們為什麼要冒著生命危險去幫助影族貓？他們有為我們做過什麼嗎？」

「沒錯，我們是熬過了大戰役，但我們沒有理由代表影族出征。」蕨毛附和道。

棘星低頭瞥看，捕捉到潔西的目光。她看起來好像被反對的聲浪嚇到了。他注意到松鼠飛也正看著潔西，接著那雙綠色目光就直接掃向他。到目前為止，她還沒開口表示意見。

戰士一個個轉頭去看副族長，等她發表意見。松鼠飛注視了棘星好一會兒，這才起身。棘星發現自己正屏息等著她的看法。

「我認為我們應該採取行動，」她喵聲道。「不能任由一群寵物貓將影族貓趕進我們的領地。如果影族貓沒那本領趕走他們，就由我們來代勞！」

棘星聽見族貓們紛紛響應、附和副族長的發言。空氣中充斥著貓兒們的吶喊聲。鼠鬚和玫瑰瓣也在其中。

「說得有道理。」灰紋大聲說道。

「是啊，我們去趕走他們！」刺爪吼道。

花落將爪子戳進泥地裡。「森林屬於貓戰士的，不是寵物貓的！」

棘星注意到法蘭奇和敏蒂被他們的反寵物貓言論給嚇得有點不知所措。蜜妮靠過去，棘星聽到她正小聲安慰：「別擔心，他們不是針對你們。他們只是就事論事。」

「好，那就這樣說定了。」棘星大聲說道。「想要加入的戰士現在就來找我報名。」他滑下土石堆，毛髮和爪間不免沾到了泥土。雲尾、刺爪、煤心、獅焰、花落、藤池和她的見習生雪掌都來到土石堆底下找他。

「見習生不能參加。」棘星瞥了雪掌一眼說道。

雪掌表情受傷地後退一步。

「為什麼不行？」藤池問棘星。「他們早晚都得上戰場。況且對手若是寵物貓，應該不會比跟其他部族打仗來得危險吧。」

棘星偏頭想了想。「你說得沒錯。好吧，雪掌，你一起來。」

雪掌發出興奮的尖叫聲，跳了起來。他的姊姊琥珀掌也走出地道，跑了過來。「我也要去。」她懇求道。

松鴉羽用尾巴圈住她的脖子，拉了回來。「想都別想。你病都還沒好呢。」他無視琥珀掌的抗議，直接將她拖回地道。

「露掌，你呢？」棘星看見還有一隻年輕的貓兒在附近徘徊，於是追問道。露掌瞪大眼睛，灰白色毛髮看起來很凌亂。

「我留在這裡幫忙看守營地。」白翅搶在見習生前面回答。「露掌若是想去，就跟你們去。」她補充道，同時瞥了旁邊的見習生一眼。

露掌搖搖頭。「白翅，沒關係，我留下來幫你的忙。」

棘星注意到百合掌偷偷走到戰士群的前面，他趕緊對她的導師罌粟霜搖搖頭。**籽掌才剛過世沒多久，百合掌可能還沒完全復元，不適合出征**。罌粟霜會意地點點頭，彎腰對百合掌輕聲說話。

松鼠飛穿過棘星四周的戰士。「我們什麼時候出發？」

「你不必去。」棘星告訴她。「我需要你待在營裡坐鎮。」

松鼠飛瞪大綠色眼睛。「你的意思是你要親自率隊出征?這又不是什麼大不了的戰役，不需要族長親自上場。」

「是我主動發起的，」棘星提醒她。「自然有義務參加，和我的族貓一起共患難。」

松鼠飛勉為其難地點點頭。「好吧，我留下來。」

棘星環目四顧，找到坐在法蘭奇和敏蒂旁邊的潔西。「潔西，」他朝她喊道。「你跟我們一起去，可以嗎?我們需要你帶路。」

潔西點點頭地站起身，穿過貓群，朝他走來。

「寵物貓打寵物貓?」松鼠飛在棘星耳邊嘶聲問道。

「事實上，這點子是潔西給的。」棘星低聲回答。「她認識這些寵物貓。」

松鼠飛的眼睛瞇成一條綠色的線。「為什麼她想幫助影族?」她語氣懷疑。「她是不是在利用我們，幫她解決以前的宿怨?」

棘星明白她的質疑不無道理。「不，我相信她。」他回答道。「我很欽佩她有勇氣提出這樣的建議。」

松鼠飛哼了一聲。「小心點。你要記住，我們其實並不真的瞭解她。」

法蘭奇跟著潔西過來找族長，他開口說道：「棘星，如果可以的話，我也想參加。」

棘星看看他，又看看躲在法蘭奇背後偷窺的敏蒂，後者一想到要上戰場，便驚恐地瞪大眼睛。「不用了，」他喵聲道。「謝謝你的好意，你還是留在這裡，繼續接受訓練。你也一樣，敏蒂。」他的目光掃過集合完畢的戰士們。「我們黎明時出發。」

第二十一章

灰濛濛的微光籠罩森林。現在離太陽爬上山頂的時間還很久，但棘星已經帶著隊伍離開營地，穿過沾滿露水的矮樹叢，直接爬上山坡，通往邊界的最高處。他率領族貓們跨過雷族的氣味標記，滿懷期待地進入未知的森林，心情激動到腳爪微微刺痛。

越過山脊後，棘星便要求潔西在前方帶路，沿著邊坡走下去，這裡是影族領地以外的疆域。雷族貓以前從沒來過森林裡的這個區域。他們小心翼翼地走在巨大的橡樹林底下，多瘤的樹根往外蔓生，彷彿是為了絆倒那些不長眼的腳般。黎明寒冽，萬物靜悄悄的。

橡樹漸稀，取而代之的是黝黑修長的松樹林。地上一層厚厚的針葉，踩上去很有彈力。花落被某處的鳥叫聲給嚇得從地面上跳了起來，起碼跳了一條尾巴那麼高，事後只好尷尬地舔舔毛髮，故作不在意。

「別擔心，」棘星告訴她。「我們都很緊

張。這地方對我們來說太陌生了。」

「我不喜歡這裡，我覺得他們一定能從遠處就看到我們。」雲尾喵聲道，同時揮動尾巴，指著那一根根挺拔的松樹，樹林間完全沒有矮樹叢。「我這一身白毛就像香菇一樣明顯。」

「我也是。」雪掌也憂心地說道。

「你們可以到泥巴和針葉裡滾一滾，」刺爪提議道。「那些寵物貓就可能會以為你們是兩棵灌木。」

「這主意不錯。」雲尾回答道。他瞄到樹底下有塊凹地都是泥巴，於是帶雪掌過去。棘星和其他貓兒就看著這兩隻貓兒在泥地裡打滾，直到全身沾滿針狀的松葉。

「真好玩！」潔西大聲說道，一臉好奇，眼裡還閃著興味。「貓戰士竟然可以為了偽裝而這樣犧牲。」

刺爪很是防備地看她一眼。「我們又不是寵物貓。」

他們繼續前進，這時棘星開始嗅到影族貓的氣味，但那味道很陳腐。雖然某處的影族氣味甚至還混雜著松鼠的血腥味，但他不認為這幾天影族貓有來過這裡。

他們沒走多遠，雲尾就來到棘星旁邊，身上傳來陣陣的泥巴臭味，棘星強忍住，不敢抽動鼻子。「我們真的要帶寵物貓上戰場嗎？」

「我知道她沒受過什麼訓練，」棘星喵聲道。「所以我們只要確保她，不被對方盯上單挑就行了。」

雲尾咕噥道：「我們到時可能都自顧不暇了。」

「我還蠻期待這場仗的！」棘星聽到獅焰在他身後開口說道，語氣頗為興奮。「已經好幾個月沒使出戰技了。」

「這是好事啊。」煤心回答道。

「我知道啊，」獅焰告訴她。「我的意思並不是我希望大戰役捲土重來。別誤會我好不好。只不過眼前這場仗能有多難打呢？不過是教訓幾隻寵物貓，別來煩部族貓而已。」

棘星回頭瞥了一眼。「這些寵物貓曾經打敗過影族貓。」他直言道。

獅焰眼睛一亮。「是哦，影族貓。」

「別忘了，你再也沒有……沒有異能了。」煤心警告他。「你跟其他貓兒一樣會受傷。」

「我會小心的，」獅焰回答她，邊說邊收張著爪子。「別擔心。」

煤心好像不相信他似地滿臉懷疑，但沒再吭氣。

「嘿，棘星，」藤池的聲音從幾條尾巴遠的地方傳來。「過來看這個！」

藤池和她的見習生一直走在另一頭。現在她們正站在一堆白色物體前面。棘星走近去看，聞到影族氣味，這才發現那坨白色物體是鴿子散落在地上的羽毛。

「影族一定是在這裡宰了這隻鴿子。」藤池喵聲道。

棘星點點頭。這味道比先前聞到的味道還要新鮮。

「影族似乎很能照顧自己啊。」刺爪大聲說道，同時跳了過來，聞一聞那坨羽毛。「他們真的需要我們幫忙解決那些寵物貓嗎？」

「只有一隻死鴿子，並不代表獵物堆是滿的。」棘星喵聲道。「別忘了如果影族餓肚子，我們的邊界也會遭殃。」

隊伍再度前進，但棘星不免開始懷疑此行的任務。**我不能讓褐皮的部族挨餓**，他很堅定地告訴自己，**而且我們必須保護自己的領地**。但是一想到可能在這裡被影族巡邏隊活逮，就又覺得頭皮發麻。

再往前走沒多遠，棘星發現松樹也漸漸稀落。他突然愣在原地，因為他隱約聞到一頭兩腳獸和一隻狗的味道，後來發現原來牠們很久以前就離開了，這才鬆了口氣。

潔西快步走到他旁邊。「你看到那棵樹墩了嗎？」她喵聲道，同時揮動尾巴，指著一棵被閃電劈斷的樹。「我以前看過它，我們一定是快到了。」她更加小心地往前走，不停地嗅聞，其他隊員跟在後面。

「這裡有寵物貓的氣味，」潔西抬起頭大聲說道。「我確定他們就是一再騷擾影族的那幫貓兒。」

「你為什麼這麼篤定呢？」花落追問道。「我們不能攻擊無辜的寵物貓。」

「寵物貓才不無辜呢！」雪掌大聲說道。「他們都又肥又懶。」

潔西故意清清喉嚨。

雪掌趕緊移開目光、貼平耳朵。「對不起。」他咕噥道。

「不必要的爭戰，我們絕對不涉入。」棘星向他的族貓們保證。「藤池，你走那個方向，」他揮動尾巴。「煤心，你走那條路。找出更多寵物貓的氣味痕跡，以及影族巡邏隊的任何蹤跡。」

我真不想在這裡被逮到，兩隻母貓朝相反方向各自離開後，他這樣想道，**畢竟現在這裡是影族的狩獵場。**

棘星在原地等待，直到煤心和藤池回報沒有寵物貓的氣味。

「我們得再深入一點，」潔西喵聲道。「走這裡。」她帶著他們繼續往前走，這裡的樹木變得更稀疏了，林間長滿茂密的矮樹叢。他鑽進灌木叢，但毛髮老是被勾住，甚至扎進皮膚裡。一出灌木叢，便是開闊的空地，遠處盡頭有一排兩腳獸的籬笆。

其他隊員也紛紛鑽了出來，陌生的環境和兩腳獸的氣味，在在都令他們毛骨悚然。倒是雲尾快步走到棘星面前低聲說道：「這裡讓我想起了以前的舊森林，我是說舊森林與兩腳獸地盤的交界處。」

「你說得沒錯，」棘星同意道。「同樣的植物，同樣的氣味。」

「我母親公主就是住在像那樣的巢穴裡。」雲尾補充道。「火星也是。」

棘星點點頭，不免遺憾再也見不到舊森林了，這時潔西的呼喚聲打斷了他的思緒。

「我知道這裡是哪裡了！我認得那棵有大白花的樹。來吧。」

她開始往前跑，步伐愈來愈有自信，其他隊員追在後面。

「你們看，那棟巢穴的籬笆壞了！」潔西喵聲道。「我以前曾在那裡和一些小兩腳獸玩。快到了。」

「我覺得她只是在炫耀，」跑在棘星旁邊的刺爪嘴裡嘟囔道。

「如果沒有她帶路，我們一定會迷路，」獅焰直言道。「我是說真的。」

最後，潔西停下腳步，隊員們全圍著她。「我記得住在這籬笆後面的寵物貓叫維特，」她開口道。「他會跟吉基和里加到森林裡去。要說誰最會作怪，就屬這三隻貓了。」

「謝了，潔西。」棘星朝隊員們轉身。「你們待在這裡，」他下令道。「我和潔西先去前面查探一下。」

他在跳上籬笆時，注意到戰士們都不太高興，不過也沒有出言反對。潔西跟著跳上來，他們俯瞰兩腳獸巢穴後方那塊方正的草地。草地四周長滿灌木和兩腳獸的鮮豔花朵。

「沒有看到維特，」潔西說道。「他可能去拜訪其他貓了。」

「我們去看看吧。」棘星喵聲道。

於是潔西帶著他沿籬笆頂端往前跑，不時檢查籬笆底下的四方形草坪。棘星聞到各種貓兒的味道，但仍不見他們的蹤影。

突然一陣濃烈的氣味傳來。「你是誰？要做什麼？」他身後傳來低吼聲。

棘星霍地轉身，但籬笆頂端狹窄到很難保持平衡。一隻魁梧的黑白色公貓站在他面前，齜牙咧嘴地低聲吼叫。

「你又是誰？」棘星問道。「你是維特嗎？」

「不是，我是他的朋友。」黑白公貓回答。「我叫韋斯特。」他打量棘星並對潔西說道。「我在附近見過你，我不知道你叫什麼名字，不過你為什麼跟這些野貓在一起？」

「我叫潔西。這位是棘星。」潔西回答道。「我們是來告訴你們，請別再騷擾野貓。」

儘管她的語氣不屑，但不夠鏗鏘有力。**他們為什麼要照我們的話做，除非我們用爪子證明**

給他們看，棘星心想。

「哦，當然好啊。」韋斯特不懷好意地說，「我們一定……不照你的話做！」

棘星覺得站在籬笆頂端很容易受到攻擊，他伸出爪子，腿卻搖搖晃晃地。韋斯特一臉鄙夷地彈動尾尖，威嚇地向前跨一大步，幾乎是與棘星直接對峙。雖然棘星知道他身後的潔西豎直毛髮，隨時準備上場打架，但他不可能在籬笆上頭與對方開戰。

韋斯特是真的打算趁我們還站在籬笆上時就撲過來嗎？棘星不免好奇，**當然囉，寵物貓的平衡感是很好，但並非那麼厲害！**

「準備跳下去，」他低聲對潔西說道。「到地面開戰。」

「是哦，」一個陌生的聲音從他身後傳來，就在潔西後面。「這主意真不錯。」

棘星回頭看，發現籬笆上還有三隻寵物貓正朝潔西擠過來，他們的毛髮豎得筆直，目光放肆、眼神炯亮。

「那是維特，」潔西用尾巴指出那隻帶頭的淺棕色虎班貓，低聲說道。「他後面的薑黃色母貓叫史嘉莉，銀毛貓叫歐哈拉。相信吉基和里加就在附近。」

歐哈拉朝棘星揮動尾巴。「真高興見到你。」他喵嗚道。

這句話就像信號般，四隻寵物貓立刻朝棘星和潔西撲過來。

「快跳！」棘星大吼道。

他和潔西連忙從籬笆上往林子那頭跳下來。寵物貓憤怒地嘶吼，也尾隨著一躍而下。棘星被跳在他身上的歐哈拉壓得摔在地上，他翻滾一圈，趕緊跳起來，利爪劃過銀毛貓的腰腹。

潔西勇敢地與韋斯特扭打，不過再怎麼英勇，體型終究沒有韋斯特壯碩而慘敗。韋斯特顯然是個很有經驗的格鬥者。他用利爪壓制住潔西，使她無法移動反擊。歐哈拉退開來，棘星正打算跳過去幫潔西一把，突然被兩隻貓兒從後面撞上。他慘叫一聲，感覺有爪子戳進肩膀。他扭身一轉，發現眼前站著的是維特和史嘉莉，他們目光炯亮、肩部的毛聳立，試圖將他箝制在地。

棘星突然想起自己所受過的戰技訓練，立刻癱軟身子，任那兩隻寵物貓將他壓倒在地。

「膽小鬼！」史嘉莉揶揄道。「我還以為你們野貓多會打架呢！」

棘星不待回答，立刻跳起來反撲，用後腿站穩後，前爪全力反擊，利爪劃過維特的口鼻。寵物貓痛苦尖叫，從戰線上退了回去。棘星的第二掌揮了出去，雖然擊中史嘉莉的耳朵，但她沒有退卻，頭一甩就又再度往棘星身上撲了過來。維特恢復元氣，也加入戰局，將棘星壓倒在地。他的腳爪完全無用武之地，卻在這時瞄見一隻修長的黑貓衝過來加入戰局，另一隻黃白相間的寵物貓也跟在後面。

哦，不，那一定是吉基和里加！我和潔西完蛋了！「雷族貓，進攻！」他尖聲大吼。

被壓在史嘉利和維特身下的棘星不斷掙扎。他本來以為他的族貓沒聽見他的喊叫聲，卻在這時傳來殺敵的怒吼聲，聲響大到甚至淹沒了戰場上的尖叫聲。雷族貓隨著吼聲衝出了矮樹叢。

感謝星族！我的戰士終於到了！

寵物貓的重量頓時從棘星身上消失，他瞥見煤心正把維特追進矮樹叢。藤池衝了過來從側面狠狠劈了史嘉莉一掌，雪掌則依樣畫葫蘆地從另一側再劈出一掌，嚇得史嘉莉根本不知道該防備哪裡。

藤池，你把見習生教得很好，棘星心想。

雲尾把韋斯特從潔西身上拉開，出拳連續痛毆他的耳朵。潔西蹣跚地站了起來，雖然身上受傷、流了血，仍然四處張望著尋找下一個對手。棘星朝她跑過去，但被黃白相間的寵物貓擋住，那寵物貓一路怒嚎著朝他衝來，伸出利爪準備痛擊他。但被棘星低頭閃過，再隨即往寵物貓的胸前撞過去，將他扳倒在地，撲上去用四條腿連番痛毆對方腹部。寵物貓不斷扭動才好不容易脫身，趕緊逃跑。

棘星站起來，查看自己的傷勢，總覺得剛剛的混戰，害自己的頭到現在都還昏沉沉的。**我從沒想過寵物貓也會有這麼好的戰技！**這時他看見歐哈拉絆倒獅焰，騎在他身上，爪子劃過獅焰的肩膀，煤心上前一把抓起，將他趕走。獅焰站了起來，眼裡滿是怒火地狠瞪煤心。棘星知道獅焰是在氣煤心竟然認為他需要幫手救他，哪怕煤心的傷口也在流血。

雷族貓漸漸將寵物貓趕回兩腳獸的籬笆裡，他們的精良戰技終於壓制住對手肆無忌憚的攻擊。棘星瞄見潔西正在模仿他的招式，低頭躲開黑色寵物貓揮過來的一拳，再順勢將對方推倒在地。地上的黑色寵物貓滾了幾圈，逃開潔西的爪子，溜之大吉。

潔西學得很快！棘星暗自佩服。「那招不錯！」他朝她喊道。

維特從附近一株灌木衝了出來，撲上花落，花落被他的重量壓得踉蹌了幾步。棘星跳上去拖開維特，用尖牙猛咬寵物貓的尾巴。維特慘叫著霍地轉身，想找他算帳，但重心一個不穩，被棘星輕易地推倒在地。

棘星的兩隻後腿將維特壓制在地，居高臨下地揚起爪子，劃過維特的喉嚨。「你認輸了嗎？」他吼道。

維特齜牙咧嘴地吼道：「要殺要剮，隨便你，你這隻跳蚤貓！」

棘星放開他，退了回去，等他的手下敗將蹣跚地爬起。「你認輸了嗎？」他又問道。

維特疑惑地看了他一眼，似乎不確定自己為什麼還活著。除了那隻早已逃之夭夭的黑貓之外，其他寵物貓都圍了上來，帶著威嚇的表情。

「若無必要，戰士不會隨便開殺戒。」棘星告訴他們。「但你們必須讓野貓在森林裡的這塊區域狩獵。」

「憑什麼要答應你們？」史嘉莉冷笑道。

「如果你們不答應，我們會找更多戰士來，到時就別怪我們無情了。」花落吼道。

寵物貓還在猶豫，直到金色毛髮被鮮血染紅的獅焰眼露凶光地上前一步。他無需多說什麼，所有寵物貓都自動躲開。

「好吧，」維特終於同意道，語調聽得出來仍有些心不甘情不願。「我們不會再騷擾那些吃松鼠的野貓。」

「很好。」棘星正打算集合隊伍離開，卻聽到身後傳來另一個聲音。

「我的星族啊，你以為你在做什麼？」

第二十二章

棘星霍地轉身。花楸星站在一隻狐狸身長外的地方，松鼻、雪貂爪和他的見習生釘掌分立兩側。四隻貓兒全都怒髮衝冠，體型看起來比平常大了兩倍，滿臉怒氣地瞪著雷族貓。

「你們好大膽子，竟然敢來這裡？」花楸星嘶聲道。

棘星知道寵物貓早溜走了，於是上前一步，試圖找話來為自己和隊員們辯解。**狐狸屎！我還以為我們可以神不知鬼不覺地處理完這件事，不用讓影族知道我們來過這裡。**

「你們憑什麼為我們出征？」花楸星吼道。「現在這裡是我們的領地。你們憑什麼來這裡？」他用力地把爪子戳進地裡，彷彿在說他的爪子其實很想往棘星臉上劃過去。「你說過你想幫助我們，我們拒絕了。為什麼你聽不懂呢？」

「我認為……」棘星開口道。

「認為！」花楸星啐道。「火星也是這副

德性，他總是認為只有他才能為所有部族著想。」

棘星像被狠狠地螫了一下，只能愣在原地。他強迫自己保持鎮定，不希望其他貓兒認為他愛多管閒事，自以為優於其他族長。「潔西給了我一些內部情報，」他喵聲道，同時用耳朵指指棕色母貓。「她知道這些愛惹事生非的寵物貓住在哪裡。」

花楸星瞪著潔西。「因為她本身就是寵物貓，不是嗎？所以雷族現在也在吸納寵物貓啦？」他冷笑道。「真沒想到！」他甩打著尾巴。「少管我們的事，棘星，管好你自己的部族就行了。」

花楸星一聲令下，影族貓立刻圍住雷族貓，準備將他們押解回雷族領地，不准他們分散開來。棘星覺得自己就像越界者一樣地被對待。**不管花楸星說什麼，反正是我們救了這群可憐蟲，**棘星憤憤不平地想道，但還是保持沉默，因為他知道再多說也無益。

他們穿過影族領地，抵達草地附近的雷族邊界。

「現在給我滾出去，不准再進來。」花楸星吼道，隨即點頭示意，集合自己的隊伍，揚長而去。

「這些不知感恩的癩皮貓！」影族貓一消失在矮樹叢裡，雪掌立刻脫口而出。「我們是在幫他們欸！他們應該感激我們！」

「嗯……」藤池彈動耳朵。「也許我們應該等對方求助，再伸出援手。」

「也許我們根本不該幫他們。」刺爪喵聲道。

「我真不敢相信他們會那麼生氣。」潔西低聲道，眼睛仍瞪得斗大，滿布驚恐。「很抱歉，棘星，我不該害你惹上麻煩的。」

「不是你的錯，」棘星告訴她。「是我做的決定。而且如果這決定能讓影族貓不再進入我們的領地，那就表示我們沒有做錯。」

我真希望可以這樣說服自己，他在心裡對自己說，同時望著遍體鱗傷的戰士們，不免懷疑自己開戰的理由是否正當？又或者他只是被潔西大膽的提議牽著鼻子走？

等到棘星帶隊回到營地時，已經過了正午。大部分的族貓都在空地上伸著懶腰，試著趁雲縫裡還有些許陽光灑下時，讓自己曬得更暖和一點。正在地道入口附近跟蕨毛說話的松鼠飛，一看見他們回來，立刻跳了起來。

「我的星族啊！」她大聲喊道，朝他們跑去。「這是怎麼回事？」

「寵物貓幹的。」棘星簡單地回答。

「可是……你們都傷得不輕！」松鼠飛的綠色眼睛布滿驚恐，她立刻轉身跑回地道。「松鴉羽！」她喊道。「快過來！我們需要你！」

巫醫很快從地道裡出來，張開嘴巴嗅聞空氣，棘星知道他馬上會聞到血腥味。

「我早該知道這是個錯誤的決定。」松鴉羽喵聲道，同時走近他們，逐一嗅聞傷口。「尤其葉池這會兒又在影族營地裡，我需要她在這裡幫我的忙。」

哦，星族啊！棘星心想道，**希望花楸星不會把怒氣發洩在我們的巫醫身上。**

法蘭奇和敏蒂穿過空地跑來找潔西，他們看見她的肩上正在流血，表情都嚇壞了。

「你真的上場打架了？」敏蒂問道，眼睛瞪得斗大。

「你們把寵物貓趕走了嗎？」法蘭奇喵聲道。

棘星豎耳聽著潔西對那場戰役的形容，顯然她很得意自己曾涉入其中，也很開心她打敗了維特和他的朋友們。法蘭奇和敏蒂屏息傾聽。

「哇嗚！」法蘭奇的表情看起來欽佩多過於驚嚇。「真希望我跟你一起去。」

「那經驗太棒了！」潔西想到當時的情況，不禁兩眼發亮。「我知道我們都受了傷，可是能好好教訓那幾隻自以為是的寵物貓，就覺得很值得。」

棘星突然發覺在寵物貓談話的同時，蕨毛早已來到他身邊。「你確定你不是在幫寵物貓解決宿怨？」他低聲道。

那個當下，棘星發現自己無法立刻否認。**不，**他堅定地告訴自己，**潔西只是想幫忙。**但他還沒來得及回答蕨毛，便聽見了獅焰的呻吟聲。金毛戰士搖搖晃晃地啪地一聲倒地。

「好痛……」他氣喘吁吁地說道。

「我早就告訴過你！」煤心尖聲喊道，跑到他旁邊。「你什麼時候才會學乖，知道自己不再是金剛不壞之身？」

在松鴉羽的合力幫忙下，她扶著獅焰站起來。兩隻貓兒半扛半拖地將他帶進地道裡治療。其他受傷的隊員也跟在後面。

「鼠腦袋！」松鴉羽邊走邊生氣地嘀咕。「你們都是鼠腦袋，甚至比一群寵物貓還鼠腦袋！」

棘星喪氣地目送他們離開。他感覺得到雖然他們贏了這場仗，但大家都很沮喪，這只是一場毫無意義的勝仗。得意洋洋的似乎只有寵物貓。

「來吧，」他對潔西說道，同時用尾尖輕觸潔西的肩膀。「你得去找松鴉羽治療傷口。」她轉身離開她的朋友，跟著他進入地道，這時他又說道：「潔西，謝謝你鼎力相助。我知道和我們比起來，這場仗對你來說打得更是格外辛苦。」

潔西停下腳步，注視著他的眼睛。「我只是在模仿你的招式，」她喵聲道。「我有一位最棒的導師。」

棘星一時之間不知道該怎麼回答她。但這片沉默沒有持續太久，因為松鼠飛正快步走了過來。潔西向棘星垂頭致意，自行走進地道去找松鴉羽。

棘星已經做好心理準備，等著接受副族長的斥責並設法為自己辯解。但令他意外的是，松鼠飛竟是以認同的目光看著他。

「你畢竟得拿出行動，」她喵聲道，「不能坐以待斃地等著影族貓侵入我們的領地狩獵。所以只有這個方法阻止得了他們。」

「這也是我當初的用意。」他回答道。

「問題是，」松鼠飛繼續說道，「此舉可能被視為一種干預，對影族來說是莫大的恥辱，也害我們的戰士涉險。」

棘星嘆口氣。「你說得沒錯。」他承認道。

松鼠飛靠近他，快速地舔舔他的耳朵。「不過這些都過去了，」她告訴他。「我們現在需要把焦點放回自己的部族上。」

她話才剛說完，嘴裡叼著一隻老鼠的沙暴便快步走來。「來吧，棘星，你需要吃點東西。」

棘星這才發現自己早已飢腸轆轆。老鼠的溫熱氣息令他口水直流，不過他遲疑了一下，先環顧四周，確定所有隊員都已進入地道去找松鴉羽治療傷勢，這才蹲下來大啖鼠肉。

「謝謝你，沙暴，」他滿嘴鼠肉地含糊說道。

他還在進食時，灰紋便出現了，朝他友善地點點頭。「我知道你在擔心自己當初是不是做對了決定，」他開口道。「不過你真的不必擔心，如果是火星，他也會跟你做一樣的事。」

棘星皺起眉頭。「花楸星也這麼說。」

灰紋沉默了一會兒。棘星囫圇吞下剩下的鼠肉，這時灰紋再度開口，似乎非常清楚棘星在想什麼。「你知道嗎？火星不會認為這是干預。他深信只要其他部族需要幫忙，我們就有責任伸出援手。」

「但這不是我們的責任，」棘星直言道，同時伸出舌頭舔舔鬍鬚。「戰士守則是這樣規定的。我應該只效忠我的部族，而不是其他部族。」

灰紋哼了一聲。「但這起碼是一種正派的作為。」他直言道。

「如果是你，你會怎麼做？」棘星問道。

「我會跟火星一樣。」灰紋毫不猶豫地回答。

正當棘星還在思忖時，波弟緩步走出地道，在他旁邊坐了下來。「你知道嗎。這件事讓我想起當年，我年輕時還跟我的直行獸住在一起……」他開口道。

棘星忍住想嘆氣的衝動。**波弟，我現在的心情真的不太適合聽你長篇大論那些當年勇。**可是波弟的話匣子一打開就停不下來，他滔滔不絕地說自己是怎麼幫助隔壁巢穴的貓兒，對付他的直行獸新養的一條狗，還有那隻貓以前是怎麼偷溜進波弟的巢穴，偷走他的食物。

「我告訴自己，**我絕對不會容忍這件事，**於是我……」

棘星不再留心聽，因為空地入口的蕨葉叢突然窸窣作響，葉池出現了。她的毛髮凌亂而且神情激動。

棘星一路跑過去，穿過空地去找她。「葉池，你還好嗎？」

「花楸星命令我離開！」葉池的眼裡充滿憤慨。「他說他受夠了雷族的多管閒事。棘星，你做了什麼？」

這時，藤池和煤心正從地道裡出來，傷口上還敷著蜘蛛絲和金盞花泥的她們，幫忙棘星向葉池解釋最近和寵物貓開戰的事。

「你們怎麼這麼鼠腦袋？」葉池嘆口氣，搖搖頭。「只有巫醫守則允許跨族援助，戰士守則是不行的。你不應該再試著揣摩火星會怎麼做。你要忠於自己。」

「而且獅焰的傷勢很嚴重。」煤心補充道。

「什麼？」葉池愣了一下，滿臉驚恐地瞪大眼睛，連忙跑進地道。

忠於自己？棘星心想，他鬱悶地目送葉池離去。如今壓在他肩上的責任就像試圖扛起整座森林一樣那麼地沉重。

我真想知道如何忠於自己。

第二十三章

棘星坐在低矮的榛木下方，看著敏蒂偷偷追蹤一隻老鼠。隊伍裡的另外兩名成員法蘭奇和潔西，正在空地遠處邊緣觀看。

我真不敢相信！棘星苦笑地想道，**一群寵物貓組成的狩獵隊！**

不過自從去過影族狩獵場之後，才四分之一個月，三隻寵物貓追捕獵物的技術便突飛猛進，連敏蒂也不例外，因為她具有絕佳的先天條件……體型嬌小和腳步輕盈。那隻老鼠還在樺樹底下的樹根間囓啃某樣東西，完全沒察覺到她正偷偷接近。她甚至記得要先檢查風向。

敏蒂猛地往前一撲，伸長單隻腳爪逮住牠。「抓到了！」她大聲說道。

老鼠慘叫一聲。

「哦，可憐的東西！」敏蒂彈了回去，抬起腳爪，老鼠立刻竄走。

法蘭奇搖搖頭，誇張地嘆口氣，隨即追上去，伸掌朝老鼠頭部迅速猛擊。

「身手很俐落！」棘星讚美著嘴裡叼著老鼠快步回來的法蘭奇。

敏蒂垂著頭回到隊伍裡。「對不起，」她喵聲道。「牠一叫，我就慌了。」

「不過你吃老鼠的時候倒是不會慌。」潔西直言道。

「我知道，下次我會改進。」敏蒂承諾道。

「你的潛行技術非常純熟了，」棘星告訴她。「你要不要試著靠自己的嗅覺找出其他獵物？」

敏蒂聽命行事，開始四處嗅聞。沒多久，就察覺到某種氣味，低頭一路嗅聞著穿過空地。

「表現得很好！」棘星對她喊道。

「有點怪欸！」敏蒂咕噥道。「這味道對我來說很陌生，但一定是獵物，對不對？」

棘星和其他貓兒看著她探入空地盡頭的荊棘叢裡，最後只剩後腿和尾巴動也不動地露在外面。棘星跟著緊張得毛髮豎直，於是張嘴嗅聞空氣。這時敏蒂往後慢慢退出矮樹叢。

「呃……這不是獵物。」她喵聲道。

狐狸的臭味竄進棘星喉嚨，荊棘叢裡同時傳來吼聲。敏蒂趕緊轉身，拔腿往空地另一頭跑，腹部的毛拂過草地，尾巴在空中搖擺。一隻年輕的狐狸跟在她後面衝出荊棘叢。

「快退後！」棘星對寵物貓厲聲喊道。

棘星跳上前，在空地中央與狐狸正面對峙。他靠後腿撐起身子，兩隻前爪猛砍狐狸的口鼻。狐狸痛苦慘叫地撲向棘星，張嘴就咬。棘星低身閃過，並在逃離狐狸的攻擊範圍之前，狠擊狐狸腰側。

狐狸轉過身緊盯住他，不過神情困惑。**牠一定沒想到牠的獵物也會反擊，**棘星得意地想道，於是他又衝了過去，這次迅速地伸爪狠刮牠的耳朵。狐狸驚聲尖叫地退了回去，旋身一轉就逃出空地，消失在濃密的蕨葉叢裡。這時鼠鬚為首的另一支狩獵隊衝進空地。

「我們聽見打鬥聲！」鼠鬚上氣不接下氣。「你們沒事吧？」

「沒事，」棘星氣喘吁吁。「快帶著你的隊伍去追蹤牠，直到找到牠的巢穴為止。」

「好的。」鼠鬚揮揮尾巴示意隊員，隨即消失在狐狸逃竄的蕨葉叢裡。

還好他們來了，棘星心想，**我們不可能清除掉森林裡所有的狐狸，但至少得知道牠們的棲息處，尤其現在我們都是跨界狩獵。**

三隻寵物貓擠在棘星旁邊，驚恐地瞪大眼睛。

「太可怕了！」法蘭奇大聲說道。

「我從沒想過貓兒也可以這樣反擊狐狸。」潔西兩眼炯亮地補充道。「這是我見過最英勇的行動。」

「這其實不難，」棘星喵聲道，但又覺得不太好意思，像見習生般靦腆地用四隻腳爪在地上踩動。「那只是一隻年輕的狐狸。再說我們也常常這樣驅趕狐狸和野獾。」

「野獾？」敏蒂尖叫。「波弟跟我說過。牠們的體型很巨大！」她害怕地環顧四周，好像以為隨時都會有一頭黑白相間的動物從灌木叢裡衝出來。

「相信我，那種動物很罕見，」棘星向她再三保證。「很久以前，我們就把野獾趕出森林了。不過如果你們願意的話，我倒是可以教你們幾招自保的技巧。」

敏蒂退後一步，看起來像是這輩子都不想離開地道了。潔西和法蘭奇則是豎起耳朵、躍躍欲試。

「快教我們，」法蘭奇喵聲道。「你永遠不知道自己等一下可能遇見什麼可怕的東西。」

「其實大多還是使用那些你已經學會的戰鬥技巧。」棘星解釋道。「只不過你需要練習這樣衝撞過去，再立刻閃開，就像我現在示範的一樣。這一招尤其適合用來與野獾過招，因為牠們的行動力比狐狸遲緩。另一招是你可以試著跳上野獾的背，在上面用爪子戳牠，牠根本無可奈何。」

「跳上背？」敏蒂一臉驚駭地倒抽口氣。

「教我怎麼跳。」潔西追問道。

「好的，」棘星上前一步，走到她身邊。「像狩獵一樣先蹲下來。」潔西將身子壓向地面，然後他又說：「現在記住你的後腿……」

他突然停下動作，因為他的眼角餘光瞄見動靜，結果轉身就看見松鼠飛衝進空地跳到他旁邊，綠色眼睛滿布焦慮。

「我聽說狐狸的事了，」她告訴他。「你沒事吧？」這時她低頭瞥見潔西，於是問道：「呃……你們在做什麼？」

「討論怎麼反擊野獾。」棘星喵聲道。

「哦……是嗎？」松鼠飛的聲音裡有某種奇怪的不安。「我們以前在舊森林的時候，曾經遭遇過野獾，你記得嗎？我和你還有刺爪，當時我還是你的見習生。」她抬眼凝視棘星。

回憶瞬間湧現，**以前她也是這樣看著我**，他想道，**而且就在那一瞬間，我們相偕逃離了那頭野獾。**

松鼠飛甩甩身子。「我去看一下還有沒有狐狸的其他線索。」她喵聲道。

「小心點。」棘星警告她。

「我會照顧好自己，」松鼠飛回答道。「你把我訓練得很好。」她的聲音有著某種溫暖，可是當她低頭看著潔西時，眼裡的光芒瞬間黯淡。她轉身跳出空地。

棘星低頭看看仍在地上耐心等候的潔西，**我的星族啊**，他心想，**松鼠飛該不會是因為我在訓練潔西而吃味吧。這太可笑了。**

本來蹲在地上的潔西這時爬了起來，半轉過身、用力舔舔胸前的毛。棘星覺得她看起來有點尷尬。

「我們應該回地道了。」他決定道。「法蘭奇，別忘了你的老鼠。」

「我已經決定了，如果下次我再見到狐狸或獾，一定會轉身趕緊逃開。」他們在回營地的路上，敏蒂這樣說道。「不然就爬上一棵樹。牠們不會爬樹，對不對？」她緊張地追問棘星。

「牠們不會。」他向她保證道。

「那我就決定這麼做了。」敏蒂決定道。

回程的路上，又開始飄起毛毛雨，雨勢愈變愈大。棘星氣餒地甩著尾巴。這幾天天氣乾爽，他本來以為壞天氣終於過去了。

等他們抵達地道入口時，發現百合掌、雪掌、露掌和琥珀掌叼著大坨樹葉衝出來，想幫前一天才移到外面空曠處的新鮮獵物堆遮雨。百合掌的母親罌粟霜正在監督。

「快一點，」她催促道。「不然我們就得吃溼淋淋的老鼠了。」

「琥珀掌，」蛛足從地道口喊道。「快進來，再繼續淋雨，你的咳嗽會更嚴重。」

「我沒有咳得那麼嚴重。」琥珀掌咕噥道，不過還是乖乖聽導師的話，快步走進地道裡。

剩下的幾個見習生，動作迅速地蓋好新鮮獵物堆，但也多等了一下，先讓法蘭奇放妥他的老鼠。灰紋和蜜妮出現了，他們合力拖著一隻松鼠。兩隻貓兒先找地方遮雨，甩掉身上的雨水，再從土石堆旁邊鑽進地道。罌粟霜和見習生追在後面。

棘星心想，以前住在山谷裡，就算遇到下雨也沒關係，因為所有窩穴的屋頂都鋪了層層的荊棘和藤蔓，可以保持臥鋪乾燥。**我們可以待在裡面聊天或打盹兒，等著太陽出來。但現在不管怎麼樣，我們都覺得不舒服。**

寵物貓往地道走去。棘星正要跟進去，卻在這時瞄見葉池從溼淋淋的矮樹叢裡出來，嘴裡咬著一坨藥草，雨水不斷地從她的鬍鬚滴落。「看來你找到了不少。」他說道。

「我幾乎是走到邊界的最高處才找到這些藥草。」葉池放下藥草告訴他。「這是雛菊葉，可以幫老貓減緩痠痛。波弟會很需要，還有灰紋、沙暴、和塵皮。我的意思並不是說他們承認自己老了。」她半帶玩笑地說道，但又忍不住噗嗤笑了出來。

「別看著我，」棘星反駁道。「什麼時候該退休去當長老，這種事不該由我來決定。」

「我知道。」葉池嘆口氣。「但我老實告訴你，住在地道裡，對身體絕對有害無益。」

她拾起藥草，從土石堆旁鑽進地道。棘星跟著走進去，看見大部分的族貓都已經進來。擁擠的地道感覺很不舒服，空氣裡充斥著潮濕的毛髮氣味。

棘星聽到地道後面傳來黛西尖銳的惱怒聲。「你們見習生到底在想什麼？」她斥責道。「告訴過你們多少次，地道的活動範圍不能超過最後面這幾個臥鋪。難道還要我們無時無刻地盯著你們嗎？花落、鼠鬚，你們應該感到慚愧，竟然鼓勵他們這麼做。」

「對不起。」花落咕噥道。

「可是這裡無聊死了。」鼠鬚反駁道。「我已經被困在這地道裡好幾個月了。」

「無聊？」黛西不以為然。「我會告訴你們什麼才叫做無聊。如果你們真的想找事情做，你們可以去幫波弟抓跳蚤。」

「什麼？全部一起來嗎？」波弟咕噥道。「那我身上的毛可能會被他們全部拔光。」

窒悶的空氣加上族貓們的聲音，似乎不斷地壓迫著棘星。一時之間，他只覺得自己無法呼吸。**我必須離開這裡。**「我出去看看水位。」他大聲說道，但其實沒有刻意說給誰聽。

「我陪你去。」獅焰提議，隨即從臥鋪起身，從樺落和雲尾中間擠過來找族長。

棘星注意到金毛戰士那天和寵物貓大戰後所留下的傷口，至今仍害他走路跛得厲害。

「不，你需要多休息。」他命令道。

「棘星說得對。」煤心喵聲道，同時用尾巴搓搓獅焰的腰側。「你要有耐心。」

獅焰怒目對著他的伴侶貓。「我已經很有耐心了。」

「我跟你去，棘星。」雲尾提議道，隨即撐起身子。

「謝了，我們走吧。」棘星喵聲道，同時轉身離開獅焰。**他必須學會接受現在的自己，已**

經不同於以前的這件事實。

外面的雨勢還是很大，不過跟待在擁擠的地道裡相比，棘星倒是不介意讓寒冽的雨水滲進毛髮裡。他深吸一口潮濕的空氣，與雲尾相偕走進水聲滴滴答答的林子裡。

「感覺大戰役好像是很久以前的事了。」他們在沉默中快步地走了一會兒，雲尾才說道。「但同時又感覺好像是不到一個月前才發生的事。」他深嘆口氣。「我真想念火星。」

他是在暗示我，我這個族長不夠稱職嗎？棘星納悶著，總覺得某種罪惡感正在啃蝕著他。這時他突然想起雲尾是火星的外甥。

「我也很想念他。」他低聲道。

「哦，你這個族長當得很棒！」雲尾突然開心地向他保證道。「你要相信自己的直覺，也要相信火星選對了繼承者。」

資深戰士的這番讚美溫暖了棘星的心。他覺得此刻的自己樂觀多了。這時淹水區映入眼簾。可是當他沿著水邊尋找標示水位的木棍時，不禁一頭霧水。

「它們都掉進水裡了嗎？」他嘀咕道。「我確定我是插在這兒啊。」

「嘿，棘星！」雲尾喊道。

棘星轉身，看見白色戰士站在斜坡上，離他有兩隻狐狸身長遠，其中一根木棍就插在他旁邊的地上。另一根木棍離得更遠，第三根也是。整排木棍都沿著山坡而立，遠在淹水區之外。

棘星頓時鬆了口氣，感覺暈陶陶的。「水位退了！」

「太棒了！」雲尾的藍色眼睛閃閃發亮。「我們快要可以回家了。」

第二十四章

「什麼？」當棘星和雲尾回到地道裡，宣布水位正在下降的好消息時，第一個跳起來的是鼠鬚。「我要去看看！」

他衝出地道，差點撞倒棘星和雲尾。玫瑰瓣、刺爪、樺落和其他幾隻貓兒也跟在他後面走了出去，消失在林子裡。

獅焰站起來，跛著腳想跟他們去，但松鴉羽攔下他，不讓他離開。「給我乖乖待在這裡，你這個跳蚤腦袋！」他嘶聲道。

獅焰抬起腳爪，似乎打算朝他弟弟的耳朵揮過去，但最後還是忍住了，憤憤不平地揮著尾巴，回到自己的臥鋪。他啪地一聲趴在青苔上，煤心趕緊舔舔他的耳朵。但獅焰沒理她。灰色母貓的藍色眼睛裡滿是憂色和沮喪。

「去跟煤心聊聊。」沙暴出現在棘星身邊，小聲地對他說。「告訴她所有戰士都免不了受傷，學會如何療傷本來就不是件容易的事。」

棘星嘆口氣。**我向來不擅長跟族貓們聊他們的心事。**不過他聽得出來沙暴話中的智慧，於是揮揮尾巴，示意煤心過來。

「我知道你不好過……」他彆扭地開口道。

「我真的好害怕！」煤心脫口而出。「獅焰就是不肯接受自己不再是金剛不壞之身的事實。我怕他有一天會因為太逞強而害死自己。」

「不會的，他不會。」棘星試著安慰她。「他又不笨，他會調適過來的。」他試著理解獅焰的心情，畢竟這位金毛戰士以前從來不知道受傷的滋味。「他會找到一種全然不同的勇氣。真的。」他繼續說道。「這種勇氣會教他量力而為，不能再單打獨鬥，他必須與族貓通力合作。這對他來說像是徹底的失敗，但其實不然。」

煤心點點頭。「我知道我不應該老是指責他太不顧自身安危，」她喵聲道。「我必須試著去瞭解他的感受……以前他身處的險境絕不可能害他受傷，現在卻很有可能。你說得沒錯。他一定覺得我們對他感到失望，因為他再也不能像過去那樣肆無忌憚地奮勇作戰。棘星，謝謝你。」她看起來心情好多了，於是走回獅焰那裡，憐惜地靜靜蜷伏在他身邊。

「你說的話很有道理。」又出現在棘星身邊的沙暴這樣小聲地說道。

棘星並不知道薑黃色母貓一直在聽他們的對話。「是你的建議給得好。」他回答道。

沙暴垂下頭。「不客氣。」

棘星環顧營地，發現蜜妮看起來很焦慮，而且這次不是因為薔光的緣故。她的目光來回搜尋地道，剛剛出去檢查水位的貓兒們這時已紛紛回來，她趕緊起身去入口找他們。

「你們有看到法蘭奇嗎？」她問道。

樺落搖搖頭。「他沒跟我們一起去。」

「他不是跟寵物貓在一起嗎？」罌粟霜喵聲道。

可是潔西和敏蒂都蜷伏在自己的臥鋪裡，懶洋洋地互舔彼此，沒有法蘭奇的身影。蜜妮穿過其他貓兒去找她們。棘星感覺出了問題，於是也快步走了過去。

「你們有看到法蘭奇嗎？」蜜妮向她們喊道。

「沒有欸，」潔西回答道。「從狩獵回來後，就沒再看到他了。」

「有沒有誰看到法蘭奇？」棘星抬高音量，向所有族貓喊道。

沒有貓兒回答，大家都搖搖頭，不解地竊竊私語。

敏蒂跳了起來，毛髮凌亂、尾部毛髮蓬鬆。「哦，不，不，」她嚎啕道。「他一定是被狐狸抓走了。」

「不，我相信……」棘星心裡也在懷疑寵物貓恐怕遭遇了什麼不測，他感覺得到族貓們開始緊張，於是正要開口，但話還沒說完，便瞄到地道入口出現動靜。全身溼透、疲憊不堪的法蘭奇蹣跚地走了進來。

「法蘭奇！」敏蒂尖聲喊道。「你沒死！」

「你去哪裡了？」蜜妮質問道，匆忙地跑向他，途中還差點被其他貓兒絆倒。

法蘭奇環顧四周，看見所有族貓都瞪著他看，一臉不解。「你們在緊張什麼？」他氣喘吁吁。「我只是自己跑出去狩獵，抱歉，什麼都沒抓到。」

「我還以為你被吃掉了。」敏蒂渾身發抖地說道。

「我沒事。」

法蘭奇朝其他寵物貓走去，卻被棘星攔了下來。「你聽好，」他喵聲道。「下次不要再自己跑出去，這很危險。」

「我能照顧自己！」法蘭奇沒好氣地說道。

你能照顧自己，那連野豬都會飛了，棘星心想道。不過法蘭奇似乎很緊張也很沮喪，他只好跟他說：「快去吃點東西，早些休息吧。」

他看著法蘭奇回頭往洞外的獵物堆走去，過一會兒他發現松鼠飛已經來到他身邊。「你知道嗎，」她輕聲說道。「你不能把大部分的心思都放在寵物貓身上，他們畢竟只是過客。現在水正在退，他們很快就會回去兩腳獸那裡。」

棘星看了那群寵物貓一眼。法蘭奇正在吞一隻畫眉鳥，潔西正在教敏蒂如何蹲下身子往前撲。想到以後終究得道別，心裡不免覺得失落。「我已經多少習慣有他們的日子了。」他承認道。

「但等著我們餵飽的嘴也夠多了。」松鼠飛直言道。

「可是他們正在學習狩獵技巧。」棘星反駁道。

松鼠飛凝神看著他好一會兒，最後才說道：「你其實也不知道他們是不是想留下來。就讓他們自己決定吧。」

棘星第二天早上醒來，簡直不敢相信眼前所見。微弱的陽光正斜射進地道入口，空氣裡不再有沉重的水氣，反倒充滿綠色的氣味。他開心到肉墊微微刺癢。他把頭伸出地道外，享受新葉季的溫暖。

松鼠飛已經在空地上分派隊伍，幾隻族貓正圍著她。「雲尾已經巡視過影族的邊界了。」她向棘星回報。

「那就由我帶支隊伍去風族那裡吧。」棘星決定道。「我想去看一下現在水位退了，他們有什麼打算。」

「我跟你去。」莓鼻從其他貓兒身邊擠過來。「松鴉羽說我已經好得差不多了，可以重回戰士崗位。」

「太好了，」棘星喵聲道。他環顧四周，看見白翅帶著露掌。「你們兩個也一起來。還有你，刺爪。再加上……亮心好了。」**我最好多帶幾隻貓兒，以免風族蠢動。**

可是當棘星和隊員們抵達風族邊界時，卻沒在雷族領地這邊聞到任何風族的氣味。棘星快步往河邊走去，發現河裡的水流變得比以前更深、更湍急，但水位已經退回河道。**我們真的快要回復正常生活了。**

棘星帶著隊員走到邊界最高處，一路上沒有遇見風族貓，不過回程時，倒是看見河對岸的鴉羽帶著他的見習生羽掌，以及荊豆皮和金雀尾費力地往上游走去。棘星停下來等候他們。

「你們好，鴉羽，」棘星趁風族貓走近時，向他們打招呼。「風族的狩獵情況如何？」

「你問了也不會比較好，」鴉羽回嗆道。「還有在你開始控訴我們之前，容我先告訴你，我們根本沒有到河對岸去。」

「我知道。」棘星告訴他，但刻意不提是因為那根樹幹已被破壞。**反正風族也沒提啊。**

「我們沒打算要到河對岸去。」荊豆皮的灰白色毛髮豎得筆直。「所以你們雷族貓的髒腳也別妄想踏進我們這頭。」

「你的寵物貓朋友也一樣。」鴉羽補充道。

「是啊，」金雀尾語帶不屑。「我們已經見識過你狩獵隊裡的新進隊員了。真是厲害啊……才怪。」

「反正雷族從來不介意寵物貓的加入，」荊豆皮喵聲道。「也許你們太想念火星了，所以就找了一隻寵物貓來取代他。」

莓鼻怒火中燒，大吼一聲。刺爪和亮心也氣到毛髮豎得筆直。露掌則衝到河邊，怒目瞪視風族巡邏隊。

棘星抬起尾巴警告。「小心點，」他低聲道。「我們不想跟他們起衝突，況且我們想讓誰加入我們的部族，根本不關他們的事。」

「你的意思是，我們就讓他們這樣胡說八道？」刺爪質問道。

「我的意思是，我們不輕易開戰。」棘星語調冷靜，但其實心亂如麻，很想知道風族對寵物貓的事到底知道多少。當初也是基於這個理由，他才不願意讓寵物貓參加邊界巡邏隊。「河的這一頭沒有風族貓的氣味，所以我們的邊界是安全的。」

「他們別妄想入侵。」莓鼻的語氣聽起來不安甚於挑釁。「他們可能拿那些寵物貓當藉口。」

「不會的，」棘星告訴他。「只要白翅管好自己的見習生，這種事就不會發生。」

露掌還站在岸邊對著風族貓張牙舞爪。「過來單挑啊！有本事再污辱火星啊！」他吼道。

白翅快步走過去，用尾巴拍拍露掌。「夠了！該回營地了。」

「可是他們……」露掌正要反駁。

「我說夠了，難道你想讓他們看見我把你拖回去嗎？」

露掌狠瞪了風族貓最後一眼，這才離開，但毛髮仍然豎得筆直。「他們最好不要給我過來。」他低聲嘟囔。

棘星很有禮貌地向鴉羽及他的隊員們道別，心想這一招應該比言語謾罵更令他們惱怒吧。隨即帶著自己的隊員離開，但感覺得到背後極不友善的灼灼目光，直到矮樹叢擋住了視線為止。

棘星和隊員們一回到營地，蕨毛便跑了過來。「我們找不到法蘭奇和敏蒂！」他抱怨道。「他們本來近午時，要跟我一起去狩獵的。」

「沒關係，」棘星的語氣試圖表現鎮定，但其實這消息讓他苦惱到肉墊微微刺痛。「找櫻桃落去狩獵，還有罌粟霜和百合掌。」

「我可不可以也去？」本來正在附近的矮樹叢幫忙掛兩腳獸毛皮的潔西，這時轉過身來問道。「黛西要我幫忙把這些毛皮放在太陽底下曬，不過這是最後一張了。」

「好啊。」蕨毛友善地揮揮尾巴，邀她一起去。「棘星提過你有幾招狩獵術很厲害，到時順便示範給我看吧。」

狩獵隊一離開，棘星便繞著空地嗅聞，終於聞到法蘭奇和敏蒂的微弱氣味，顯然他們相偕走出了空地。他心想，這氣味很淡，**他們已經走了一陣子了。**

棘星循著氣味往山脊走，來到以前曾是另一座地道入口的突岩處。**幾個月前，這座地道曾在冬青葉後面整個塌陷。**棘星一想到當時的情境，不禁渾身發抖，他曾以為她是他的女兒，而到現在為止，他都還是很想念她。岩堆進入眼簾，他看見有一隻黑白色母貓正躺在陽光下睡覺。他跳了過去，居高臨下地站在她面前。「敏蒂！」

敏蒂睜開眼睛，跳了起來。「哦！」她發出尖叫，「原來是你！」

「你在這裡做什麼？」棘星喵聲道。

敏蒂尷尬地舔舔胸前的毛。「法蘭奇提議來這裡曬太陽。」她解釋道。「他說離狩獵隊出發的時間還很久，不用急。」她一臉不解地眨眨眼睛。「我睡過頭了嗎？法蘭奇呢？你叫醒他了嗎？」

「法蘭奇不在這裡。」棘星抽動尾尖。**星族啊，我真想撕爛這隻笨貓的耳朵！**他對寵物貓的不負責任感到失望，他本來以為他們已經開始融入部族的生活。「我沒那麼多時間一直在找失蹤的寵物貓，」他沒好氣地說道。「來吧，回地道去。」

敏蒂瞪大眼睛。「你不找法蘭奇了？」

「不找了。」棘星受夠了這些寵物貓，不想再浪費時間在他們身上。「等他餓了，自然會回來。」

回到營地後，蛛足、藤池和白翅正在教見習生新的戰鬥技巧，他們翻身躺在地上，用後腿踢打對手。

敏蒂跑過去找他們，問道：「我可以加入嗎？」

蛛足轉身冷眼看她。「不行，那種沒事放狩獵隊鴿子的貓，在這裡不受歡迎。」

敏蒂垂頭喪氣地轉身離開。棘星總覺得蛛足的話說得太重了。其實敏蒂願意主動學習戰技，是件十分可喜的事。這時他看到亮心走了過去，將尾巴擱在沮喪的敏蒂肩上，心裡著實感到寬慰。

「我要去森林找藥草，」她喵聲道。「你要不要一起來。」

敏蒂精神一振。「好啊。」

棘星目送他們走遠，心想受夠了這些寵物貓，今天絕對不要再心煩他們的事了。**我去看看能不能追上狩獵隊。**

他一路追到山脊，跨過最高處的邊界進入林子。棘星很享受這樣的獨處時光。他豎耳聆聽矮樹叢裡小生物的搔抓聲響，還有頭頂上小鳥的吱喳聲。在經過漫長的禿葉季後，如今空氣裡充斥著新芽嫩綠的氣味。

正當棘星吸納著萬物復甦的跡象時，也隱約察覺到這片盎然的綠意裡有股嗆鼻的氣味。**是野獾嗎？**他不禁納悶，頸部的毛瞬間蓬了起來。他試著告訴自己，他只是被敏蒂一再的大驚小怪給弄昏了頭，不過他知道他還是得檢查一下。他循著氣味深入矮樹叢裡，這才發現他的直覺是對的。至少有兩頭野獾曾走過這裡。他看到蕨葉被踏平，洞裡布滿野獾的排泄物，更是證實了他的揣測。

他毛髮倒豎地退了回去，小心翼翼地先在此地做好記號，警告雷族貓的隊伍對此處保持警戒。他退了回去，找到狩獵隊的氣味痕跡，這時聽見前方出現聲響，好像有貓兒從矮樹叢裡衝出來。一隻老鼠突然從蕨葉叢竄出，奔逃著穿越空地，沒一會兒，蕨葉叢又是一陣用力晃動，百合掌衝出來追著老鼠。

棘星等她宰了獵物，才走上前去找她。百合掌正叼起獵物站起身。「做得好！」他喵聲道。「你的狩獵技術進步很多。」

百合掌聽見他的聲音嚇了一跳，趕緊轉身過來，眼裡滿是喜悅。「棘星，謝謝你。」她嘴裡叼著老鼠含糊說道。

她年紀也許還小，但勇氣十足、工作認真。棘星邊想邊跟著百合掌回去找狩獵隊。但他又突然悲從中來，想起她曾經的不知所措。**我一定要找機會告訴蕨毛，他的女兒有多棒。**

那天晚上棘星躺在臥鋪裡輾轉難眠。他總覺得肚子裡像梗著什麼東西，他想一定是先前吃的那隻黑鳥肉太老了。但不管他怎麼變換姿勢，還是覺得有尖銳的樹枝扎到他。

「看在星族的份上，」松鼠飛嘶聲道，走過來坐在他旁邊。「你別再動來動去了，再這樣下去，別的貓兒都被你吵醒了，除了法蘭奇之外。」她補充道。「他回來得很晚，累到趴上臥鋪就直接睡著了。」

「對不起，」棘星咕噥道。「我很擔心法蘭奇。」他又說道。

他很訝異松鼠飛竟然也跟他一樣。「我也是啊。下次他又跑出去遊蕩時，我們一起去跟蹤他吧。」

棘星的鬍鬚輕輕顫抖。「你認為他和別的部族有勾結？」

松鼠飛笑了出來，一臉不可置信。「我不是這個意思，他是寵物貓欸。只不過我們目前必須負責他的安全，所以當然要查出他到底跑到哪裡去。」她把腳爪伸進他的臥鋪裡，拉出一根長刺。「好了，你不用再動來動去了。好好地睡吧。」

第二十五章

「你們看，水位正在下降。」棘星喵聲道。「我們得好好想想要怎麼修繕山谷裡的窩穴。」

兩天過後，沒有再繼續下雨。蒼白的太陽向大地灑下陽光，漸漸稀落的雲層猶如白色薄霧般在空中飄盪。棘星一想到快要可以返回家園，精神不由得一振。

塵皮和蕨毛正在地道入口外面跟他討論一些修繕上的實務作業。旁邊還有櫻桃落和錢鼠鬚。族貓們正在他們四周忙碌著。見習生把臥鋪拖出來攤在陽光下曝曬，黛西在旁監督。

「住手，琥珀掌！」棘星聽見她在斥責年輕的母貓。「你把臥鋪丟在露掌身上，到時那些青苔就不能拿來睡了。」

空地的另一頭，蜜妮正在幫忙薔光復健。暖和的天氣對她有利無害。棘星注意到，她不再咳得那麼嚴重。**事實上，多數的病貓都好了很多。**

塵皮若有所思地抽動鬍鬚，然後回答棘星。「那將會是漫長的工程，」他低聲道。「在我們修復任何東西之前，都得先把亂七八糟的東西挪走。」

「可是我們快要可以回家了，這比什麼事都重要。」蕨毛補充道。

「我建議我們分攤任務來做，」塵皮繼續說道。棘星看見他在思考這個問題時，眼睛比平常都亮，看起來就像還沒失去蕨雲時的他。「有些貓兒負責打掃清理，有些負責從林子裡收集荊棘和青苔，有些則得實際參與搭建工程……」

「而且還要繼續狩獵和巡視邊界。」棘星直言道。

「對，再加上監看影族的動靜。」櫻桃落插嘴道，爪子急切地戳進地面。

「只希望影族也在忙著修繕自己的營地，沒時間找我們麻煩。」棘星回答道。「其他部族應該也一樣。」

「我們應該可以開始組織工作隊了。」蕨毛提議道。「只要水位低到我們進得去山谷，就能開始工作了。」

「這就交給松鼠飛吧。」棘星喵聲道。他環顧四周尋找他那本來在空地另一頭組織狩獵隊的副族長，如今隊伍出發了，她便過來找他。

「棘星，」朝他們走來的松鼠飛，聽見了他們的討論內容。「還記得我們那天晚上談的事嗎？法蘭奇又犯了。我正想派他參加狩獵隊，卻看見他溜走。」

棘星站起來，沮喪地甩打尾巴。「我還以為他改過自新了。昨天他和我參加同一個狩獵隊，成果還不錯呢。他往哪個方向去？」他問松鼠飛。

副族長用耳朵指著山脊的方向。「往上面去了。」

「很抱歉，」棘星對塵皮和其他貓兒說。「我先處理這件事。你們繼續討論山谷的修繕工程，等我回來後，再告訴我你們的決定。」

棘星快步穿過空地，很快地從眾多貓兒的氣味裡聞到法蘭奇留下的味道。令他驚訝的是，這味道竟然直通山脊、穿過邊界，進入影族領地上方的林子裡。沒多久，他就看到法蘭奇神情執拗、動作敏捷地快步往前走。

棘星加快腳步跟上去，距離近到可以朝他喊**嘿，你到底在做什麼？**卻突然看見法蘭奇愣在原地，隨即趕緊鑽進蕨葉叢裡。棘星見狀也跳上附近的一棵樹，藏在傘狀的葉叢裡往下窺看。過了一會兒，他瞄見一支影族隊伍走了過來，個個神情專注，似乎正在尋找獵物。為首的是花楸星。

感謝星族，沒讓他們看到我們！棘星心想，這時隊伍已經消失，氣味也消散了。

法蘭奇從蕨葉叢裡出來，再度啟程，朝兩腳獸地盤的方向而去，動作敏捷地進入陰暗的松樹林。**他要去拜訪維特和其他寵物貓嗎？**棘星納悶道，同時暗自決定在查清楚始末前，不要叫他。

但法蘭奇卻繞過兩腳獸地盤，往影族與河族之間的邊界走去。這時棘星才明白，原來他是要回自己的巢穴。**難道他要離開我們了？**棘星頓時感到失望，法蘭奇竟然要不告而別。**不過他以前失蹤時也來過這裡，後來也還是又回到營地？而且還兩次。所以他到底在玩什麼把戲？**

棘星默不作聲地跟在後面，腳步跟著他轉向湖邊。如今匯入湖裡的那條河，水位已經變低，水流不再像當初他們冒險渡河時那樣湍急。法蘭奇毫不猶豫地涉水而過，哪怕走到河中央時，水位已經淹到他的頭顱和肩膀。棘星等到與他的距離拉得夠遠時，才又跟上去。

雖然水位已經下降，但棘星舉目望去，還是看得到可怕的洪水所留下的痕跡。泥漿覆蓋大地，他舉步維艱地在泥地裡跋涉。碎裂的兩腳獸物品和樹枝散落四處，全是被水浪沖上岸的。有時候甚至走到無路可走，只能攀爬過成堆的漂流物，搞得全身又濕又髒。等到快走到兩腳獸的巢穴時，棘星注意到有些兩腳獸已經回來。牠們在淹水的巢穴裡進進出出，用尾端有毛狀物的長木頭不停地將水掃出巢穴外，並用憤怒的語調吆喝彼此。棘星慢慢地趨近牠們，毛髮豎得筆直，但沒多久他就明白，兩腳獸根本忙到沒時間注意眼前這兩隻貓。

現在棘星跟法蘭奇的距離已經近到可以隨時喚住他，但他依然默不作聲，因為他真的太好奇了，於是只要法蘭奇停下來查看四周動靜，他便趕緊躲起來。**我想知道這隻寵物貓究竟想做什麼**。沒多久，法蘭奇來到湖邊那條淹水的轟雷路，如今水深還不及腹部的毛，於是他涉水而行，逐一探查兩腳獸的每棟巢穴，但又不敢讓兩腳獸看見。

他在做什麼？他想偷食物嗎？是因為狩獵太難了嗎？還是他在尋找他的兩腳獸？

這時法蘭奇從另一棟兩腳獸巢穴裡出來，停下腳步，抬頭環顧四周。「班尼！班尼！」他喊道。

他在找他弟弟！我怎麼沒想到這一點呢？他難過地想，逐步朝他靠近。灰色虎斑貓仍繼續喊著他弟弟的名字，並鑽進矮樹叢裡搜找，還進到廢棄的兩腳獸巢穴和怪獸裡，甚至爬進四處堆積的大型垃圾底下。他神色倉皇、眼睛瞪得斗大，表情愈來愈失望。

最後法蘭奇跳上籬笆。「班尼，你在哪裡？」他喊道。

棘星不忍心再讓他獨自承受這一切。「法蘭奇！」他喵聲道，也跳上籬笆，站在他身邊。

法蘭奇嚇了一大跳，他連忙轉身卻差點失足掉落。「對……對不起。」他結結巴巴，好不容易才站穩。

棘星揮揮尾巴，要他別說下去。「沒有什麼好對不起的。我們早該料到你會回來這裡找班尼。我們都很明白失去親人的心情。部族生活就是這樣。」

法蘭奇低下頭。「我不能接受這樣的部族生活。」

「我的意思並不是說我們總是逆來順受。」棘星喵聲道。「來吧，我幫你一起找。」

他跳下籬笆，沿著淹水的轟雷路繼續往前走，試圖回想當初潔西是在哪一棟兩腳獸巢穴裡找到被困住的法蘭奇。「告訴我，你的巢穴是哪棟，」他告訴法蘭奇。「或許我們可以從那裡查到班尼是往哪個方向去的。你上次見到他，是在這裡，對不對？」

法蘭奇點點頭，用尾巴示意。「這個方向。」

他涉水穿過轟雷路，爬上另一頭的山坡，在坡頂看見岸邊那棟巢穴。當初他就是在那裡發現潔西試圖打開窗戶救法蘭奇出來。於是他陪著寵物貓跑下山坡，來到巢穴附近的籬笆。

「我和班尼就是在這裡遇到洪水來襲，」法蘭奇解釋道，同時躍過籬笆，落在溼淋淋的草地上。「大水像巨浪一樣從湖那邊湧過來，害我們站都站不穩，把我們往那個方向沖。」他用耳朵指指另一頭的籬笆。「我撞上籬笆時，及時用爪子抓緊，我還以為我會淹死。」他渾身發抖、眼帶愁雲。

「後來呢？」棘星追問。

「我看見地下室的窗戶是開的。於是想辦法進去，我以為班尼跟在我後面……但他可能被大水沖走了。」他說到最後，聲音也開始發抖。

棘星用鼻子碰碰法蘭奇的肩膀，然後緩步穿過花園，檢查另一頭的籬笆。大水已經洗掉所有的味道，但沒過多久，他就在籬笆底的一道窄縫裡找到一坨被木屑卡住的黑白色毛髮。

「嘿，法蘭奇，」他喊道。「班尼的毛色是黑白相間的，對嗎？」

法蘭奇跑了過來，瞪著那坨毛髮。「沒錯，是班尼的。」他喵聲道。

「看來他是往這個方向去了。」

棘星鑽過縫隙，法蘭奇緊跟在後。籬笆後面的景象更殘破……斷裂的籬笆木條、惡臭的泥巴、四散的樹枝和垃圾，甚至有一頭小怪獸橫倒在地……顯見洪水曾在這裡橫行無阻。兩隻貓兒無視腳下的溼黏，繼續循著這條路查探班尼的下落。

「你為什麼要幫我？」過了一會兒法蘭奇問道。

「因為現在你是我的族貓，」棘星回答道，同時用尾尖劃過法蘭奇的腰腹。「只要是我的族貓，我都義無反顧。」

這條路通往地面上一處狹窄的開口。起初棘星以為這是另一條地道的入口，後來才發現是兩腳獸建造的一種東西。牠們在突起的路旁開了一個方正的洞口，所使用的材料就跟兩腳獸巢穴的材料一樣。

「這是下水道，」法蘭奇喵聲道。「通常會有個蓋子，但一定是被大水沖掉了。」

棘星一想到那隻在水裡掙扎的貓兒可能被沖進這裡，便覺得毛骨悚然。他可以想見那一身浸在水裡的毛髮會愈來愈沉重，而大水一波接一波，他根本無法划水前進。**我不喜歡這裡，但總得有貓兒下去查看。**於是他深吸口氣，爬進下水道。

潮濕的空氣裡充斥著濃烈的腐味。這裡陰陰溼溼的，和地道完全不一樣，至少地道寬敞、明亮多了。棘星的毛髮刷拂過兩邊黏滑的牆面。身子擋住了光源，前方只有無盡的黑。**哦，星族啊，別讓我困在這裡面。**

棘星的心跳得厲害，踩出去的每一步都得費好大的力氣。他正在納悶到底還得往前走多遠時，突然就碰到一個軟綿綿又毛絨絨的東西。頭上縫隙滲入的光讓他隱約看出那是一坨有著黑白毛髮的物體，冰冷真實、已無生命跡象。棘星全身僵硬，這才知道自己找到班尼了。

屍臭味令棘星作嘔，但他強自忍住，低頭查看死貓，找到其中一隻腳，再用牙齒緊緊咬住，試著往後拖。可是班尼的屍首似乎被某種東西卡住而動彈不得。棘星伸出前腳摸索四周，想知道究竟是什麼卡住了班尼。結果他的腳碰到某種又硬又冰冷的東西，斜插在下水道裡，班尼的屍體就是被卡在下面。

棘星試圖推開它。**也許這就是法蘭奇說的下水道蓋子。**

起初完全無法移動，他只好伸長身子越過班尼的屍體，試圖舉起蓋子，到最後兩條腿幾乎都快撐不住了，正打算放棄的時候，突然匡地一聲，蓋子滑到了旁邊去。

棘星再度試著移動班尼，這次很輕鬆地就把屍體拉了出來。他小心地拖著班尼往後退，直到後臀感覺到清涼的空氣，才終於脫離黑暗。法蘭奇還在下水道的入口等候，等到離洞口只剩兩、三條尾巴的距離時，便趕緊過來幫忙拉班尼出去。

法蘭奇垂著頭蹲在屍體旁邊。眼前的死貓看起來狼狽又瘦小，黑白相間的毛髮黏在身體兩側，沾滿泥巴和黏液。

「哦，班尼……」法蘭奇用鼻頭輕觸他弟弟冰冷的腰腹。他先是輕聲低語，後來嚎啕大哭。「我要怎麼辦？我不能把他丟在這裡！」

「我們把他埋起來，」棘星告訴他。「我們可以幫他舉辦一場告別儀式。」

他和法蘭奇合力抬起班尼，爬上坡來到丘頂。這裡的地面比較乾燥，他們將班尼放在草地上便開始挖洞。等到他們把屍首放進洞裡掩埋時，太陽已經開始西下，整片丘陵沐浴在霞光下。棘星站於深色的小土堆旁，覆誦巫醫會對隕落戰士說的話。

「班尼，願星族點亮你的道路。」他的聲音迴盪在土堆和丘陵之間。「願你在天上的狩獵場奔馳如風、永得安息。」

法蘭奇仰望夜空，星族戰士正逐一現身。星群閃耀著橫越夜空。「所有貓兒最後都會回到星族嗎？」他問道。「班尼也會嗎？」

棘星不確定星族歡不歡迎寵物貓。他想這問題恐怕連松鴉羽或葉池都沒辦法回答。但他知道他必須安慰法蘭奇。「呃……夜空裡有很多星星，」他喵聲道。「我相信一定有其他貓兒住在那裡。」

法蘭奇凝視著夜空裡大片的星群。「我好奇哪一顆是班尼的？」他的聲音發抖。「班尼，我會每夜仰望你。如果你也能從天上俯看我，就表示我們從來沒有分開。」

棘星挨近法蘭奇給他溫暖，感覺到他正全身發抖，但不是因為冷。

過了一會兒，法蘭奇開口了，目光仍盯著星群。「你不用回部族嗎？」

是啊，是要回去，棘星心想，**但這不是眼前最重要的事。**「時間還早，」他低聲道。「你想留多久，我都可以陪你。」

第二十六章

最後一道陽光已然消失，黑暗當頭罩下，法蘭奇這才回神，低下頭來不再看著星群。

「我現在該怎麼辦？」他難過地說道。「我的主人走了，我的家園都是水。一切都沒了。」

「可是水會退啊。」棘星試圖鼓勵他。「你的兩腳獸會回來的。」

「可是，我現在該怎麼辦？」法蘭奇嗚咽道。

「回雷族啊。」這答案對棘星來說很簡單，所以他不懂法蘭奇為什麼會這麼問。「我們會照顧你，直到你可以回家為止。」

法蘭奇嘆了口氣。「謝謝你。」

棘星帶頭循原路返回雷族領地。他們抵達影族上方的林子時，夜色已經降臨。這裡寂靜得很詭異，讓棘星毛骨悚然。影族戰士的氣味縈繞於四周，似乎自從雷族處理過維特和其他寵物貓的事情後，他們就經常來這裡狩獵。

「要是看見影族貓，就趕快爬上樹。」他

低聲對法蘭奇說道。「我知道我們不算真的越界，但我還是不希望被他們撞見。」

當他們抵達雷族邊界上方的林子時，棘星才鬆了口氣，但這時他又聞到野貛的嗆鼻氣味，神經立刻繃緊。「我們繼續走。」他喵聲道，沒打算告訴法蘭奇自己在擔心什麼。「我真想趕快回到自己的臥鋪。」

等棘星和法蘭奇回到臨時營地時，月牙的光芒正灑在空地上。松鼠飛在地道入口前不耐地上下走動，尾尖不停彈動，鬍鬚微微發顫。

「棘星！」她大聲喊道。這時兩隻貓兒正一跛一跛地從矮樹叢裡面出來。「你們去哪裡了？」

一聽到她的聲音，敏蒂、潔西和蜜妮也都從地道裡衝了出來。

「你們兩個是鼠腦袋嗎？」蜜妮在衝過空地的同時質問道。「你知道我們有多擔心嗎？你們有想過嗎？」

「我的星族啊！你看看你們這副樣子！」松鼠飛倒抽口氣。

棘星這才明白自己看起來有多麼狼狽不堪：身上布滿荊棘的刮痕、毛髮溼透、沾滿泥巴、全身散發屍臭味。「這一天說來話長。」他嘟囔道。

來到法蘭奇和棘星身邊的蜜妮，一看見他們的狼狽樣就怒氣頓消。「怎麼了？」她嘶聲道。「你們受傷了？」

「你們和野貛打起來了嗎？」敏蒂說道，同時跳了過來，一臉驚訝地嗅聞著法蘭奇惡臭的身子。

「班尼死了。」法蘭奇疲倦地說道。

敏蒂瞪大眼睛。「哦，不！怎麼可能？」

棘星簡單地說明他們的搜尋經過以及如何在下水道裡找到班尼的屍首，這時有愈來愈多的族貓從地道裡出來。他們邊聽邊發出同情的低語聲。

「我們把他葬在可以俯瞰湖面的一座小山丘上。」棘星講完了。

「我相信他已經與星族同在，」葉池喵聲道，同時走向法蘭奇，安慰地舔舔他的耳朵。

「我也這麼希望。」法蘭奇聲音悽涼。「因為我不在他的身邊了。」

「你已經盡力了。」蜜妮告訴他。「至少你現在知道他的下落了。」

「是啊，」潔西也說道。「你不必再擔心了。你要節哀。」

法蘭奇點點頭，環顧四周表情哀傷的貓兒，但一句話也沒說。

「你應該早點告訴我們，你要去哪裡，」櫻桃落喵聲道。「我們就可以跟你一起去，幫你找到他。」

「來吧，」葉池輕輕推了推法蘭奇。「進去吧。我幫你檢查一下。你可以服用一點百里香壓壓驚。」

「我去幫你拿獵物來。」敏蒂趁巫醫帶著法蘭奇回地道時，這樣說道。

法蘭奇一離開，潔西立刻快步地走向棘星。「謝謝你，其實你不必這麼做的。」

棘星向她垂下頭並告訴她：「我絕不讓我的族貓獨自受苦。」

潔西彈彈耳朵。「真的嗎？」她追問道。「我們是你的族貓嗎？」

棘星回答：「目前是。」同時感覺喉嚨裡有某種快樂的喵嗚聲。

潔西用鼻頭輕觸他。「太好了。」

ϟϟϟ

棘星睜開眼睛，看見曙光正滲入地道。一時之間，他覺得自己動彈不得。這是因為前一天長途跋涉，再加上曾在下水道裡費力地拖出班尼的屍體，筋骨過度勞動的後遺症。他蹣跚站起，在半夢半醒中跌跌撞撞地爬出臥鋪。

「嘿，你踩到我的尾巴了！」潔西出聲道。

棘星轉身看見棕色母貓已經把她的臥鋪拖到他的臥鋪旁邊，此刻那雙金色眼睛正帶著興味仰望著他。

「沒關係的，你還好嗎？你昨天累了一天。」

「我沒事。」棘星輪流甩動每條腿，身上的肌肉似乎都在向他抗議，然後他又弓起背伸個懶腰。「我只是需要動一動。」

潔西跟著他步出地道，走進沁涼的黎明裡。天空是淺淡又朦朧的藍，還有小小的白色泡泡雲。**今天沒有下雨，**棘星感恩地想道。

空地上，貓兒們都圍著松鼠飛聽她對隊伍的安排。「雲尾，」她喵聲道，「你去檢查風族邊境，就帶……」她頓時打住，因為她瞄見棘星和潔西正從地道裡出來。她遠遠迎視著棘星投來的目光，但隨即又朝雲尾轉身。「帶鼠鬚、莓鼻和樺落一起去。」

棘星趁雲尾在召集隊伍時走到他的副族長面前。「我想親自帶支隊伍越過最高處的邊界。」他大聲說道。

「我也去！」潔西提議道。

棘星明顯感受到他的族貓們互使眼色。「當然好。」他回答道。

「蛛足和琥珀掌也一起去嗎？」松鼠飛建議道。

「好啊。」棘星同意道，他只想盡快出發。「我們走吧。」

四隻貓兒在棘星的帶隊下直接爬上山脊，越過邊界，進入另一頭的林子裡。太陽在眼前升起，在林間灑下多道溫暖的金色陽光。棘星的疲憊消失殆盡，他突然覺得自己蓄勢待發。

「我們要查看影族貓有無越界嗎？」蛛足趁大家越過雷族的氣味記號線時，這樣問道。

「不用。」棘星回答。「我們是來查看野獾的蹤跡。」

「野獾？」琥珀掌重複道，音量拔高到近乎尖叫。「哇嗚！」她伸出爪子，聳起肩膀的毛。「我們要正面迎戰嗎？」

蛛足輕推他的見習生。「到時你最好趕快逃，」他喵聲道。「你連塞牠的牙縫都不夠。」

「我絕對不逃！」琥珀掌大聲說道。

「別取笑她了。」潔西向蛛足抗議，然後朝琥珀掌轉身說道：「別擔心，棘星教過我幾招對付野獾的方法。如果你願意的話，我可以教你。」

「不必了，」蛛足告訴她。「琥珀掌是我的見習生。」他的語調十分冷淡。棘星知道原因何在。

寵物貓竟然想越俎代庖地訓練他的見習生！不過潔西的學習能力很強。總有一天會成為很棒的導師。

「我們不是來這裡打架的，」棘星喵聲道。「我已經找到野貛的一些蹤跡，也聞到一些氣味。我只想確定野貛有沒有在我們現在狩獵的地方落腳定居。」

巡邏隊繼續往前走，琥珀掌一路上瞪大眼睛，停在每棵樹或每叢蕨葉旁仔細嗅聞。「我聞到一隻了！」她尖聲說道，同時從一坨瘤狀的橡樹根上退出來。

棘星上前檢查。「不，這是狐狸的味道。」他告訴毛髮直豎的見習生。「這味道是幾天前留下的。不過你很厲害，竟然聞到了。」

琥珀掌兩眼發亮地繼續嗅聞，彷彿想找出一整窩的野貛。不過最後還是蛛足聞到了線索：在一株荊棘叢底下找到一大坨排泄物。

「這不是新鮮的排泄物。」他說出自己的看法，同時退了出來，嫌惡地舔舔嘴唇。

棘星也親自進去查探。「我猜大概有三天了。」他喵聲道。「我想這頭野貛應該是往那個方向去了。」他的耳朵朝維特和他朋友住的兩腳獸巢穴方向指了指。

「牠們會喜歡寵物貓的。」蛛足咕噥道。

「太神奇了！」潔西大聲說道。「棘星，你竟然聞得出來那些排泄物有多久了，而且還知道野貛是往那個方向去。」

「這在戰士訓練裡都會教。」棘星告訴她，「我想我們應該追蹤一下這個氣味，確定牠們沒在這附近安頓下來。」

於是棘星開始帶隊追蹤，一直走到影族邊界附近，都沒發現築巢的痕跡。「我們可以回去了。」棘星決定道。「我不想再被花楸星指控我們越界。我們……」

他的話被粗厲的尖叫聲和琥珀掌的驚叫聲打斷。他霍地轉身，看見一隻烏鴉飛下來攻擊體型小的見習生，尖銳的鳥喙不停地啄她。琥珀掌露出尖牙，單爪猛揮，但烏鴉的體型既大又兇猛，凌厲的攻勢弄得羽毛四散。

蛛足從棘星旁邊一閃而過，撲上琥珀掌，保護著她並擋住烏鴉的攻勢。但那隻鳥還是用翅膀撲打，試圖用利爪攫住他的背。棘星發出怒吼，衝向烏鴉，爪子劃了過去。烏鴉再度尖叫，拍打著翅膀躲開攻勢。但牠還來不及飛高，便被突然一躍而上的潔西給一把攫住，拉回地面翻滾。烏鴉憤怒地拍打，試圖掙脫，粗厲的嘎聲隨著身體的癱軟而愕然中止。潔西氣喘吁吁地站起來，居高臨下地站在鳥屍旁邊。

「這一招太厲害了！」棘星喵聲道。「做得好，潔西！」

潔西的眼裡閃著驕傲的光芒。

「我們是來邊界巡邏，」蛛足邊咕噥著邊從琥珀掌身上下來，順順凌亂的毛髮。「不是來狩獵的。」

「有新鮮獵物當然更好。」棘星反駁道。「琥珀掌，你還好嗎？」

見習生站起身時，腳步有點踉蹌，她檢查身上有無受傷。「我沒事，謝謝你，棘星。」

「如果有烏鴉攻擊我們，」棘星若有所思地說道，「這表示附近一定有鳥巢。」他抬頭窺看樹木，瞄見附近一棵白蠟樹上有根叉形的樹枝，上頭架了一坨小樹枝撐起來的窩。「在上面！」他低聲道。

他偷偷爬上樹幹，盡量遠離鳥巢的視線範圍，由上方俯瞰鳥巢的動靜。過了一會兒，他發現潔西丟下她剛抓到的烏鴉，也跟在他面爬了上來。

接著棘星攀上另一根樹枝，從這裡直接打量鳥巢。一隻母烏鴉坐在巢裡，一看見棘星就立刻半蹲起來，露出下方幾顆帶著棕色斑點的藍殼蛋。牠又坐了回去，但那雙眼睛始終盯著他。棘星伸出爪子，打算再多抓點新鮮獵物。

「不，不要抓牠！」潔西抗議道。「牠快當媽媽了。你等於是連她的雛鳥也一起殺掉。」她突然住嘴，尷尬地舔舔胸前的毛。「好吧，我知道我心腸軟得像寵物貓。」

「別這麼說，那我們就饒牠一命吧。」棘星喵聲道。他們轉身爬下樹，他調皮地說道：「等雛鳥長大，我們再回來收拾牠們。」

潔西也淘氣地朝他揮了一拳，但沒伸出爪子，然後才跳回地面。

等在樹下的蛛足表情不以為然。「我們現在是要回去了，還是怎樣？」他咕噥道。

巡邏隊回到地道時，法蘭奇和敏蒂趕忙跑出來欣賞潔西的獵物。棘星四處尋找松鼠飛，想告訴她有關野獾的下落，但還沒找到她，坐在土石堆旁的蜂紋竟然先跑過來找他。

「我一直在等你，」年輕戰士喵聲道。「我想跟你談一談鴿翅的事。」

棘星心裡頓時忐忑。「出了什麼事嗎？」

蜂紋很不自在地踩動著腳。「你跟我來。」他說道。

他看見棘星點頭答應，便帶路走進地道，經過臥鋪進入更深處。

「你以前沒到過這麼深的地方吧?」棘星心情又驚又懼。「你知道地道很危險的。」

「我知道,」蜂紋要他放心。「不過鴿翅很安全,只是我希望你過來看一下。」

棘星跟著蜂紋進入狹窄又滴水的幽暗地道,不免想起下水道和班尼屍體這些不愉快的回憶。他盡量全神貫注,卻又老是撞上牆面,肉墊被冰冷潮溼的地面凍得發麻,身上每根毛髮都渴望回到光亮處。

這時棘星聽到微弱的喵聲從前方傳來。「那是什麼聲音?」他厲聲問道,停下腳步。

「噓!」蜂紋低聲道。「仔細聽!」

「哈囉!哈囉!」那聲音在地道裡迴盪。

棘星終於認出那聲音是誰。「是鴿翅!她迷路了嗎?」他倒抽口氣。

「沒有。」蜂紋回答道。「來吧。」

棘星跟著他慢慢往前爬,直到來到三條地道的交會處。黑暗中有很微弱的光線自頭頂上方的縫隙滲入。棘星從蜂紋身後往前窺看,發現鴿翅背對著他們而立,顯然不知道他們就在自己後面。

「哈囉!哈囉!」她又喊道。然後在黑暗中靜靜等候著聲音在地道裡迴盪。

「她在做什麼?」棘星低聲問道。

蜂紋回頭瞥他一眼,眼裡盡是痛苦。「她在測試自己能聽到多遠的回聲。」他告訴棘星。

「她……她想再恢復聽力。」

第二十七章

「哈囉！」鴿翅繼續喊道。「哈囉！」

「可是她又沒聾。」棘星驚愕地低聲道。**我還以為她已經接受了異能消失的事實。**

「她覺得跟以前的自己比起來，」蜂紋回答道。「她現在算是聾了。」

棘星想到獅焰，他總是很氣自己得耐心等候傷勢癒合。**這些貓兒雖曾有異能，但失去的時候卻承受這麼多痛苦，這樣值得嗎？**他不禁納悶。好像只有松鴉羽不為此事煩心，不過他還是像以前一樣能當巫醫，**而且我也從來不知道松鴉羽心裡在想什麼。**

棘星走上前去。鴿翅聽到腳步聲便霍地轉身。她一看到他的眼睛，立刻低下頭去，前爪不安地在岩面上扒抓。

「蜂紋把你的事情都告訴我了。」棘星開口道。

「這不關他的事！」鴿翅憤憤不平。

「當然關他的事，」棘星喵聲道。「他是

你的伴侶貓，他關心你。」

鴿翅沮喪地長嘆一聲。「我什麼都聽不到了，這種感覺很糟。我總覺得我讓族貓們失望了。」

「你沒有。」棘星向她保證道。「這不是你的錯。」

在幽光裡，鴿翅的眼睛像兩潭悲傷的池水。「雖然我們三個以前都有異能，但還是沒能讓部族躲過大戰役的摧殘。」

「但要是沒有你們，我們會受創更重。」棘星不知道該怎麼說才能安慰鴿翅。他停頓一下，希望星族能指點他，但沒有用。

也許星族看不到藏在地道裡的我，他心想，**我得想辦法靠自己**。

「星族賜給你們異能，不是沒有理由的。」他終於說道。「所以你才能提前知道黑暗森林戰士會從哪裡發動攻擊。獅焰也能以一擋百地上場作戰。松鴉羽則幫我們找來星族當後盾。」

鴿翅搖搖頭。「如果我們這麼需要異能，為什麼現在卻喪失了呢？」

「也許是因為星族知道，你們不再需要它們了，」棘星說道。「我們有能力面對像洪水這樣的挑戰，靠的是部族與生俱來的知識。你和獅焰還是可以像其他貓兒一樣狩獵和上場作戰。松鴉羽也還是可以治療我們。」

「也許你說得對……」

蜂紋從黑暗裡走出來，上前一步。「鴿翅，你不會怪我把這事告訴棘星吧？」

「不會。」但鴿翅說完就從身邊擠過去，連看都不看一眼地離開此處。

棘星從地道裡出來時，一眼就看到潔西正在空地的另一頭幫忙亮心和白翅在陽光下攤平青苔。潔西一看見棘星，立刻過來找他。

「一切都還好吧？」她問道。「那些地道看起來很可怕！」

「哦，也沒那麼糟啦，」棘星回答道。「我們以前也在裡面打過仗。」

「真的？」潔西的語氣聽起來很是佩服。

棘星正要告訴她，以前和索日及風族間的糾紛時，突然看見松鼠飛帶著狩獵隊回來了。她自己叼著一隻黑鳥，灰紋和蕨毛各自叼著老鼠，玫瑰瓣則拖了隻松鼠回來。

「我晚點再告訴你好了，」棘星對潔西喵聲說。「我得先找松鼠飛談一下。」他快步走向新鮮獵物堆，松鼠飛和其他貓兒正在那兒把帶回來的獵物給堆上去，他用尾巴示意她到自己旁邊來。

「有什麼事嗎？」他的副族長喵聲道。

「我剛聽見鴿翅在地道裡喊叫。」棘星解釋道。「她想找回以前的異能。而煤心也擔心獅焰一上戰場就會不顧自身的安危，因為他無法接受自己不再是金剛不壞之身的事實。」

松鼠飛若有所思地順順自己的鬍鬚，綠色眼睛裡盡是憂色。「這對他們來說並不好過。」過了一會兒，她喵聲道。「但我相信他們最終一定會找到一個平衡點。畢竟他們每天都看到自己的族貓有多努力地在過生活，而他們又都很在乎這個部族。」

棘星感恩地眨眨眼。「謝謝你，你說得也許沒錯。對了，我打算幫寵物貓上一些戰技課程，你要不要一起來？」

松鼠飛注視著他，興味地瞇起眼睛。「哦，不了，我想還是你去就好了。」她喵聲道。「我不想礙事。」

棘星突然全身發燙，很不自在。「好吧。」他咕噥道。

還好這時候傳來貓兒穿過矮樹叢的聲音，吸引他和副族長的注意。他轉身看見蜜妮帶著隊伍衝進空地，刺爪、藤池和雪掌跟在後面，四隻貓兒的毛髮都豎得筆直、表情激動。棘星快步穿過空地，正在處理臥鋪的亮心和白翅也都抬起頭來，松鼠飛的其他狩獵隊員也都聚過來聽。

「棘星！」蜜妮大聲說道。「我們發現野獾的新鮮氣味！」

棘星豎直耳朵，緊張到肚子開始翻攪。「在哪裡？」

「就在最高處邊界的另一頭，」蜜妮回答道。「剛好在影族林子的邊緣處。至少有兩頭野獾。」

「我最好去看看，」棘星喵聲道。他環顧四周，示意兩名最資深的戰士。「蕨毛、灰紋，你們跟我來。」

潔西趕緊擠到最前面。「我也去。」

「不行，」棘星回答道。「別忘了你和法蘭奇、敏蒂都要去上戰技課程。亮心！」他又說道，同時朝黃白相間的母貓轉身。「你可不可以代替我幫他們上課？」

亮心垂下頭。「沒問題。」

潔西一臉失望。「我一定會學會新的戰技，你回來之後最好小心點哦。」

她轉身的時候，棘星用尾尖輕觸她的肩膀。「晚一點，我們再一起散步，」他喵聲道。

「也許黃昏時到山脊上走一走。」

潔西眼睛一亮。「好啊。」

棘星帶頭離開空地，蕨毛和灰紋走在他兩邊。

「你知道嗎，」灰紋在路上低聲說道。「並非所有寵物貓都無法適應部族生活。蜜妮也是寵物貓出身啊。她在部族就適應得很好，我們一直很幸福。」

「是啊……」棘星不懂灰紋為什麼要拿這當話題，**再說蕨毛才剛失去栗尾，這番話聽在蕨毛耳裡未免太殘酷了。**「我很擔心野獾的出現。」他喵聲道。「不知道是不是以前在山谷裡攻擊過我們的那幾頭？」

「我們不是已經狠狠地教訓過牠們了嗎？」灰紋低吼道。

隊伍穿過最高處的邊界，前往影族領地後面的林子裡。一走近那裡，棘星便聞到獾的氣味，這氣味前所未有地強烈，而且還混雜著貓兒恐懼時散發的味道。他和蕨毛、灰紋互看一眼。「這裡的問題很棘手。」他咕噥道。

那味道愈來愈強烈。棘星一心想找到源頭，於是冒險進入影族邊界上方的林子裡，他的隊員憂心忡忡地跟在後面。他鑽進濃密的蕨叢，停在空地邊緣，驚恐地瞪看著眼前殘破的景象。大片草地和蕨葉被踏平。濃烈的血腥味灌進棘星的喉嚨裡，草地上血跡斑斑，一坨又一坨的毛髮散落四處，大多是貓毛。

「我的星族啊！」他低聲道。「有貓死在這裡嗎？」

蕨毛從旁邊用力戳他。「影族來了！」他嘶聲道。

棘星沒聽見隊伍靠近的聲音，現在只能趕緊藏進蕨叢裡，蹲在蕨叢底下。灰紋、蕨毛也躲在旁邊，暗自希望空地上嗆鼻的血腥味可以掩蓋雷族的氣味。棘星隔著彎垂的蕨葉往外窺看。影族隊伍正穿過空地，往林子深處走去。帶頭的是花楸星，虎心、雪貂爪和褐皮跟在後面，他們看起來都傷痕累累。

一定是剛和野獾大戰過，棘星心想道。

等到影族隊伍消失在矮樹叢裡，殿後的褐皮突然停下腳步。她環顧四周，張嘴嗅聞空氣。然後穿過空地走向蕨葉叢。棘星站起身，走進空地找她。

「我們不是來找麻煩的，」他趕在她開口前喵聲道。「沒想到你竟然聞得到我們在這裡。」

「你是我弟弟，」褐皮回答道。「我當然認得出你的味道。」

棘星看見他姊姊口鼻上剛劃開的傷口，還有肩上的毛也掉了一大坨，不免皺起眉頭。「我們正在追蹤野獾的下落，」他解釋道。「牠們進了你們的領地？」

「那地方我們平常很少去。」褐皮喵聲道。「不過牠們在林子裡留下了曾經住過的痕跡，看來有幾頭野獾在洪水過後就搬到這裡來了。牠們八成是被迫離開自己的舊巢穴。」

「現在大水正在退去，」棘星喵聲道，試圖表現出樂觀的語氣。「也許到時牠們就會回到原來的巢穴。」

「那野豬可能都會飛了。」褐皮低吼道。「棘星，我的部族受創嚴重……自從你幫我們出了一口氣之後，寵物貓是沒再來惹我們，但現在野獾出現，害我們又不能去那裡狩獵了。而我們多數的領地都還泡在水裡。」她低下頭，用一種羞愧的語氣繼續說道：「我以前對你的態度不太好，」她承認道。「我和花楸星……還有所有影族貓……其實應該感激你幫我們教訓了寵物貓。」

「沒關係啦，」棘星低聲道，同時用鼻頭輕觸她的耳朵。「我知道我們不應該干預，以後不會再犯了。」

褐皮抬起頭來，綠色眼睛緊緊地盯住她的弟弟。「你是說真的嗎?因為我不認為我們有能耐單獨對抗那些野獾。我們太虛弱又餓太久了。」

棘星凝視著她。「你是在向雷族求救嗎？」

褐皮深吸一口氣。「是的，」她喵聲道。「我在求救。」

第二十八章

棘星心亂如麻地回頭走向蕨毛和灰紋。他什麼話也沒對他的戰士說，他們也沒有追問他為何如此沉默。

花楸星曾說得很明白，他不接受雷族任何干預，棘星帶隊回營時，心裡這樣想，**我尊重他的決定，可是影族顯然深陷麻煩。難道我要袖手旁觀嗎？**那天晚上，當棘星蜷伏在臥鋪裡準備入睡時，他抬頭默默向星族祈禱，**請托夢給我，**他懇求道，**請到夢裡告訴我該怎麼做。**

睡意洶湧而來，棘星發現自己走在湖邊……而且是恢復正常水位的湖邊。淺淡的陽光映照得水面閃閃發亮、一片銀白，微風徐徐吹得湖面波紋四起。棘星環顧四周，希望遇見火星。但湖對岸隱約出現的貓兒身影卻極為龐大，甚至比林子還高，比兩腳獸巢穴還巨大，她的耳尖幾乎與天齊高。那身影愈來愈清楚，棘星這才發現那是一隻黑灰色母貓，寬肩、平臉、琥珀色眼睛。她不是火星，而是黃牙。

前任巫醫站在湖邊，銀色湖水一沾到她的爪子，便成了紅色的血水，鮮血湧出水面，直到整座湖被染成猩紅色。

棘星瞪大眼睛。「一定要流這麼多血嗎？」他低聲問道。

「血不見得代表死亡，」黃牙喵聲道，那聲音在山丘間迴盪。「它能帶給你想像不到的力量。」

「這話什麼意思？」棘星反問道。「我不懂！」

但沒有回答問題的黃牙身影開始消失。猩紅色的血水漸漸上升，漫過棘星，水浪掃得他跌進水裡，胡亂拍打四肢的他被鹹水嗆到，沉進漩渦狀的黑暗裡。

棘星突然驚醒，全身發抖。月光灑進地道。他感覺到有隻腳爪擱在他的肩上，溫柔地輕撫他。他抬頭望見，原來潔西已從臥鋪起身，正低頭看著他。

「你在做惡夢嗎？」她低聲問道。

「比惡夢還可怕。」棘星咕噥道，蹣跚地站了起來。「我得去找巫醫談一談。」

「如果你願意的話，也可以告訴我。」潔西提議道。

「不用了，這是巫醫的事。」他看見潔西眼裡受傷的神情，於是又說：「我晚一點再告訴你。」

他一路經過沉入夢鄉的貓兒們，往地道下方走到巫醫窩。松鴉羽被他趨近的聲響吵醒，不過葉池仍蜷伏不動，睡得很沉。

「你要做什麼？」松鴉羽問已來到身邊的棘星。

「我需要跟你和葉池談一談。」

松鴉羽伸出尾巴，阻止棘星伸掌去碰葉池的肩膀。「讓她睡吧，」他出聲警告。「她一大早就起床幫沙暴準備艾菊，治療她的咳嗽。有需要的話，我們再叫醒她。」

棘星點點頭。「我們去外面聊。」

他在空曠處深吸一口新鮮沁涼的空氣。夜色靜默，枝椏間連一絲風也沒有。快要滿月的月亮高掛林間。

「我和葉池沒去參加月池的巫醫集會，」松鴉羽說道。「不過我想別的巫醫應該也沒去吧。河族的對外道路仍被阻斷。我們又不知道山裡的洪水情況如何。」

「我希望下次大集會能順利舉辦，」棘星喵聲道。「我們已經錯失了一次。你有得到什麼關於洪水的預兆嗎？」

松鴉羽搖搖頭。「完全沒有，只知道從山坡上木棍的水位記號來看，大水正在退去。」

棘星嘆口氣。「看來我們只能等待了。不過話說回來，」他繼續說道，試圖表現出樂觀的樣子。「寵物貓們都適應得非常好。尤其是潔西，你應該聽說過她上次去狩獵，抓了很多獵物回來。」

松鴉羽斜覷了他一眼，瞇起那雙藍色眼睛，眼神銳利到你會忘了他根本是個瞎子。「你花太多時間陪潔西了……」他低聲道。「你不應該讓貓兒們覺得，你對寵物貓的關心程度甚於對族貓的關心。」

棘星頓時氣結。**你是我養大的！從小我就疼你、對你噓寒問暖，小時候你在地上踩到刺，**

哪一次不是我在旁邊安慰你。結果現在反倒數落起我的私生活來了！但他又想到松鴉羽已經不再是小貓了。他是雷族的巫醫，有權指正族長的做法。

「只要寵物貓有心融入部族，我就會花時間幫助他們。」他回答道，不過他很清楚這句話並不完全屬實。

松鴉羽猶豫了一會兒。棘星本以為他會酸言酸語一番，沒想到松鴉羽只是聳聳肩，彷彿自己對這話題也感到不自在。「你要我來這裡，就是為了要享受夜裡的空氣嗎？」

「不是，」棘星回答道。「我做了一個夢……」他試著找出適當的字眼。他告訴松鴉羽，夢裡黃牙出現在湖邊，當她的腳爪沾到湖水時，鮮血立刻湧現。他覆誦了她那段令人不解的話。「她說：『血不見得代表死亡，它能帶給你想像不到的力量。』松鴉羽，你覺得這話是什麼意思？會發生另一場可怕的戰爭嗎？黃牙是想警告我嗎？」

松鴉羽抽動鬍鬚。「聽起來不像在警告厄運當頭，」他承認道。「比較像是……某種更強壯的東西。而且顯然跟你上次的夢有關，就是火星出現的那次。」他繼續說道。「當水血相會，血將升起。」

「那是什麼意思？」棘星尖銳地問道。「為什麼星族就不能明白地告訴我們呢，老是要我們猜？」

「星族已經盡他們所能了。」松鴉羽反駁道。「有時候連他們自己也不知道所有的答案。你不能寄望他們無所不知。他們也是貓，跟我們沒什麼兩樣。棘星，你要相信自己的直覺。這也是為什麼星族選你當族長，因為他們對你有信心。」

棘星回到自己的臥鋪，這次他睡得很安穩。等他醒來時，陽光正從地道口流洩進來。附近大部分的臥鋪都是空的。他趕緊跳起來，警覺到自己睡過頭了。

「棘星，別緊張。」

棘星聽到潔西的聲音，轉頭看見棕色母貓正坐在臥鋪裡，尾巴整齊地覆在腳爪上。

「是我要他們別吵醒你，」她喵聲道。「我知道你大半夜都沒睡。」

「你真好，」棘星半是感激半是惱怒地回答。「不過族長在夜裡本來就常要處理事情。」

「但你不只是族長，」潔西直言道，同時站起身朝棘星走來。「也是一隻貓兒。你跟其他貓一樣，必須懂得好好照顧自己。」

棘星用鼻頭輕觸她的耳朵。「也許你說得對。」

他快步走進空地，潔西跟在後面。他發現第一批隊伍已經出發，松鼠飛正往山坡下走去，蜂紋、莓鼻和玫瑰瓣緊跟在後。

「松鼠飛！」棘星喊道，很高興終於趕上她。「我需要跟你談一談。」

他的副族長停下腳步，朝蜂紋轉身。「你來帶隊，」她下令道。「檢查水位，然後去狩獵，往風族的方向去，那裡已經有一兩天沒去巡視了。」她目送著隊伍離開後，才跑來找棘星。可是當她看到潔西在他旁邊時，表情有些驚訝，不過還是禮貌性地點點頭。「需要我幫什麼忙嗎？」

棘星環顧四周，望見灰紋在新鮮獵物堆旁，於是揮揮尾巴，示意他過來。「這裡還有其他資深戰士嗎？我需要跟所有資深戰士談一談。」

「雲尾和刺爪去邊界巡邏了，」松鼠飛回答道。「蕨毛和塵皮去外面收集更多樹枝當窩穴的建材。可是他們才剛離開。我看看能不能追上他們。」說完立刻鑽進矮樹叢裡。

棘星趁著等候她回來的時間，回頭往地道走去。他在地道裡找到正在跟波弟說話的沙暴。這是她第一次對他說故事。「所以那時還是火掌的火星，正在舊森林裡狩獵，他遇到一隻瘦巴巴的灰色老母貓……」

「沙暴，我需要你到外面來一下。」棘星喵聲道。

「好的。」沙暴起身。「波弟，我晚點再把故事說完。」

老貓抬頭看她，眨眨眼睛。「一定哦，」他喵嗚道。「你的故事說得好棒哦。」

沙暴忍住笑意。「你太恭維我了。」

棘星走到地道的更深處，在那裡找到正從臥鋪裡爬起身的松鴉羽，他張嘴打了個大呵欠。葉池還在睡。

「松鴉羽，我要召開一場會議。」棘星喵聲道。「到外面來參加吧。」

等巫醫跟著他走進空地時，松鼠飛已經帶著塵皮和蕨毛回來了。他們都坐在土石堆底下。潔西站在附近，兩眼閃著興味。但她沒有加入，因為她不確定自己是否有被邀請。

「潔西，」棘星喵聲道。「你去找法蘭奇和敏蒂，幫他們練習一下狩獵技巧。」

「沒問題。」潔西回答道，開心地離開，尾巴揚得老高。

「究竟是什麼事啊？」寵物貓一走遠，松鼠飛立刻問道。

「我想我猜得到。」蕨毛低吼道。

灰紋點點頭。「是野獾，對不對？」

棘星告訴他們前一天巡邏隊遭遇到的事，還有他們如何找到野獾的氣味，以及證據顯示影族的另一個狩獵場有過打鬥的痕跡。他甚至全盤托出當時沒告訴灰紋和蕨毛的那件事——他和褐皮的對話，以及她向他求救。

「你是鼠腦袋嗎？」塵皮等他說完，立刻低吼道。「你又不是不知道，上次為了趕走那些寵物貓，我們差點和花楸星撕破臉。」

「是啊，就讓影族自己去處理吧。」蕨毛附和道。

棘星早就料到會有這樣的反應，但他又不忍心他姊姊和她的部族單獨與野獾奮戰。「灰紋，你覺得呢？」

「棘星，我知道你的感受。」灰紋開口道。「可是我們都不想再戰了。你看獅焰受了多重的傷。如果我們對野獾發動攻勢，會很容易折損戰士。這是你想看到的結果嗎？」

「可是那些野獾離我們的領地很近，」松鼠飛提醒他們。「如果我們現在不處理，以後問題一樣會出現。」

「這倒是真的。」塵皮抬起後腿搔搔耳朵。「不過可以等它發生了再來處理。」

沙暴一陣猛咳，後來才開口說道：「記得上次在山谷裡，被野獾攻擊的教訓嗎？」她聲音粗嘎地說道。「要是我們和牠們打起來，牠們反倒跟蹤我們到這裡來，我們就幾乎死定了。」

「所以你們的意思是，」棘星喵聲道。「除非野獾妨礙我們狩獵，否則我們不處理？」

所有貓兒都發出認同的低語聲，雖然他覺得松鼠飛仍不置可否，但他無法再多做爭辯。

「好吧，」他決定道。「我懂你們的意思了。不過我現在要親自帶隊到那上面去看看有沒有什麼新的進展。要是那些野獾越界到我們的新領地，我們就準備反擊。」

沒有貓兒反對這一點。棘星帶頭走了出去，只有沙暴留下，她得回去為波弟把故事講完。這是第一次這隻優雅的母貓沒有要求與戰士同行，反而很開心地回地道去。

雷族貓現在已經愈來愈熟悉邊界外的林子。棘星很清楚他們剛抵達那條與影族間的無形邊界。這裡沒有氣味記號線，但對方的新鮮氣味正從附近飄送過來。

「好怪哦，」蕨毛咕噥道。「你覺得這些邊界會變成永久的邊界嗎？」

「你的意思是把我們的領地擴張到這裡？而且要常來這裡巡視，保證這裡的安全？」塵皮語氣質疑。「我們辦得到嗎？」

「希望不必走到這個地步。」棘星道，他一想到得有效管理這麼長的邊界，便覺得頭大。巡邏隊沿著影族領地邊緣走，棘星漸漸聞到一些新的味道，有血腥味也有恐懼的氣味，再加上野獾的強烈臭味。他頓時毛骨悚然。「這裡一定是昨天過後的另一個戰場。」

「那不關我們的事。」塵皮尖銳地提醒他。

「尤其花楸星又沒向我們討救兵。」灰紋也說道。「到時吃力不討好，又要應付影族，還要對付野獾。」

既然沒有證據顯示，野獾有接近雷族狩獵場的傾向，棘星心裡明白只能打道回府。在看到這麼多的打鬥痕跡後，棘星對影族和褐皮的擔憂有增無減，可是他又不知道該怎麼說服族貓改變心意。

他想找個地方靜一靜，於是回到營地後便爬上山坡，獨自坐在地道入口上方。陽光下，肩膀被曬得暖烘烘的他低頭俯瞰族貓們。

獅焰才剛率領狩獵隊走進空地，卸下獵物：兩隻松鼠、一隻灰鳥，還有數不盡的老鼠。獅焰的傷已經好了，金色毛髮在陽光下閃閃發亮。他把抓來的獵物放到新鮮獵物堆後，便快步去找煤心，與她互搓鼻頭，憐愛地舔舔她的耳朵。兩隻貓兒相偕走到有陽光的地方，一起伸懶腰、互相舔舐。

松鴉羽也來到微弱的陽光下，帶著薔光做復健。棘星欣見母貓已經多少恢復了體力。她的前腳動作靈敏，正在一棵老灌木的低垂樹枝下練習拉舉自己，然後翻滾在地，發出勝利的吼聲。

「怎麼了？為什麼吼得那麼大聲？」波弟從棘星下方衝出地道。「是野獾來襲嗎？讓我來收拾牠們！」

「沒事啦，波弟，」蜜妮向他保證道。「是薔光啦。」她朝灰紋轉身，眼裡閃著驕傲。「你看她多棒。」

薔光反覆地練習，她的母親和父親倚著彼此，站在附近觀賞。棘星覺得心裡一陣溫暖，煩惱似乎暫時消失了。

後方突然出現動靜，吸引了棘星的注意，他轉頭去看，以為是潔西，結果竟是松鼠飛。

「你打算帶我們去攻打那些野獾，對不對？」她說道，同時走到他身邊坐下來。

棘星點點頭。在她說破之前，他根本不知道自己早已做了決定。

「你為什麼要叫你的族貓去冒險？就為了幫助褐皮和影族嗎？」松鼠飛問道。

棘星想了想剛剛在空地上看到的畫面。他知道如果自己一意孤行，可能會毀了這一切。但他心意已決。

「只要能幫得了我姊姊，我什麼事都願意做。」他喵聲道，迎視著副族長的綠色目光。「如果是你，你也會這麼做。」

就在說話的同時，他突然明白松鼠飛當年為何要瞞著他小貓的事情。他早已原諒她，因為他知道她是為了大家著想才那麼做的。可是直到這一刻，他才真正明白當年她為何敢衝動地撒下瞞天大謊。「這就是你當年會那麼做的原因，對吧？你謊稱葉池的小貓是你的，是因為你愛她，對不對？」

松鼠飛點點頭，眼裡充滿複雜的情緒，他知道那種情緒是她無法以言語表達的。

「我非常敬佩你的勇氣。」他告訴她。然後又低頭望著下方的空地，看見獅焰滿足地依偎在他伴侶貓的身邊，松鴉羽得意地指揮著薔光進行復健。「我們教養出三隻很棒的貓兒。」他喵聲道，同時想起冬青葉為了救藤池而英勇地犧牲自己。

他和松鼠飛靜靜地坐著，低頭俯瞰他們的孩子和其他族貓們在陽光下開心地活動。棘星感覺到松鼠飛的毛髮輕觸著他，這是好幾個季節以來，他第一次感覺到他們又變親密了，猶如被陽光緊緊擁抱著。

「棘星，我一定會支持你的，」松鼠飛低聲道。「如果你要率領雷族代替影族上場作戰，我一定追隨到底。」

棘星爬到土石堆頂端。「請所有成年貓到地道外開部族會議！」他大吼道。

已經在地道外的貓兒全都好奇地抬頭看他，然後往土石堆下方聚攏。葉池陪著沙暴和波弟從地道裡走出來。黛西和見習生們叼著青苔球從矮樹叢下方快步走來，然後將球丟在地道入口，找位置坐下。潔西從樹上跳下來，她剛剛在那裡陪法蘭奇和敏蒂練習攀爬技巧。

棘星低頭看著部族，深吸一口氣。**他們不會想聽到我待會兒要說的。**

「雷族的貓兒們，」他開口道。「我仔細想過後做出決定。影族貓或許可以自己趕走那些野獾，但如果四分之一個月內，他們還是辦不到，我們就出手相助。」

「什麼？」刺爪跳了起來。「你的腦袋被蜜蜂叮壞了嗎？」

「花楸星都對你撂話了，你還執意這麼做？」塵皮質疑道。

黛西眼帶怒火地抬頭望著棘星。「你一定要讓做母親的，眼睜睜看著孩子再次上戰場送死嗎？」

其他族貓也發出怒吼聲。棘星覺得自己彷彿站在風暴裡。他的爪子緊緊戳進泥地，似乎害怕被強風刮走。在那當下，他很想為自己辯解。**不，**他心想，**族長的話就是命令，這是戰士守則的一部分。**

可是棘星也擔心要是自己錯了怎麼辦？這是他擔任族長以來，第一次做了一個不受族貓歡迎的決定……只除了靜靜地站在地道入口上方，做他後盾的松鼠飛。潔西瞪著晶亮的眼睛望著他，耳朵豎得筆直。**我尊重這裡的每一位戰士，**他不悅地想道，**我不喜歡他們質疑我。**

「我們立刻展開訓練，作好準備。」他簡單地撂下這兩句話，就跳下土石堆。

第二十九章

但他的爪子還沒觸到地面，黛西就從貓群裡擠了過來。「我選擇待在雷族，是因為我相信我和我的小貓在這裡會很安全。」她告訴他，原本的溫柔聲音變成了怒吼。「棘星，我也以為我可以信任你。可是為什麼這麼快又要我們再去冒險？」

棘星還沒來得及回答，潔西就繞過貓群，來到他身邊。「你是隻徹頭徹尾的部族貓，」她告訴黛西，同時點頭致上敬意。「以前你憑藉著勇氣熬了過來，以後也可以。」

黛西抽動耳朵，彷彿不確定自己應不應該聽一隻寵物貓說教。「不過這也不代表我們就應該自找麻煩。」她反駁道。

「但麻煩早晚還是會找上你們。」潔西喵聲道。「這是我學到的部族生活！棘星趕在野獾入侵雷族領地前先下手為強，這決定是對的。」

黛西沉默了一會兒。最後她抬眼直視棘

星。「你是我們的族長，」她喵聲道。「我信任你。但這不表示我必須喜歡這個決定。」

「謝謝你，黛西。」棘星垂下頭。「沒有戰士喜歡上戰場。但有時候我們沒有別的選擇。」黛西離開後他又說：「謝謝你，潔西，你剛剛說得很對。」他長嘆一聲承認道：「我真希望我像族貓所認定的那樣自以為有把握。」然後他又自問自答：「火星也會這麼做嗎？也許不會。他在影族沒有親屬。哦，看在星族的份上，為什麼這個決定這麼困難呢？」

「你現在不能改變主意了。」潔西直言道。

棘星低聲認同，朝族貓們轉身。他們都圍著松鼠飛，等候她編隊分組，展開戰技訓練。

「我不懂為什麼我們要出征。」鼠鬚抱怨道。「野獾找麻煩的對象是影族欸。」

「所以是我在找你麻煩囉，」松鼠飛回嗆他。「反正去給我上課就對了。」

她繼續默默地編隊分組。棘星注意到她挑的都是幾個季節前，曾與野獾在山谷裡有過交手經驗的戰士來指導訓練課程。灰紋、蕨毛和雲尾分別將年輕戰士召集到身邊，松鼠飛也親自帶領一個小組，寵物貓也被包括在內。

「別忘了我們當中有些貓兒曾與野獾交過手。」當各組都準備就緒時，她提醒大家。「所以我們知道哪些方法可行，哪些不可行。野獾的體型和力氣都比我們大。你們要專注在自己的強項上，包括敏捷的行動、迅雷不及掩耳的攻擊速度，還有趕在牠們反應過來前逃到安全地點。切記要兩兩並肩作戰，其中一個負責吸引野獾的注意，另一個展開攻擊。不要忘了，你們可以跳上牠們的背。畢竟牠要甩掉背上的你們，比敵貓要甩掉背上的你們難多了。」

棘星跟著藤池、雪掌、罌粟霜和百合掌加入蕨毛那一組。蕨毛退後一步，準備將指揮權讓給棘星，但棘星搖搖頭，揮動尾巴示意他繼續。

蕨毛帶著隊伍往山脊走去，找到一處空地。「好，」他喵聲道。「我們就先從松鼠飛提到的那個動作開始練習起，跳上獾的背。這是很厲害的一招，因為只要你在上面，牠就對你無可奈何。雪掌，你先好了，我假裝是獾。」

正當雪掌與蕨毛對峙時，棘星瞄見林間有個缺口，於是快步過去，掃視影族領地。**我真的好奇那頭出了什麼事？那些野獾在做什麼？花楸星對付得了牠們嗎？**

他轉身回到空地，看見雪掌和百合掌一直學不好這一招。他們本來可以利用自己的速度一躍而上，穩穩地站在野獾肩上撕扯牠的毛髮，或甚至將牠推倒在地。可是他們在蕨毛背上只站一下子就跌得四腳朝天，肚子曝露在外，在還沒爬起來之前，恐怕很容易遭受攻擊。雖然百合掌年紀較大、較有經驗，但個子嬌小，跟雪掌一樣都學不好這一招。

「照這樣下去，我已經把你們兩個都吃掉了。」蕨毛氣餒地喵聲道。

棘星正打算幫忙，藤池卻在此時上前一步。「你們聽好，」她嘶聲道。「如果你們倆再學不好，野獾絕對會把你們撕成兩半。記得跳上去的時候，爪子要用力地戳進去、狠咬牠們的頸子，如果距離夠近，就扯爛牠們的眼皮、挖出眼珠。」

藤池的聲音低沉有力。一時之間，棘星對她口中這招殘酷的手法震驚不已。他隨即想到幾個月前，藤池曾在黑暗森林裡受訓。她學到的殘暴手段恐怕不是多數戰士所能想像的。**刺爪、花落和樺落應該也都知道類似的招式**，他心想，**至少他們的經驗可以在這裡派上用場。**

等到見習生再次上場練習時，棘星發現藤池的建議起了作用。他們穩穩站在蕨毛肩上，爪子戳進後背。蕨毛肩上的百合掌將身子往下彎到耳朵幾乎碰到草地，再將他的腳往外一勾，蕨毛立刻翻倒跌在地上。這時雪掌彎起爪子，對準蕨毛的眼睛。

「嘿！」蕨毛吼道。「別對我玩真的！」

雪掌跳了下來，讓蕨毛爬起來。「對不起，」他喵聲道。「我太得意忘形了。」

「沒關係。」蕨毛回答道。

藤池點頭讚許。「好多了。這一招夠狠。」

等他的隊伍回到營地時，棘星注意到氣氛變了。所有貓兒都在討論戰技練習的成果。年輕戰士尤其開心他們學到了新招式。縱然棘星知道他們還不是很認同代替影族上戰場的這個行動，但至少都對自己學到的新戰技有全新的體認，並為此感到自豪。

「我想他們都學得不錯。」松鼠飛說道，同時快步朝坐在土石堆下方的他走來。

「寵物貓的訓練情況如何？」棘星問道。

「法蘭奇和潔西學得很快，」松鼠飛回答道。「倒是敏蒂對自己一點信心也沒有。」

棘星點點頭。「她天生不是這塊料。更何況他們是寵物貓。我們總不能要求他們加入這場戰役吧？」

「潔西和法蘭奇都樂於加入，」松鼠飛告訴他。「我阻止不了。」

黛西把頭伸出地道外，顯然偷聽到了他們的談話。「敏蒂可以留在這裡陪我和其他不用上場作戰的貓兒。」她喵聲道。「你不能把整個部族的命都賭上去。畢竟這不是和黑暗森林作戰。」

棘星點點頭。「你覺得誰該留在營地裡？」

「只要留下足夠的戰士保衛營地就行了，」黛西喵聲道。「也許蕨毛和蛛足。」她的鬍鬚抽了抽。「我也會請灰紋和塵皮留下來。但我不認為這些老戰士會聽我的話。」

她說話的同時，葉池叼了一嘴的香芹從矮樹叢裡出來，快步走向棘星。她放下嘴裡的藥草，耐心等候開口的機會。

「你找我什麼事？」棘星喵聲道。

「是煤心的事。」葉池一臉煩憂。「我想她也應該留在營地裡。」

棘星一臉不解地與松鼠飛互看一眼。煤心還有什麼心事是他不知道的嗎？松鼠飛聳聳肩。

「你為什麼這麼認為？」棘星追問道。

葉池遲疑了一會兒。「我只是不認為你該找煤心上戰場。」

「好，」棘星還是一頭霧水。「如果她想留在營地裡，我當然沒問題。」

「不，我希望你去告訴她……」葉池開口道，但欲言又止。

棘星總覺得他的巫醫對他有所隱瞞。「我不能強迫煤心待在營地裡，」他喵聲道。「畢竟她是戰士。」

葉池嘆了口氣，搖搖頭後拾起香芹，走進地道。棘星覺得不安，背脊開始發涼，猶豫了一會兒，跟在她後面走進去。

「你還好嗎？」他問道。「莫非你對這場戰役感應到什麼凶兆？」

葉池停下腳步，轉身面對他，藍色眼睛滿是痛苦。這時棘星突然想起以前在山谷裡和野獾大戰時，葉池回來剛好撞見整座營地哀鴻遍野，她的導師煤皮為了保護正在生產的栗尾而慘遭野獾毒手，在育兒室裡奄奄一息。**鼠腦袋！**他暗自咒罵自己，**難怪和野獾作戰這件事會令她如此害怕。**

「這跟上次不一樣，」他保證道。「這些野獾不會走近我們的營地。我保證族貓們會很安全。」

「謝謝你，棘星。」葉池的回答很小聲。棘星感覺得到好像有某種理由讓她還是放心不下。

當他再度走出地道時，太陽正在下山，長長的樹影覆上空地。樹枝上方的天空原本霞光滿天，此刻也慢慢消失於雲層背後。星族戰士在前方點亮了第一顆星星。棘星看見潔西在獵物堆那裡挑選獵物，於是快步過去找她。等他走近時，才注意到她有隻耳朵被刮傷，尾巴附近的毛也被扯落。

「看來你接受的訓練有點激烈，」他走過來這樣說道。「其實你不必上戰場。」

潔西放下嘴裡的黑鳥，瞇著眼睛抬起頭。「如果我想上戰場，你會阻止我嗎？」

「當然不會。」棘星回答道。他暗自欽佩她的勇氣，竟然願意為了一群只粗淺相處一個月的貓兒上場殺敵。他挨近她，肩膀傍著她的腰腹，但潔西立刻縮了回去，皺眉倒抽口氣。

「抱歉，」她喵聲道。「我那裡有瘀青。」

「希望你的對手也被你修理得很慘。」棘星回答道。潔西眼帶笑意。「這樣說好了，從現在起，樺落不會再不把寵物貓當一回事了。」

等到棘星率隊深入影族領地探勘時，太陽已經橫掃林子頂端。自從他決定參戰後，已經過了兩個日出，影族那裡尚未傳來任何消息。先前幾支巡邏隊都找到更多野獾的新鮮氣味、更多血跡，卻沒有貓兒或野獾的蹤影。

棘星心想，**恐怕再過不久就要出事了**。

他穿過長草叢，森林裡靜悄悄的，鴿翅、櫻桃落和錢鼠鬚緊跟在後。他緊張到耳朵微微刺痛，張開下顎嗅聞空氣，每一步都走得戰戰兢兢，目光往四周掃視，確保沒有什麼突如其來的東西朝他們爬來。鴿翅看起來很緊張，棘星猜想她一定還在試著施展早已失去的異能，想要耳聽八方。棘星心想，**我很樂於知道影族的動靜，不過我不會告訴她**。

他聞到熟悉的氣味，於是停下腳步。**是褐皮！**「你們先走，」他告訴其他貓兒。「鴿翅，你來帶隊。」

等其他隊員都消失在矮樹叢後，棘星才循著他姊姊的氣味搜尋，結果看見嘴裡叼著一隻死老鼠的她從蕨葉叢裡鑽出來。

「褐皮！」他低聲喊道。

他姊姊愣了一下，霍地轉身，驚愕到老鼠都掉在地上。「棘星，快離開，林子那邊有一支影族狩獵隊。」

棘星用尾巴示意。「那我們走這邊。」

褐皮拾起老鼠，快步走向他，相偕鑽進冬青樹低矮的樹枝底下。

「雷族願意幫忙影族反擊野獾，」棘星語調急促地告訴他姊姊。「但我們必須知道現在的情況。花楸星打算展開攻擊嗎？」

褐皮驚訝地瞪大綠色眼睛。「你會帶著你的部族來幫忙我們？」

棘星肯定地點點頭。「別想說服我退出。我知道你們需要援手……而我們也不想看見野獾在這片林子裡安頓下來。」

褐皮的尾尖擱在他的腰腹上。「是我拜託你幫忙的。我不會收回我的話。」

「那就告訴我現在情況如何。」棘星追問道。

「花楸星計畫明晚行動，」他姊姊說道，「趁月色還不是很亮的時候進行反擊。」

「好，我們也會到。」

「褐皮！」遠處有貓兒喊道。

「我得走了。」褐皮低聲說道。「謝謝你，棘星。」隨即緊貼地面，蠕動著身子鑽出矮樹叢，消失在視線裡。

棘星回頭追上他的隊員們，率隊回到營地，結果發現松鼠飛和其他族貓也剛練習完戰技回來。

「我見到褐皮了，」他告訴他的副族長。「她說花楸星準備明天晚上行動。」

「所以就是明天晚上了，」松鼠飛收張著利爪。「反正我們已經準備就緒了。」

地道外面的空地上，大家的話題都繞著這場即將到來的戰役，他們熱烈討論著各種招式，爭論哪一招比較有效。棘星突然覺得需要有一點自己的空間，於是走向山坡，朝湖邊走去。

「嘿，棘星，」獅焰在後面喊道。「我可以陪你走一走嗎？」

「當然可以，」棘星等金色虎斑公貓從空地那頭過來。「我要去檢查水位。」

兩隻貓兒並肩相偕穿過林子。

「我要告訴你一件事，」他們繞過山谷四周的崖頂時，獅焰說道。「煤心懷孕了。」

棘星停下腳步。「太好了。我並不意外。」

獅焰前爪扒著地上的腐葉，尷尬地低著頭。「呃……是這樣啦……煤心很棒。」

「她以後也會是很棒的貓后，」棘星喵聲道。「獅焰，這是這幾個月以來，我聽過最好的消息。小貓代表部族的未來。」

獅焰又說：「我必須拜託你一件事，」這時他們正繼續往湖邊走去。「我不希望煤心參與這場戰役。你可不可以告訴她？」

「我不確定這是我可以幫煤心決定的事。」棘星回答道。「不過我會試試看。」

葉池肯定也知道這件事，所以她才會那麼擔心煤心的參戰。棘星終於明白了。但他還是不懂，**為什麼她不直說呢？**

獅焰兩眼炯亮，腳步輕快地穿過矮樹叢。棘星到現在仍視獅焰為己出，所以也被他的快樂情緒感染。只不過他還是擔心這場即將到來的戰爭，此刻就像暴風雨前的寧靜。

我一定要確保獅焰的安全，讓小貓在父母的陪伴下長大。

獅焰加快腳步，率先衝出湖岸邊的林子。「你看！」他喊道。

棘星快步追上他，發現他就站在一根木棍旁邊。他們之前將好多根木棍插在水邊標示水位。但現在這根木棍離水邊更遠了，大約有好幾隻狐狸身的距離。

「你看水退得更多了！」獅焰大聲說道。「再過不久，我們就可以回家了。我們的小貓會在育兒室裡誕生。」

他們把木棍拔出來，再插到水邊的位置，完成後，兩隻貓又爬上山坡，回到崖頂。這一次他們直接走到崖邊往下窺看。水位已經退去，可以看見一些被大水凌虐得不成形的針狀深色隆起物。

「看，那些樹枝應該就是戰士窩的屋頂。」獅焰用尾巴指著。「那邊那個是育兒室……我認得出來它用荊棘編成的屋頂。」

棘星蹲在他旁邊掃視崖壁，洪水留下的痕跡觸目皆是。各種殘骸碎屑卡在通往擎天架的亂石堆上。「要重建，恐怕得花很大的功夫。」他低聲道，同時心想大水一定沖走了所有的臥鋪，而且淤積了很多泥沙和垃圾。「但不管得花多久時間，我們都得重建它。」他補充道。

回到營地後，棘星去找煤心，發現她在地道裡由葉池和沙暴陪著。她側躺在地，棘星猜想葉池八成在幫她檢查身體。

棘星大聲說：「獅焰告訴我你懷孕了，煤心，恭喜你。」

煤心快樂地喵嗚道：「謝謝，我已經期待好久了。」

棘星繼續說道：「既然這麼期待有小貓，那就別上戰場了。」

煤心抬起頭來，藍色眼睛裡帶著惱色，厲聲回答：「我是懷孕，不是生病。我可以跟別的貓兒一樣上場作戰。」

棘星知道她說得沒錯，而且也不知道該怎麼說服她。他當然可以命令她留在營地裡，可是他不願意觸怒她。

正當他還在苦思該怎麼說時，沙暴伸出一隻前掌，輕輕按住煤心的腰腹，喵聲說：「你要記住，你現在不能只為自己做決定，」沙暴的聲音因白咳症而顯得沙啞。「你必須想想肚子裡的孩子。在他們還沒出生之前，就置他們於危險中，這樣公平嗎？」

煤心張嘴想回答，但不知該說什麼。

沙暴繼續說道：「到時營地裡也還有很多事情要忙，譬如照料傷者、補充新鮮獵物。」

葉池也說：「我也需要幫手。」

煤心眼裡的惱色消失了，最後她點點頭喵聲說：「好吧，我留在營地裡。沙暴，你當初懷葉池和松鼠飛的時候有什麼感覺？我需要注意什麼，才能確保我的小貓生下來很健康？」

棘星知道他無需再置喙，於是悄悄地離開了。她們根本不知道他走了。他在地道外面看見松鼠飛正在陽光下梳理自己，於是喵聲道：「嗨！」隨即跳過去找她，「獅焰剛告訴我一個好消息，他和煤心要有小貓了。」

正在搔耳朵的松鼠飛頓時停下動作，瞪大眼睛大聲說道：「哇嗚！我們的小貓要有小貓了！太棒了！」胸口發出快樂的喵嗚聲。

棘星深吸口氣。**我以前倒是沒這樣想過**。「我的星族啊，這讓我覺得自己好老哦！」。

松鼠飛用尾巴彈彈他。「別鼠腦袋了。」

棘星忍住笑意注視著她，這時他又想到了野獾，好心情瞬間消失。

他告訴松鼠飛：「明天日出時，別再為戰技訓練課程做編組，只要分派平常的狩獵隊和邊界巡邏隊就行了。他們得為晚上儲備體力。」

松鼠飛的神情突然一黯，隨即點點頭。「棘星，你的戰士已經做好準備了。願星族與我們同在。」

第三十章

最後一抹陽光消失在天際，林子下方暮色一片。空氣溫暖，布滿新葉季的新鮮氣味。整座森林似乎充滿希望，正漸漸復甦，可是當棘星跳上土石堆時，他很清楚自己正帶領著族貓展開另一場殊死戰。他俯瞰下方，看見每隻貓兒都眼神炯亮地望著他。棘星突然怯場，一時之間竟不知道該說什麼。這時他捕捉到松鼠飛那雙鎮定自若和充滿信心的眼睛，於是又勇氣百倍了起來。

他大聲喊道：「雷族貓兒們，我知道我對你們的要求是什麼。我希望你們明白，我對你們有信心，相信今晚你們一定會奮勇殺敵。請記住，我們以前也遭逢過野獾而且大獲全勝。我們還打敗過黑暗森林的貓，而他們遠比這幾頭野獾來得還要可怕，連星族都得與我們並肩作戰。但這次也許他們不能陪我們上戰場，但他們會在天上看著我們，就像以前一樣。雷族戰士們，勝利是屬於我們的！」

「棘星！棘星！」族貓們歡聲雷動。

儘管族貓當初一致反對，但如今他們都與他站在同一陣線，做好萬全準備，決心搶救影族和擺脫野獾的威脅，這一點令他十分欣慰。

潔西和法蘭奇的神情看起來與族貓們一樣情緒高昂，也跟他們一樣大喊他的名字。潔西眼裡閃著亢奮的光芒，棘星跳下土石堆，準備率領族貓走出營地，同時朝潔西點頭示意，邀她走在他旁邊。

葉池、松鴉羽、波弟和沙暴都聚在地道外面。敏蒂和黛西也跟他們在一起。灰紋、刺爪和櫻桃落已經同意留下來保衛營地，因此各自站在空地四周，擔任警衛。

其他族貓開始出發。煤心跑去找獅焰互蹭鼻頭。獅焰深情款款地舔舔她的耳朵，尾巴與她的短暫交纏。

煤心懇求道：「你一定要小心哦，千萬為我們的孩子著想，不要逞強冒險。」

「我不能保證這一點，但我保證一定會回到你身邊。」獅焰低聲道。

棘星率領戰士們走出空地，聽見後方留守的貓兒們隔著林子不斷大喊：

「再會了！祝你們好運！」

「幫我把那些野獾殺個片甲不留！」

「我們會保衛營地的！」

聲音漸漸消失，雷族貓安靜地快步穿過逐漸變暗的森林。月亮出現在林子上方，銀色月光流瀉在空曠的地面，襯得矮樹叢下方的樹影更顯陰暗。戰士們穿過領地最高處的邊界進入偏遠的林子，沿著山脊線，朝影族化外領地上的那條無形邊界走去。

棘星這時停下腳步。他感覺得到他的族貓在戰爭的逼近下，開始有點緊張焦慮，於是轉身面對他們，再度對他們喊話，聲音低沉到他們必須圍聚過來才能聽見。

「記住，這是影族要打的仗，」他喵聲道。「我們只是出其不意地伸手援助。」

「講白點就是不請自來嘛。」塵皮嘟囔道，一臉怒容地瞪著漆黑的林子。

棘星沒理會他的打岔，繼續說道：「不管發生什麼事，不管影族的反應如何，我們都不與他們正面衝突，因為我們來這裡的目的是驅趕野獾，其他都不用管。」

貓群發出同意的低語聲。身子微微顫抖的他們，在影族領地裡距邊界幾條尾巴的地方靜靜等候。棘星豎耳傾聽第一道發難殺敵聲。不過他也同時察覺到旁邊的鴿翅從頭到腳都在發抖，爪子胡亂地扒著地上鬆軟的泥土。

「你還好嗎？」棘星低聲問道，身子輕觸她一下。

鴿翅抬頭看他，瞪得斗大的藍色眼睛裡布滿驚懼。「我不知道我少了異能之後要如何上場殺敵。」她承認道。

棘星告訴她：「就像其他貓兒一樣啊。鴿翅，你是很棒的戰士，我知道你辦得到。你不會讓雷族失望。」

還好他的話似乎令鴿翅安心了不少。她不再發抖，還挺起胸膛，深吸了好幾口氣。

遠處傳來的尖叫聲劃破暮色，因鴿翅而短暫分神的棘星被嚇了一大跳。他趕緊回神。「開戰了！」他嘶聲道：「跟我來……就是現在！」

棘星揮動尾巴示意戰士跟上，他往前一躍穿過林子，繞過灌木叢，鑽進溼淋淋又充滿腐味的矮樹叢。他的族貓們全程安靜地追在後面，只聽見腳步的踩踏聲和潮濕地面的水花飛濺聲。

他們往前直奔，廝殺的聲響愈來愈大。貓兒的尖嚎夾雜著野獾低沉的怒吼。血腥味和野獾的氣之濃烈，讓棘星幾乎以為自己能在空中看見那縹緲如煙的氣味。他和族貓穿過枝葉茂密的榛木幼苗衝進空地，知道目前所在位置離兩腳獸很近，因為當初他們也是在這裡遇見那群很有敵意的寵物貓。

起初只有野獾進入棘星眼簾，牠們的肩膀厚實、爪子很鈍，尖狀的黑色頭顱有白色條紋直抵鼻心。月光下，巨大的牙齒閃閃發亮。後來他才注意到體型較小、行動敏捷的影族貓在幾頭野獾之間鑽進鑽出，不時衝上前去用利爪狠劃後，又迅速地退出攻擊範圍外。

但他們的數量太少了！棘星驚恐地發現。

雷族戰士毫不猶豫地發難怒吼，一躍而上。棘星聽見影族貓發現援兵，個個驚詫出聲。正與一頭野獾對峙的花楸星霍地轉身怒瞪棘星。

「我們沒有要你們幫忙！」他啐道。

這時野獾突然衝了過來，孔武有力的前爪往花楸星的頭猛揮，花楸星蹣跚地跌倒。

棘星跳上前去，擋在他前面，對著野獾露出尖牙，放聲大吼：「滾回去，不然我就撕爛你的喉嚨！」

但他知道野獾聽不懂威脅，於是繃緊全身肌肉，準備一躍而上，希望能避開對方那一嘴尖牙。但他還沒行動，鴞掌便衝過來朝野獾的腰腹揮出一拳。野獾分了心，笨拙地轉過身去改追鴉掌。

棘星扶花楸星起來。「你也許沒向我們求救，」他氣喘吁吁。「不過你有幫手了。」

花楸星沒有回答，他眼冒金星地站了一會兒，隨即甩甩身子又衝進戰場。

棘星停下動作掃視空地。斑駁的月光閃爍不定，讓他看不太清楚，不過看起來應該有八頭野獾。他瞄到兩頭體型較小的黑白身影，心想，**其中兩頭看起來很年輕，應該不會太難對付。唉，還是別自欺欺人了，**他又對自己這樣說。他另外還注意到兩頭兇猛的老獾，牠們咆哮怒吼，在矮樹叢下跺腳，兇狠得如傳說中的獅族。**看來全都很難對付！**

棘星發出駭人的尖嚎聲衝了上去。最靠近他的那頭野獾正緊咬著一隻灰黑色貓兒的頸背，把他當獵物般地甩來甩去。棘星認出對方是影族的雪貂爪，只見他的腳爪胡亂揮打，就是打不到那頭獾。

棘星撲了上去，爪子戳進野獸的肩膀。野獾頭一扭拋開雪貂爪，雪貂爪重重地跌進蕨葉叢，消失在棘星的視線裡。為了躲開這頭野獸的大嘴，棘星費力地爬了上去，在野獾的頸肩處穩住身子，利爪不斷刨抓猛獸厚重的毛髮，直到鮮血汩汩流出染紅爪間，讓棘星心裡好生得意。野獾痛苦呻吟，以後腿撐起身子。棘星不小心腳爪一鬆就往下滑落，重重地摔在地上，差點兒就沒氣了。他蹣跚地爬起身，看見猛獸笨重地竄逃。

如今空地上到處都是拚鬥廝殺的貓兒和野獾。雷族貓和影族貓並肩作戰，他們身形敏捷，在笨重的野獾之間靈活移動，利用速度和技巧上的優勢避開野獾揮來的爪子和利牙。

棘星忽見一頭野獾正逼近罌粟霜，他嘶聲怒吼勇敢迎戰。棘星衝過空地想去幫她。路上卻不小心絆倒，翻滾了一圈後重撞地面，尖銳的石頭戳到他的腰腹。他趕緊跳起來，卻發現自己已經滾到堤底。原來這裡有陡坡，但被濃密的蕨叢擋住。

在我們領地以外的地方作戰，就是有這種壞處，他心想，同時趕緊甩甩身子，**我們根本不知道地上哪裡有可能會絆倒我們的坑洞、荊棘或樹幹。**雷族營地裡的那場戰役雖然可怕，但至少他們很熟悉自己的地盤。

棘星回過神來，這時罌粟霜已經不見了。此刻看見的是鴿翅正衝向一頭野獾，用利爪狠劃對方腰腹後隨即跳開攻擊範圍。她的恐懼似乎都隨著這火熱的戰況而消失。正當她準備展開第二波攻擊時，似乎注意到有隻影族貓被另一頭野獾單腳壓制在地，正不停地扭動著。鴿翅旋身一轉衝向猛獸。利爪尖牙同時戳進牠的腿。野獾移動身軀想攻擊她，在抬腳的同時影族貓趁機逃脫箝制。鴿翅則順勢朝牠口鼻揮出最後一爪，野獾大口一張，鴿翅及時低身躲過。

棘星心想，**她也許失去了聽覺和視覺的異能，但沒有它們，她似乎也適應得很好。**

這時的獅焰正在幾條尾巴距離外跟一頭老獾單打獨鬥，他嘶吼挑釁，不斷地撲上前去，用利爪狠劃猛獸的眼睛和耳朵。搖搖晃晃的野獾用巨爪胡亂揮舞，但都打不到左閃右躲的金毛戰士。

「他太拚命了！」上氣不接下氣的松鼠飛出現在棘星身邊。「難道他不知道他現在會受傷。」

「哦，他知道，」棘星回答道，暗自為這位年輕戰士感到自豪。「只是他快要當爸爸了，所以他是為了保護煤心和那未出生的小貓而奮戰，才會勇氣百倍。」他猶豫了一下才又說道：

「跟我以前一樣。」

松鼠飛綠色的目光瞥了過來，雖然只是一瞥，感覺卻像是一整個季節那麼長。她喵聲道：「你現在也還是他們的父親。」說完隨即跑開，重新加入戰場。

棘星環顧四周，搜尋需要援助的貓兒。他看到雲尾和塵皮聯手投入戰場。花落、玫瑰瓣和莓鼻正合力包圍一頭野獾，輪流發動攻擊的他們，將野獾搞得昏頭轉向，最後痛苦地無助哭號。獅焰與松鼻並肩作戰。鼠鬚和鼬毛則輪番從兩側襲擊野獾，再身手敏捷地跳開對方的攻擊範圍。

棘星注意到兩隻寵物貓正在對付其中一頭幼獾。潔西站在牠前面，不時跳過去用前爪輕拍牠的鼻子戲弄牠，她的襲擊幾乎傷不了對方，但法蘭奇卻從後面偷襲，用爪子狠戳牠的後臀、尖牙狠咬牠的尾巴。幼獾發出憤怒又沮喪的吼聲，不停地轉身想要逮住法蘭奇，但前面的母貓又老是害牠分心。

棘星心想，**這一招挺新奇的**，縱然危險當頭，他仍覺得有意思，**我應該把這一招記住**。

那頭幼獾隨即逃開，法蘭奇把牠追進林子陰暗處。棘星繞過一棵樹墩前去援助焦毛，他被野獾用爪子逮住，只能用後腿胡亂揮打，這時潔西已經消失在他的視線裡。棘星尖聲吶喊撲了上去，利爪狠劃野獸肩膀。野獾頓時鬆開焦毛，於是這隻暗灰色公貓便與棘星聯手出擊，輪番襲擊野獾兩側，野獾本來就受傷了，腰腹的傷口不斷流血，再加上動作遲緩，根本顧不上反擊這兩隻行動敏捷的貓兒。最後只得轉身踉蹌地離開，撞進荊棘叢的小路裡。

焦毛和棘星氣喘吁吁地面對彼此，互看一眼，焦毛微微點頭。「雷族貓，打得好。」

「你也不賴。」棘星回答道。

棘星又回到戰場。他瞄見潔西這次跟著藤池、雪掌一起趴在一頭野獾的背上。她和雪掌狠戳野獾的背，藤池則穩穩地站在頸背上，伸爪往牠的眼睛一劃。

棘星全身起了哆嗦。**黑暗森林的打法……**

一頭野獾衝到棘星面前擋住視線，害他看不到潔西和其他貓兒。罌粟霜和百合掌聯合影族的松鼻一起追打野獾。野獾慢下速度，尋找空地邊緣矮樹叢下方的縫隙。尖聲吶喊的百合掌追過其他母貓，一馬當先地撲了上去，用利爪尖牙緊勾住野獾的尾巴，她被揮來甩去，毛髮蓬得老高，最後野獾找到脫逃路徑，踉蹌地逃離，她這才鬆手落地，跳回去找她的導師。

棘星跑過去找她。「百合掌，你太厲害了！」他喵聲道。「做得很好。」

百合掌的眼裡有月光閃爍。「我是為了籽掌而戰！」她上氣不接下氣。

棘星再度停下動作巡視戰況。頑強抵抗的野獸數量銳減。**我已經看到兩頭野獾逃走……也許我們能打贏這場仗。**

這時棘星瞄見空地遠處有兩頭野獾蹲伏在一隻貓兒前面，貓兒不停地嘶吼並揮出利爪，但孤掌難鳴，無法同時攻擊兩頭野獸。貓兒被野獾的龐大身軀擋住，但在月光下，棘星還是認出那一身玳瑁色毛髮。

褐皮！

其中一頭野獾抬起一隻腳爪，準備狠擊影族母貓。棘星趕緊衝過去，但他知道來不及了。

太遠了，我根本趕不及。褐皮死定了……

第三十一章

這時棘星看到松鼠飛。深薑黃色母貓繃緊肌肉，猛力一跳躍過擋路的野獾，腳爪還沒落地就又一躍而起，跳上山毛櫸的低矮樹枝，然後是白蠟樹的叉形枝葉，最後在那裡尖聲大喊，撲向正往褐皮逼近的野獾背上。

野獾抬爪重擊，褐皮及時滾開擦身而過。野獾以後腿撐起身子，甩掉松鼠飛，副族長跌落地面，撞擊聲令棘星眉頭一皺，但她隨即站了起來。這時棘星終於趕到，松鼠飛與他對視一眼，點個頭又衝入戰場。

褐皮也跳起來站好與第二頭野獾對峙。她與棘星聯手出擊，打得牠節節敗退，不時低身躲過那張大嘴，再猛砍牠的喉嚨。褐皮的肩膀滲出鮮血，但打鬥節奏絲毫不受傷勢影響。

「滾出我們的領地！」她對著龐然巨獸怒嚎。「不然我拔你的毛來墊臥鋪！」

野獾笨拙地逃開，褐皮緊追後，啃咬牠的後腿加以驅趕。棘星終於放心了，他的姊姊沒事了，於是轉身朝另一頭野獾撲過去，野獾的大腳壓著影族副族長鴉霜，利牙戳進他的肩膀。棘星跳上去，用尖爪狠戳野獾的頸子。猛獸怒吼著往旁邊一倒，棘星當場被牠巨大的身軀壓在地上。

棘星痛苦尖嚎著想要掙脫，但被野獾牢牢地箝制，惡臭的腰腹壓住他的臉，獾毛塞滿他的嘴。他沒辦法騰出任何一隻腳爪抵抗。他掙扎著想要呼吸，感覺到自己沉入某種閃爍不定的黑暗中

星族，救救我！

突然重壓的感覺不見了。棘星大口喘氣，蹣跚地爬了起來，一時之間搞不清楚四周的怒吼尖嚎聲，還有矮樹叢的撞擊聲和血腥味是怎麼一回事。等他的視力漸漸恢復，這才發現是蜂紋救了他，蜂紋正英勇地蹲低身子，往猛獸的肚子不斷揮爪。棘星的眼角餘光瞄見躺在地上的鴉霜尾尖不斷地抽動，這代表他還活著。就在他張望的同時，蛛足突然從附近的灌木叢中衝了出來，一把咬住鴉霜的頸背，往旁邊拖走。

棘星腳步蹣跚地上前幫忙蜂紋，而這時野獾趕緊轉個方向，往空地外逃開，鮮血隨之一路潑灑。

棘星氣喘吁吁地朝蜂紋點頭答謝。「謝了，鴿翅呢？」

蜂紋用耳朵指著空地的另一頭，語調不快地說，「在那裡。」

棘星順著他指的方向看去，發現鴿翅正與虎心聯手攻擊一頭幼獾。他們輪番衝上前去猛砍幼獾口鼻，又忙不迭地跳回來，把幼獾搞得昏頭轉向，不知道究竟是哪隻貓兒在攻擊牠。

跳過去砍……跳過去砍……一開始棘星對這兩隻年輕貓兒的合作默契還滿刮目相看，那流暢的攻勢打得幼獾只能往荊棘叢裡節節敗退。但過了一會兒，他開始不解。**他們是在哪裡學會這種聯手出擊的默契？乍看之下，不管是誰都會以為他們熟識彼此，曾一起受過訓練。**

但棘星沒時間多想。戰鬥的聲響正慢慢消散。有幾頭野獾已經逃走，其他的野獾也開始屈服，準備竄逃。棘星多少鬆了口氣。

這一切快結束了！

但過了一會兒，他才發現自己太早鬆懈。那頭體型最大、最兇猛的野獾尚未屈服。棘星驚見牠在空地上橫衝直撞著要逃離戰場，目標對準兩隻體型較小的影族貓……看起來是見習生……他們正蹲在一叢羊齒植物下互舔傷口，這時抬起頭來驚恐地看著野獾朝他們衝來。

棘星跑上前去，但來不及攔下那頭猛獸。這時他瞄見潔西從另一個方向衝向野獾。她一看到棘星，立刻揮動尾巴，尖聲喊道：「我們一起上！」

潔西直接衝到野獾面前，分散牠對兩名見習生的注意，見習生們則驚聲尖叫地往矮樹叢深處鑽。潔西故意在野獾面前跳上跳下，還不停地後退以免受到攻擊，一路將牠引到林子邊緣。

「快回來！」棘星吼道。

「不！」潔西回答道。「我知道我在做什麼！」

棘星很擔心，趕緊奔到她旁邊，配合她的節奏在野獾面前連番攻擊。樹根不時絆倒他們，毛髮也老被荊棘勾住。筋疲力竭的棘星知道自己的動作不夠俐落，他開始想像野獾惡臭的鼻息吐在他的毛髮上，隨時可能被猛獸的尖嘴利牙一口咬住。

但突然間鋪滿落葉的地面消失不見，兩隻貓兒趕緊停下腳步，原來他們已經退到影族領地盡頭的河岸。這裡的水位雖已下降，但河面仍寬到無法一躍而過。洶湧的急流讓垃圾與樹枝在河裡起伏翻騰，隨波濤而去，他們根本不可能泅游渡河。

「我的星族啊，我們被困住了！」棘星倒抽口氣。「我們得殺出一條生路。」

潔西沒理他，只顧著掃視河面。「就在這附近了。」她咕噥道。

「你說什麼？」棘星氣喘吁吁，發現正從矮樹叢裡衝出來的野獾愈發逼近。目光來回巡看的潔西往下游跑，這時突然停下腳步，朝棘星轉身，在洶湧的黑水邊緣穩住身子。「跟我來。」她喵聲道。

「我們游不過去的！」棘星反駁道。

潔西琥珀色的眼睛看著他。「相信我。」

棘星猶豫了一下，輕觸她的鼻子後點點頭。「好，聽你的。」

野獾衝出矮樹叢，穿過隔在他們中間的空地逐步進逼，棘星收張著爪子，和潔西一起瞪著野獾那雙目小如豆的邪惡眼睛。

潔西再度環顧四周，深吸口氣後突然跳進河裡。棘星嚇了一跳，以為她會被河水吞沒。沒想到她竟穩穩地站著急流中，水位只到她的腹部。

一時之間，棘星張口結舌地愣在原地。

「快跳啊！」潔西尖聲喊道。

棘星知道他可以相信她，於是往她旁邊奮力一跳，腳爪撞上水底下某樣堅硬的物體，但他沒站穩，腳一滑。潔西趕緊張嘴咬住他的頸背，把他拉了回來，這才沒被水沖走。

「有根樹幹橫躺在這裡，」她氣喘吁吁地說道。「就在水底下，不過我知道它的位置。」

我真不敢相信！棘星目瞪口呆。他站在急流裡，毛髮豎得筆直。他們看不見水底下的樹幹，但它就穩當地躺在河底下，任由河水沖刷。棘星硬著頭皮，將爪子深深戳進樹幹裡。他跟身邊的潔西一起站穩腳步。野獾發出怒吼，向他們衝來。

但野獸不知道樹幹在哪裡。牠直接衝進河裡，濺起巨大水花，兩隻貓兒全身濕透，河水吞沒了野獾。過了一會兒，猛獸好不容易浮出水面，卻被急流往湖裡沖，牠的四肢胡亂拍打，口吐水沫尖聲嚎叫著。

潔西兩眼炯炯地看著野獾消失於視線裡。隨後他們跳回岸邊，甩掉身上的水。棘星當下巴不得發出快樂的喵嗚聲，開口稱讚她的勇氣與機智。

但他卻只是點點頭，喵聲道：「表現不錯……就寵物貓的標準來說。」

潔西輕笑出聲，回嘴道：「你也表現得不錯……就野貓的標準來說。」

棘星在潔西的陪同下回到空地，評估目前的戰況，發現其他野獾都已經逃走。影族和雷族的戰士氣喘吁吁地並肩而立，鮮血自傷口汩汩流出。

「鴉霜的情況如何？」棘星問道。他沒看見影族副族長，不過他知道他傷勢嚴重。

撲尾回答：「他不會有事的，松鼻和鼬毛扶著他回去找小雲了。」

棘星環顧其他貓兒，發現他們無一倖免地全都受了傷。蛛足看來傷得最嚴重，身體半邊的毛都被扯落。焦毛則是兩隻耳朵被劃傷，藤池縮起正在流血的腳爪，只用三條腿站著。不過這些傷看起來日後都能痊癒。

棘星心想，**我們贏了！**他滿心喜悅，**我們打敗野獾，我們挺過來了。**

這時他感覺到有誰正輕觸他的肩膀，他轉身看見亮心，那隻僅剩的獨眼充滿憂傷。「塵皮不行了。」她低聲道。

棘星心裡一驚，趕緊跟著亮心穿過空地。塵皮側躺在被踩爛的殘骸碎屑上，鮮血從他的嘴裡汩汩流出，棕色虎斑身軀布滿爪痕。他閉著眼睛，呼吸短淺又急促。

棘星蹲在他旁邊哀求道：「塵皮，你要撐住，我們會救你的。」

虎斑公貓倏地打開眼睛，粗嘎地說道：「不用了，我的時候到了。」

「不！」棘星哭喊著靠了過去，前額抵住塵皮。「還不到時候，不能在這裡。你為部族做了這麼多、奉獻了這麼久，現在該我們來奉養你了。長老窩在等著你啊，塵皮。」

塵皮的尾尖抽了抽，喃喃說道：「那不是我想去的地方。棘星，無論如何都謝謝你。願星族一如往常地照亮你的路。」

影族貓後退幾步，讓雷族貓過來陪伴他。塵皮的呼吸漸弱，眼睛再度閉上。正當塵皮吐出最後一口氣時，有個淺灰色的身影出現在身旁，那是一隻毛色淺灰的貓兒，在月光下全身閃閃發亮，爪間的星光點點，那雙布滿愛意的藍色眼睛靜靜凝視著隕落的戰士。

「蕨雲！」棘星倒抽口氣。

母貓身後陸續出現其他模糊的身影。棘星認出其中有大戰役後因傷勢過重而亡的狐躍、沒有熬過綠咳症大流行的冰雲，此外還有塵皮和蕨雲所失去的小貓們，他們現在都是星族戰士了，特地前來迎接他們的父親。棘星驚詫地看著眼前景象，塵皮的靈魂自殘破的身軀冉冉升起，走向蕨雲，垂首與她互觸鼻頭。兩隻貓兒的尾巴交纏，一時之間，整座空地散發出耀眼的銀光。不一會兒那些星光閃爍的身影慢慢消散，只剩霧濛濛的微光，最後完全消失不見。

棘星長嘆一聲。他為塵皮的死感到悲傷，但同時又難以言喻地喜樂。**塵皮曾因為失去蕨雲而痛不欲生，如今他們又聚首了。**

棘星發現褐皮來到他身邊。「我很遺憾，」她低聲道，垂頭朝塵皮致意。「他是一位崇高的戰士。所有部族都會為他哀悼。」

棘星點點頭。「願他此刻已得安息。」他突然筋疲力盡，清楚地察覺到身上的每一處傷痕都在疼痛。他懷疑自己是否有力氣回到領地。

褐皮用尾尖撫著他的腰腹，喵嗚道：「我不知道要如何報答你今晚所做的一切，你不只是為了保護雷族的領地，對吧？因為你是我弟弟，而我需要你，所以你才會來？」

棘星凝視著她那雙溫暖的綠色眼睛。「我永遠都是你弟弟。」他低聲道。這時他的腦海裡閃現湖裡湧出鮮血，吞蝕湖面星光的畫面，耳裡迴盪著火星給的奇怪預言：「當水血交會，血將升起。」而黃牙的影像也給了他同樣的啟示。棘星終於懂了。

褐皮和我同一血脈，我們都是虎星和金花的孩子。當洪水在同一時間威脅我們的時候，我們的血緣給我們力量熬過來，這就是這個預言背後的意義！

棘星並未試圖向褐皮解釋這一切。他知道這個時間點和地點都不適合。他抬起頭來望著夜空的星群，默默感謝星族。

「褐皮，該回營地了。」花楸星的聲音打斷了棘星的思緒。

褐皮垂頭致意，與棘星輕觸鼻頭，便轉身回去與她的族貓會合，並一跛一跛地離開空地。

花楸星來到棘星面前，他的橘色毛髮凌亂不堪、血跡斑斑，其中一隻眼睛腫到睜不開來。不過他還是把頭抬得高高的，挺著肩膀站在那裡。「謝謝你的幫忙，」他喵聲道。眼裡閃過一絲敵意。「不過不是我們要求你出手的。」

棘星一句話也沒吭。他不想告訴他姊姊的伴侶貓，是褐皮要求他的，他不想造成褐皮的困擾。他只是好奇花楸星什麼時候才會明白，是雷族幫他們打贏了這場仗。他等著其中一隻影族貓跳出來仗義直言，要是沒有雷族，這群野獾早就將他們給全宰了。但沒有一隻影族貓吭氣。

花楸星依舊瞪著棘星，彷彿隨時準備再開打。

「棘星，別學火星那一套，」影族族長齜牙咧嘴地吼道。「不要再干預我們影族的事。這是最後一次的警告。」

第三十二章

金黃色的陽光如濃稠的蜂蜜般籠罩住整座森林。地道外的雷族貓大多在曬太陽，他們邊舔著傷口，邊互相告知那場野獾大戰的經過。自從前去援助影族後，已經又過了兩個日出，但大獲全勝的亢奮心情仍像地裡冒出的清澈泉水般源源湧現。

「你應該看看獅焰打起仗來的那股狠勁兒！」琥珀掌喵聲道。「他以一擋百、奮勇殺敵。」

「潔西也很厲害，」法蘭奇補充道。「她一點懼色也沒有。」

棘星無法加入他們歡樂的對話。他的心情一直很鬱悶，因為他懷疑自己當初是否不該帶著戰士們上戰場。花楸星臨別前的怒嗆，令棘星開始質疑，究竟值不值得為一個不知感激的敵營冒險。

要是我沒堅持一定要去幫影族，塵皮現在就還活著。棘星從沒想到自己會這麼想念那位說話刻薄、脾氣古怪的戰士。此刻他看到塵皮的兒子蛛足剛從他父親的墳前回來，那座墳就在地道上方的山坡上。只見蛛足悲傷地垂著頭，尾巴拖在地上。**他這麼痛苦……雷族的鮮血灑得還不夠多嗎？**

除了難過塵皮的犧牲外，棘星也根本不指望風族與河族會對雷族此次的干預有什麼好話。他相信花楸星一定會宣稱，他的出手相救根本是多此一舉、自以為是，對各部族的獨立來說將造成威脅。

是啊，野獾被趕走了，但對我的戰士們來說，又付出了什麼樣的代價呢？

湖邊傳來快樂的喊叫聲，打斷棘星陰鬱的思緒。過了一會兒，潔西和蜜妮衝出林子。

「水退了！」蜜妮大聲喊道。「我們可以回山谷了。」

族貓們都當場跳起來，團團圍住兩隻母貓。空地上迴盪著興高采烈的聲音。

「地上真的都乾了嗎？」

「我們可以回家了！」

「再也不用睡在這麼可怕又黑暗的地道裡了！」

蕨毛沒像他們那麼激動，反倒是慢慢起身。「你們冷靜點，」他喵聲道，同時將身子擠進亢奮的貓群裡，「舊窩穴的重建需要花費很大的功夫。我現在就下去看看受損的情況。」

「我們跟你一起去！」雪掌跳上跳下。「我們可以幫忙！」

見習生們全跑到最前頭，貓兒們浩浩蕩蕩地走進林子裡，步下山坡。棘星走在最後面，結果發現潔西在林子邊緣等他。

「很棒對不對？」她喊道，同時跳過來找他。「我終於可以親眼瞧瞧你的家園了！」她突然停下動作歪著頭。「你是在擔心家園的損壞情況嗎？」她語調放柔地問道。「你看起來不像其他貓兒那麼興奮。」

棘星搖搖頭。「不是啦，我知道我們的窩穴可以修復。別擔心，我很好。」

他們跟著其他貓兒步下山谷。低矮的邊坡因為水才剛退仍顯得濕滑。棘星看見琥珀掌腳一滑，滾了下去，腳爪和尾巴胡亂揮舞，直到抓住一坨長草才停住。全身沾滿泥巴的她不以為意地飛快跳起來，繼續跟著同伴往下衝。

棘星快步走進山谷，環顧四周。入口的荊棘垂簾幾乎被沖刷殆盡。這部分一定得重建，才能保障營地的安全。儘管窩穴上的樹枝都不見了，用來填補窩穴屋頂、牆面縫隙的青苔和樹葉也不見了，但他還是認得出來。育兒室的屋頂陷了下去、大水帶來的樹枝擋住了巫醫窩的入口。

棘星往營地深處走去，一路上必須小心地穿過地上的殘骸碎屑，繞過幾個小水坑。地上滿是樹皮、小樹枝和枯葉，甚至還有一條死魚。

「看，已經有獵物堆了！」莓鼻快步經過時，開玩笑地說道。

罌粟霜皺起鼻子和眉頭，咕噥道：「又不新鮮。」

蕨毛逐一走過每個窩穴，查看受損情況，後面跟著櫻桃落和鼠鬚。「我們得採集很多荊棘，才能把那個修補好，」他警告道，同時用尾巴朝中間破了一個大洞的戰士窩屋頂揮舞，脫口而出：「塵皮，你覺得……」他趕緊打住並縮起身子。「對不起，我忘了，」他咕噥地自言自語。「我不確定沒有他的協助，我能不能辦到。」

白翅用尾巴輕撫蕨毛的肩膀，語帶鼓勵地說道：「你和塵皮合作共事了這麼多個季節，只有你最清楚他會怎麼做。我們會幫你一起重建我們的家園，你並不孤單。」

棘星看見這位金棕色虎斑戰士又提起精神，更仔細地檢查戰士窩。「我們得盡可能地找到很長的荊棘藤蔓，才能把樹枝編起來，」他告訴櫻桃落和鼠鬚。「常春藤也行。還有多收集一點青苔來填補縫隙。不過首要工作是先清掉所有的泥巴和垃圾。」

鼠鬚問道：「這要怎麼清呢？」地上倒著一棵樹，他低身從樹枝底下鑽進去，查看窩穴地面結塊的泥巴。

「嗯……」蕨毛瞇起眼睛。「這四周有很多腐葉和蕨葉，應該可以幫忙抹掉地上的泥巴。」

「蕨毛！」黛西的聲音在空地的另一頭響起。

棘星轉頭看見乳白色母貓表情嫌惡地從育兒室裡出來。煤心差了幾步跟在她後面。

黛西大聲說道：「蕨毛，育兒室裡太可怕了！煤心不能在那裡生小貓。」

「也沒那麼糟啦……」煤心開口反駁。

黛西嘶聲道：「比地道還糟。」然後又轉身對蕨毛說：「你現在就得處理，這樣小貓出生時才有地方可以住啊。」

「我知道了，」蕨毛要她放心。「不過我只有四隻腳。但我保證一定會把育兒室修好，別擔心了。我現在就跟你去看哪裡需要修補。」

黛西這才滿意地轉身回育兒室，但卻差點撞上四個見習生，他們正帶著法蘭奇、潔西和敏蒂參觀營地。

「這裡是我們睡覺的地方，」露掌大聲說道，同時揮揮尾巴，指著見習生窩的殘骸。「如果你們願意的話，可以進去看看。」

敏蒂從窩穴邊緣那叢滴著水的蕨葉往內窺看，又縮了回來抽動著鬍鬚。「呃……還不錯。」她低聲道。「但如果你不介意的話，我還是別進去好了。」

「哦，我知道，它現在看起來很糟，」琥珀掌爽朗地說。「不過等它乾了、地板鋪滿青苔和蕨葉，就會變得很溫馨舒適。」

雪掌咕噥道：「只要你睡覺時別把尾巴插進我的耳朵裡，我就很滿足了。」說完還故意戳她。

百合掌擠進兩個年紀較輕的見習生之間，喵聲道：「夠了，快走吧，我們還得跟寵物貓介紹一下巫醫窩。」

「沒錯！」琥珀掌大聲喊道。「來吧，走這裡！」

見習生們魚貫地穿過空地，腳爪在厚厚的泥巴地上打滑。雪掌尖聲喊道：「好噁心哦，我全身都弄髒了啦！」

寵物貓跟在後面，表情不解但又覺得好笑。

「這裡以前是放新鮮獵物的地方！」琥珀掌解釋道，同時用尾巴指了指。

「不是這裡，鼠腦袋！」露掌伸出腳爪巴她的頭。「是那裡。」

他們的對話令棘星的心情好了起來。他看見他們從一坨樹枝底下鑽進巫醫窩。露掌卻當場被卡住，後腿在空中踢來打去，最後還是雪掌把他給推了進去。法蘭奇和潔西使力將部分樹枝移到旁邊去，才讓入口變得大一點。

棘星這時發現松鼠飛靜悄悄地來到他身邊。「我們馬上就可以回家了，對不對？」她問道。

棘星轉身對她點點頭，看見她也像他一樣神情輕鬆，於是回答道：「我相信我們快回家了，」但隨即又說：「我想跟你談一談野獾的事。我擔心……」

但看起來神采奕奕、很有自信的蕨毛跑過來打斷他的話。「棘星，我可以現在就開始分派重建工程的工作小組嗎？」他喵聲道。

「當然可以，」棘星同意道，然後瞄了松鼠飛一眼說道：「我另外再找時間跟你談。」

那天晚上，最後一抹天光還未消失，棘星就回臥鋪去了。大部分的族貓仍聚在外頭。雖然都累了、毛髮沾滿泥巴和小樹枝，但還是興奮地聊著山谷營地的重建工程。

棘星在閉上眼睛時，都還聽得到他們在地道外的笑語。

罌粟霜喵嗚道：「莓鼻，我永遠忘不了那坨荊棘黏在你毛上的樣子，你看起來就像頭豪豬。」

「它可以用來補育兒室的屋頂啊。」莓鼻幽默回答。

雪掌的導師藤池喵聲道：「我還以為雪掌變身成棕毛貓了呢。看來他想用自己的毛來清乾淨營地裡的泥巴。」

「還有錢鼠鬚，」玫瑰瓣揶揄道，「記不記得你得趕在蕨毛把樹枝架上去前趕緊跳下來，不然你就會跟著被掛在戰士窩的屋頂了。」

這些喋喋不休的話語將棘星催入了夢鄉。他發現自己站在地面硬實的山谷裡，沒有滿地的厚實泥巴。月光灑在身上，他環顧這座重建後的營地。窩穴煥然一新，堅固安全且結構完整，厚實的荊棘垂簾橫在入口。但是沒有族貓們的蹤影。

棘星從眼角餘光瞄見一個火焰般的身影，轉身一看，原來是火星鑽進了營地。他趕緊跑過去找前任族長，向他垂首致意。

「火星！真高興見到你。」他喵聲道。

火星回答道：「很高興回到這裡來。謝謝你讓我們的部族回家了。」

棘星提醒他。「還沒真的回到家。」

「就快了。」火星的綠色眼睛閃閃發亮。「你做得很好。」

「真的嗎？」棘星覺得這話難以信服。「即便我出手幫助影族？」

「你做了你認為對的事情。」火星告訴他。

不，棘星心想道，**那是因為我覺得你認為那件事是對的，我才去做。**

「那些野獾也會給雷族帶來麻煩。」火星繼續說道。

棘星喵聲道：「我也不確定。不過花楸星很氣我。」

火星長嘆一聲。「有時候四族必須患難與共，這一點很重要，可惜瞭解這個道理的貓兒太少了。」

棘星有點不解。既要維護四族的安全，又要四族維持行之有年的各自獨立模式，這要如何兼顧呢？於是他追問道：「可是每個部族族長不是應該自行負責該族的安全嗎？我們不該為別族做決定的。」

火星的綠色目光熱切地盯著他。他在空地中央坐下來，用尾巴示意棘星也在旁邊坐下，然後開口道：「有件事你必須知道。我剛當上雷族族長沒幾個月，藍星就來找我，告訴我四族很久以前曾經犯過一個嚴重的錯誤，那就是他們准許第五個部族離開森林。」

棘星驚訝地瞪著他。「第五個部族？從來沒有第五個部族啊！」

火星繼續說道：「以前有。他們叫天族。很久以前在舊森林時，他們的領地就位在雷族的隔壁。森林裡的他們擅長離地狩獵、抓捕空中的鳥兒。他們很強壯，大家都很欽佩他們。可是兩腳獸為了建造更多巢穴，毀掉了天族的領地。」

棘星聽得毛骨悚然。「就像兩腳獸曾對我們做過的一樣，」他深吸口氣，「那時舊森林都被砍伐殆盡，我們被迫展開大旅程，找到湖邊這個新家。」

火星點點頭。「沒錯。天族族長雲星曾經要求其他族長變更領地邊界，好讓他們有地方可以棲息，但被拒絕了。天族沒有選擇，只好離開森林獨自旅行，直到找到可以安居的棲身之所。」

「他們後來怎麼了？」棘星覺得自己像隻小貓，急著聽完長老說的故事。

「他們在一座峽谷裡定居下來，那裡是森林之河上升之處。但他們沒有料到那個地方處處都是危機。結果天族幾乎滅亡。直到又有貓兒開始入住峽谷才恢復生機。當時星族曾派我和沙暴去協助他們重建新的天族。」

棘星恍然大悟地大聲說道：「所以你們是去了那裡！有一陣子你們消失了好幾個月，託灰紋管理雷族。」

火星點點頭。「沒錯。老實說，那是趟艱辛的旅程。」

棘星聽得暈頭轉向。這麼天大的秘密，四大部族竟然隱瞞了這麼久？「天族現在怎麼樣了？他們熬過來了嗎？」

火星承認道：「我不知道。他們有自己的戰士祖靈，我在星族看不到他們。但是雲星曾來星族找過我一次。不過我對後來的族長葉星和她的副族長銳爪，以及他們的巫醫回颯有信心。相信只要他們奉行戰士守則，就不會有問題了。」他停頓了一會兒，回憶像在河裡溯游的小魚般映現在他眼裡，然後喵聲道：「驅走天族的四位族長後來明白他們犯了大錯。於是來到正在接收九條命的葉星面前，各自賜給她一條命。算是道歉之餘的一種補償吧。也等於是承認，部族不能單靠自己的力量活下去，我們是彼此提攜的。這也證明了我從以前到現在的想法是對的，那就是各部族的安危得靠彼此來維繫。」

棘星終於明白火星為何要告訴他這個故事，不過他不敢打斷。

火星告訴他：「反擊野獾就是給你一個機會去做對的事情，這樣才能解救影族，讓他們不致於流離失所。四族長途遷徙才找到這個新的家園。我們不能失去它。而重點並不在於誰保護了誰，而是所有部族為了生存下去，都得並肩作戰。」

「就像大戰役時一樣。」棘星喵聲道。

「沒錯！」

棘星追問道：「再多告訴我一點有關天族的事。」他的毛髮豎得筆直，對那群素昧平生的貓兒感到十分好奇。「他們有……？」

這時太陽升上樹頂，溫暖的陽光照進山谷，打斷了他的話。火星如火焰般的身影開始消散。

「還有另一隻貓兒也很清楚天族的事，」火星喵聲道，那聲音像是從遙遠的地方傳來，這時連綠色眼睛裡的最後一抹光芒也漸漸消失。「如果你還有什麼問題，就去問她好了。」

棘星醒來時發現四周貓兒正騷動不已，急著走出地道展開新的一天。火星最後那句話仍迴盪在他耳裡。

我知道他指的是誰。

他跟著族貓步出地道，快步走向正在組織第一支巡邏隊的松鼠飛。「先別把我編進隊伍裡，我還有別的事要做。」他喵聲道。

松鼠飛點點頭。「沒問題。」

有隻腳爪戳了戳棘星的腰側，他轉身看見潔西。「嘿，我還以為我們今天早上要一起去狩獵。」她抗議道。

棘星垂下頭。「我知道，可是還有一件更重要的事。我們晚點再去，好嗎？」

潔西用尾巴輕輕彈他，隨即跑開去找法蘭奇、雲尾和蜜妮。棘星目送她離去後便去找沙暴，他發現她正坐在土石堆附近的陽光下。松鴉羽剛丟了一些藥在她腳下。

「我真的可以參加巡邏隊，我的咳嗽快好了。」沙暴抗議道。

「等我說你好了，你才可以參加。」松鴉羽駁斥道。「現在把這些艾菊吃掉，然後去休息。」

沙暴嘆口氣翻翻白眼，但沒多做爭辯，乖乖地舔食藥草。棘星快步走了過來，這時松鴉羽已經進入地道。

「火星昨晚到夢裡來找我。」他大聲說道，同時在淺薑黃色母貓旁邊坐了下來。

沙暴的眼裡閃過喜悅的光芒，大聲說道：「太好了！我也常常夢到火星，不過他並沒有真的到夢裡來找過我。」

「我知道他一直守護著你，」棘星向她保證道。「他要我來問你。」

「是嗎？」沙暴的鬍鬚抽了抽。「問什麼？」

「在我的夢裡，他告訴我天族的事。我想知道更多有關天族的事，他說我可以來問你。」

「天族……是啊，」沙暴伸出兩隻前爪，伸了個懶腰。「那是一段很奇妙的故事！很可怕……不過也很有趣。我們共同完成了一件很重要的任務。」

「快告訴我。」棘星催促她。

於是沙暴娓娓道來當初天族前任族長是如何在夢中拜訪火星，交付他任務，要他溯河而上找到僅剩的族貓。「當我們來到河流上升之處的峽谷時，那裡看起來空蕩蕩的。但我們知道有隻老貓，每到月圓時就會坐在岩石上觀看星群、對祖靈說話。他叫做思天。」

「他是天族僅剩的最後一隻貓？」棘星被這故事深深吸引，於是追問道。

沙暴搖搖頭。「不是。但他的外祖母是在天族誕生的，她把戰士守則傳給了思天的母親，再傳給思天。」

棘星低聲道：「所以他是記憶的傳承者……然後呢？」

「火星認為他要做的事情是找到天族，可是老貓思天並不這麼認為，他想看到的是天族的重建……所以我們開始進行，不過不是那麼的容易。」

「你們去哪裡找到那麼多貓兒來重建天族呢？」

「峽谷附近的森林裡住了不少惡棍貓。我們從兩腳獸那裡救了一隻受虐的母貓和小貓，他們挨餓了很久。兩腳獸被我們嚇慘了！後來又有兩隻寵物貓成了我們第一批的見習生，他們叫櫻桃掌和雀掌。毫無疑問的，他們幫了很多忙。他們帶火星去兩腳獸地盤附近，召募更多的寵物貓加入天族。」

「他們真的加入了嗎？」棘星一臉驚訝地問道。

「是啊，」沙暴的眼裡閃著笑意。「回颯後來成了巫醫……她以前也是寵物貓。」

棘星驚訝地眨眨眼睛。

沙暴繼續說道：「後來，我們找到了當初毀滅天族的元凶。有一棟很大的兩腳獸巢穴，裡面住滿了大老鼠。那些老鼠開始攻擊峽谷裡的新部族，於是我們決定解決掉牠們。」她的目光瞬間黯淡。「結果火星在那裡失去了一條命。」

棘星緊挨著她。「這對你們兩個來說都不好過。天族欠你們很多。」

沙暴垂頭表示同意。「是啊，可是他們也以某種方式回報了我們。守天……是火星賜給思天的戰士名……他死的時候我們也在。在他死前，他給了一個預言。」她壓低音量。「未來將有三隻貓兒……你至親的至親……星權在握。」

棘星頓時覺得心頭一震。「三力量的預言是從天族來的！」他喃喃說道。「原來這一切都環環相扣。」

兩隻貓兒沉默了一會兒，直到棘星再度開口說道：「你們回來後，為什麼火星不把天族的事情告訴所有部族呢？」

沙暴回答道：「我跟他提過一次。可是他說無須讓大家繼續內疚下去。星族派火星和我去重建新的天族，就是在盡可能地彌補了。」她溫柔地說道。「不管是內疚還是羞愧，總得有個尾聲。」

棘星嘆口氣，老實地告訴沙暴：「我希望我也可以不再為剿獾之戰感到內疚。我失去了塵皮、惹惱了花楸星。」一股莫名的情緒湧上心頭，他脫口而出：「我只是想做火星會做的事。他一定也會出手救那些寵物貓，而且一次、兩次地，再三對影族伸出援手。」

沙暴的耳朵驚訝地彈動，綠色目光緊緊盯著棘星。「你不應該這樣想！」她驚訝地說道。「星族知道你是憑著自己的本事當上族長，這也是為什麼他們願意一路帶領著你。火星把族長之位傳給你，不是要你做他的分身，而是要你做你自己。他相信你能保護雷族，能依據自己的判斷和直覺為他們作決策。」她把腳掌塞進身子底下，繼續說道：「老實告訴我，如果沒有雷族、沒有火星、沒有外界的期許，你還是會救那些寵物貓嗎？還是會介入影族的事嗎？」

棘星想了想自己當初是如何作出這些決定的？他憐憫寵物貓，不忍棄他們於不顧，眼睜睜地看著他們淹死或餓死。而褐皮與他姊弟情深，他當然會幫忙她的部族。

他深吸口氣。「是的，我會。」

沙暴稱許地瞇起眼睛，喵聲道：「棘星，你現在是真正的雷族族長了，不是火星。你要做你自己。大家仰望的是你。」

第三十三章

接下來幾天都是豔陽天，山谷裡的修繕工作進行得格外順利。雷族仍住在地道裡，不過現在的狩獵和巡邏工作都得配合重建工程進行。

棘星趕在日正當中前，前往山谷巡視工程進度。稍早前的狩獵工作已經令他很疲累，不過他跟其他族貓對家園的重建喜不自勝。他快走到營地時，瞄見松鼠飛正在入口處，幫忙玫瑰瓣和蜂紋把荊棘和常春藤蔓拖來打造新的荊棘垂簾。她一看見棘星，便停下手邊的工作，跑過來找他。

「工程進行得很順利，」她喵聲道，神情看起來雖然疲憊但興致高昂。「進來看看吧。」

棘星跟著她走進營地裡。山谷裡到處都是貓兒，一時之間，他搞不清楚他們究竟在做什麼。後來才注意到蕨毛正在各窩穴之間走動，不時地停下腳步揮動尾巴，以冷靜的語氣下達工作命令。他看起來很有自信，似乎已經能夠適應沒有塵皮一旁共事的工作方式。

蕾光跟松鴉羽、葉池坐在巫醫窩入口，幫忙巫醫整理藥草。棘星很是欣慰，因為他知道剛剛一定有隻族貓幫忙把蕾光從地道那裡背下來。

潔西跳過來找棘星，眼裡閃著得意的神色。「你一定要去看看育兒室！」她大聲說道。

獅焰正攀爬在育兒室的屋頂上，用牢固的常春藤修補破洞。「煤心！」他喊道，同時小心地轉過身來，單腳示意他的伴侶貓。「快完成了。以後我們的小貓待在這裡會很安全又很溫暖。」

煤心匆匆走了過來，抬頭張望的藍色眼睛裡充滿暖意。「太完美了！」她喵嗚道。

在育兒室裡的棘星發現到黛西正帶著兩隻寵物貓，將一坨坨的青苔鋪在地板上。

「敏蒂，裡面千萬不能有刺哦。」黛西喵聲道。「我們可不希望煤心的小貓被刺到。」

「黛西，我會很小心的。」敏蒂回答道，同時伸出爪子在青苔上四處摸索著挑出長刺。

獅焰跳回地面，把頭伸進入口，煤心也從他的肩膀後面窺看。「這裡很棒，」他喵聲道。「我真希望我們的小貓快點出生。到時我一定常來看你。」

黛西用尾巴彈了他一下，告訴他：「你要來看她，得先經過我同意才行。到時煤心和小貓得多休息。貓后和小貓必須擺在第一位。」

獅焰點點頭。「黛西，這是當然的。」

棘星離開育兒室，潔西也跟著他出來。「黛西的幫手夠多了，還有什麼其他事我可以幫忙？」

棘星瞥看四周，看見習生們正把一團荊棘藤蔓拖到戰士窩。「他們可能需要幫忙。」他提議道。

「我來！」潔西回答道，立刻蹦蹦跳跳地穿過營地，去找年輕的貓兒們。

棘星看著她離開後才去找松鼠飛，她正在長老窩外忙著處理榛樹的樹枝。「我來幫你。」

他們合力把樹枝移到定點。過程中，松鼠飛不時地偷瞄棘星，過了一會兒，她低聲說道：「我注意到你和潔西處得很好。」

棘星一想到要和松鼠飛討論潔西的事，就尷尬到全身發燙。「她還不錯，」他回答道，然後試著以漫不經心的語氣說：「就寵物貓的標準而言。」

松鼠飛喵聲道：「她現在不像寵物貓了。」然後停頓了一會兒又說：「你覺得她會留下來嗎？」她沒有看著棘星。「我的意思是，如果你想要她留下來，我沒有意見。當然這也不該由我來決定啦……」她聲音愈說愈小聲，聽起來跟棘星一樣地尷尬。

棘星眨眨眼睛。直到現在他都還沒想過，要是潔西以戰士和他伴侶貓的身份永遠地留在部族，會是什麼情況？**這是我想要的結果嗎？**

他看著又回頭去處理那根樹枝的松鼠飛。這時他聽見身後的獅焰正在跟煤心說：「你覺得我們會有幾隻小貓？」

這時松鴉羽的聲音從空地另一頭飄過來，他不耐煩地抬高音量：「我要跟你們這些見習生說幾次啊？進我的窩穴時，注意你們的腳，你們剛把一堆蓍草給踩碎了。」

我的孩子們都長大了，既有才華又有自信。我一點也不後悔養大他們。棘星突然一陣難過。「我很想念冬青葉。」他脫口而出。

松鼠飛任由爪間的樹枝掉落地面。「我也想念她。」她看起來心都碎了、眼裡滿是哀傷，彷彿傷痛不曾離開過，於是棘星把有些話留在心裡，忍住不說。他把頭靠上松鼠飛，希望多少能安慰她。

他們都沒再提起潔西的事。

太陽爬上天頂，雲尾這時出現在山谷入口，花落、鴿翅和莓鼻隨行在後，四隻貓兒滿載著獵物而歸。

「嘿，棘星！」雲尾把獵物丟在空地中央，朝族長揮揮尾巴。「我們把獵物帶過來了，讓大家在這裡吃。」

「這主意不錯。」棘星稱許道。

族貓們雀躍不已，全都饑腸轆轆地擠到獵物堆這邊來。棘星挑了一隻畫眉鳥坐下來吃。喧鬧聲漸散，貓兒們都忙著大口地吞下獵物。這時他聽見花落和玫瑰瓣在他旁邊聊了起來。

「我聽說蜂紋和鴿翅不再是伴侶貓了，是怎麼回事啊？」玫瑰瓣問道。

棘星驚訝地掃視空地，結果看見貓群裡的那兩位戰士保持距離地各踞一角，看起來都很沮喪，眼睛只看著自己的食物。

「是啊，」花落回答道。「不過我從不覺得鴿翅適合我哥哥。她一向有點……怪怪的，你不覺得嗎？」

玫瑰瓣低聲附和。「我相信蜂紋很快會找到另一個伴侶貓。他很優秀。」

花落親暱地推推她。「要不要我幫你說幾句好話？」

這時潔西過來坐在他旁邊，打斷了他的注意力。他仔細端詳她，還是不確定他們之間會有什麼樣的未來。松鼠飛的話點醒了他必須去面對這件梗在他心裡已久的事。他剛吃完畫眉鳥，他的副族長就朝他走來，一路在進食中的貓兒間穿梭。

「嘿，松鼠飛在找你。」潔西喵聲道，匆忙地吞下最後一口鼠肉，跳了起來。「我晚點再找你聊。」她把尾巴擱在棘星肩上好一會兒，然後離去前往育兒室。

棘星注意到松鼠飛的目光尾隨著她，但他沒說什麼，只是問她：「你找我有事嗎？」

「是啊，」松鼠飛喵聲道。「我想我們應該舉辦戰士命名儀式來慶祝山谷家園的回歸。百合掌在這次的剿獾之戰表現出色，你不覺得嗎？我知道她還沒有做過正式評鑑，不過她已經證明了自己的能力。」

棘星同意道：「說的也是。那就這麼辦吧。」他環顧四周，看到大部分的族貓都已進食完畢，於是站了起來開口道：「既然大夥兒都在這裡，我就舉辦一場部族大會吧。我有重要的事要宣布。百合掌，你過來。」

見習生驚恐地瞪大眼睛，走過來的時候差點被自己絆倒。其他貓兒則以棘星為中心圍成一個參差不齊的圓。

「我是不是惹了什麼麻煩？」百合掌低聲道。

棘星搖搖頭。「完全相反。」他抬高音量：「我棘星，雷族族長，召喚戰士祖靈低頭眷顧這位見習生。她受過嚴苛的訓練、了解守則的真諦。所以這一次我要向祖靈們推舉她成為戰士。」

聽到棘星說到要封她為戰士，百合掌一臉驚詫，毛髮倒豎且全身發抖。族貓們恍然大悟是怎麼回事之後，開始亢奮騷動。

「百合掌，」棘星繼續說道，「你願承諾遵守戰士守則，效命雷族，即便犧牲生命也在所不惜嗎？」

百合掌張大嘴巴。那當下，棘星還以為她什麼話也說不出來。但沒想到她回答時，聲音竟是那麼地清楚又有自信。「我願意。」

「那麼我代表星族封你為戰士。百合掌，從此刻起，你將更名為百合心。這名字是為了肯定你的勇氣，也代表籽掌和栗尾將永存你心。雷族以你的勇氣與奉獻精神為榮，我們歡迎你加入雷族戰士的行列。」他把口鼻擱在她頭上。百合心舔舔他的肩膀作為回應。

「百合心！百合心！」雷族貓兒齊聲歡呼。

歡聲雷動中，百合心低聲對棘星說：「謝謝你賜給我這麼美的名字。」

罌粟霜跳上前來向她的前任見習生道賀，蕨毛也快步走到棘星旁邊，喵聲道：「謝謝你，棘星，」他滿臉驕傲地看著他的女兒。「你不知道這對我來說，意義有多重大。」

棘星喵聲道：「這是她應得的，也是你們兩個應得的。」

貓群散去之前，灰紋和沙暴相偕上前，站在棘星旁邊，態度莊嚴地向他垂頭致意。

「棘星，我們想知道等部族回到山谷後，我們能否退休，在長老窩頤養天年？」沙暴喵聲道。

「我們覺得是時候把位子讓給年輕的貓兒們了，」灰紋補充道。「不過我們還是會監督他們的。」

雖然棘星早就知道這一刻會到來，但仍不免難過。火星和塵皮已經死了，灰紋和沙暴是他們那一代僅剩的兩隻貓兒。「你們當然可以加入波弟的行列，」他同意道。「如果你們很確定，我現在就可以為你們舉辦退休儀式。」

族貓們似乎感應到有什麼重要的事情要發生，頓時安靜了下來。百合心、蕨毛和罌粟霜也回到了貓群裡。

灰紋開口道：「雷族貓兒們，」那聲音聽起來有點尷尬但語氣堅定。「我很高興當年我能再回到雷族。如果沒有蜜妮，我可能永遠回不了家。星族待我不薄，讓我又有機會養兒育女。」他的目光掃視空地，逐一落在每個朋友身上。「我永遠不會忘記銀流或羽尾，」他繼續說道：「我甚至根本不敢相信，我的兒子暴毛現在已是急水部落的一員。不過我完全服膺星族為我安排的道路。我也為我所有的孩子感到驕傲。花落的膽識和戰技、蜂紋的忠誠與仁厚、薔光的勇敢與謙卑及從不放棄希望。相信我，我還是會在長老窩裡繼續看著你們成長。」

蜜妮喵嗚道：「灰紋，我很快會去陪你。」她憐愛地看著她的伴侶貓。

灰紋向她眨眨眼睛。「我會等妳，親愛的。」

棘星靜候了一會兒，回想這兩隻貓兒長久以來的友好關係，以及他們為雷族命脈增添的小貓，最後上前一步掃視灰紋和沙暴。「你們準備好了嗎？」

「差不多了，」沙暴喵聲道。「我只想說，就算我待在長老窩裡，還是會繼續服務我的部族、奉行戰士守則。」她用那雙充滿慈愛與忠誠的綠色眼睛掃視貓群，「我真希望火星此刻也在我身邊。」聲音微微顫抖，「不過我知道他正在天上看著我，也看著我們。」她態度莊嚴地向棘星垂頭致意。「請繼續。」

「沙暴、灰紋，」棘星開口。「你們已經決定放棄戰士職務，擔任長老？」

沙暴的聲音雖帶遺憾卻很篤定，「是的。」

「是的。」灰紋也重覆道。

棘星繼續說道：「雷族感謝你們這些年來的服務，深深以你們為榮。我祈求星族賜福你們，安享天年。」他把尾巴橫在沙暴肩上。薑黃色母貓垂下頭後退一步，棘星也對灰紋做出同樣的動作。隨後兩隻貓兒快步走到波弟旁邊。

「我早就盼望長老窩裡能多幾個伴。」老公貓喵聲道。「我們可以好好地聊聊自己的當年勇了。」

有一瞬間，棘星覺得自己好像看到火星和塵皮在兩位新長老身邊打轉，四隻貓兒再度聚首。但他都還沒確定是不是真的看到了，那身影就消失了。

第三十四章

「呃……棘星？」法蘭奇走進貓群。「我可以請求你一件事嗎？」

棘星垂下頭。「當然可以。」

「呃……是這樣的，如果你允許的話，我想加入雷族，永遠留在森林裡。」法蘭奇謙卑地說道。

四周的貓群裡響起驚訝的低語聲。不過棘星很高興看見族貓們對這想法並不反對。灰色虎斑貓已經在剿獾之戰裡證明他對雷族的忠誠，也讓大家看見了他的狩獵和巡邏能力。

「有你加入，是我們的榮幸。」他回答道。法蘭奇的眼裡閃著自豪。「謝謝，棘星！」

棘星繼續說道：「法蘭奇，從此刻起，你將更名為暴掌，藉此肯定那場將你帶到雷族的暴風雨，也紀念在暴風雨中逝去的弟弟班尼。松鼠飛，就由你來擔任暴掌的導師。相信你會傾其所有地教導他。」

松鼠飛的綠色目光迎上棘星，隨即垂下頭

去，用尾巴示意暴掌趨近，並低聲說：「碰碰我的鼻頭。」

「暴掌！暴掌！」山谷裡的貓兒放聲大喊。

等到歡呼聲平息，敏蒂走上前來。「呃……我不想留在這裡。我沒有惡意……你們都很好……只是我現在可以回家了嗎？我想去看看我家主人回來了沒？」

「當然可以，」棘星喵嗚道。「我們會護送你回家。謝謝你為我們做的一切。」他瞥了潔西一眼，但她沒說話也沒有迎視他的目光。棘星的毛髮豎了起來。**我們之間還有問題等待解決，只是我們都還沒準備好。**

他先不想這些事情，轉身對敏蒂說：「如果你願意的話，我們現在就可以送你回家。」

敏蒂猶豫了一下。「求你再讓我待一晚好嗎？我想把育兒室整理好，還有波弟要告訴我瞎眼雞的故事，而且我也答應要幫葉池分類藥草……還有……唉！」她突然哭了起來。「我會很想念你們的！」她脫口而出。

站在附近的蜜妮用尾尖拍拍敏蒂的肩膀。「我們一直都在這裡，你想來看我們，隨時都可以來。」她喵聲道。

「是啊，歡迎你隨時回來。」四周的貓兒都發出友善的喵嗚聲。

「你一定要回來看我的小貓哦。」煤心喵嗚道。

亮心搓搓敏蒂的耳朵。「以後你如果想到森林裡走走，我很樂意順便去那裡採集藥草。」

棘星看著他們，驚訝地眨眨眼睛。**我從沒想到敏蒂最後會這麼受歡迎。看來這些寵物貓不只適應了部族的生活，也成了真正的部族貓。**

當棘星從地道裡出來集合隊伍，準備護送敏蒂回家時，已經能在淺色曙光裡看出林子的輪廓。他挑選了對這位嬌小的寵物貓尤其友善的蜜妮，以及當初曾幫忙救援的鴿翅加入這次護送的隊伍。

「暴掌，你要一起來嗎？」他問道。

暴掌搖搖頭。「不，棘星，謝了，我不想讓我的主人看到我。就讓他們以為我和班尼另外找到了新家吧。」他悲傷地說道。

櫻桃落快步過來陪他，薑黃色尾巴擱在他的肩膀上。「難過也沒關係。你若想聊一聊你弟弟，我隨時都在。」

暴掌朝她低下頭去。當時松鼠飛就在這兩隻貓兒的身後，剛好被棘星捕捉到她那一臉興味的表情。也許暴掌決定留下來，不只是因為崇尚戰士的生活？

棘星率隊走下山坡。湖裡的水位雖然還是比原始水位高，但已經可以看得出來這座湖原來的形狀。邊界上河流的水位也已經退回原來的河岸，所以他們很快就找到夠窄的河道，連敏蒂都能跳得過去。

「希望我們不會碰到影族。」敏蒂腳一踏上影族這頭的河岸，立刻緊張地說道。

「我也這麼希望，」跟在她後面落地的蜜妮也這麼說道。「花楸星還是很氣我們參與那場剿獾之戰。」

棘星語氣堅定地說道：「不會有問題的，我們距離水邊沒有超過三條狐狸身長的距離，所以不算越界。」

果不其然，雷族貓兒才在影族領地上走了一半的路程，影族巡邏隊便穿過遠處山坡上的松樹林出現了。率隊的是虎心，後面跟著颱毛和松鼻。當虎心瞄到棘星和其他貓兒時，立刻改變路線朝水邊的他們大步跑來。「你們在這裡做什麼？」他質問道。

另外兩隻影族貓也都冷冷地瞪著雷族貓，完全沒有和他們打招呼的意思。棘星看見他們身上仍有那天剿獾之戰所留下的傷痕。

「我們要送敏蒂回家。」棘星解釋道。

「敏蒂？哦，對了，寵物貓。」虎心的目光掃過雷族的隊伍，目光在鴿翅身上多停留了一會兒。灰色母貓凝神望著湖面，彷彿那裡發生的事情比眼前的有趣多了。

他們之間一定有事，棘星心想道，**真希望知道是怎麼一回事。我知道他們曾一起遠行去找水獺，但那已經是好幾個季節前的事了。**

虎心喵聲道：「我想你們可以經過這裡，」同時對棘星傲慢地點個頭。「但別妄想踏進我們的領地。」

棘星盡量藏起不悅的語調回答：「我們不會。」

「最好說到做到。」虎心站到一旁，揮揮尾巴離開水邊。「因為影族會時刻監視著你們。」

棘星再度出發。他率隊沿著岸邊走，感覺得到身後影族的目光仍然陰魂不散。太陽已經爬上樹頂，陽光微弱、湖面銀光閃爍。轟雷路和斷橋四周的水位只到腹部這麼高。這讓棘星想到那根隱身河底，在剿獾之戰裡救了他和潔西一命的樹幹。**希望以後不會再遭遇到那種事。**

他和貓兒們涉水而過，從兩腳獸巢穴旁邊爬上去。當他們快走到敏蒂的家時，敏蒂加快腳步走到隊伍最前面。

「兩腳獸巢穴還是空的，到處都是泥巴。跟山谷裡的情形一樣。」蜜妮對棘星說道。「不過我想兩腳獸跟我們一樣會修繕的。」

有些巢穴的門是開著的。幾頭兩腳獸正把東西拖到陽光下曝曬。這時附近突然出現兩頭兩腳獸，棘星、蜜妮和鴿翅直覺地壓低身子躲進樹籬後面，但敏蒂卻發出了快樂的尖叫聲，衝了上去。

「我回來了！是我！」她大喊道。「我沒死！」

兩腳獸張大嘴巴瞪著她看。牠們一見到這隻嬌小的黑白色母貓朝牠們衝來，立刻發出尖銳的驚叫聲。敏蒂朝最近的兩腳獸飛撲過去，一躍而上牠的前爪。兩腳獸緊緊抱住她，臉埋進她的毛髮裡。乍看之下就像一隻貓后緊緊圈住自己的小貓一樣。

牠們真的很高興見到她，棘星心想道，**聽牠們喵嗚得多大聲啊！我從來沒想到兩腳獸的感情會這麼豐富。**

敏蒂抬頭看著她的兩腳獸，尖聲道：「我跟野貓住在一起！我會抓老鼠了！波弟告訴我很多故事。我還幫忙修理育兒室。還有畫眉鳥很好吃，只要拔掉羽毛就行了……」

棘星和鴿翅會意地互看一眼。「我想牠們根本聽不懂她在說什麼。不過她開心就好。」

他身旁的蜜妮看著重逢的這一幕，一臉若有所思。

「你在想你的兩腳獸嗎？」鴿翅問她。「你一定也很想念牠們。」

蜜妮點點頭喵聲道：「是啊，不過現在沒那麼想了。有時候我會夢到牠們。我很好奇牠們會不會夢到我？」說完隨即轉身，甩甩身子。「走吧，敏蒂回家了。我們也回家吧。」

回程的路上沒有遇見影族貓。等他們抵達營地時，太陽已經躲到林子後方。隊員們都累了，腹部的毛以下全濕、腿和腳爪都沾滿了泥巴。

松鼠飛和暴掌正坐在地道外面。「戰士守則說，你要先餵飽族貓，」松鼠飛正在向暴掌解釋。「長老和貓后先吃。我們要照顧那些無法自己狩獵的貓兒。」

暴掌點點頭。「很合理。」

棘星看見松鼠飛一臉嚴肅地教著見習生，心裡著實感激。**她絕對是任何族長心目中最稱職的副族長……而且不只如此……**

這時空地上的貓兒們發現他們回來，紛紛圍了上來，他的思緒也因此被打斷。

「一切都順利嗎？」

「敏蒂找到她的兩腳獸了嗎？」

「影族有找麻煩嗎？」

鼠鬚擠到貓群前面，嘴裡叼著一捆乾蕨葉。「拿去，」他喵聲道。「用這個把身上清一清。老實說，別讓我看到泥巴，否則我一定會抓狂。」

棘星開始用蕨葉刮除身上的泥巴，這時發現潔西鑽進貓群來到他身邊。

「趁天還亮的時候，要不要出去走一走？」她提議道。

棘星點點頭，然後當他們並肩離開營地時，他的心裡開始忐忑。他知道自己不能再迴避他們之間的問題。

他們一路沉默地往山脊走去，快步踏上柔軟的草地。樹下黑影幢幢，從高地拂來的微風吹亂了毛髮。他們抵達山頂，找到一塊表面平坦的岩石並肩而坐，但幾乎沒有碰觸到彼此。他們看著太陽在猩紅的天色下慢慢西沉。

「我記得我們是走這條路去找維特和他那群朋友。」潔西喵聲道。「我們好好地教訓了他們一頓！還有剿獾之戰……感覺好可怕，但再危險也覺得很值得。因為我們幫了影族一個大忙，也保全了自己的狩獵場。」她停頓了一下，看著他，那雙琥珀色眼睛裡映照著霞光。「棘星，我從不後悔曾和你的部族一起生活過。」

棘星吞吞口水。「這話聽起來好像你要走了。」

潔西目光悲傷地站起來。「我覺得你應該明白我必須離開。因為如果我留下來，你……你就可能沒辦法聽見心裡真正的聲音。」

那一瞬間，棘星沉默了。這隻勇敢、無畏又聰慧的寵物貓……真的這麼瞭解他嗎？他無意傷害她，也從來沒想過要傷害她。「我很抱歉，真的。」他站在她旁邊，尾巴與她的交纏。潔西靠了過來與他依偎。

「我本來可以愛你的。」棘星喵聲道。

潔西喵聲道：「我知道。但你已經先愛了松鼠飛。這是應該的。她畢竟是你孩子的母親。」

棘星開口想打斷她，但潔西彈彈尾巴制止他，繼續說道：「我知道他們不是你親生的，可是你終究還是他們的父親，松鼠飛是他們的母親。這種親情不是那麼容易切斷的。就算暴風雨也吹不散。」

「你會回去找你的主人嗎？」

「我不知道，」潔西承認道。「牠們可能不會回來了。我們的巢穴被破壞得很嚴重。不過我會先朝那個方向走，到時再決定要在哪裡落腳。」她抬起頭，眼神變得明亮。「和雷族生活的這段日子，讓我嚐到冒險的滋味。所以寵物貓的生活對我來說也許太安逸了點。」

「你其實可以成為一位很傑出的戰士。」棘星告訴她。

「哦，我知道我可以。」潔西眼帶黠光地向他保證。

「我不會忘記你的。」棘星喵聲道。

「我也是。」

棘星緊緊挨著潔西，最後一次深深嗅聞她的氣味。**我真希望不是這樣的結局，**他心想道，**我不敢相信我再也見不到她了。**

他的目光越過潔西的頭往下眺望，只見湖面被夕陽染成猩紅色。他想起夢裡黃牙的畫面，鮮血升起漫上她的腳爪，終於明白了血濃於水的道理。

潔西說得沒錯，姑且不論我對她有無情愫，也不管我們過去有過什麼，松鼠飛和我之間的感情是不可能切斷的。

第三十五章

棘星醒來時，發現他的族貓正往外頭走去。自從潔西和敏蒂走後，已經又過了兩個日出。少了她們，地道裡頓時變得冷清許多。他坐起來，用力搔搔其中一隻耳朵，跟著其他族貓走入地道外的空地。

其他族貓都擠在松鼠飛四周，等她分派黎明的工作隊伍。「雲尾，我要你帶一支隊伍去巡邏風族邊界。找百合心一起去，還有……藤池和雪掌，對了，可以也帶暴掌一起去嗎？也該是時候讓他熟悉一下邊界巡邏的工作了。我今天早上還有其他的事得做。」

雲尾垂下頭。「沒問題。」

藤池抽動耳朵示意暴掌。「你可以做氣味記號。」

暴掌一臉緊張。「我不知道怎麼做。」

「別擔心，」百合心的尾巴刷過他的肩膀。「我們會教你。」

「我們都會幫你忙啦，」雪掌很開心能跟

一個資歷比他淺的見習生在同一支隊伍裡。「很簡單啦。」

棘星注意到當隊伍開始出發時，一旁的灰紋和沙暴神情看起來有點感傷。他知道要他們立刻適應長老的生活並不容易。不過自從沙暴有機會在營地裡多休息之後，就胖了一些，而且最近一、兩天，也沒聽到她咳嗽。此刻她和灰紋在陽光下找了個地方躺下，互舔毛髮，而波弟早就在那裡打起盹來了。

等到最後一支隊伍離開後，松鼠飛快步過來找棘星。她從不在他面前提到潔西，只在棕色母貓離開後的那天早上說過大家一定會想念她。

「今天是月圓之夜，」松鼠飛坐在棘星旁邊，用尾巴圍住自己的腳爪。「大家一想到要去大集會都很興奮，你覺得水位退得夠低嗎？」

棘星點點頭。「湖水幾乎已經退到正常水位。那座島還是很泥濘，不過等我們過去會合的時候，應該已經乾了。」

「那好，」松鼠飛喵嗚道。「我們要帶誰去？」

棘星眨眨眼睛。「沙暴和灰紋都得去。還有百合心和暴掌，因為我發言時會提到他們。至於松鴉羽和葉池哪一個去，就讓松鴉羽自己決定好了。」

「就算不讓他決定，他也會自己決定。」松鼠飛說道，綠色眼睛裡帶著一抹笑意。

「這倒是真的。那櫻桃落和錢鼠鬚呢？」棘星提議道。「他們在營地的重建工程上工作得很賣力，值得獎勵，所以應該也讓他們去。」

松鼠飛同意道：「這主意不錯。那蕨毛也去好了。」

「沒錯，還可以再多找幾個……給我一點時間想想。哦，對了，你有沒有告訴暴掌大集會的事？如果知道大集會是怎麼回事，他會比較有興趣。」

松鼠飛直言道：「別族貓兒才會知道他以前是寵物貓。」

「沒錯，」棘星回答道。「不過他現在不是了。」

松鼠飛的眼睛一亮，喵聲道：「我去告訴沙暴和灰紋有關大集會的事。」同時站了起來。

「松鼠飛……」棘星在她轉身時喊道。

副族長立刻轉身回來，帶著詢問的目光。「什麼事？」

「我只是想告訴你……」棘星努力找出適當的字眼。「謝謝你為我做的一切。謝謝你支持我出征剿獾，謝謝你接納我帶回來的寵物貓，也謝謝……謝謝你養大那三個讓我引以為傲的孩子。」

松鼠飛走近他，她的氣味在他身上縈繞。「是我們一起養大的。」

「也許吧，」棘星低聲道。「我很慶幸你是我孩子們的媽媽。」他們頸子交纏鼻頭互觸。口鼻互相廝磨。過了一會兒，松鼠飛突然神情慌亂地後退。「我得去通知他們大集會的事。」

「好吧，」棘星親暱地眨眨眼睛，尾巴輕彈她的肩膀。「待會兒見。」

當棘星帶領族貓走向湖邊時，月亮已經掛在墨黑的夜空。雖然兆頭不錯，但他的胃仍翻攪得厲害。他不知道花楸星會對剿獾之戰發表什麼看法。

他一定會提的，而且會警告其他部族，雷族又在干預別族的家務事。

原本走在松鴉羽旁邊的松鼠飛這時加快腳步，趕上棘星。「我知道你在想什麼。你一定在擔心花楸星。別理他。」她哼了一聲。「要是沒有我們，他根本贏不了那場仗。就算他是影族族長，他還是得學會什麼叫做感恩。」

亢奮不已的雷族貓往湖邊走去。洪水把不少垃圾沖上了岸，他們抬高尾巴小心地跨過。卵石灘上到處都是小樹枝和原本不屬於這裡的東西。

「你們看，岸上好多垃圾哦！」琥珀掌大聲喊道。「也有兩腳獸的東西欸。」

「是啊，琥珀掌，我們都看到了。」蛛足沒好氣地說道。「別大驚小怪了。」

「還有死魚欸，」百合心也說道。「好噁哦。」

等他們穿過風族領地，快要接近島嶼時，便很有默契地都安靜了下來。自從上次大集會過後，已經又過了兩個月。各部族已經很久一段時間沒來這座島嶼，而這期間也發生了很多事。棘星猜想他的族貓一定也很緊張。

「我很好奇有多少貓兒沒熬過這次的暴風雨和洪災？」沙暴低聲對灰紋說。

「我不知道。」灰紋傷感地搖搖頭。「河族不知道怎麼樣了？他們得長途跋涉過來。今晚不曉得到不到得了？」

棘星看見樹橋還在湖上，這才寬下心來，只不過幽暗的橋下波浪洶湧，不斷地拍打橋面。**我可不想再踩著水底下的樹幹過河！**他突然想到潔西，不免一陣感傷。**不管她在哪裡，都希望**

她一切平安。

雷族貓過橋時，因為湖水就在腳下咯咯作響而個個嚇得毛髮倒豎。暴掌的神情尤其緊張，不過他還是在滿布泥巴的溜滑樹幹上慢慢地移動腳步。他終於走到了對岸，趕緊跳下橋，松鼠飛不忘誇讚他幾句。

棘星在等著過橋時，一星和他的族貓們剛好走到他後面。一星冷漠地點了個頭並未說話。棘星總覺得毛髮微微刺痛。終於輪到他過橋了，他很開心地直接穿過灌木叢，進入空地中央。他從灌木叢裡出來，一眼看到霧星已經帶著河族貓在天空橡樹底下等候，這才鬆了口氣。月光下，霧星那身灰藍色毛髮被照得閃閃發亮。當她看見棘星時，眼裡盡是暖意。

「你好嗎？」他喊道，快步走向她。「你們回家了嗎？」

「我們的營地受創嚴重，不過我們正在重建。有些戰士已經開始回那裡過夜了。」她停頓了一下，才又傷感地說道：「這場暴風雨讓我們失去了卵石足和草皮，不過其他族貓都安好。」

棘星的尾巴刷過她的腰側，「我知道失去族貓有多難受，我們也失去了見習生籽掌。」

月兒漸漸升高，河族貓和雷族貓已經開始交談、互換消息。不過一星還是不讓風族貓過來，他們全聚在空地的一角。

他有毛病嗎？棘星心想道，**現在不是休戰協定生效的時候嗎？**

最後一星抬高音量，讓大家聽見他的聲音。「看來影族沒來。我們可以先開始了。」

棘星不免擔心。**現在是休戰時刻，影族應該到的。他們會不會遭遇到了什麼？星族啊，求**

求你們，別再讓野獾回來了。

棘星朝天空橡樹轉身，這才發現幾隻年輕的貓兒正四處閒逛，查探著島嶼盡頭的洪災情況。他聽到他們在岩間和地上的腐木滑行和攀爬，聲音很是亢奮。

「這裡有隻死狐狸欸。有誰要帶回去？」

「好噁哦，那是烏鴉吃的。」

「別讓水濺到我。我身上現在都是泥巴了啦。」

突然河岸處傳來尖叫聲。棘星認出那是櫻桃落的聲音。他的毛髮頓時豎得筆直。

接著那聲音突然變得得意洋洋。「我找到那根木棍了！」

其他的貓兒驚聲連連，全都圍了上去。櫻桃落忙著把那根有刻痕的長木棍拖進空地。

那是雷族的犧牲者紀念棍，棘星渾身打了個哆嗦。**籽掌就是因它而亡的。**

松鴉羽擠到貓群前面，一雙盲眼閃著喜樂的光芒。他忙不迭地在木棍的一端蹲下來，爪子緊緊抓住它，彷彿怕它隨時會逃跑般。棘星站在他旁邊，用腳爪撫過每個刻痕，回想那些已逝的族貓。**我們虧欠他們太多了。**但另一方面又覺得寬慰。找到這根木棍似乎證明了他們永遠不會忘記這群犧牲者。

霧星低頭看著木棍，藍色眼睛充滿好奇。「這是什麼？為什麼那麼重要？」

櫻桃落向她解釋木棍上每道刻痕的意義，最後結尾道：「這樣一來，我們就會永遠記住大戰役裡捐軀犧牲的戰士們。」

全場靜默。棘星感覺到空地上的每隻貓兒都在回想過往。

最後一星打破沉默。「我們在高地頂端有一堆石塊，藉此紀念已逝的戰士。每天也都會有一支巡邏隊到那裡表達哀思與感謝之意。」

河族的巫醫蛾翅上前一步，同時瞥了霧星一眼。「柳光和我栽植了一圈蕨叢紀念逝去的族貓，」她喵聲道。「洪水毀了它，不過很快就會再長回來。」

莫名的傷感令空地裡再度陷入沉默。三大部族的貓兒沉浸在憂傷裡。

「我們每晚聽到貓頭鷹的第一聲啼叫，便會唱名所有的犧牲者。」

棘星霍地轉身。**花楸星！**影族族長站在空地盡頭，四周圍繞著他的戰士。

他們快步走上前來，站在其他部族貓旁邊，低頭靜默不語了好一會兒。還好所有部族都到了。棘星感覺到有種情緒像強烈的氣味般在他四周縈繞。**我們都感覺到了：黑暗森林之戰雖然勝利，卻難掩感傷。大戰役雖然拯救我們，也重塑我們的未來，卻讓我們付出了有史以來最大的代價。**

他抬起頭，突然感到不解，空地上怎麼擠滿了這麼多貓？**花楸星到底帶了多少隻影族貓來？**這時棘星才發現這些貓兒的毛髮布滿星光、爪間泛著冷光，冰冷的月光在他們眼裡閃爍。他感覺得到他們一個又一個地將目光駐留在他身上，他認出來了，心裡無比喜悅。

在大戰役裡捐軀的貓兒全都回來了：有栗尾和蕨雲、冬青葉、鼠毛和狐躍……哦，還有火星！

棘星環顧四周，也看見其他部族的貓兒：影族的蘋果毛和杉心、風族的灰足和裂耳、河族的知更翅和斑鼻，還有許多許多的星族貓。

在場的貓兒全都驚嘆出聲。火星上前一步對棘星說：「有一種方法可以紀念這些為拯救部族而犧牲生命的犧牲者。還記得天族嗎？千萬別再讓舊事重演……」

他話語剛落，布滿星光的貓兒們便消失了，在場的貓兒個個張口結舌。灰紋率先發言：「我們剛剛是不是看到了什麼？」

棘星甩甩身子，奮力往前一跳，躍過空地，跳上天空橡樹。其他族長也跟著跳上來，在樹枝上各占一角。

一星大聲宣布，走上前來。「我先說！風族已經……」

「等一下，」棘星打斷他。「我有很重要的事情要先說。」

一星怒瞪了他一會兒，最後不悅地哼了一聲，退到後面讓棘星先說。

「部族貓們，」棘星開口道，同時強迫自己表現出自信。「我們絕不能忽視犧牲者們為我們所做的犧牲，所以我們必須共同確保四族的未來。昇平時期，我們各自獨立、各自狩獵，為保衛自己的疆域彼此對抗。但星族已經向我們證明，湖邊一定要有四大部族。所以遇到艱困時期，部族間的邊界是毫無意義的。」

他停頓了一下，很清楚接下來做出的重大提議將可能從此改變四族。「我希望為戰士守則建立一條新規範。那就是每個部族都有權利為自己的獨立自主感到自豪，但遇到困難時，他們必須拋開邊界的嫌隙，為保護四族並肩作戰。部族間必須互相幫忙，才能確保四大部族的長存。」

花楸星上前一步站在棘星身邊，頸部的毛豎得筆直嘶聲道：「雷族一向愛干預別族的家務事，看在別族貓兒眼裡，還以為火星根本沒死。」

棘星抬起一隻腳爪，態度強硬地制止他說下去。「火星已經死了。現在我是雷族的族長。但我很自豪能夠傳承他力主保護森林四族的遺願。四族曾齊心合作展開大旅程，找到湖邊的棲身之所，也曾聯手出擊對抗黑暗森林，過程中沒有任何一個部族缺席或被放棄。如今只要我們還有能力，就不該讓任何一個部族有機會隕落。」

棘星低頭俯瞰，發現松鼠飛坐在天空橡樹的樹根上，仰頭望他，眼裡滿是愛意與暖意，深深印進他的心裡。「因為團結才有力量。」他結論道。

「沒錯！」棘星一說完，霧星立刻響應。「我們應該照棘星的話做，這是為了大家好。」一星將爪子戳進腳下的樹皮裡。「你讓我沒有選擇，」他語氣勉強地咕噥道。「好吧，我同意。」

「花楸星呢？」棘星追問道。他緊張到腳爪像被火燒灼一樣。這樣的改變可讓四大部族永續長存，影族族長會願意放下自尊接受嗎？

「只能少數服從多數了，」花楸星說，「就這樣吧。」

空地上的貓群響起如雷的歡呼聲。棘星抬頭看見頭頂上的星群異常閃亮。他本來以為是自己憑空想像，但看來似乎真的距彼此更近，璀璨星光灑向島嶼。在星族的庇佑下，四大部族挺過了洪水、打敗了野獾、找到了新的狩獵場。未來在新的規範下，戰士守則將變得比以前更為完善。這也將是棘星留給後代子孫的寶貴遺產。

為了四大部族的長存，在星族的見證下，他們將合而為一。

國家圖書館出版品預編目資料

棘星的風暴 / 艾琳・杭特（Erin Hunter）著 ； 高子梅
譯. -- 初版. -- 台中市 ; 晨星 2016. 01
面 ;公分. --（貓戰士外傳 ； 8）（貓戰士 ； 36）

譯自 ： Bramblestar's Storm

ISBN 978-986-443-084-0（平裝）

874.59 104023046

貓戰士外傳之VIII Warriors Super Edition

棘星的風暴 Bramblestar's Storm

作者	艾琳˙杭特（Erin Hunter）
譯者	高子梅
責任編輯	郭玟君
校對	郭芳吟
封面插圖	萬伯
封面設計	柳佳璋
創辦人	陳銘民
發行所	晨星出版有限公司 407台中市西屯區工業30路1號1樓 TEL：(04)23595820 FAX：(04)23550581 行政院新聞局局版台業字第2500號
法律顧問	陳思成律師
初版	西元2016年01月15日
再版	西元2023年12月31日（五刷）
讀者訂購專線	TEL：（02）23672044 /（04）23595819#230
讀者傳真專線	FAX：（02）23635741 /（04）23595493
讀者專用信箱	service@morningstar.com.tw
網路書店	http://www.morningstar.com.tw
郵政劃撥	15060393（知己圖書股份有限公司）
印刷	上好印刷股份有限公司

定價399元

（缺頁或破損的書，請寄回更換）

ISBN 978-986-443-084-0